本书由西安文理学院中国古代文学省级重点学科经费资助出版

宋金文论与苏轼接受研究

张进 ◎ 著

中国社会科学出版社

图书在版编目（CIP）数据

宋金文论与苏轼接受研究/张进著.—北京：中国社会科学出版社，2018.11
ISBN 978-7-5203-2642-1

Ⅰ.①宋… Ⅱ.①张… Ⅲ.①中国文学—古典文学研究—辽宋金元时代②苏轼（1036-1101）—文学研究　Ⅳ.①I206.2

中国版本图书馆 CIP 数据核字（2018）第 125046 号

出 版 人	赵剑英
责任编辑	郭晓鸿
特约编辑	席建海
责任校对	冯英爽
责任印制	戴　宽

出　　版	中国社会科学出版社
社　　址	北京鼓楼西大街甲 158 号
邮　　编	100720
网　　址	http://www.csspw.cn
发 行 部	010-84083685
门 市 部	010-84029450
经　　销	新华书店及其他书店

印　　刷	北京明恒达印务有限公司
装　　订	廊坊市广阳区广增装订厂
版　　次	2018 年 11 月第 1 版
印　　次	2018 年 11 月第 1 次印刷

开　　本	710×1000　1/16
印　　张	24.75
插　　页	2
字　　数	276 千字
定　　价	99.00 元

凡购买中国社会科学出版社图书，如有质量问题请与本社营销中心联系调换
电话：010-84083683
版权所有　侵权必究

序

  苏轼是中国文学史上最伟大的作家之一，其为人、为文、为政，皆堪称最上乘者。苏轼一生尽管不顺，跌宕起伏，辗转南北，流离失所，亲人半程而逝，其情感，或缱绻缠绵，或豪放恣肆，然其人生态度，不卑不亢，不喜不怒，独立不惧，百折不摧，实为人所共称。南宋初期，苏轼得到了高宗的肯定，特赠资政殿学士、朝奉大夫；又被孝宗赐谥号"文忠"、追赠为"太师"。其为政、为文，均得到高度赞誉。

  苏轼的文学成就，历来为人所称道。其文、赋、诗、词等文体，境界开阔，皆开创一代之风气。苏轼文学创作的一个显著特点，就是善于把对人生和社会的感悟融入他的文学创作之中，通过文学形象、意象、境界提炼出来，给人以无限的寻绎、玩味、体悟。这就是他自己倡导的一种有别于唐人诗的"意理"，所谓"出新意于法度之中，寄妙理于豪放之外"（《书吴道子画后》）。而此"意理"，即为诗歌之理趣，也即他的灵心、妙慧、睿智。

  苏轼的文学理趣，与他熟稔佛教"空观"（śūnyatā）似乎有着密切的关系。佛教的"空观"是全部佛教哲学的核心，是佛教赖以存在的理论基石。"空",早在《奥义书》(Upanisad)中,就被赋予哲学意义。他们认为"空"是世界产生的根源和归宿。[①] 佛教的"空"(śūnya),明显来源于婆罗门教的"空无"思想和上古印度数学上"零"的意义。大乘佛教不只强调了空无所有,还凸显了它的虚空不实,即指现象界的虚幻不真,也即所谓的不真则空。[②] 世界是虚幻的,物质是虚幻的,人也是虚幻的,一切皆空。正是这种"空观",导致了佛教一般信众对现实世界的怀疑、否定,而深入理悟者,则能在怀疑或否定中予以超越。苏轼就是这样一位深刻理悟者。因此,在经验世界中,他能处处自觉或不自觉地以佛教"空观"[③]来指导自己的人生实践和文学创作。当面对人生的沉浮时,他非常坦然地以佛教的"梦空"来理悟。如他的《念奴娇·赤壁怀古》,在凭吊一番三国时期的风流人物后,对人世间的沧海桑田、宦海沉浮,发出了"人间如梦,一樽还酹江月"的感慨和喟叹。有了这样一种人生感悟:世事苍凉,人生如梦,又何必去执着不放呢。尽管人间如梦亦如电,人生虚幻不实,但仍然可以洒酒邀月,抒发豪迈之情、旷达之意。正是这样的"梦空"观念,才使得东坡能把一首抒发人生失意、坎坷的词,写得如此境界雄浑寥廓,气势磅礴恢宏。他的"暴雨过云聊一快,未妨明月却当空。卧看落月横千丈,起唤清风得半帆。且并水村攲侧过,人间何处不巉岩"(《慈湖夹阻风》),是与《赤壁怀古》情调、理趣一

[①] 《唱赞奥义书》(Chāndogya Up.) IX 9:1:"问曰:'此世界何自而出耶?'曰:'空(ākāśa)也。维此世间万事万物,皆起于空,亦归于空。空先于此一切,亦为最极源头。'"(《五十奥义书》,徐梵澄译,中国社会科学出版社1995年版,第90页)

[②] 元康《肇论疏》:"诸法虚假,故曰不真;虚假不真,是故名空。"(张春波《肇论校释》,中华书局2010年版,第33页)

[③] 对苏轼影响深远的佛教"空观"主要为"梦空"(svapna – śūnya)、"幻空"(māyā – śūnya)和"静空"(śānta – śūnya)。

致的。当身处自然山水和人事之中，他深切地感悟到了其中的变幻莫测，虚实不定。如"横看成岭侧成峰，远近看山总不同。不识庐山真面目，只缘身在此山中"（《题西林壁》）。人的见（drsti；darśana）闻（śruti；śrutvā）觉（鼻舌身：ghrāna－jihvā－kāya）知（pratyabhijñā）是六识（sad－vijñāna：眼耳鼻舌身意）作用于外境（bāhya－visaya）而所得，往往如瞎子摸象，以偏概全。尤其是身处其中，见识受限，真境蒙蔽，幻实莫辨。再如"人生到处知何似，应似飞鸿踏雪泥：泥上偶然留指爪，鸿飞那复计东西。老僧已死成新塔，坏壁无由见旧题。往日崎岖还记否，路上人困蹇驴嘶"（《和子由渑池怀旧》），正道出了人间的虚幻，时间的易逝，岁月的无情，不管你如何努力进取、拼命挣扎，也不过是留下几点飞鸿爪印，如果你执着了这些爪印（功名利禄），则会陷入世俗的樊篱之中，难以超脱，进入自觉、自由、自在的境界。这正是"幻空"观念在文学书写中的一种自觉作用。由是观之，东坡精神上的那种傲视苦难、超越痛苦的旷达洒脱、自富自在，正源于此。当探讨诗歌的艺术真谛时，东坡认为诗语之妙，在于"静空"。所谓"欲令诗语妙，无厌空且静。静故了群动，空故纳万境"（《送参寥师》）。"静空"，即佛教以静而观空。"静"（śānta）最早是上古印度对禅定的另一种称谓。"禅定"是指在寂静的状态下，心不散乱，神志专一，凝然沉思，静虑修习，弃恶扬善，观照宇宙，洞悉性灵。佛教兴起，吸取禅定思想，并将其发扬光大，与自觉、觉他结合一起。佛教入华，禅定深入文学园地，深受文人喜爱。以禅入诗，以禅学诗，以禅喻诗以及"诗家三昧"说等[1]，基本反映了唐宋好禅

---

[1] 一般认为，以禅入诗是指王维诗歌创作引入禅语、禅趣，以禅学诗由苏轼提出，以禅喻诗由严羽《沧浪诗话》提出，诗家三昧是由陆游《九月一日夜读诗稿有感走笔作歌》提出。

文人的诗歌创作实践和理论主张。在唐代，王维就禅静观与诗歌的创作有机地结合一起，如"朝梵林未曙，夜禅山更寂"（《蓝田山石门精舍》）、"夜坐空林寂，松风直似秋"（《过感化寺昙兴上人山院》）、"寂寞柴门人不到，空林独与白云期"（《早秋山中作》）、"食随鸣磬巢鸟下，行踏空林落叶声"（《过乘如禅师萧居士嵩丘兰若》）、"独坐幽篁里，弹琴复长啸。深林人不知，明月来相照"（《竹里馆》）、"空山不见人，但闻人语响。返景入深林，复照青苔上"（《鹿柴》）等，将寂静空灵的禅思融入诗歌之中，开启了诗歌静空观的范例。东坡喜好禅，坐禅、参禅，其禅学水平绝非一般崇佛文人所能比。因此，他把读诗、作诗与参禅、悟佛联系起来，深有感触："暂借好诗消永昼，每逢佳处辄参禅"（《夜直玉堂，携李之仪端叔诗百余首，读至夜半，书其后》）、"平生寓物不留物，在家学得忘家禅"（《寄吴德仁兼简陈季常》）。在东坡的思想世界里，诗与禅，静与动，空与有，不再是二元对立的两个方面，而是相辅相成，浑然一体。其澄静之心观照大千世界，动静喧寂，相互映衬，春风化雨，润物无声。此种静空观，不只是对自然景物的一种深邃观照，还把社会人事的处境融入其中，在审美的景物之中暗喻着人生态度。东坡以佛教"空观"观察世界、体悟人生，自然是有别于他人的认知而独树一帜。我以为，这正是东坡诗歌创作"理趣"的思想渊源。

东坡这样的理趣，成就了他的文学写作的创新和拓展，给北宋文学吹送了缕缕春风春意，令诸多文人欣喜不已，心向往之。然而，成败萧何，至南宋、金，文人在敬佩、盛赞东坡的同时，也有对其批评者，如刘克庄、朱熹、李清照、严沧浪、元好问等。以诗为词、以文字为诗、以议论为诗等批评意见似乎明确地概括了东坡文学创作的特征。不过，东坡毕竟是伟大的文学家。后代见仁见智的批评，丝毫不足以影响其巨大成就和突出贡献。而东坡的文学影响越大，也就越具有品尝的韵味和探究的奥妙。

《宋金文论与苏轼接受研究》一书是家姊张进教授第二部研究苏轼的专著。此前，她与张惠民教授合作，出版了《士气文心：苏轼文化人格与文艺思想》（人民文学出版社）。而本书的写作，历时20余年。其中部分内容尝以单篇论文发表。此次她在已发表的系列论文基础上，广泛听取了学界同行的意见，作了大量修改和补充，勒成专著，出版之前，嘱我为序。由此，我得以先睹。该书所关注的重点是宋金（主要是南宋、金）时期的主要文学批评家对东坡的接受。这种接受，并不是简单的赞誉或否定，而是有着深刻复杂的思想、社会、文学批评的背景。如，朱子批评东坡，着眼于理学、道学；易安批评东坡，则关注于词体；沧浪批评东坡，则集于其才学，如是等等。然而，这些批评家在批评的同时，更多的是主动的接受，是被深刻地影响。该书这样详尽的梳理和探究，似乎更近于实际状况，可以让读者感受到一个鲜活的东坡形象：他是那么的伟大，却又不是完美无缺。这就有别于长期以来文学研究存在的一个问题，即研究对象，因为研究者注入的强烈情感而被无限度地放大；也可以让读者了解宋金批评家接受东坡的心理过程和批评实践，体察出文学史的意义。我以为这是该书最值得称道之处。

我和姐姐虽然工作、生活不在一个城市，但是每当看到她的论文和著作出版，都为她欣喜。她主持的《王维资料汇编》（全四册，中华书局版）于学界获得了较高的声誉。每每看她的文字，便不由得想起了我们一起成长的情景。姐姐从小学到中学都是学校的好学生、学生干部，而我的小学中学时代是和"无产阶级文化大革命"同步的。在那个年代，我的语文写作水平和能力多半是在姐姐的帮助或辅导下提高的。她曾两次当知青插队，之后在县委机关工作。1977年顺利考取西北大学中文系。大学四年的学习，使她一头扎进古代文学与古代文论的研习中，毕业后担任古代文学的教学工作，期间又考入南京师范大学中文系宋元明清文学进修班学习。1993年后转入中国古代文学理论的教学和研究，兼任陕西师范大学文艺学硕士生导师。及至退休以后，仍然笔耕不辍，收获多多。我为她的这种治学精神而感动，也衷心地祝愿她心安、体康、笔健、事顺。

普 慧

2018年元月于

成都四川大学中兴村

前　言

读欧阳修《集古录》里的两段文字，曾给我很大触动。一段在《唐薛稷书》里。欧阳修说他在杨褒家看见所藏薛稷书，不像是真迹，于是说到书画的鉴赏与诗的鉴赏。他说：

> 凡世人于事不可一概，有知而好者，有好而不知者，有不好而不知者，有不好而能知者。褒于书画好而不知者也。画之为物，尤难识其精粗真伪，非一言可达。得者各以其意，披图所赏，未必是秉笔之意也。昔梅圣俞作诗，独以吾为知音，吾亦自谓举世之人知梅诗者，莫吾若也。吾尝问渠最得意处，渠诵数句，皆非吾赏者。[①]

这说明读者和鉴赏者对于艺术作品的"好"（喜欢）与"知"（懂得）是两个层面，一是情感的，一是知性的（悟性），有既懂得而又喜欢者，有喜欢而不大懂得者，有既不懂得而又不喜欢者，有

[①] （宋）欧阳修：《集古录跋尾》卷五，《欧阳修全集》卷一百三十八，中华书局2001年版，第2196页。

不大喜欢而能懂得者，会呈现出多种情况。读者"各以其意"去解读作品，必然有很大差异。又读者与作者对作品的解读同样有很大差异，读者所赏的未必是作者之意。欧阳修自以为"知梅诗者，莫吾若也"，孰知梅之"最得意处"与"吾赏者"竟完全不同。

另一段文字是在《集古录目序题记》里。欧阳修说：

> 在昔洛阳与余游者，皆一时豪俊之士也。而陈郡谢希深善评文章，河南尹师鲁辨论精博。余每有所作，二人者必伸纸疾读，便得余深意以示他人，亦或时有所称，皆非余所自得者也。①

欧阳修的好友绛谢（字希深）、尹洙（字师鲁）都是善评善辩之士，然他们对欧阳修诗文"深意"的领会与表述，往往与欧不一致，"皆非余所自得者也"。这仍然说明一个作品创作出来，作者、读者会有全然不同的解读与感受。

后来，与欧阳修同时代的刘攽，将第一段文字中的"欧梅赏诗"转述于《中山诗话》中，并推测后人评古人之诗，恐怕也似这样的情况。② 明末清初著名的藏书家、出版家毛晋又将刘攽的载述写进《六一诗话·跋》里，直言"大率说诗者之是非，多不符作者之意"③。欧阳修的第二段文字，被王夫之作了进一步发挥，提出

---

① （宋）欧阳修：《集古录目序题记》，《欧阳修全集》卷一百三十四，李逸安点校，中华书局 2001 年版，第 2061 页。
② （宋）刘攽《中山诗话》："永叔云：'知圣俞诗者莫如某，然圣俞平生所自负者，皆某所不好，圣俞所卑下者，皆某所称赏。'知心赏音之难如是，其评古人之诗，得毋似之乎？"（《历代诗话》本，第 286 页）
③ （明）毛晋《六一诗话跋》："……大率说诗者之是非，多不符作者之意。居士尝自道云：'知圣俞诗者莫如修。尝问圣俞举平生所得最好句，圣俞所自负者，皆修所不好。圣俞所卑下者，皆修所称赏。'盖知心赏音之难如是，其评古人诗，得毋似之乎？"（《四库全书》本）

"作者用一致之思，读者各以其情而自得"的说法。①

欧阳修在距今近一千年前，以自己的切身体验来谈论作品解读鉴赏过程中的差异，包括读者与读者的差异，读者与作者的差异，引起了评论者与传播者的关注，对文学研究颇具启发意义。

20世纪60年代，西方解释学文论与接受理论（又称"接受美学"）兴起，"在以后的十年竟风靡一时"②。这两种理论，建立了一套从读者理解和接受的角度研究文学的方法，"将着眼点从研究作者—作品转向研究作品—读者"③。这是对传统文学史和文学理论的一种反拨，也是一种开拓。接受美学的创始人姚斯在谈到马克思主义与形式主义方法时，指出：

> 他们的方法，是把文学事实局限在生产美学和再现美学的封闭圈子内，这样做便使文学丧失了一个维面，这个维面同它的美学特征和社会功能同样不可分割，这就是文学的接受与影响之维。读者、听者、观者的接受因素在两种文学学派的理论中都没有得到很好的重视。④

重视读者的"接受因素"，无疑为文学研究开拓了另一个维度。接受美学认为，一部作品的意义与价值，是由作者与读者共同完成的。这个读者，不是一个被动的阅读者，而是"实质性地参与了作

---

① （清）王夫之：《姜斋诗话》，《清诗话》本，上海古籍出版社1999年版，第3页。
② ［德］R. C. 霍拉勃：《接受理论》，周宁、金元浦译《接受美学与接受理论》，辽宁人民出版社1987年版，第281页。
③ 同上书，第293页。
④ ［德］H. R. 姚斯：《走向接受美学》，周宁、金元浦译《接受美学与接受理论》，辽宁人民出版社1987年版，第23页。

品的存在，甚至决定着作品的存在"①。姚斯指出，"文学与读者的关系有美学的、也有历史的内涵"，美学蕴涵体现在，一部作品在被读者接受时，包括同已经阅读过的作品进行比较，比较中就包含着审美评价。第一个读者的理解将在一代又一代的接受之链上被充实和丰富，作品的历史意义就在这过程中得以确定，它的审美价值也是在这过程中得以证实。② 因此，解释学文论与接受美学重视研究读者对作品接受的阐释史、效应史与影响史。可以说，欧阳修已开始关注到作品的读者接受，而解释学文论与接受美学更倡导把作品放在一代又一代的读者中去考察，放在历史—社会的条件下去考察。

苏轼是宋代综合型人才的杰出代表，其集道德、文章、政事、艺术于一身，卓荦超伦，千载共仰。在宋金时代，最受读者关注、最具影响力的莫过于苏轼的作品。宋神宗"尤爱其文，宫中读之，膳进忘食，称为天下奇才"③。宋孝宗御制《苏轼文集序》，赞其"忠言谠论，立朝大节，一时廷臣无出其右"，将其文集"常置左右"，"读之终日，亹亹忘倦"，谓为"一代文章之宗"④。苏轼的文名天下传扬，正如李绍所说："公为人英杰奇伟，善议论，有气节。其为文章，才落笔，四海已皆传诵。下至闾巷田里，外及夷狄，莫

---

① 朱立元主编：《当代西方文艺理论》，华东师范大学出版社1997年版，第288页。
② ［德］H. R. 姚斯：《走向接受美学》，周宁、金元浦译《接受美学与接受理论》，辽宁人民出版社1987年版，第24—25页。
③ （元）脱脱等：《宋史》卷三百三十八《苏轼传》，中华书局1985年新1版，第10819页。
④ （宋）赵眘：《苏轼文集序》，《苏轼文集》附录，孔凡礼点校，中华书局1986年版，第2385页。

不知名。其盛盖当时所未有……"① 金人亦好苏轼。钱谦益说："盖自靖康之难，中国文章载籍，捆载入金源，一时豪俊，遂得所师承，咸知规摹两苏，上溯三唐……"② 翁方纲亦有"有宋南渡以后，程学行于南，苏学行于北"的说法。③

苏轼生前编刻的主要作品有：三苏父子合著的《南行集》、苏轼兄弟合著的《岐梁唱和集》、苏轼本人的诗文集《钱塘集》《超然集》《黄楼集》《眉山集》《东坡集》《东坡后集》《东坡词》等，契丹所刊《大苏小集》。还有苏轼的学术著作《东坡易传》《东坡书传》《论语说》（已佚，只有佚文若干），以及笔记《东坡志林》《艾子杂说》等。苏轼死后，宋徽宗在位的20多年间（建中靖国、崇宁、大观、政和、宣和，1101—1126），蔡京当国，发动元祐党禁，苏轼诗文书画，存者悉毁之。然党禁期间苏轼诗文仍在流传。朱弁《曲洧旧闻》载："崇宁、大观间，海外诗（按：指苏轼在海南所作诗）盛行，后生不复有言欧公者。是时朝廷虽尝禁止，赏钱增至八十万，禁愈严而传愈多，往往以多相夸，士大夫不能诵坡诗，便自觉气索。"④

南渡后，南宋王朝鉴于北宋灭亡的教训，特别推崇二程理学，推崇过去反对过王安石新法的人。⑤ 在这种背景下，苏轼被恢复了名誉。宋孝宗赐苏轼谥"文忠"，特赠苏轼为太师。苏轼的著述得以大

---

① （明）李绍：《重刊苏文忠公全集序》，《苏轼文集》附录，孔凡礼点校，中华书局1986年版，第2386页。

② （清）钱谦益：《题中州集钞》，《牧斋初学集》卷八十三，（清）钱曾笺注，钱仲联标校《钱牧斋全集》，上海古籍出版社2003年版，第1757页。

③ （宋）翁方纲：《石洲诗话》卷五，人民文学出版社1981年版，第162页。

④ （宋）朱弁：《曲洧旧闻》卷八，四库全书本。

⑤ （宋）朱弁：《曲洧旧闻》卷首《御题曲洧旧闻四首》其一："二帝播迁虽自取，祸缘新法变更纷。"

量刊刻，其中包括苏轼的全集《东坡七集》102卷。① 其诗词文皆有人研究有人作注，尤其是苏诗，号称百家注，如旧题王十朋《集百家注分类东坡先生诗》《施顾注苏诗》42卷等（注者施元之、顾禧、施宿）。对苏轼生平事迹也作了全面深入的研究，年谱近10种。成为中国历史上第一个苏轼接受的高峰。陆游《老学庵笔记》载："建炎以来，尚苏氏文章，学者翕然从之，而蜀士尤盛。亦有语曰：'苏文熟，吃羊肉。苏文生，吃菜羹。'"②

宋金时期对苏轼的接受，见诸书面的，主要有三类：一是对苏轼其人其文的评论类文字，见于诗文集、诗话、词话和笔记等；二是对苏轼作品的唱和、仿作、刊刻、笺注、评点等③；三是对苏轼生平事迹的整理撰述。

本书着重讨论宋金文论视野下苏轼接受的一些重要问题。在宋金诗文集、诗话、词话和笔记中，有关苏轼及其作品的阐释与评论最多。苏轼以其卓绝的文学成就，被仰为泰山北斗，以至推尊备至，但苏轼其人、其学、其诗、其文、其词，也都受到尖锐的批评。李清照、朱熹、严羽、刘克庄、元好问就是其中的代表。

李清照对苏轼词的批评，严羽、刘克庄、元好问对苏轼诗的批评，都涉及"非本色"的问题。本色论，是宋金人对文体的特定认知，既受文学体裁决定，又受读者以前读过的这一类作品的经

---

① 晁公武《郡斋读书志》卷十九："苏子瞻《东坡集》四十卷、《后集》二十卷、《奏议》十五卷、《内制》十卷、《外制》三卷、《和陶诗》四卷、《应诏集》十卷。"共102卷。
② （宋）陆游：《老学庵笔记》卷八，中华书局1979年版，第100页。
③ 吕祖谦《古文关键》是现存最早的带有评点的文章选本，选唐宋八家文63篇，苏轼文16篇，居第一。又谢枋得《文章轨范》（卷三、卷四、卷七）、楼昉《崇古文诀》（卷二十三至二十五）与真德秀《续文章正宗》（选苏文23篇）等，皆有苏文评点。

验决定。它体现着读者心目中的"典范+审美预期",即接受美学所说的"期待视野"①。苏轼笔下的诗与词,超越了读者的"期待视野",因此受到不同时期的读者的批评。李清照批评苏轼词是"句读不葺之诗";严羽批评苏黄诗"变唐风";元好问批评苏黄诗刻意求奇,"奇外无奇更出奇";刘克庄批评苏诗"非本色",皆在于苏轼作品与读者的"期待视野"产生较大的审美距离。论者的批评,促进了文坛对于文体的重视,促进了这一学术问题的争议与探讨。同时,促进了读者对苏轼作品作更深入的解读与阐释,从而形成了"视野的变化",进而领略其作品的高妙与魅力。曾季狸说:"东坡之文妙天下,然皆非本色,与其他文人之文、诗人之诗不同。文非欧、曾之文,诗非山谷之诗,四六非荆公之四六,然皆自极其妙。"②胡寅在《酒边词·序》中充分肯定了苏词对传统婉约词的革新,说:"眉山苏氏,一洗绮罗香泽之态,摆脱绸缪宛转之度,使人登高望远,举首高歌,而逸怀浩气,超然乎尘垢之外,于是《花间》为皂隶,而柳氏为舆台矣。"③刘克庄推崇苏轼诗的"气魄力量",将其列入"大家数"。朱熹对苏轼的接受过程长达近60年,由少年时期的"好苏"转而为壮年时期的"攻苏",再到晚年时期的"崇苏"。我们发现,朱熹接受态度的转变,

---

① "期待视野"指接受者在进入接受过程之前,根据自身的阅读经验和审美趣味等,对于文学接受客体的预先估计与定向性期待。姚斯指出:"一部文学作品在其出现的历史时刻,对它的第一读者的期待视野是满足、超越、失望或反驳,这种方法明显地提供了一个决定其审美价值的尺度。期待视野与作品间的距离,熟识的先在审美经验与新作品的接受所需求的'视野的变化'之间的距离,决定着文学作品的艺术特性。……正是由于视野的改变,文学影响的分析才能达到读者文学史的范围……"(《接受美学与接受理论》第31—33页)

② (宋)曾季狸:《艇斋诗话》,《历代诗话续编》本,第323页。

③ (宋)胡寅:《酒边词·序》,向子䪨《酒边词》卷首,四库全书本。

与解释学美学的创始人伽达默尔所说的"自身置入"①,有着很大的关系。随着后来几次出任地方官的经历与遭受"庆元党禁"的迫害,他对苏轼的人品气节、创作方法与作品内涵有了更切身的体会和理解,于是达成了"视域的融合"②,获得了真诚的崇敬与高度的评价。故将研究对象作历时性与共时性的考察,是解释学美学与接受美学所倡导的。

  从对上述论者的苏轼批评考察中,我们发现,虽然他们对苏轼提出不同程度的批评与诟病,但又在不同层次上,或直接或间接,或自觉或不自觉地受到苏轼的影响,包括受苏轼作品中倡导的文学观念、艺术思维的影响以及受苏门文人的影响。譬如李清照就直接受到苏门文人在政治态度、审美趣尚与创作精神等方面的影响。严羽的禅悟思维当受到苏轼及其追随者范温、韩驹、吴可等人的影响。他的尚平淡雄健的诗美观,近取朱熹、包恢,远绍苏轼。而他重要的诗学概念,如格、韵、味、趣等,也与苏轼的标举分不开。刘克庄、元好问的诗学思想中,接受苏轼及黄庭坚文学观念的影响更为

---

  ① "自身置入":伽达默尔认为,理解一种传统无疑需要一种历史视域,需要把自身置入一种处境中。什么叫作自身置入(Sichversetzen)呢?"我们必须也把自身一起带到这个其他的处境中。只有这样,才实现了自我置入的意义。例如,如果我们把自己置身于某个他人的处境中,那么我们就会理解他,这也就是说,通过我们把自己置入他的处境中,他人的质性、亦即他人的不可消解的个性才被意识到。这样一种自身置入,既不是一个个性移入另一个个性中,也不是使另一个人受制于我们自己的标准,而总是意味着向一个更高的普遍性的提升……"(伽达默尔:《诠释学Ⅰ 真理与方法》,商务印书馆2010年版,第431页)

  ② "视域融合":在伽达默尔看来,由于理解者的"前见"意味着理解者的视域,而文本在其意义的显现中也暗含了一种视域。因此,文本理解活动在本质上乃是不同视域的相遇(参见朱立元主编《当代西方文艺理论》,第280页)。伽达默尔说:"其实,只要我们不断地检验我们的所有前见,那么,现在视域就是在不断形成的过程中被把握的。……理解其实总是这样一些被误认为是独自存在的视域的融合过程。"(伽达默尔:《诠释学Ⅰ 真理与方法》,商务印书馆2010年版,第433页)

明显，而朱熹对苏轼的文章笔墨、审美观念等，亦多有认同与接受。李易安（清照）、朱晦庵（熹）、严沧浪（羽）、刘后村（克庄）、元遗山（好问）等，皆宋金文论之大家。他们对苏轼的批评与接受，涉及文学理论批评中的作家论、创作论、文体论、风格论、鉴赏论、接受论等，不但丰富和提升了宋金文论，也构成了苏轼接受史中精彩的部分。

　　从对宋金文论的苏诗批评考察中，我们也清楚地看到，宋代的右文政策，以及"誓不杀大臣及言事官"的祖训①，保证了士大夫文人在政治生活中敢于直言进谏（如范仲淹、欧阳修、苏轼、朱熹等），在文学接受过程中亦形成敢于批评和敢于接受批评的端正风气。例如：苏门文人敢于大胆地批评，又能以宽容的态度接受批评；严羽以一介寒士、布衣学者敢于力批苏、黄与江西诗派在创作上的弊病，纠正"永嘉四灵"、江湖诗人以学晚唐为正宗的谬见，而不怕"获罪于世之君子"；刘克庄在官场上几起几落，亦敢于批评苏轼与宋诗之弊并发表与苏轼不同的意见，赞赏那种无所畏惧的创作勇气；连李清照一个闺阁女子也敢对词坛权威前辈逐一批评……它为我们展现的是一个相对开放的社会环境，一个相对自由的学术环境。在这样的环境中，文人士大夫更具有责任担当精神，具有怀疑与批判精神，具有崇尚学术与艺术的精神。所以，宋代的教育科学文化远远超过唐代，学术思想的兴盛也远远超过唐代。王国维《宋代之金石学》一文开篇即言："宋代学术，方面最多，进步亦最著。"该篇"后论"亦说："金石之学创自宋代……其时哲学、科学、史学、美术，各有相当之进步，士大夫亦各有相当之素养，赏鉴之趣味与研

---

① （宋）李心传：《建炎以来系年要录》卷四，四库全书本。

究之趣味,思古之情与求新之念互相错综,此种精神于当时之代表人物苏(轼)、沈(括)、黄(庭坚)、黄(伯思)诸人著述中在在可以遇之。"[1] 作为宋代学术精神的代表人物,对苏轼的接受研究有助于我们认识文学的历史以及文学赖以生存的历史,进而对宋代学人的精神崇尚怀以深深的敬意。

---

[1] 王国维:《宋代之金石学》,傅杰编校《王国维论学集》,中国社会科学出版社1997年版,第201、205页。

目　　录

第一章　梅、欧与苏轼 …………………………………… 1

　第一节　梅尧臣首倡"平淡"诗美 ……………………… 2

　第二节　欧阳修推扬"平淡"诗美 ……………………… 13

　第三节　苏轼推崇"平淡"诗美 ………………………… 24

第二章　李清照与苏轼 …………………………………… 38

　第一节　李清照对苏轼诸公词的批评 …………………… 39

　第二节　李清照与苏门文人集团 ………………………… 56

　第三节　关于《词论》的写作时间 ……………………… 78

第三章　朱熹与苏轼 ……………………………………… 90

　第一节　朱熹对苏轼的批评与接受 ……………………… 91

　第二节　朱熹与苏轼出处态度之比较 …………………… 124

　第三节　朱熹尚雄健与苏轼略同 ………………………… 140

第四章 严羽与苏轼 ··· 161
第一节 严羽对苏轼的接受态度 ························· 163
第二节 严羽与苏轼文艺思想的融通 ···················· 177
第三节 严羽对苏轼接受的文学史意义 ·················· 208

第五章 刘克庄与苏轼 ······································ 231
第一节 刘克庄与苏轼之仕履比较 ······················· 232
第二节 刘克庄对苏诗与宋诗的批评 ···················· 244
第三节 刘克庄对苏轼诗学的接受 ······················· 264

第六章 元好问与苏、黄 ···································· 282
第一节 元好问对苏、黄诗的批评 ······················· 284
第二节 元好问对苏、黄诗学的接受 ···················· 291

第七章 宋人文论二题 ······································ 305
第一节 宋人的"常""变"论 ··························· 305
第二节 宋人的"自得说" ······························· 322

附录一　苏轼的《前赤壁赋》与阮籍的《达庄论》 ············ 341
附录二　朱熹父子与苏轼的《昆阳城赋》 ······················ 347
主要参考文献 ··· 356
后　记 ·· 374

第一章　梅、欧与苏轼

20世纪90年代以来，学界普遍认为将诗歌的平淡美作为审美理想的是宋人，并对宋人平淡诗美观的产生及其内涵发表了一系列颇有见地的文章。① 而笔者以为尚有未说透之处。平淡诗美观表面看与文人的"野逸兴趣""闲适情调"② 相关，李商隐也说，"枕石漱流，则尚于枯槁寂寞之句"③，但这"野逸""闲适"的背后，更为本质的是处穷与受挫，是不为时用。宋代最受推重的野逸诗人林逋，即

---

① 韩经太：《论宋人平淡诗美观的特殊指向与内蕴》，《学术月刊》1990年第7期；韩经太：《中国诗学的平淡美理想》，《中国社会科学》1991年第3期；程杰：《宋诗"平淡"美的理论和实践》，《南京师大学报》（社会科学版）1995年第4期；[日] 横山伊势雄：《梅尧臣的诗论——兼正梅尧臣"学唐人平淡处"之论》，张寅彭译，《苏州大学学报》（哲学社会科学版）1996年第2期；[日] 横山伊势雄：《从宋代诗论看宋诗的"平淡体"》，张寅彭译，《文艺理论研究》1998年第3期；《梅尧臣的"平淡"论》，《沈阳师范学院学报》（社会科学版）2001年第1期；王顺娣：《论宋代诗学"平淡"美的本质内涵》，《湖北社会科学》2005年第3期；邓莹辉：《平淡：理学文学的审美基调》，《西南民族大学学报》（人文社会科学版）2007年第9期；等。
② 韩经太：《论宋人平淡诗美观的特殊指向与内蕴》，《学术月刊》1990年第7期。
③ （唐）李商隐：《献侍郎巨鹿公启》，《李义山文集笺注》卷四，四库全书本第1082册，第321页。

"终老而不得施用于时"①,而"可作这野逸诗派之先辈的王禹偁"②,也是平生三次被贬,曾作《三黜赋》以明志。至若由"逋峭雄直之气"转入"深婉不迫之趣"的王安石,亦两度罢相,晚岁退居金陵,心境才趋于闲适安逸。又如,推崇"平淡"之美的理学大家朱熹,登第50年,"历仕四朝,仕于外者仅九考,立于朝者四十日"③。宋之前追求平淡诗风的诗人陶、王、韦、柳等,大抵如此。可见,"不得施用于时"是其深层原因。但不得施用于时又未必能平淡,譬如初唐王、杨、卢、骆,中唐孟郊、贾岛,所作则多穷愁不平之鸣。所以,处穷而能超然淡泊,不为时用而能心境平和,才有可能成就平淡诗美或推崇平淡诗美(处富而自愿淡泊者绝少)。梅、欧与苏轼,皆倡导平淡诗美观,其内蕴实质,正是建立在此基础上的。它不仅是一种美学风格,更是一种人生境界,故对有宋一代产生了深远影响。

第一节 梅尧臣首倡"平淡"诗美

北宋首倡平淡诗风的是梅尧臣,经欧阳修之倡导,至苏轼的大力推崇而影响始巨。

---

① (宋)梅尧臣:《林和靖先生诗集序》,《宛陵先生集》卷六十,四部丛刊本第191册,第480页。(以下引梅尧臣诗文均据此版本)
② 韩经太:《论宋人平淡诗美观的特殊指向与内蕴》,《学术月刊》1990年第7期。
③ (宋)刘时举:《续宋编年资治通鉴》卷十二"庚申庆元六年"条,四库全书本第328册,第661页。

梅尧臣（1002—1060）字圣俞，宣州宣城（今属安徽）人，侍读学士梅询之侄，世称宛陵先生。《宋史》本传说他"工为诗，以深远古淡为意，间出奇巧，初未为人所知。用询荫为河南主簿"[1]，历任德兴县令等地方小官。50岁后，于皇祐三年（1051）始得宋仁宗召试，赐同进士出身，为太常博士。以欧阳修荐，为国子监直讲，累迁尚书都官员外郎，世称"梅直讲""梅都官"。参与编撰《唐书》，"成，未奏而卒"[2]。注《孙子十三篇》，有《宛陵先生集》60卷。

一 处穷而"以深远古淡为意"

在宋初诗人普遍学唐诗的风气中，梅公是被认作学唐人平淡诗风的。严羽《沧浪诗话·诗辨》说：

> 国初之诗尚沿袭唐人。王黄州学白乐天，杨文公、刘中山学李商隐，盛文肃学韦苏州，欧阳公学韩退之古诗，梅圣俞学唐人平淡处。[3]

所谓"唐人平淡处"，大约是指唐代王维、韦应物、柳宗元等人的诗歌风格。《宛陵先生集》卷三有《拟王维偶然作》，卷四有《咏王右丞所画阮步兵醉图》，卷十二有《拟王维观猎》《拟韦应物残灯》等作。南宋初年朱弁《风月堂诗话》卷上有"圣俞少时，专学

---

[1] （元）脱脱等：《宋史》卷四百四十三《文苑五·梅尧臣传》，中华书局1985年版，第13091页。
[2] 同上书，第13092页。
[3] （宋）严羽著，郭绍虞校释：《沧浪诗话校释》，人民文学出版社1961年版，第24页。

"韦苏州"的说法。但梅公真正推崇仿效的对象是陶渊明（下详）。从梅公的论述及创作实践来看，最值得注意的，是他的处穷而超然淡泊。他说：

> 微生守贱贫，文字出肝胆。
> ……
> 因吟适性情，稍欲到平淡。①

《宋史》本传说"尧臣家贫"，其悼念亡妻的《怀悲》诗云："自尔归我家，未尝厌贫窭。夜缝每至子，朝饭辄过午。十日九食齑，一日倘有脯。东西十八年，相与同甘苦。"②欧阳修亦有诗曰："念子京师苦憔悴，经年陋巷听朝鸡。儿啼妻噪午未饭，得米宁择秕与稊。"③其生存状态之贫困由此可见。其仕途亦不顺达，欧阳修说："予友梅圣俞少以荫补为吏，累举进士，辄抑于有司，困于州县，凡十余年。年今五十，犹从辟书，为人之佐，郁其所畜，不得奋见于事业。"④梅公年届五十，乃征召为文书，虽有诗名，屈处于下僚，使他不免自比于孟郊，如云"窃比于老郊"（卷三十三《别后寄永叔》），"已为贫孟郊"（同上《因目痛有作》）。但他不同于孟郊的是，孟郊的诗多为"不平之鸣"，慨叹仕途失意，抨击浇薄世风，如《落第》《溧阳秋霁》《伤时》《择友》等，还有的自诉穷愁，

---

① （宋）梅尧臣：《依韵和晏相公》，《宛陵先生集》卷二十八，四部丛刊本第190册，第242页。

② （宋）梅尧臣：《怀悲》，《宛陵先生集》卷二十四，四部丛刊本第190册，第207页。

③ （宋）欧阳修：《再和圣俞见答》，《欧阳修全集》卷五，李逸安点校，中华书局2001年版，第82页。（以下引欧阳修诗文均据此版本）

④ （宋）欧阳修：《梅圣俞诗集序》，《欧阳修全集》卷四十三，第612页。

叹老嗟病，如《秋怀》《叹命》《老恨》等，而"出门即有碍，谁谓天地宽"（《赠崔纯亮》）一类诗，反映了世途艰险，也表现了作者愤激的情绪。梅公虽然也是以诗抒发不得其志的感慨，却心怀坦荡、澹然处之。如云：

> 不忧贫且老，自有伯鸾心。①
> 我今才薄都无用，六十栖栖未叹穷。②
> 识尽穷通理，超然乐有余。③
> 安取唐季二三子，区区物象磨穷年。④

梅公以伯鸾自比，谓自己不忧贫不叹老。伯鸾乃东汉梁鸿的字，梁鸿家贫好学不求仕进，与妻孟光共入霸陵山中以耕织为业，夫妇相敬有礼。（见《后汉书·逸民传·梁鸿》）梅公自谓才薄，年已六十而不为重用，仍未曾嗟老叹穷，因为自觉能识穷通之理，所以能以超然的心态对待之，且自得其乐，乐而有余。有这样的超然澹泊之心，他说自己不学唐季诗人之雕琢苦吟，借"区区物象"以消磨时光。在他心目中，林逋的诗是值得肯定和推许的。他称：

> （林逋）其顺物玩情之诗，则平淡邃美，读之令人忘百事

---

① （宋）梅尧臣：《独酌偶作》，《宛陵先生集》卷四十六，四部丛刊本191册，第389页。
② （宋）梅尧臣：《依韵和永叔……道怀见寄二章》（其二），《宛陵先生集》卷五十四，四部丛刊本191册，第439页。
③ （宋）梅尧臣：《访施八评事》，《宛陵先生集》卷三十七，四部丛刊本第190册，第320页。
④ （宋）梅尧臣：《答裴送序意》，《宛陵先生集》卷二十五，四部丛刊本第190册，第213页。

也。其辞主乎静正，不主乎刺讥，然后知趣尚博远寄适于诗尔。①

指出林逋诗的平淡而又深邃之美，在于不计较世事、不抒发怨刺的超然之心、静正之态。这与梅公的心思和追求一致。梅公不独于诗追求平淡，其字也同样潇洒。张与材《跋题干越亭送君石秘校二诗后》说：“今观其笔意潇散，有高人逸士风度，此岂汲汲于声利者心画正尔，岂特坐诗穷耶？”②

二 梅公的超然来自儒家与佛老

梅公的超然澹泊主要来自儒家之道义。欧公谓其：“既长，学乎六经仁义之说，其为文章，简古纯粹，不求苟合于世，世之人徒知其诗而已。”③梅诗亦云：

依韵和达观禅师赠别

平生少壮日，百事牵于情。

今年辄五十，所向唯直诚。

既不慕富贵，亦不防巧倾。

宁为目前利，宁爱身后名。

文史玩朝夕，操行蹈贤英。

下不以傲接，上不以意迎。

---

① （宋）梅尧臣：《林和靖先生诗集序》，《宛陵先生集》卷六十，四部丛刊本第191册，第480页。

② （元）张与材：《跋题干越亭送君石秘校二诗后》，《宛陵先生集·附录》，四部丛刊本第191册，第499页。

③ （宋）欧阳修：《宛陵先生诗集序》，《宛陵先生集》卷首，四部丛刊本第189册，第4页。

> 众人欣立异，此心常自平。
> ……我迹固有贱，我道未尝轻。
> 力遵仁义途，曷畏万里程。
> 安能苟荣禄，扰扰复营营。①
> ……
> 平生守仁义，齿发忽衰暮。
> 世事不我拘，自有浩然趣。
> 未由逢故人，坐石语平素。②

穷不忘道，穷不改操守，力遵仁义之途，自有浩然之趣，这是梅公安身立命的根本。苏轼当年受梅、欧之拔擢，对梅公深为敬佩，作《上梅直讲书》云：

> 《传》曰："不怨天，不尤人。"盖优哉游哉，可以卒岁。执事名满天下，而位不过五品。其容色温然而不怒，其文章宽厚敦朴而无怨言，此必有所乐乎斯道也。③

指出梅公才高位下而不怨天尤人，文章宽厚敦朴，正是有"道"作为支撑，故能脱去世俗之乐而自乐其道。

其次，梅公还有取于老庄，如云：

---

① （宋）梅尧臣：《依韵和达观禅师赠别》，《宛陵先生集》卷三十八，四部丛刊本第 190 册，第 324 页。

② 梅尧臣：《寄金山昙颖师呈永叔内翰》，《宛陵先生集》卷二十三，四部丛刊本第 190 册，第 194 页。

③ （宋）苏轼：《上梅直讲书》，孔凡礼点校《苏轼文集》卷四十八，中华书局 1986 年版，第 1385 页。（以下引苏轼文均据此版本）

淡泊全精神，老氏吾将师。①

且梦庄周化蝴蝶，焉顾仲尼讥朽木。人事几不如梦中，休用区区老荣禄。②

他自谓将以老子为师，以其"淡泊"的思想来保全自己的精神，又以庄周梦蝶的故事，表现一种精神的自由放松。他说自己白天想睡就睡，不在乎像宰予那样被圣人讥为朽木。人生恍若一梦，他要打破外物（荣禄）对心的束缚。在《长歌行》一诗中，他阐发了庄周"一死生"的道理，说"释子外形骸，道士完髓精""庄周谓之息，漏泄理甚明"③，表现出对生死的淡泊超然的态度。

佛家思想也给他一定的浸润。在当日佛教流行的文化背景中，梅公不像欧阳修、范镇等人那样排佛，他也与僧人交往④，也去游佛寺。其《和绮翁游齐山寺次其韵》：

扪萝但识康乐径，饮酒安问远公禅。

清猿不到俗士耳，香草已入骚人篇。

水鸟念佛次净界，野鹿衔花来象筵。

在昔探赏犹可数，深景秀句今得传。

辞韵险绝兹所骇，何特杜牧专当年。

---

① （宋）梅尧臣：《依韵和邵不疑以雨至烹茶观画听琴之会》，《宛陵先生集》卷四十六，四部丛刊本第191册，第389页。

② （宋）梅尧臣：《睡意》，《宛陵先生集》卷二十七，四部丛刊本第190册，第230页。

③ （宋）梅尧臣：《长歌行》，《宛陵先生集》卷十九，四部丛刊本第189册，第166页。

④ 梅尧臣作有《送惠勤上人》（《宛陵先生集》卷十一）、《与用文师》（《宛陵先生集》卷三十二）、《答了素上人用其韵》（《宛陵先生集》卷三十五）等数篇文字。

重以平澹若古乐，听之疏越如朱弦。
……①

完全是一副平澹、怡然的心态。他在《题三教圆通堂》中，表明了三教圆通的思想：

处中最灵智，人与天地参。其间有佛老，曷又推为三。
共以圆通出，诚明自包含。……②

由上述可见，以儒家的仁义操行、温厚平和为其主导，参以佛老的超然淡泊，构成梅公尚平淡的思想基础；处穷而不怨，是其平淡诗美观的精神实质。苏轼后来主张三教融通，成为蜀学的一个比较突出的特色，可能有来自梅公的影响。

三 梅公的平淡以陶渊明为典范

梅公在仕途蹭蹬之际，极怀慕陶渊明，诗中多次咏及，称颂其人：

深希陶渊明，澹然意已真。③

每读陶潜诗，令人忘世虑。
潜本太尉孙，心远迹亦去。
不希五斗粟，自种五株树。
旷然箕山情，复起濠上趣。

---

① （宋）梅尧臣：《和绮翁游齐山寺次其韵》，《宛陵先生集》卷五，四部丛刊本第189册，第46页。
② （宋）梅尧臣：《题三教圆通堂》，《宛陵先生集》卷三十八，四部丛刊本第190册，第330页。
③ （宋）梅尧臣：《送襄陵李令彦辅》，《宛陵先生集》卷二十三，四部丛刊本第190册，第194页。

> 今时有若此，我岂不怀慕?①
>
> 予心每澹泊，世路多变诈。
> ……
> 我趋仁义急，不解如陶谢。②

他仰慕渊明不为五斗米折腰的超然品格，认为自己愧不如陶、谢。在"爱陶"方面，他与欧公的心思是相通的。有诗云："夜坐弹玉琴，琴韵与指随。不辞再三弹，但恨世少知。知公爱陶潜，全身衰弊时。有琴不安弦，与俗异所为。寂然得真趣，乃至无言期。"③陶渊明蓄"无弦琴"，人多不解，而欧、梅二公则深知其"与俗异所为"的意趣所在，不愧是知音。

梅公亦向往渊明描写的世外之乐，作《桃花源诗并序》，他是宋代第一位作桃花源诗的诗人。梅公又有《依韵和丁元珍》诗云：

> 实惭寡时用，又顾无奇行。
> ……
> 稍思桃源人，翩尔乘鱼艇。
> 寻花逐水往，岂念衰与盛。
> 歌讴非俗情，山响自答应。
> ……④

---

① （宋）梅尧臣：《寄题张令阳翟希隐堂》，《宛陵先生集》卷二十三，四部丛刊本第190册，第200页。

② （宋）梅尧臣：《答了素上人用其韵》，《宛陵先生集》卷三十五，四部丛刊本第190册，第302页。

③ （宋）梅尧臣：《次韵和永叔夜坐鼓琴有感二首》，《宛陵先生集》卷二十三，四部丛刊本第190册，第194页。

④ （宋）梅尧臣：《依韵和丁元珍》，《宛陵先生集》卷四十六，四部丛刊本第191册，第384页。

诗言"实惭寡时用",正见其不为时用;"稍思桃源人",则表现出与渊明的理想颇为一致。正是相同的现实境遇,相同的理想追求,让他推赏渊明诗的平淡:

> 诗本道情性,不须大厥声。方闻理平淡,昏晓在渊明。①
>
> 中作渊明诗,平淡可拟伦。②
>
> 宁从陶令野(公曰"彭泽多野逸田舍之语"),不取孟郊新(公曰"郊诗有五言一句全用新字")。琢砾难希宝,嘘枯强费春。③

梅公认为,诗歌的本质在于抒发情性,不须大放厥声。诗之理出之于平淡,诗家之典范即是陶渊明。"宁从陶令野"云云,强调宁从陶公的野逸,不取孟郊的尖新。从诗题和诗注看,这里含有一段故事。梅公曾将自己的近诗作为见面礼赠予宰相晏殊,并一起谈论诗。其间,晏公谈到陶渊明的诗"多野逸田舍之语",孟郊的诗"有五言一句全用新字"。梅公后来忽然收到晏公的酬赠之诗,十分欣喜,作诗以和,表达了他推崇陶诗平淡自然之美的诗学观点。在他看来,沙中取宝,枯树探春,都是勉为其难、强行费力的事情,不如自然为好。不少论者认为梅诗学孟郊诗,如明宋濂说:"梅之覃

---

① (宋)梅尧臣:《答中道小疾见寄》,《宛陵先生集》卷二十四,四部丛刊本第190册,第209页。
② (宋)梅尧臣:《寄宋次道中道》,《宛陵先生集》卷二十五,四部丛刊本第190册,第215页。
③ (宋)梅尧臣:《以近诗贽尚书晏相公,忽有酬赠之什,称之甚过,不敢辄有所叙,谨依韵缀前日坐末教诲之言以和》,《宛陵先生集》卷二十八,四部丛刊本第190册,第243页。

思精微，学孟东野。"① 这是徒见其表，不见其里。梅公虽以家贫自比孟郊，作诗未必取法孟郊。他是兼取儒家中和之美与道家朴素之美的美学思想，以陶诗为圭臬，从而构成了平淡诗美的基本特征。

梅公以为，平淡乃诗歌之难造之境，他的论诗名言是：

> 作诗无古今，唯造平淡难。②

可知梅公把"平淡"看作诗之至难之境。何以谓之"难"？欧阳修《书梅圣俞稿后》似透露此中天机。他说：

> 余尝问诗于圣俞，其声律之高下，文语之疵病，可以指而告余也；至其心之得者，不可以言而告也。③

梅公的回答是，声律、文语的讲求和锻炼是可言告的，而"心之得者"则"不可以言而告"。这说明"平淡"之美，不仅是语言的锤炼，更在于"心之得"，即把一腔穷愁不平之气磨揉化解为平和之音、淡泊之意。正是有这种"磨揉"与"化解"，使得平淡之美包含着情感的内在冲突与张力，具有了独特的美感。欧公又说：

> 圣俞常语予：诗家虽主意，而造语亦难。若意新语工，得前人所未道者，斯为善也。必能状难写之景如在目前，含不尽之意见于言外，然后为至矣。（同上）

是知梅公的"唯造平淡难"，不独立意难——心有所得；而造语

---

① （明）宋濂：《答董秀才论诗书》，《文宪集》卷二十八，四库全书本第1224册，第462页。
② （宋）梅尧臣：《读邵不疑学士诗卷杜挺之忽来因出示之且伏高致辄书一时之语以奉呈》，《宛陵先生集》卷四十六，四部丛刊本第191册，第388页。
③ （宋）欧阳修：《书梅圣俞稿后》，《欧阳修全集》卷七十二，第1049页。

亦难——意新语工，得前人所未道，还要将写景与表意融合，含言外之意，斯为至善至高之境。所以，欧公说梅公："苦于吟咏，以闲远古淡为意，故其构思极艰。"① 可以说梅公的"平淡"论，是对宋以前关于情景交融、言外之意论述的极好概括，开启了宋人重"韵味"的风尚。

综上所述，梅公倡"平淡"，是建立在处穷而能保持淡泊的心态并孜孜追求艺术高境的基础上的。日本学者横山伊势雄也说，梅尧臣的诗"确是经历了种种磨难之后方才到达平淡之境的"②。这需要有坚毅而超脱的精神，梅公说的"文字出肝胆"，指的恐怕就是这种精神。因平淡之美包含着情感的内在冲突与张力，又有文字的反复锤炼，可谓是"平淡而山高水深"。张舜民（字芸叟）说："梅圣俞之诗，如深山道人，草衣葛履，王公见之，不觉屈膝。"③ 梅公倡导的"平淡"，其意义不仅在于革除西昆体浮华雕琢之文风，更在于开启一种美学风尚，崇尚一种人生高境。

第二节　欧阳修推扬"平淡"诗美

梅尧臣首倡平淡诗美，有功甚大；而欧阳修知之、推之，贡献尤巨。论者对此予以充分肯定，如：

---

① （宋）欧阳修：《六一诗话》，（清）何文焕辑《历代诗话》，中华书局1981年版，第265页。
② ［日］横山伊势雄撰：《梅尧臣的诗论——兼正梅尧臣"学唐人平淡处"之论》，张寅彭译，《苏州大学学报》（哲学社会科学版）1996年第2期。
③ （宋）胡仔：《苕溪渔隐丛话》后集卷三十三"张芸叟"条，人民文学出版社1962年版，第257页。

宛陵梅先生以道德文学发而为诗，变晚唐卑陋之习，启盛宋和平之音，有功于斯文甚大。欧阳文忠公知之最深，既题其诗稿，又序其集，又序其所注《孙子》，又铭其墓而哀之以文。盖文忠公之知先生，犹子房谓沛公为殆天授者，是岂容赞一辞哉！（刘性《宛陵先生年谱序》）①

宋初诗文尚沿唐末五代之习，柳开、穆修欲变文体，王禹偁欲变诗体，皆力有未逮。欧阳修崛起，为雄力复古格。其时曾巩、苏轼、苏辙、陈师道、黄庭坚等，皆尚未显。其佐修以变文体者尹洙，佐修以变诗体者则尧臣也。其诗旨趣古淡，惟修深赏之。（四库馆臣《宛陵集提要》）②

指出欧阳修对梅公知之最深，深赏梅诗之旨趣古淡，而梅尧臣也辅佐欧阳修变革诗体，二人乃志同道合，趣味相投。

一　欧公推赏梅诗之古淡、闲淡

欧阳修曾说："昔梅圣俞作诗，独以吾为知音，吾亦自谓举世之人，知梅诗者莫吾若也。"③ 朱弁《风月堂诗话》卷上说："圣俞少时，专学韦苏州，世人咀嚼不入，惟欧公独爱玩之。"④ 是知欧公与梅公有"知音"之交，欧公独赏梅诗之"古淡""闲淡"，爱玩不已。

欧公《六一诗话》中有一段精彩议论，比较梅尧臣与苏舜钦诗

---

① （宋）刘性：《宛陵先生年谱序》，《宛陵先生集》附录，第492页。
② （清）四库馆臣：《宛陵集提要》，四库全书本第1099册，第5页。
③ （宋）欧阳修：《唐薛稷书》，《欧阳修全集》卷一百三十八《集古录跋尾》卷五，第2196页。
④ （宋）朱弁：《风月堂诗话》卷上，陈新点校，中华书局1988年版，第106页。

之不同风格,其云:

> 圣俞、子美齐名于一时,而二家诗体特异。子美笔力豪隽,以超迈横绝为奇,圣俞覃思精微,以深远闲淡为意,各极其长,虽善论者不能优劣也。余尝于《水谷夜行》诗略道其一二云:"子美气尤雄,万窍号一噫。有时肆颠狂,醉墨洒滂霈。譬如千里马,已发不可杀。盈前尽珠玑,一一难拣汰。梅翁事清切,石齿漱寒濑。作诗三十年,视我犹后辈。文辞愈精新,心意虽老大。有如妖韶女,老自有余态。近诗尤古硬,咀嚼苦难嘬。又如食橄榄,真味久愈在。苏豪以气轹,举世徒惊骇。梅穷独我知,古货今难卖。"语虽非工,谓粗得其仿佛,然不能优劣之也。①

欧公谓苏诗的"笔力豪隽"与梅诗的"深远闲淡",二者各极其长,不能分别其优劣。然而他指出,苏诗之雄杰,苏诗之癫狂,有如"千里马",一发不可收;又如满目"珠玑",令人难以拣汰。而梅诗的"闲淡",有如老来的美女,风韵犹存;梅诗的"古硬",又如"食橄榄",反复咀嚼,真味久在。他说"苏豪以气轹",举世皆为"惊骇",皆能赏识;而"梅穷独我知",梅诗就好比"古货"难以出售。因为它不大符合时人的审美口味,一时还不能得到普遍的接受。欧公点明梅诗的"古淡""平淡"是一种成熟的美,老境的美。在他看来,更为难识、难得。他在《再和圣俞见答》诗中说:

---

① (宋)欧阳修:《六一诗话》,《历代诗话》本,第267页。

> 子言古淡有真味，太羹岂须调以齑。
>
> 怜我区区欲强学，跛鳖曾不离污泥。
>
> 问子初何得臻此，岂能直到无阶梯。
>
> 如其所得自勤苦，何惮入海求灵犀。
>
> 周旋二纪陪唱和，凡翼每并鸾皇栖。
>
> 有时争胜不量力，何异弱鲁攻强齐。①

欧公将梅公的"古淡有真味"，比作"大羹"，不须调和，而自有真味美味。《礼记·乐记》云："大羹不和，有遗味者矣。"郑玄注："大羹，肉湆，不调以盐菜。"欧公自谦自己欲强学而不得，譬如跛鳖不曾离开污泥；又将梅诗比作"鸾皇"（鸾与凤），将己诗比作"凡翼"（普通的鸟）；又将梅诗比作"强齐"，将己诗比作"弱鲁"，赞美之词，流溢纸上。

由于欧公的极力推赏，梅诗遂风行天下。欧公在《梅圣俞墓志铭并序》中，精辟论述了梅公其诗之风格，得益于其君子人格：

> 而圣俞诗遂行天下。其初喜为清丽、闲肆、平淡，久则涵演深远，间亦琢刻以出怪巧，然气完力余，益老以坚。……圣俞为人，仁厚乐易，未尝忤于物，至其穷愁感愤，有所骂讥笑谑，一发于诗，然用以为欢，而不怨怼，可谓君子者也。②

欧公认为，梅诗的风格，并不是简单的"平淡"，而是丰富而有变化："初喜为清丽、闲肆（悠闲自然）、平淡""久则涵演深远"，是就其风格的变化及其给读者的感受而言；"间亦琢刻以出怪巧，然

---

① （宋）欧阳修：《再和圣俞见答》，《欧阳修全集》卷五，第82页。
② （宋）欧阳修：《梅圣俞墓志铭并序》，《欧阳修全集》卷三十三，第497页。

气完力余，益老以坚"，是就风格的辩证统一而言。梅诗在"清丽、闲肆、平淡"的主导风格中又包含着怪奇新巧的元素，而避免了风格的单一性。同时，其"清丽、闲肆、平淡"又非格力柔弱，而是气力弥满，老到坚实。简言之，平淡而含深远，平淡而出怪巧，平淡而有气力。这便是欧公对梅诗风格的解读。

欧公指出，梅诗平淡风格的形成是其"君子"人格的反映。其为人"仁厚乐易"，虽处穷而不忤逆于物，将自己的穷愁感愤骂讥笑谑发于诗，抒发的是他的人生态度，是心理的平和欢悦，而不是发泄怨怼的情绪，所以可称为"君子"。欧公所论，对于我们理解梅尧臣的君子人格，理解"平淡"诗美的实质极有助益。这也印证了本章的论点：处穷而能超然淡泊，才能成就"平淡"的诗歌风格。

欧公的极力推赏与王安石的"推仰尤至"，奠定了梅诗的崇高地位。陆游说：

> 先生当吾宋太平最盛时，官京洛，同时多伟人巨公，而欧阳公之文、蔡君谟之书与先生之诗，三者鼎立，各自名家。文如尹师鲁，书如苏子美，诗如石曼卿辈，岂不足垂世哉？要非三家之比，此万世公论也。……欧阳公平生常自以为不能望先生，推为"诗老"。王荆公自谓《虎图》诗不及先生《包鼎画虎》之作，又赋哭先生诗，推仰尤至。①

陆游认为，宋初太平之时，欧阳修之文、蔡襄之书法与梅尧臣之诗，三者鼎立，各自名家，代表了当时的最高水平，至于尹洙

---

① （宋）陆游：《梅圣俞别集序》，《陆游集·渭南文集》卷十五，中华书局1976年版，第2107页。

(字师鲁)之文,苏舜钦(字子美)之书与石延年(字曼卿)之诗,不是不可以垂世,却比不得欧、蔡、梅三家,"此万世公论也"。又举出王安石对梅公的"推仰尤至"。宋末刘克庄亦称:"本朝诗,惟宛陵为开山祖师。宛陵出,然后桑濮之淫哇稍息,风雅之气脉复续,其功不在欧、尹下。"① 当然,对梅诗的"平淡",也有持不同意见者。朱熹《朱子语类》载:"或曰:'圣俞长于诗。'曰:'诗亦不得谓之好。'或曰:'其诗亦平淡。'曰:'他不是平淡,乃是枯槁。'"② 一向推崇平淡诗美的朱熹对梅诗不十分看好,认为他不是平淡,而是"枯槁",与杜甫说陶诗"枯槁"略同。③ 南宋初期颇有诗名的张嵲评曰:"圣俞以诗鸣,本朝欧阳公尤推尊之。余读之数过,不敢妄肆讥评。至反复味之,然后始判然于胸中。不疑圣俞诗长于叙事,雄健不足,而雅淡有余。然其淡而少味,令人无一唱三叹之意。至于五言律诗,特精其句法步骤,真有大历诸公之风。"④ 说明宋代大家虽然都推崇平淡之美,但对平淡的审美内涵的理解与具体评判,是有差别的。这也是诗歌接受过程中很正常的事。

二 改革文风以"平澹典要"取士

欧公既推赏梅诗之古淡、平淡,并进一步以此为诗歌鉴赏与评论的重要标准。如云:

---

① (宋)刘克庄,王秀梅点校:《后村诗话·前集》卷二,中华书局1983年版,第22页。
② (宋)黎靖德编:《朱子语类》卷一百三十九,中华书局1994年版,第3313页。
③ (唐)杜甫:《遣兴五首》(其三):"陶潜避俗翁,未必能达道。观其著诗集,颇亦恨枯槁。"仇兆鳌注《杜诗详注》卷七,中华书局2015年版,第681页。
④ (宋)刘克庄著,王秀梅点校:《后村诗话·后集》卷二,中华书局1983年版,第67页。

> 世好竞辛咸，古味殊淡泊。否泰理有时，惟穷见其确。①
>
> 辞严意正质非俚，古味虽淡醇不薄。②
>
> 又知物贵久，至宝见百炼。纷华暂时好，俯仰浮云散。淡泊味愈长，始终殊不变。③
>
> 其为文章淳雅，尤长于诗，淡泊闲远，往往造人之不至。④

欧公认为：世人竞好"味重"，而"古味""淡泊"，其虽淡而醇厚；"纷华"的文辞只能暂时被人叫好，俯仰之间，便会如浮云散去，唯"淡泊味愈长，始终殊不变"，而且"淡泊闲远"的境界，往往是人难以达到的。可知，欧公是从诗歌发展史的开阔视域来观照诗歌的古味淡泊，实际上是在追求诗的本真，追求诗的高境，以反对晚唐五代以来险怪、绮丽、雕琢的诗风，其思路是借复古以革新。

正是出于这样的认识和思路，欧公在权知贡举时，对科考取士作了重大的改革，以"平淡造理"为择取的标准。韩琦在《欧阳公墓志铭并序》中说：

> 嘉祐初，权知贡举时，举者务为险怪之语，号大学体。公一切黜去，取其平澹造理者，即预奏名。初虽怨谤纷纭，而文格终以复古者，公之力也。⑤

---

① （宋）欧阳修：《送杨辟秀才》，《欧阳修全集》卷二，第22页。
② （宋）欧阳修：《读张李二生文赠石先生》，《欧阳修全集》卷二，第25页。
③ （宋）欧阳修：《读书》，《欧阳修全集》卷九，第139页。
④ （宋）欧阳修：《江邻几墓志铭》，《欧阳修全集》卷三十四，第500页。
⑤ （宋）韩琦：《故观文殿学士太子少师致仕赠太子太师欧阳公墓志铭并序》，《安阳集》卷五十，四库全书本第1089册，第540页。

欧公"取士"的择取标准是,黜去好"险怪之语"者,而"取其平澹造理者",此项大胆革新举措,在开始时引发怨谤纷纭,后来逐渐被社会接受,对北宋文格诗风的改变,起了决定性的作用。刘性《宛陵先生年谱序》也说:

> 宋嘉祐二年,诏修取士法,务求平澹典要之文。文忠公知贡举,而先生为试官,于是得人之盛,若眉山苏氏、南丰曾氏、横渠张氏、河南程氏,皆出乎其间。不惟文章复乎古作,而道学之传,上承孔孟,然则谓为文忠公与先生之功非耶?[①]

可见以"平澹典要"取士,不仅改革了文风,亦拔擢了一批真正的人才,如苏轼、曾巩、张载、程颐等,日后成为宋代文化之顶级人物。

三 借梅诗提出"穷而后工"的命题

梅公长欧公5岁,其59岁病亡。几年后欧公在"将告归"时"因求其稿",题其诗稿,又序其集,充分论述了梅诗的艺术感染力,并借此提出"穷而后工"的命题。

欧公在《书梅圣俞稿后》中,从论"乐"的巨大感染力量入手,进而论梅诗。他说:

> 八音五声……至乎动荡血脉,流通精神,使人可以喜,可以悲,或歌或泣,不知手足鼓舞之所然。……盖不可得而言也,乐之道深矣。……盖诗者,乐之苗裔与!汉之苏李、魏之曹刘

---

① (宋)刘性:《宛陵先生年谱序》,《宛陵先生集》附录,四部丛刊本第191册,第493页。

得其正始，宋齐而下得其浮淫流佚，唐之时，子昂、李、杜、沈、宋、王维之徒，或得其淳古淡泊之声，或得其舒和高畅之节，而孟郊、贾岛之徒又得其悲愁郁堙之气……今圣俞亦得之，然其体，长于本人情状，风物英华，雅正变态百出；哆兮其似春，凄兮其似秋，使人读之，可以喜，可以悲，陶畅酣适，不知手足之将鼓舞也，斯固得深者耶，其感人之至，所谓与乐同其苗裔者邪。①

孟子说"仁言不如仁声之入人深也"②，荀子说"夫声乐之入人也深，其化人也速"③，欧公发挥了圣贤之意，认为"乐"有着可喜可悲或歌或泣的巨大感染作用。诗乃乐之苗裔。唐人之诗，或得其"淳古淡泊之声"，或得其"舒和高畅之节"，或得其"悲愁郁堙之气"……而梅诗亦得之于"乐"，读梅公之诗，感觉如春秋之风物英华，变态百出，使人可以喜，可以悲，陶畅酣适，其入人之深，感人之至，完全达到"与乐同其苗裔"的审美效果与感染力。欧公的高度评价，以梅诗的审美接受为视角，反映出欧公的诗歌接受美学思想。

欧公又作《梅圣俞诗集序》，解答世人"诗人少达而多穷"之见，提出"穷而后工"的命题：

予闻世谓诗人少达而多穷，夫岂然哉？盖世所传诗者，多

---

① （宋）欧阳修：《书梅圣俞稿后》，《欧阳修全集》卷七十二，第1048页。
② （战国）孟子：《尽心》，杨伯峻《孟子译注》卷十三《尽心章句上》，中华书局1960年版，第306页。
③ （战国）荀子：《乐论》，王先谦《荀子集解》卷十四，《诸子集成》（2），上海书店影印本1986年版，第253页。

出于古穷人之辞也。凡士之蕴其所有而不得施于世者,多喜自放于山巅水涯之外,见虫鱼草木风云鸟兽之状类,往往探其奇怪,内有忧思感愤之郁积,其兴于怨刺,以道羁臣寡妇之所叹,而写人情之难言,盖愈穷则愈工。然则非诗之能穷人,殆穷者而后工也。……圣俞亦自以其不得志者,乐于诗而发之,故其平生所作于诗尤多。……世徒喜其工,不知其穷之久而将老也,可不惜哉!①

在欧公看来,"非诗之能穷人,殆穷者而后工也"。为什么呢?他认为原因有二:其一,士之有才而不得施于世,"多喜自放于山巅水涯之外",能亲近自然山水,自能建立起较为纯粹的审美关系,往往能"探其奇怪",写出独特的山水景致;其二,诗人内心郁积的忧思感愤,往往借助于比兴手法抒发怨刺情绪。此内情外景之融和,即能写出一般人难以体验、难以言说的东西,故愈穷则愈工,愈工则感人。梅尧臣的诗,正是抒发其"不得志者",处穷而乐于诗而发之,故得其工也。欧公以梅诗为典例,提出"穷而后工"说,得到士人的广泛认同。特别是苏轼,继承与发扬了欧公这一观点,对其作了进一步的理解与阐发。如他在《题王晋卿诗后》中说:"晋卿以贵公子罹此忧患,而不失其正,诗词益工,超然有世外之乐……"可谓深得欧公之精髓。"穷而后工"也成为苏轼重要的创作观念之一。②

---

① (宋)欧阳修:《梅圣俞诗集序》,《欧阳修全集》卷四十二,第612页。
② 参见张惠民、张进《士气文心:苏轼的文化人格与文艺思想》第十五章,人民文学出版社2004年版,第392—399页。

欧阳修对梅诗之古淡平淡之所以深美之、扬厉之：一在于其志同道合，他说："宛陵梅圣俞善人君子也，与余共处穷约，每见余小有可喜事，欢然若在诸已。"① 二在于改革文风，如前所述。三在于他的贫寒出身与坎坷经历相关。欧公自谓"吾生本寒儒"②。《宋史》本传载欧公"四岁而孤""家贫，至以荻画地学书"，入仕后因耿直敢言，"放逐流离，至于再三，志气自若"③。他说："君子轻去就，随卷舒，富贵不可诱，故其气浩然；勇过乎贲育，毁誉不以屑。其量恬然，不见于喜愠，能及是者，达人之节而大方之家乎？"④ 足见其处穷而能恬然淡泊，风节自持。他强调"穷而后工"，但不喜那些遭贬之士，"戚戚怨嗟，有不堪之穷愁，形于文字，其心欢戚，无异庸人，虽韩文公不免此累"，故戒人"慎勿作戚戚之文"⑤。所以欧公之诗，清新秀丽，平淡有味；欧公之文，平易自然，纡徐委婉。苏洵称其文："纡徐委备，往复百折，而条达疏畅，无所间断；气尽语极，急言竭论，而容与闲易，无艰难劳苦之态。"⑥ 朱熹言其文"虽平淡，其中却自美丽，有好处，有不可及处，却不是阘茸无意思"⑦。欧公诗文的"平淡""美丽"与"不可及处"，不独在字面，乃在其人生境界之淡泊高远。

---

① （宋）欧阳修：《集古录目序题记》，《欧阳修全集》卷一百三十四，第2061页。
② （宋）欧阳修：《读书》，《欧阳修全集》卷九，第139页。
③ （元）脱脱等：《宋史》卷三百一十九《欧阳修传》，中华书局1985年版，第10375页、第10380页。
④ （宋）欧阳修：《送方希则序》，《欧阳修全集》卷六十六，第960页。
⑤ （宋）欧阳修：《与尹师鲁第一书》，《欧阳修全集》卷六十九，第999页。
⑥ （宋）苏洵：《上欧阳内翰第一书》，曾枣庄、金成礼《嘉祐集笺注》卷十二，上海古籍出版社1993年版，第328页。
⑦ （宋）黎靖德编：《朱子语类》卷一百三十九，中华书局1994年版，第3312页。

第三节　苏轼推崇"平淡"诗美

欧公与梅公皆是当年拔擢眉山学子苏轼的主考官，与之交谊甚笃。苏轼在《题梅圣俞诗后》中说："吾虽后辈，犹及与之周旋，览其亲书诗，如见其抵掌谈笑也。"[①] 故欧、梅之倡平淡，对苏轼有不可低估的影响。可以说，苏轼崇尚"平淡"诗美，承梅、欧而来，而又与其生存状态、人生态度、审美趣味密切相关。其中，关键性的因素是"处穷"与"好陶"。

一　苏轼"平淡"诗美观的确立

徐、湖时期，是苏轼平淡诗美观的萌发时期。苏公仕途受挫，于熙丰年间（1068—1085）出离朝廷，历任职于杭、密、徐、湖四州。其间，每每呈露出一种矛盾的心态。既不喜孟郊诉穷叹屈之词，讥为"寒虫号"[②]，却又不免抒发穷愁与牢骚："世上小儿多忌讳，独能容我真贤豪。……安能终老尘土下，俯仰随人如桔槔？"[③] 值得指出的是，由于较多结交僧道高人隐士，他的不平之气稍有化解，正如作于杭州的《听僧昭素琴》所云："散我不平气，洗我不和

[①]（宋）苏轼：《题梅圣俞诗后》，《苏轼文集》卷六十八，第2149页。
[②]（宋）苏轼：《读孟郊诗二首》，孔凡礼点校《苏轼诗集》卷十六，中华书局1982年版，第796页。
[③]（宋）苏轼：《送李公恕赴阙》，《苏轼诗集》卷十六，第787页。

心。"① 至徐州，苏轼在人生思考价值取向上开始接近陶，诗中有"北牖已安陶令榻"之句，② 尤其认同与追慕陶的"高人"生活方式与人格风范。又说："我穷交旧绝，计拙集枯槁。"③ 这使他在偏重于"雄豪"诗风的同时，也欣赏"淡泊"之诗美。作于此时的《送参寥师》诗云：

> 退之论草书，万事未尝屏。
> 忧愁不平气，一寓笔所骋。
> 颇怪浮屠人，视身如邱井。
> 颓然寄淡泊，谁与发豪猛？
> 细思乃不然，真巧非幻影。
> 欲令诗语妙，无厌空且静。
> 静故了群动，空故纳万境。
> 阅世走人间，观身卧云岭。
> 咸酸杂众好，中有至味永。
> 诗法不相妨，此语更当请。④

韩愈主不平之鸣，故推许张旭草书因"忧愁不平"而"豪猛"，而对高闲上人心境淡泊，诗亦淡泊，不能领略。⑤ 清人林云铭《韩文起》卷五说韩愈"纯是一幅辟佛口角"⑥。苏轼则以为，于空静中

---

① （宋）苏轼：《听僧昭素琴》，《苏轼诗集》卷十二，第576页。
② （宋）苏轼：《次韵王廷老退居见寄》，《苏轼诗集》卷十七，第890页。
③ （宋）苏轼：《留别叔通、元弼、坦夫》，《苏轼诗集》卷十八，第934页。
④ （宋）苏轼：《送参寥师》，《苏轼诗集》卷十七，第905页。
⑤ （唐）韩愈《送高闲上人序》："今闲师浮屠氏，一死生、解外胶，是其为心，必泊然无所起……"孙昌武选注《韩愈选集》，上海古籍出版社1996年版，第459页。
⑥ 同上书，第461页。

才能包纳万境群动，浮屠人心境淡泊，走人间而卧云岭，既阅世而又能静观，以此为诗，淡泊而不颓堕，内中自含有咸酸之外之至味。苏轼之论融入了儒道佛三家思想，强调入世而出世，又吸收了司空图"诗味说"，奠定了其"平淡说"的基础。

从贬黄州（元丰二年至七年，1079—1084）至元祐年间，是苏轼平淡诗美观的发展时期。面对政治上的严重受挫，他兼取儒、释、道各家思想，从而形成处穷而清净超然的心态。贬逐生活的枯槁俭素，混迹于土人，使他在诗歌内容与风格上有意靠近梅尧臣与陶渊明的平淡诗风。苏轼《五禽言并叙》云："梅圣俞尝作《四禽言》。余谪黄州，寓居定惠院，绕舍皆茂林修竹，荒池蒲苇，春夏之交，鸣鸟百族，土人多以其声之似者名之，遂用圣俞体作《五禽言》。"兹录一首："去年麦不熟，挟弹规我肉。今年麦上场，处处有残粟。丰年无象何处寻，听取林间快活吟"（此鸟声云麦饭熟，即快活）。① 开荒筑室，备尝苦辛，又使他由好陶而比陶，审美趣味也趋向于平淡。《与李公择十七首》（其十）云："仆行年五十，始知作活。大要是悭尔，而文以美名，谓之俭素。然吾侪为之，则不类俗人，真可谓淡而有味者。"② 又，《与王庠五首》（其一）云："非独以愈疾，实务自枯槁，以求寂灭之乐耳。"③

故而他对那些处穷不怨、平和淡泊之诗给予了很高评价。他推赏林逋"诗如东野不言寒"④ 亦对王巩之诗加以赞赏。《次韵和王巩》诗云：

---

① （宋）苏轼：《五禽言并叙》，《苏轼诗集》卷二十，第1045页。
② （宋）苏轼：《与李公择十七首》，《苏轼文集》卷五十一，第1499页。
③ （宋）苏轼：《与王庠五首》，《苏轼文集》卷六十，第1820页。
④ （宋）苏轼：《书林逋诗后》，《苏轼诗集》卷二十五，第1343页。

谪仙窜夜郎，子美耕东屯。造物岂不惜，要令工语言。
王郎年少日，文如瓶水翻。争锋虽剽甚，闻鼓或惊奔。
天欲成就之，使触羝羊藩。孤光照微陋，耿如月在盆。
归来千首诗，倾泻五石樽。却疑彭泽在，颇觉苏州烦。①

王巩（定国）因受"乌台诗案"牵连，贬为监宾州盐酒税，三年放归。苏轼言其于处穷之际磨砺锻炼，所以虽年少之时诗如翻水流淌自如，而贬谪归来之诗则如美酒清醇，如陶彭泽之超然自得，如韦苏州之淡泊清丽。可见在苏轼心目中，处穷而超然才能为淡泊有味之诗。

晚年贬逐岭海，是苏轼平淡诗美观确立并发扬时期。从惠州到儋耳，其生存状态益发艰窘，曾露宿桃榔树下，以熏鼠、蝙蝠、哈蟆充饥。人生境况的坎坷，加深了苏对陶"入乎其内"的体悟，一百余篇和陶诗的完成，更显出陶对苏人生态度的巨大影响：

当欢有余乐，在戚亦颓然。渊明得此理，安处故有年。
……人间少适宜，惟有归耘田。
我昔堕轩冕，毫厘真市廛。困来卧重裀，忧愧自不眠。
如今破茅屋，一夕或三迁。风雨睡不知，黄叶满枕前。
宁当出怨句，惨惨如孤烟。但恨不早悟，犹推渊明贤。②

苏轼的不"出怨句"，不惨惨戚戚，自有儒家的道大不容而自乐、老庄的淡泊超然与佛家的随缘自适等思想因素，而渊明无疑起

---

① （宋）苏轼：《次韵和王巩》，《苏轼诗集》卷二十七，第1441页。
② （宋）苏轼：《和陶怨诗示庞邓》，《苏轼诗集》卷四十一，第2271页。

到了"精神导师"的作用。苏轼赞赏渊明能识穷达欢戚之理，以为人间之适宜在于脱轩冕而归耕田，故能安处有年。而自己往昔堕入官场，忧谗畏讥，扪心自愧，虽困来卧重裀，犹不能安睡。而今一旦解脱官场羁束，虽茅屋之下一夕数迁满天风雨黄叶飘零，也安睡不知，以其有一份平静超然、不必患得患失的心态。所以他说："厄穷至此，委命而已。老人与过子相对，如两苦行僧尔。然胸中亦超然自得，不改其度。"① 惠洪《冷斋夜话》载：

> 东坡在惠州，尽和渊明诗。时鲁直在黔南，闻之，作偈曰："子瞻谪海南，时宰欲杀之。饱吃惠州饭，细和渊明诗。渊明千载人，子瞻百世士。出处固不同，风味亦相似。"②

黄庭坚在苏门学士中是最知苏轼的，深知苏、陶"出处固不同，风味亦相似"，那就是喜好超然自得、简古淡泊之诗风。苏轼在晚年所作《书黄子思诗集后》中，推赏"陶、谢之超然"，推赏"韦应物、柳宗元发纤秾于简古，寄至味于澹泊"的诗风，推赏司空图"美在咸酸之外，可以一唱而三叹"的诗味说，认为李、杜之诗，集古今笔法之大成，凌跨百代，却少了魏晋以来的高风绝尘。③

苏轼对陶、柳诗的大加推崇，标志着其平淡诗美观的确立，尤为重要的是，他对陶、柳诗的"平淡"予以精辟的诠释：

> 所贵乎枯澹者，谓其外枯而中膏，似澹而实美，渊明、子

---

① （宋）苏轼：《与侄孙元老四首》，《苏轼文集》卷六十，第1841页。
② （宋）胡仔：《苕溪渔隐丛话》前集卷四"五柳先生"引《冷斋夜话》，廖德明校点，人民文学出版社1984年版，第22页。
③ （宋）苏轼：《书黄子思诗集后》，《苏轼文集》卷六十七，第2124页。

厚之流是也。若中边皆枯澹，亦何足道。①

渊明作诗不多，然其诗质而实绮，癯而实腴。②

苏轼揭橥了陶柳诗的平淡，是外枯淡而内丰腴、貌质朴而含绮丽的辩证统一，极具眼光。秦观婿范温《潜溪诗眼》说："子厚诗尤深远难识，前贤亦未推重。自老坡发明其妙，学者方渐知之。"③陶诗的情形，亦即如此。

总括苏轼平淡诗美观，实包含以下两个因素。

第一，情感内蕴为"处穷而能超然淡泊、温厚平和"。在苏轼看来，诗人"处穷"乃"天欲成就之"，因包含有苦难与坎坷，包含有较深层次的人生体验，故其情感在经历摧挫、磨砺之后，便具有内在的力量和深蕴。这便是其"中膏""实腴"的根本，而不是"中边皆枯澹"；而唯其"超然"，才能自然平和淡泊，无牢骚之辞、苦寒之语、蔬笋之气，见出其"高风绝尘"。

第二，文字上由绚烂而归平淡。苏轼给二郎侄的信中说："凡文字，少小时须令气象峥嵘，采色绚烂，渐老渐熟，乃造平淡，其实不是平淡，绚烂之极也。"④ 强调平淡是由"气象峥嵘，采色绚烂"发展而来，有一个磨练的过程，是更高一级的境界。苏轼曾谓参寥子诗"笔力愈老健清熟""当更磨揉以追配彭泽"⑤。说明平淡之美是在气象峥嵘老健清熟之基础上的经过不断磨揉后的山高水深。所

---

① （宋）苏轼：《评韩柳诗》，《苏轼文集》，第2109页。
② （宋）苏辙：《栾城后集》卷二十一《子瞻和陶渊明诗集引》引苏轼语，陈宏天、高秀芳点校《苏辙集》（第三册），中华书局1990年版，第1110页。
③ （宋）胡仔：《苕溪渔隐丛话》前集卷十九"柳柳州"引《诗眼》，人民文学出版社1984年版，第122页。
④ （宋）赵令畤：《侯鲭录》卷八，孔凡礼点校，中华书局2002年版，第203页。
⑤ （宋）苏轼：《与参寥子二十一首》其二，《苏轼文集》卷六十一，第1860页。

以它不是枯淡无味，而是"质而实绮""似澹而实美""发纤秾于简古，寄至味于澹泊"，即在看似朴质、清癯、简古、淡泊的文字中，包含着绮丽细密，包含着深厚韵味，其"美在咸酸之外"，具有一唱三叹之艺术魅力。

　　苏轼对平淡的理解与阐释，吸收了梅、欧二公以及司空图等人的文艺思想内核，更丰富深入，充满艺术辩证法。这种平淡之美，不论在情感内蕴还是在文字上，都与人生的历练修养分不开，所以它不仅是一种美学风格，更是一种人生境界。只有在人饱更世事，历经磨练，将浮华、浮躁、骄矜、豪习尽去之后，以超然淡泊的心态观物处世，发而为诗，才能有这种自然平淡之美。邵博《闻见后录》载："刘器之与东坡元祐初同朝，东坡勇于为义，或失之过，则器之必约以典故。……至元符末，东坡、器之各归自岭海，相遇于道，始交欢。器之语人云：'浮华豪习尽去，非昔日子瞻也。'"[①] 正说明东坡晚岁崇尚平淡之美，乃是其人格境界与文艺思想的升华与完善。绚烂乃归平淡，可以就一人而言，也可就诗史而言，所以这种平淡之美又是对唐人诗雄浑、绚丽之美的一种包孕与超越。

二　晚岁评价陶、王、韦、柳诗

　　有了以上认识，通过"以意逆志"，我们就不难理解苏轼晚岁对陶、王、韦、柳之诗的评价。

---

① （宋）邵博：《闻见后录》卷二十，四库全书本第1039册，第312页。

(一) 关于陶诗：曹、刘以下六人"皆莫及也"

> 吾于诗人无所甚好，独好渊明之诗。渊明作诗不多，然其诗质而实绮，癯而实腴。自曹、刘、鲍、谢、李、杜诸人，皆莫及也。①

对这段文字，论者有以为不公。清代吴瞻文批《陶渊明集》云："曹、刘以下六人，岂肯少让渊明哉！欲推尊陶渊明而抑诸人为莫及焉，坡公之论过矣。夫亦曰以诸人之诗较之渊明，譬之春兰秋菊，不同其芳；菜羹肉脍，各有其味，听人之自好耳，如此乃为公论。坡公才情飘逸豪放，晚年率归平淡，乃悉取渊明集中诗追和之，此是好陶之至，不自知其言之病也。"② 此言似有道理。而苏公之论亦自成一理。

苏公推崇陶诗的"平淡"，其精神实质乃在于"超然"，在于处穷居贫之际的一种孤耿超然的心态。渊明家贫，弃官归田，温饱未足，故诗中多有叹贫之作，描绘其饥寒贫困之状。但陶诗与一般贫士诗不同的是，后者"一般是自伤不遇之辞，强调的是贫士之失意与潦倒，含蕴的是一份意欲摆脱当前困境之心愿"，而陶诗"强调的是其'君子固穷'之节操，传达的是其隐居之志不可移"③。南宋汤汉就曾说，陶诗"言本志少，说固穷多，夫惟忍于饥寒之苦，而后

---

① （宋）苏辙：《栾城后集》卷二十一《子瞻和陶渊明诗集引》引苏轼语，陈宏天、高秀芳点校《苏辙集》，第1110页。
② （清）吴瞻文：《批陶渊明集》，《陶渊明资料汇编》（上），中华书局1962年版，第202页。
③ 王国璎：《陶诗中的叹贫》，《文学遗产》1993年第4期。

能存节义之闲"①。元徐明善认为,"汤公谓渊明说固穷多,此深知陶者"②。更可贵的是,陶诗写出了"久在樊笼里,复得返自然"的自由与乐趣,写出了面对生死穷通"纵浪大化"不喜不惧的坦然与静定这种超然的态度。这种看似平淡的文字,深含着"骨气""奇趣"(参见苏轼《书唐氏六家书后》中评智永禅师书),实非曹、刘以下六人所及。苏公虽并言"陶、谢之超然",但谢实不及陶。

(二)关于柳诗:"在陶渊明下,韦苏州上"

> 柳子厚诗在陶渊明下,韦苏州上。退之豪放奇险则过之,而温丽靖深不及也。③

苏公此论之立足点,很大程度上,仍在于"处穷而超然"。柳公两度遭贬,自言"南来不作楚臣悲"④。其诗能"温丽靖深",蕴含着深厚的人生涵养,不像韩愈抒"穷愁不平气",过于豪放奇险,所以为韩诗所不及。苏公又说:"柳子厚南迁后诗,清劲纡徐,大率如此"⑤;"柳子厚晚年诗,极似陶渊明,知诗病者也"⑥,都在说明柳与陶极似,能于处穷之际以温厚平和之心为诗,故其诗清深温丽、纡徐而又清劲,不犯"好奇务新"之病。而柳所以在陶之下,乃在

---

① (宋)汤汉:《陶靖节先生诗注序》,《陶渊明资料汇编》(上),中华书局1962年版,第109页。
② (元)徐明善:《齐子莘故家大雅集》,《芳谷集》卷下,四库全书本第1202册,第601页。
③ (宋)苏轼:《评韩柳诗》,《苏轼文集》卷六十七,第2109页。
④ (唐)柳宗元:《汨罗遇风》,《柳宗元集》卷四十二,中华书局1979年版,第1149页。
⑤ (宋)苏轼:《书柳子厚南涧诗》,《苏轼文集》卷六十七,第2116页。
⑥ (宋)苏轼:《题柳子厚诗二首》(其二),《苏轼文集》卷六十七,第2109页。

其不如陶之"超然"。他自言贬居中常"神志荒耗，前后遗忘"①"每闻人大言，则蹶气震怖"②。即如苏公所书《南涧诗》，有云："去国魂已游，怀人泪空垂。孤生易为感，末路少所宜。"情怀不免感伤，萧索悲戚，难为超远之境，固宜在陶之下。

韦应物为人为诗皆高洁闲远，其诗云："心同野鹤遇尘远，诗似冰壶彻底清。"③白居易称其五言诗"高雅闲淡，自成一家之体"④，苏轼并称"韦柳"，以柳在韦之上。而清王士禛认为韦在柳之上。其《分甘馀话》谓："东坡谓柳柳州诗在陶彭泽下、韦苏州上，此言误矣。余更其语曰：'韦诗在陶彭泽下，柳柳州上。'余昔在扬州作论诗绝句有云：'风怀澄澹推韦柳，佳句多从五字求。解识无声弦指妙，柳州那得并苏州。'"⑤从韦之经历来看，虽有流落失职、折节读书与执法被讼愤而辞官之遭遇，仕途也还淹蹇，却不比柳公远贬蛮荒之"处穷"，经受的磨难与坎坷更为深重。故其闲淡诗中所表现的情感力度，都略逊于柳。苏公说柳柳州在韦苏州上，其立论之基点，当在于此。

（三）关于王维

司空图称"王右丞、韦苏州澄淡精致"（《与李生论诗书》），苏公晚岁推重平淡，以陶、韦、柳为典范而较少提及王维。其实，王

---

① （唐）柳宗元：《寄许京兆孟容书》，《柳宗元集》卷三十，第784页。
② （唐）柳宗元：《与杨京兆凭书》，《柳宗元集》卷三十，第790页。
③ （唐）韦应物：《赠王侍御》，陶敏校注，《韦应物集校注》卷二，上海古籍出版社1988年版，第78页。
④ （唐）白居易：《与元九书》，《白氏长庆集》卷四十五，四库全书本第1080册，第493页。
⑤ （清）王士禛：《分甘馀话》卷三，中华书局1989年版，第65页。

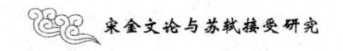

维诗画的清逸脱俗，苏公早就首肯，如云：

> 摩诘本词客，亦自名画师。
> 平生出入辋川上，鸟飞鱼泳嫌人知。
> 山光盎盎着眉睫，水声活活流肝脾。
> 行吟坐咏皆自见，飘然不作世俗辞。
> ……①

然如前所说，苏公崇尚平淡之美，与其处穷及生活的枯槁、俭素有关。王维虽也有过仕途的不顺乃至谪贬，但他晚岁生活优裕，饶有田庄别业，或半官半隐，或隐居山林，"落花家童未扫，鸟啼山客犹眠"（《田家乐七首》之六），"晚年惟好静，万事不关心""松风吹解带，山月照弹琴"（《酬张少府》），多表现出闲适之情调。安史之乱，"托病被囚"，担任伪官，心理受到极大的挫伤，又与苏公的处穷益励、枯槁俭素，心境大异。所以苏公在岭海七年，以陶、柳为"南迁二友"，再三书其诗篇，而提及王维的时候已很少了。

三 平淡诗美观的社会基础及影响

由梅、欧至苏轼，平淡诗美观的确立，实与诗人家贫处穷的生存状态、政治处境有关，与受儒释道各家思想的浸染而能超然淡泊有关，与文艺思想的日渐成熟而追求高境有关。这在宋代是有其深厚的社会基础与文化基础的，具体而言有以下三点。

其一，宋代官员中出身寒微者增多（《宋史》所载官员中，非

---

① （宋）苏轼：《题王维画》，《苏轼诗集》卷四十八，第2598页。

官僚出身者占 55.12%)①，而遭迁谪者更为普遍。家世寒微与处穷受挫，使他们一般生活俭素，性不好奢华，易对平淡之美发生兴趣。据《宋史》载，王禹偁"世为农家"（《列传》五十三）；范仲淹"二岁而孤"，既长求学，"食不给，至以糜粥继之，人不能堪，仲淹不苦也"（《列传》七十三）；石介"家故贫，妻子几冻馁，富弼、韩琦共分奉买田以赡养之"（《列传》一百九十一）；王安石"性不好华腴，自奉至俭"（《列传》八十六）；刘恕"家素贫，无以给旨甘，一毫不妄取于人"（《列传》二百三）；张耒"久于投闲，家益贫"（同上）；陈师道"家素贫，或经日不炊"（同上）；李廌"家素贫，三世未葬"（同上）；张方平"家贫无书，尝就人借三史"（苏轼《张文定公墓志铭》），等等。又因党争激烈，许多官员都经历过贬谪，在艰窘的环境中生活过。所以，他们在诗文创作和理论上一般偏尚朴实淡泊之美。如苏辙"为文汪洋澹泊"（《列传》九十八）。张耒"作诗晚岁益务平淡""轼称其文汪洋冲澹，有一唱三叹之声"（《列传》二百三）。王安石经两度罢相，晚岁退居金陵，心境趋于闲适安逸，诗风亦由"逋峭雄直之气"而转入"深婉不迫之趣"。

其二，儒释道三学并盛，士大夫多以佛老之澹泊与儒家之风节自持，保持一种平和的心态。老庄崇尚朴素恬淡，儒家提倡"穷而不怨"、温厚中和，而魏晋玄学，则调和儒道，以为"凡人之质量，中和最贵矣。中和之质，必平淡无味"②，将中和与平淡融为一体。至宋代，儒释道三教合流，理学兴起，尤注重心性之平和。文人士

---

① 苗书梅：《宋代官员选任和管理制度》，河南大学出版社1996年版，第106页。
② （三国魏）刘劭：《人物志》卷上《九征第一》，四库全书本第848册，第762页。

大夫于"位不配德,任不展才"之际,或遵儒道,情发中节而不出怨言;或取释老,遣情世外而不累于物;或奉理学,修身养性而淡泊其心。有此心态,始能追求诗语的真淳平淡,即如范仲淹《唐异诗序》所说"无虚美,无苟怨""意必以淳,语必以真"①。

其三,文艺思想日渐成熟。从老庄崇尚朴素恬淡的哲学思想,到魏晋人将其化为追求清淡而有真味的生活状态,再到梅、欧与苏轼确立平淡之美的诗学理想,实与文艺思想的日渐成熟与完善有关。《周易·系辞上》云:"乾以易知,坤以简能。易则易知,简则易从……易简而天下之理得矣。"②《礼记·乐记》云:"大乐必易,必简","乐至则无怨"③。王充《论衡·自纪》云:"大羹必有淡味""大简必有大好"④,因此追求简易平淡而有韵味,标志着文艺思想的成熟。宋初文坛,柳开、王禹偁、穆修、范仲淹、孙何等人相继发表了许多精辟的见解,要求革除西昆体浮靡雕琢之风,去华取实,易道易晓。欧阳修诗云:"子言古淡有真味,大羹岂须调以齑。"⑤是将"古淡"比作"大羹",视为艺术之高境。周敦颐云:"故乐声淡而不伤,和而不淫。入其耳,感其心,莫不淡且和焉。淡则欲心平,和则躁心释。优柔平中,德之盛也;天下化中,治之至也。"⑥王安石云:"是故大礼之极,简而无文;大乐之极,易而希声。……大礼性之中,大乐性之和,中和之情,通乎神明。"⑦张载

---

① (宋)范仲淹:《范文正集》卷六,四库全书本第1089册,第618页。
② 周振甫译注:《周易译注·系辞上传》,中华书局1991年版,第230页。
③ 王文锦:《礼记译解》(下册)《乐记第十九》,中华书局2001年版,第525页。
④ (汉)王充:《论衡·自纪》,《诸子集成》(7),上海书店1986年版,第286页。
⑤ (宋)欧阳修:《再和圣俞见答》,《欧阳修全集》卷五,第82页。
⑥ (宋)周敦颐:《周子通书·乐上》,上海古籍出版社2000年版,第37页。
⑦ (宋)王安石:《礼乐论》,《临川文集》卷六十六,四库全书本第1105册,第543页。

云:"夫诗之志至平易,不必为艰险求之。今以艰险求诗,则已丧其本心,何由见诗人之志?"[1] 这说明追求平易古淡之艺术高境,已成为宋人的自觉意识。

苏轼承梅、欧而确立的平淡诗美观,典型地表现了宋人重理性、尚平和、贵淡泊、能自持的文化心态与文艺思想,故对终宋一代产生了深刻的影响,成为宋代最具代表性的审美观念。后来尚平淡之美诸公,皆追求诗语平和平淡,落其华而存其实,即看上去简易平淡,细加品味却又丰厚蕴藉,意味无穷。虽然对平淡之美的体会理解未必尽同梅、欧、苏三公,但大致如斯。例如:黄庭坚《与王观复书三首》说杜甫到夔州后古律"句法简易,而大巧出焉,平淡而山高水深,似欲不可企及"[2]。葛立方《韵语阳秋》所谓"大抵欲造平淡,当从组丽中来,落其华芬,然后可造平淡之境"[3]。黄昇所谓"寄大音于穴寥之表,存至味于淡泊之中,非具眼者不能识也"[4]。朱熹亦崇尚平淡诗美,推崇陶渊明……从这些论述与观点中,明显见出苏公平淡诗美观的影响。明清人主"神韵",偏好王、孟一派,与宋人崇尚的平淡显然有别了。

---

[1] (宋)张载:《诗书》,《张子全书》卷四,四库全书本第697册,第152页。
[2] (宋)黄庭坚:《与王观复书三首》,刘琳等校点《黄庭坚全集·宋黄文节公全集·正集》卷十八,第471页。
[3] (宋)葛立方:《韵语阳秋》卷一,《历代诗话》本,第483页。
[4] (宋)魏庆之:《诗人玉屑》卷十九《韩涧泉》条引《玉林诗话》,王仲闻点校,中华书局2007年版,第607页。

第二章　李清照与苏轼

　　李清照（1084—?）以其擅长诗词文，在《宋史》里有两处记载：一处是《艺文志》载："《易安居士文集》七卷（宋李格非女撰）。又《易安词》六卷。"① 另一处则附其父李格非传后："女清照，诗文尤有称于时，嫁赵挺之之子明诚，自号易安居士。"② 能在《宋史》中留有作品与声名，这在宋代女性中，是绝无仅有的。宋代的诗话、词话、语录、笔记等著作中亦多有赞誉。例如，朱熹说："本朝妇人能文，只有李易安与魏夫人。"③ 黄昇说："李易安、魏夫人使在衣冠之列，当与秦七黄九争雄，不徒擅名于闺阁也。"④ 宋无名氏《瑞桂堂暇录》称："易安居士李氏……才高学博，近代鲜伦，其诗词行于世甚多。"⑤ 四库馆臣亦称："清照以一妇人，而词格乃

---

① （元）脱脱，等：《宋史》卷二百八《艺文七》，中华书局本，第5375页。
② （元）脱脱等：《宋史》卷四百四十四《李格非传》，中华书局本，第13122页。
③ （宋）黎靖德编：《朱子语类》卷一百四十，中华书局本，第3332页。
④ （清）沈雄：《古今词话·词话上卷》引黄玉林（黄昇）语，唐圭璋《词话丛编》第一册，中华书局1986年版，第767页。
⑤ （元）陶宗仪：《说郛》卷二十七下《瑞桂堂暇录阙名》，四库全书本第877册，第525页。

抗轶周柳上。张端义《贵耳集》极推其元宵词《永遇乐》、秋词《声声慢》，以为闺阁有此文笔，殆为间气，良非虚美。虽篇帙无多，固不能不宝而存之，为词家一大宗矣。"① 在笔者看来，清照的诗词文创作及其《词论》，与苏门有密切的关系，因此也是苏轼接受史中不可忽略的部分。

第一节　李清照对苏轼诸公词的批评

李清照的《词论》（又名《论词》），是词学批评史上的第一篇系统探讨词体的专论。最早见载于胡仔《苕溪渔隐丛话》后集卷三十三：

> 李易安云：乐府声诗并著，最盛于唐开元、天宝间。有李八郎者，能歌擅天下。……② 自后郑卫之声日炽，流靡之变日烦，已有《菩萨蛮》《春光好》《莎鸡子》《更漏子》《浣溪沙》《梦江南》《渔父》等词，不可遍举。五代干戈，四海瓜分豆剖，斯文道熄。独江南李氏君臣尚文雅，故有"小楼吹彻玉笙寒""吹皱一池春水"之词。语虽奇甚，所谓"亡国之音哀以思"也。
>
> 逮至本朝，礼乐文武大备，又涵养百余年。始有柳屯田永

---

① （清）永瑢等：《四库全书总目》卷一九八《漱玉词》，中华书局1965年版，第1814页。
② 此处省略号省略部分为李八郎擅歌的故事。详见下文。

者，变旧声作新声，出《乐章集》，大得声称于世，虽协律而词语尘下。又有张子野、宋子京兄弟、沈唐、元绛、晁次膺辈继出，虽时时有妙语，而破碎何足名家。至晏元献、欧阳永叔、苏子瞻，学际天人，作为小歌词，直如酌蠡水于大海，然皆句读不葺之诗尔，又往往不协音律者。何耶？盖诗文分平仄，而歌词分五音。又分五声，又分六律，又分清浊轻重。且如近世所谓《声声慢》《雨中花》《喜迁莺》，既押平声韵，又押入声韵；《玉楼春》本押平声韵，又押上去声，又押入声。本押仄声韵，如押上声则协；如押入声，则不可歌矣。王介甫、曾子固文章似西汉，若作小歌词，则人必绝倒，不可读也。乃知词别是一家，知之者少。

　　后晏叔原、贺方回、秦少游、黄鲁直出，始能知之。又晏苦无铺叙，贺苦少典重，秦即专主情致而少故实，譬如贫家美女，虽极妍丽丰逸，而终乏富贵态。黄即尚故实，而多疵病，譬如良玉有瑕，价自减半矣。①

由于李清照在《论词》中批评了十几位包括欧阳修、晏殊、苏轼、曾巩、王安石这样的文坛巨擘，胡仔在收录这篇文字后说：

　　苕溪渔隐曰：易安历评诸公歌词，皆摘其短，无一免者，此论未公，吾不凭也。其意盖自谓能擅其长，以乐府名家者。退之诗云："不知群儿愚，那用故谤伤。蚍蜉撼大树，可笑不自量。"正为此辈发也。②

---

① （宋）胡仔：《苕溪渔隐丛话·后集》卷三十三，人民文学出版社1962年版，第254页。（以下《苕溪渔隐丛话》引文均据此版本）
② 同上书，第255页。

胡仔对易安历评诸公歌词颇为不满，嫌她"皆摘其短"，故称"此论未公，吾不凭也"。之后每有人附和其说，如清冯金伯《词苑萃编》卷九《指摘》录李易安原文与胡仔评语，后附清代裴畅按：

> 易安自恃其才，藐视一切，语本不足存。第以一妇人能开此大口，其妄不待言，其狂亦不可及也。①

清照对唐宋诸公词的批评，是否"未公"，是否"狂妄"？以下笔者将从三个方向入手来论析，总体思路来自与曹丕《典论·论文》的比照。

曹丕的《论文》是中国文学批评史上的第一篇专论，对后世的影响十分深远。清照是否受到曹丕的影响，我们虽无文字材料直接证明，然仔细解读这两篇文字，却发现清照的《论词》在批评方法以及对作家才能与文体的论述方面，与曹丕之文有着不可忽略的相通之处。这对于我们正确理解、把握和评判李清照的词学批评是大有助益的。

一　批评方法：兼及优缺点

胡仔认为，易安历评苏轼诸公歌词，"皆摘其短，无一免者"，是"可笑不自量"。现代论者也说："她骄傲目空一切，轻视前辈的成就……处处想逞才华，显本领……"② 说她在文中不提周邦彦，与性格有关："当是感到这位婉约派的集大成词人无懈可击，按照李

---

① （清）冯金伯：《词苑萃编》卷九，《词话丛编》本，第1972页。
② 王仲闻：《李清照集校注》引黄盛璋语，人民文学出版社1979年版，第200页。

清照的性格,又不愿意对之仅作褒奖,因而略去未提。"① 他们把清照对诸家词的批评,看作"摘人所短",是性格上的缺陷,这是一个极大的误解。其实,解读清照批评的关键之一是其批评方法,这一点可以与曹丕作一比较。曹丕在《论文》中评论王粲等人说:

> 王粲长于辞赋,徐幹时有齐气,然粲之匹也。如粲之《初征》《登楼》《槐赋》《征思》,幹之《玄猿》《漏卮》《圆扇》《橘赋》,虽张、蔡不过也。然于他文,未能称是。琳、瑀之章表书记,今之隽也。应玚和而不壮,刘桢壮而不密。孔融体气高妙,有过人者,然不能持论,理不胜词。②

曹丕指出,王粲、徐幹二人长于辞赋,虽然张衡、蔡邕也不能超过他们,但于其他文体,却未能擅长。应玚的文章温和而不雄壮,刘桢则是雄壮而不细密。孔融文章体气高妙,有过人之处,但理论不足,使辞过于理。对于以上五人的评论,曹丕皆指出其长处,亦指出其短处,并有相互对照的意味。只有对陈琳、阮瑀的评论,说他们长于写章表书记,而未涉及其短处。但显然这两人不是曹丕要评论的重点。曹丕在《与吴质书》里也曾以这样的方法评论过建安七子,如指出:"公幹有逸气,但未遒耳""仲宣独自善于辞赋,惜其体弱,不足起其文",等等。③ 曹丕这种品人论文兼及优缺点的方法,显然与东汉以来盛行的臧否人物、选拔人才的风气有密切关系。

---

① 费秉勋:《李清照〈论词〉的几个问题再议》,《李清照研究论文选》,上海古籍出版社1986年版。
② (三国魏)曹丕:《典论论文》,萧统编《文选》卷五十二,上海古籍出版社1986年版,第2270页。(以下引曹丕《典论论文》均自此)
③ (三国魏)曹丕:《与吴质书》,萧统编《文选》卷四十二,上海古籍出版社1986年版,第1896页。

它对后世的文学批评产生了重要的影响。

  李清照在《论词》中也是用了此种方法。她指出，"江南李氏君臣尚文雅""语虽甚奇"，但"亡国之音哀以思"；柳永词能"协律""变旧声作新声""大得声称于世"，但"词语尘下"；张先（字子野）、宋祁（字子京）、宋庠（字公序）兄弟，沈唐、元绛、晁次膺等人，"虽时时有妙语，而破碎何足名家"；至晏殊（谥元献）、欧阳永叔、苏子瞻，为"学际天人"，但作小歌词，却"皆句读不葺之诗尔，又往往不协律者"；王介甫、曾子固"文章似西汉，若作小歌词，则人必绝倒，不可读也"；后晏几道（字叔原）、贺铸（字方回）、秦少游、黄鲁直等，是能知辞者，但"晏苦无铺叙，贺苦少典重，秦即专主情致而少故实……黄即尚固实而多疵病"。在这里，李清照对每位词家都兼及优缺点，无一人例外。其中对苏轼与晏、欧等人的批评有些太过，不尽公道，其余词家大都较为中肯，令人诚服。鲁迅先生说过："凡批评家的对于文人或文人们的互相评论，各个'指其所短，扬其所长'亦无不可。"[①] 李清照所取正是通过对作家指其所短、称其所长的评论，发表自己的词学见解，使之推动词学发展，这无疑是一种正确的批评态度和批评方法。可惜有的评论者大约是习惯于居高临下或平起平坐式的批评，对于像李清照这样一个闺阁女子，居然敢对晏、欧、苏、王这样的高官显宦、文坛宿将以及当时所有大词人加以指摘，实在难以接受。不然，曹丕首用此法无人非议，刘勰、钟嵘等人继用此法亦无人责难。例如，刘勰在《文心雕龙·序志》中说：

---

  ① 鲁迅：《且介亭杂文二集·"文人相轻"》，《鲁迅全集》第6卷，人民文学出版社1958年版，第237页。

> 详观近代之论文多矣！至于魏文述典，陈思序书，应玚文论，陆机《文赋》，仲洽《流别》，宏范翰林，各照隅隙，鲜观衢路……魏典密而不周，陈书辩而无当，应论华而疏略，陆赋巧而碎乱，《流别》精而少巧，《翰林》浅而寡要。又君山、公幹之徒，吉甫士龙之辈，泛议文意，往往间出，并未能振叶以寻根，观澜而索源。不述先哲之诰，无益后生之虑。①

刘氏指摘众家短长，口气颇大，所论也未尽得当，却无"目空一切"之讥，独清照遭人诋摘，个中男尊女卑观念不难见出。由此也更反衬出李清照过人的胆识与敢作敢为的"丈夫气"！

当我们了解了清照论词采用的批评方法后，便不难得出这样的结论：李清照既不全盘肯定一个作家，也不全盘否定一个作家。她对苏轼等人的批评，既不属于性格上的好揭人短，也不意味着傲视他人，唯我独尊，如胡仔所说"其意盖自谓能擅其长，以乐府名家者"。私意以为，李清照本旨在于通过对诸名家词长短得失的评析，透露出自己的词学主张和审美理想，而不在于具体推举某人为样板。因此，她的批评和表述显然带有很大的理想色彩，即使以她的标准来衡量她本人的创作也未尽一致，当然这种做法本身也未为妥当。正如每一个人的理想境界自是每个人的实践难以到达的一样。

二 文体论：词"别是一家"

李清照在《论词》中批评苏轼诸公词，从根本上说，是出于她对词体的认识。这一点，与曹丕对文体的认识颇为一致。

---

① （南朝梁）刘勰著，范文澜注：《〈文心雕龙〉注》，人民文学出版社1958年版，第726页。

关于文体，曹丕提出"文本同而末异"的观点，并将文体分为四科八体，简要说明各种文体的风格特点和写作要求，这在以前还不曾有过。① 他说：

> 夫文本同而末异。盖奏议宜雅，书论宜理，铭诔尚实，诗赋欲丽。此四科不同……

在曹丕看来，各类文章在本质上是相同的，而在具体表现方面却各异。对于文章本质上的共同性，曹丕没有具体展开论述，可见这不是他论述的重点。挚虞《文章流别论》里所谓"文章者，所以宣上下之象，明人伦之叙，穷理尽性，以究万物之宜者也"②，或可看作对这一问题的探讨。曹丕要强调的是"异"，即各类文章的独特性。他认为奏议宜于典雅，书论要明晰事理，铭诔应朴实而不溢美失实，诗赋则欲求文辞华丽。在这里，"雅""理""实""丽"，主要指的是语言风格，当然也涉及了内容问题。曹丕之后，陆机《文赋》分文体为10类。刘勰《文心雕龙》分古今文体为33种，皆意在探讨各种文体写作的独特和共同性，为文体研究奠定了厚实之基础。

词是由唐入宋的新兴文体。李清照在《论词》中提出词"别是一家"，强调词与诗文的区别，强调词体的独特性，正是"末异"的问题。然而又并未忽略"文本同"的问题。她力图用儒家诗教尚和雅中正的观念来规范词，提高词的格调，实质上是把词与诗在抒情本质上等量齐观，反映出她对诗词同质而异体的认识。她说：

---

① 王运熙、杨明：《魏晋南北朝文学批评史》，上海古籍出版社1989年版，第39页。
② 郭绍虞主编：《中国历代文论选》第一册，上海古籍出版社1979年版，第190页。

自后郑卫之声日炽，流靡之变日烦……五代干戈，四海瓜分豆剖，斯文道熄。独江南李氏君臣尚文雅，故有"小楼吹彻玉笙寒""吹皱一池春水"之词。语虽甚奇，所谓"亡国之音哀以思"也。逮至本朝，礼乐文武大备，又涵养百余年。始有柳屯田永者，变旧声作新声，出《乐章集》，大得声称于世，虽协律而词语尘下。

这里李清照明确要求词的思想感情、语词格调要符合"雅正"之规范。她对情思比较放浪、音调比较浮靡的中晚唐词颇为不满；于五代词中，不提西蜀词人和《花间集》，而只说"独江南李氏君臣尚文雅"，一个"独"字，表示出她对南唐词尚文雅的首肯，和对香艳软媚的花间词的不肯苟同。然而，南唐词多流连哀思而为亡国之音，显然有悖于儒家强调诗歌艺术服务于政治教化的文艺思想，虽"雅"而不"正"，因此也受到李清照的批评（苏轼对李后主的亡国之音也曾作过批评）。至于柳永的"词语尘下"，已在当时的士大夫中引起普遍的鄙夷，晏殊、苏轼等都曾讥弹过柳词的内容鄙俗，格调低下。李清照以雅斥俗，与晏、苏等人正出于一致的审美眼光。他们对词的雅正要求，反映了这一层次的文人士大夫力图把词从"小道""艳科"的樊篱中解放出来，使之雅化，进而与诗同质的愿望和要求。遗憾的是，李清照这一思想，过去往往不被人细心揣摩，以致发生重大的误解和偏差：以为她既批评了苏轼词，便是"要词回复老路，保持'艳科'的旧面目"[①]，实则大谬不然。

苏轼《与陈季常》云："又惠新词，句句警拔，诗人之雄，非

[①] 何念龙：《正确评价李清照的〈词论〉》，《江汉论坛》1987年第5期。

小词也。但豪放太过，恐造物者不容人如此快活。"① 显然，苏轼虽称赏陈季常"警拔""豪放"的词句，但也认定它是"诗人之雄"，而"非小词"所特有的语言风格和面貌。苏轼《与鲜于子骏书》说："近却颇作小词，虽无柳七郎风味，亦自是一家。"② 显然苏轼的"以诗为词""自是一家"，是不满词的纤弱浮艳，意欲将词提高到诗的品格与地位。南宋汤衡《于湖词序》说："夫镂玉雕琼，裁花剪叶，唐末词人非不美也。然粉泽之工，反累正气。东坡虑其不幸而溺乎彼，故援而止之，惟恐不及。其后元祐诸公，嬉弄乐府，寓以诗人句法，无一毫浮靡之气，实自东坡发之也。"③ 这说明苏轼确有"以诗为词"的明确意识与创作倾向。尽管他也有不少写得婉约蕴藉的词，然而他的大体思路是让词靠近诗，作为"诗之裔"④。清照亦不满唐开元、天宝以来词坛或流宕靡丽，或流连哀思，或词语尘下的状况，也意欲提高词的品格，但她的思路是，既要求词与诗同质，具有"雅正"的品格，又要求尊重词体，注重词的独特性，不能让词合流于诗。由此可知，其实清照与苏轼的目标是一致的，都欲使词有一个品格上的"革新"和"提高"，而思路却不同。

与曹丕论文体侧重于"末异"一样，李清照论词也偏重于申说其独特性。她的立论，从词的音乐性与文学性两方面展开。清照在《论词》开篇即明确提出——"乐府声诗并著，最盛于唐开元、天

---

① （宋）苏轼：《与陈季常》，《苏轼文集》卷五十三，孔凡礼点校本，第1569页。
② （宋）苏轼：《与鲜于子骏》，《苏轼文集》卷五十三，第1560页。
③ （宋）张孝祥：《于湖词》卷首，四库全书本1488册，第3页。
④ （宋）苏轼：《祭张子野文》："微词婉转，盖诗之裔。"《苏轼文集》卷六十三，第1943页。

宝间"。对于此句中的"乐府""声诗",学界有几种解释①,其中影响大的有二:一说"乐府"指长短句词,"声诗"指唐人歌诗;②另一说"乐府"泛指配乐而歌的诗,包括曲子词,"声诗"指乐府的曲调(声)与歌词(诗)。③笔者意同后说。清照于篇首不惜笔墨,讲述了唐代李八郎"能歌擅天下",赴唐新进士曲江宴,虽隐其名、衣冠故敝,而一曲歌罢"众皆泣下"以至"罗拜"的一段轶事,正是借以表达她对词体"声先诗后,声诗并重"的认识——把协律、可歌看作词的首要条件。接下来,她便从音乐性、文学性两个方面进一步说明词的独特性:

> 至晏元献、欧阳永叔、苏子瞻,学际天人,作为小歌词,直如酌蠡水于大海,然皆句读不葺之诗尔,又往往不协音律者。何耶?盖诗文分平仄,而歌词分五音,又分五声,又分六律,又分清浊轻重。且如近世所谓《声声慢》《雨中花》《喜迁莺》,既押平声韵,又押入声韵;《玉楼春》本押平声韵,又押上去

---

① 参见李定广《"声诗"概念与李清照〈词论〉"乐府声诗并著"之解读》,《文学遗产》2011年第1期。
② 任半塘《唐声诗》(上编)第一章《范围与定义》:"李清照谓:'乐府、声诗并著,最盛于唐开元、天宝间。'……揣原意,'乐府'指长短句词,'声诗'指唐代歌诗,二者同时并行。……至于此处'乐府'指词,抑指古乐府,抑指唐大曲,非主要问题。"上海古籍出版社2006年新1版,第8页。郭绍虞主编《中国历代文论选》第二册《论词》注〔2〕"声诗":"指乐府以外唐人采作歌词入乐歌唱的五七言诗。"(上海古籍出版社1979年版,第351页)
③ 黄墨谷《对李清照"词别是一家"说的理解》谓:"李清照《词论》开宗明义标出:'乐府声诗并著,最盛于唐。'她认为词源流于乐府,词的性质是声诗并著。"原载《文学遗产增刊》第十二辑,后收入《重辑李清照集》,第72页。李定广《"声诗"概念与李清照〈词论〉"乐府声诗并著"之解读》:"李清照《词论》开头'乐府声诗并著'中的'乐府',系沿用唐人泛指配乐歌词含义,包括歌诗与曲子词等,文中侧重于指曲子词;'声诗'只能理解为乐府所包含的曲调(声)与歌词(诗)二者。"(《文学遗产》2011年第1期,第73页)

声，又押入声。本押仄声韵，如押上声则协；如押入声，则不可歌矣。王介甫、曾子固文章似西汉，若作小歌词，则人必绝倒，不可读也。乃知词别是一家，知之者少。

这段文字中，清照主要论述了词与诗文在音律方面的不同。她批评晏、欧、苏三公之词"皆句读不葺之诗"（句子长短不齐的诗），"又往往不协音律"；又说王、曾二公文章似西汉，若作小歌词，则必令人绝倒。这一实一虚的批评旨在说明，作词在音律方面当与诗文有所不同。她指出诗文只分平仄，而歌词还要分五音、五声、六律以及清浊轻重，而且对押韵有严格的要求，又有很多变化，如果不注意这些特点，则将不协律、不可歌。可见，李清照对音律之精审之重视。正是基于词与诗文的不同特点，清照作出"词别是一家""知之者少"的判断。然而，清照对晏、欧、苏三公及王、曾二公的批评是否允当，成为争议与讥弹的焦点。

笔者以为，清照对晏、欧、苏三公及王、曾二公词的批评，当是从词的字声方面着眼的。因为在李清照所处的北宋末期，对词的字声已比较讲究。夏承焘先生在《唐宋词字声之演变》一文中，曾"爰立数目，依次说之"：

一、温飞卿已分平仄；二、晏同叔渐辨去声，严于结句；三、柳三变分上去，尤谨于入声；四、周清真用四声，益多变化；五、南宋方、杨诸家拘泥四声；六、宋季词家辨五音分阴阳；七、结论。[①]

[①] 夏承焘：《唐宋词论丛》，古典文学出版社1956年版，第53页。

可以看出，词的字声从"分平仄"，到"辨去声""分上去""用四声"，再到"辨五音、分阴阳"，总体趋势是愈来愈讲究的。清照生于周邦彦（号清真居士）之后，小清真（1056—1121）28岁，她强调"歌词分五音，又分五声，又分六律，又分清浊轻重"，对词的字声及其音乐性，更为重视，是很自然的事。那么，她以这样的标准来衡量北宋前期晏、欧、苏三公词，自然认为其"又往往不协音律"，而只是"句读不葺之诗尔"。说王、曾二公词"不可歌"，亦不难成立。

接下来，清照在词的文学性方面提出进一步要求。在她看来，唐五代北宋诸家还缺乏对词的音律有足够的知晓，至晏、贺、秦、黄诸人才可谓"知词"者。但他们在词的文学表现方面也有不足。如晏"苦无铺叙"，贺"苦少典重"，秦"专主情致而少故实"，黄"尚故实而多疵病"。可见，清照通过对词史的考察与评说，不仅要求首先要"知词"——审声知音，而且文辞表达要力求完美。总起来看，清照对词体的要求是：在音乐上要协律可歌；在内容风格上要雅正和婉；在表现手法上要善于铺叙，沉稳典雅，并将抒情与用事很好结合；在词的整体上要具有浑成之美，不可"破碎"，或有"瑕疵"。台湾林玫仪先生作了精彩的归纳：

> 实则易安之评骘诸家，自有其层次：晏、欧、苏三人以诗为词，又往往不协律，可谓既不称体又不协律；柳永虽然协乐，却不雅伤格，就称体来说，不免稍欠缺；唯有晏几道、贺铸、秦观、黄庭坚四家，既协乐又称体，方属知词者，娓娓叙来，条理井然，可见其批评体系之完整。唯晏、秦诸人虽然合乎标准，在文字上仍不免有小疵，基于求全责备之心，易安亦一一

提出针砭，可见其要求之谨严。①

总之，清照主张词协律称体、婉雅浑成。她的理论主张，与曹丕"文本同而末异"的观点一脉相通，既注意到词与诗的共同性，又突出强调了词体的独特性，既注重继承传统，又旨在革新提高，对于词学理论建设自有其不可低估的价值和意义。

后人关于词体的探讨，有不少说法与清照大略一致。例如，明人李开先说："词与诗，意同而体异。……以词为诗，诗斯劣矣。以诗为词，词斯乖矣。"②清人谢章铤说："词虽与诗异体，其源则一"③；"诗词异其体调，不异其性情"④。黄宗羲说："诗降而为词，词降而为曲。非曲易于词，词易于诗也，其间各有本色，假借不得。"⑤田同之说："词与诗体格不同。"⑥李渔说："词之关键，首在有别于诗固已。"⑦谢元淮说："是知词之为体，上不可入诗，下不可入曲，要于诗与曲之间，自成一境，守定词场疆界，方称本色当行，至其宫调、格律、平仄、阴阳，尤当逐一讲求，以期完美。"⑧这些观点，很可能受到清照的启发和影响。比之仅仅强调诗词同质，如王灼所谓"诗与乐府同出，岂当分异"⑨，王若虚所谓"盖诗词只

---

① 林玫仪：《词学考证》，台湾联经出版事业公司1987年版，第328页。
② （明）李开先：《西野春游词序》，《中国古代文论类编》上册，海峡文艺出版社1990年版，第251页。
③ （清）谢章铤：《赌棋山庄词话》卷一，唐圭璋《词话丛编》第四册，中华书局1986年版，第3321页。
④ （清）谢章铤：《赌棋山庄词话》卷五，唐圭璋《词话丛编》，第3387页。
⑤ （清）黄宗羲：《胡子藏院本序》，引自《中国古代文论类编》（上），第257页。
⑥ （清）田同之：《西圃词说》，《词话丛编》第二册，第1450页。
⑦ （清）李渔：《窥词管见》，《词话丛编》第一册，第549页。
⑧ （清）谢元淮：《填词浅说》，《词话丛编》第三册，第2509页。
⑨ （宋）王灼：《碧鸡漫志》卷二，《词话丛编》第一册，第83页。

是一理，不容异观"①，主张诗词同质而异体的观点，显然更符合词的文体特征。从词由宋入元的事实可以看出，词一旦脱离音乐或改变原来的音乐和语言风格（词的特殊性），便不可避免地出现词亡而曲兴的局面。由此亦可证明，李清照的词学理论是基本符合词的艺术特性和发展规律的。

但也应该指出，李清照在对词"异"的体认中，过于看重词的音律及以婉美为本色风格的词，据此批评晏、欧、苏诸公词，有尊体的一面，也有过于严苛、失之公允的一面。宋王灼《碧鸡漫志》评曰："王荆公长短句不多，合绳墨处，自雍容奇特。晏元献公、欧阳文忠公，风流蕴藉，一时莫及，而温润秀洁，亦无其比。"② 这一评价，基本代表了宋人对荆公与晏、欧词的接受意见。而清照仅从后来对字声的要求着眼，说晏、欧之词是"诗"，说荆公词"不可读也"，不免有苛评之嫌，难服众议。同时应该看到，词作为一种文体，是处在发展变化过程中的。它的发展，需要开拓，需要兼收，需要丰富，才能疆域辽阔，蔚为大观。清照旨在词体的纯正和提高，但持律过严，所划疆界有限，势必会影响词的发展，此亦毋庸讳言。

三 作家论：人有偏至之才

曹丕在论述了各种文体的特点后说"此四科不同。故能之者偏也；唯通才能备其体"，在文章开头也指出"文非一体，鲜能备善"。曹丕不仅认识到文体有所不同，而且认识到作家才能与文体之

---

① （金）王若虚：《滹南诗话》卷二，丁福保辑《历代诗话续编》上，中华书局1983年版，第517页。
② （宋）王灼：《碧鸡漫志》卷二《各家词短长》，《词话丛编》第一册，中华书局1986年版，第83页。

间有密切关系。能擅长某种（或几种）文体的作家是偏至之才，唯有通才能完善各种文体。但"鲜能备善"一语又告诉我们，"通才""备善"者是极少的，大多数作家则属于偏才。譬如王粲、徐幹长于辞赋，"然于他文，未能称是"。在曹丕看来，"能之者偏"的原因，主要由于体气有别，所谓"文以气为主，气之清浊有体，不可力强而致"。曹丕对于作家才能与文体关系的认识，虽未免太重主观体气，却正是他采取兼及优缺点的评论方法的立足点。在文学批评史上还是前所未有的。李清照也是本着这种精神批评晏、欧、苏、王、曾诸公的"不知词"，而肯定晏、贺、秦、黄等人的"知词"。

在清照眼里，晏、欧、苏三公虽是"学际天人"，知识广博，学养深厚，作小歌词，似乎只如酌蠡水于大海，然而他们并不具有擅长音律的才能，基本上是以"诗"的平仄要求来作词，故"皆句读不葺之诗尔，又往往不协音律"。王、曾二公长于文章，风格似西汉，然于小歌词，也不甚精通。清照的批评，立足的是作家才能与词体特点的相合相谐，并无鄙薄前辈的意思，只不过是对词作家才能的要求有些过高过严罢了。其实，对于作家才能与文体的关系，在宋人心目中已初步形成共识。黄庭坚说："诗文各有体，韩以文为诗，杜以诗为文，故不工尔。"① 陈师道说："世语苏明允不能诗，欧阳永叔不能赋；曾子固短于韵语，黄鲁直短于散语；苏子瞻词如诗，秦少游诗如词。"② 陈应行《于湖先生雅词序》在引用上述语后，紧逼一句："才之难全也。"③ 真是一语中的，所言者，正是文各有体，才有所偏，未能备善的问题。《复斋漫录》说："子瞻、

---

① （宋）陈师道：《后山诗话》，《历代诗话》本，第303页。
② 同上书，第312页。
③ 张惠民编：《宋代词学资料汇编》，汕头大学出版社1993年版，第224页。

子由门下客最知名者黄鲁直、张文潜、晁无咎、秦少游，世谓之四学士。至若陈无已，文行虽高，以晚出东坡门，故不及四人之著。……当时以东坡为长公，子由为少公。无已《答李端叔书》云：'苏公之门有四客人……然而四客各有所长，鲁直长于诗词，秦晁长于议论。……其后张文潜《赠李德载诗》亦云：'长公波涛万顷海，少公峭跋千寻麓。黄郎萧萧日下鹤，陈子峭峭霜中竹。秦文倩丽纾桃李，晁论嵘峥走珠玉。'乃知人才各有所长。虽苏门不能兼全也。"①苏轼亦云："秦少游言，人才各有分限，杜子美诗冠古今，而无韵者殆不可读；曾子固以文名天下，而有韵者辄不工，此未易以理推也。"② 人各有所长，通才少而偏才多，即使如东坡这样的"稀世之才"，也还是"难全"。陈正敏《遁斋闲览》云："苏子瞻尝自言平生有三不如人，谓著棋、饮酒、唱曲也。然三者亦何用如人。子瞻之词虽工而多不入腔，正以不能唱曲耳。"③ 可知对东坡的短于唱曲，本人有自知之明，他人也有知人之明。有人以为东坡曾自称"虽无柳七郎风味，亦自是一家"，便是另树旗帜，欲与本色一派争雄，其实非也。东坡不过是说自己的词是独辟蹊径另具风味，而并无争雄词坛分庭抗礼之意。秦观是当时最接近柳词风格的正宗婉约派作家，"善为乐府，语工而入律，知乐者谓之'作家歌'，元丰间盛行于淮楚"，东坡"于四学士中最善少游"④。刘克庄说："坡、谷亟称少游，而伊川以为亵渎，莘老以为放泼……余谓坡、

---

① （宋）胡仔：《苕溪渔隐丛话》后集卷三十"东坡"条引《复斋漫录》，第229页。
② （宋）苏轼：《记少游论诗文》，《宋金元文论选》，人民文学出版社1984年版，第175页。
③ （宋）胡仔：《苕溪渔隐丛话》前集卷四十二"东坡"条引《复斋漫录》，第284页。
④ （宋）叶梦得：《避暑录话》卷下，丛书集成本，第50页。

谷，怜才者也。"① 李清照称秦少游、晏叔原、贺方回、黄鲁直等人为能"知词者"，同样是着眼于他们在作词方面的"偏至之才"。这一点，从宋人的评论中亦可得到佐证。陈师道《后山诗话》谓："今代词手，惟秦七、黄九耳，唐诸人不逮也。"② 《雪浪斋日记》谓："晏叔原工于小词……"③ 王灼《碧鸡漫志》谓："贺方回、周美成、晏叔原、僧仲殊，各尽其才力，自成一家。"④ 南宋王称《书舟词序》谓："叔原独以词名尔，他文则未传也。"⑤ 可见秦、黄、晏、贺诸人，是宋人公认的词家。清照视他们为知词者，是符合实际情况的。

  通过以上分析，旨在辨明清照有着非常明确的文体意识。所谓文体意识，指人们在文本写作和欣赏中，对不同文体模式的自觉理解、熟练把握和独特感受。清照对苏轼诸公词的批评，出于对词体特征的体认以及对作家才能与词体关系的认识，要求词与诗既保持"共同性"——"尚文雅"，又保持词体的"独特性"——"别是一家"，从而使词得以革新与提高，正是出于自觉的文体意识。如果说曹丕的《论文》是"文的自觉"时代的第一篇文论，而李清照的《论词》则是"词的自觉"时代的第一篇系统的词论，可谓异时隔代，双峰映照。还需指出的是，曹丕论文注重于作家气质才性与文章风格的关系，清照论词则不仅如此，更注意到词与社会治乱兴衰、

---

  ① （宋）刘克庄：《汤野孙长短句跋》，《后村先生大全集》卷一百一十一，四川大学出版社2008年版，第2893页。
  ② （宋）陈师道：《后山诗话》，何文焕辑《历代诗话》上，中华书局1981年版，第309页。
  ③ （宋）胡仔：《苕溪渔隐丛话》后集卷三十三"晁无咎"条引，第253页。
  ④ （宋）王灼：《碧鸡漫志》卷二《各家词短长》，唐圭璋编《词话丛编》，中华书局1986年版，第83页。
  ⑤ （宋）王称：《书舟词序》，程垓《书舟词》卷首，四库全书本第1487册，第196页。

礼乐文明之关系。以私意推之,假使她的《论词》能作于靖康之变以后,按照她文艺与政教相通的观念,必然会要求词对当时的社会现实作出反映。这与"别是一家"之说是不矛盾的。

第二节　李清照与苏门文人集团

一　李清照与苏门文人的关系

李清照虽然在《论词》中批评了苏轼与秦黄之词,但她与苏门文人却有密切的关系:其一,其父李格非为苏门"后四学士"之一,与苏门文人有着亲密的关系。其二,清照对苏门文人之为人为文比较熟悉,与张耒(字文潜)、晁补之(字元咎)等人有文字往来。这些对清照的思想态度及文艺批评产生了深刻的影响。

据宋晁补之《鸡肋集》、王称《东都事略》卷一百一十六、刘克庄《后村诗话》卷七、《宋史》卷四百四十四《李格非传》等载述,以及现当代学者的研究成果[①],清照的父亲李格非,字文叔,济南人[②],宋神宗熙宁九年(1076)进士及第,曾任冀州(今河北冀

---

① 主要有徐培均《李格非其人其文及其对李清照的影响》,《李清照研究论文选》,上海古籍出版社 1986 年版;祝尚书《苏门"后四学士"考论》,《江海学刊》2006 年第 4 期;刘乃昌《苏轼与齐鲁名士晁补之李格非的交游》,《乐山师范学院学报》2005 年第 4 期;张淑乐《李格非研究》,硕士学位论文,兰州大学,2010 年。

② 另有历城说、章丘明水说等,参见侯波《李清照原籍章丘补证》,《济南大学学报》1994 年第 1 期;徐北文《李清照原籍考》,山东省文史研究馆编《齐鲁文史》杂志 2004 年第 2 期;张淑乐《李格非研究》,硕士学位论文,兰州大学,2010 年。

州市）司户参军、试学官。后为郓州（今山东东平）教授。元祐元年（1086）官太学录，元祐四年（1089）官太学正。元祐六年（1091）再转国子博士，"以文章受知于苏轼"①。绍圣二年（1095）召为校书郎，后迁为著作佐郎，礼部员外郎，提点京东刑狱，以党籍罢，卒年六十一。

在现存文献中，关于李格非"受知于苏轼"的文字记载很少。宋邵博云："予得李格非文叔《洛阳名园记》，读之至流涕。文叔出东坡之门，其文亦可观。如论天下之治乱候于洛阳之盛衰，洛阳之盛衰候于园圃之废兴，其知言哉。"② 韩淲《涧泉日记》载，李格非与廖正一（字明略）、李禧（字膺仲）、董荣（字武子），"时号'后四学士'"③。据当代学者研究成果显示，苏、李之交游，起自元丰年间（1078—1085）。孔凡礼点校《苏轼文集》卷五十七中，收有苏轼《与文叔先辈二首》，校者注云："文叔乃李格非之字，此二首或是与格非者。"④ 刘乃昌《苏轼与齐鲁名士晁补之李格非的交游》一文，对此二封书札作了确定性的论述："元丰六年（1083）苏轼贬谪黄州时期，李格非常前往过访，苏轼在《与文叔先辈二首》书札其一中云：'叠辱顾访，皆未及款语。辱教，且审尊候佳胜。新诗绝佳，足认标裁，但恐竹不如肉，如何？所示前议更不移，十五日当与得之同往也。'苏轼对李格非前来拜访，没来得及亲切交谈，感到不安，他很赞赏对方的诗作，认为足以标榜。他又以幽默的笔法说，

---

① （元）脱脱，等：《宋史》卷四百四十四《李格非传》，中华书局本，第13121页。
② （宋）李格非：《洛阳名园记》卷末，四库全书本第587册，第247页。
③ （宋）韩淲：《涧泉日记》卷上，四库全书本第864册，第777页。
④ （宋）苏轼：《与文叔先辈二首》，《苏轼文集》卷五十七，中华书局1986年版，第1732页。

绿竹赶不上肥肉。最后表示听从对方的提议，到时当会与人同往。这足以表明两人关系还颇为契合。苏轼与李文叔的第二封书札说：'闻公数日不安，既为忧悬……闻已渐安，不胜喜慰，得之亦安矣矣。大黄丸方录去，可常服也。惠示子鹅，感服厚意，惭悚不已。入夜，草草，不宣。'可能李格非家中偶尔产生一些矛盾，苏轼闻知后，替他担忧。后来听说已经和解安宁，感到很为欣慰。苏轼赠他一种中药，告诉他可经常服用。李格非带给苏轼小鹅，苏轼表示感谢。"① 由此看来，李格非与苏轼的关系还是比较亲近的。元祐元年（1086），苏轼自登州召还，除中书舍人，任翰林学士知制诰，至元祐四年三月除龙图阁学士知杭州，于四月下旬离京赴任。这段时间，苏、李二人均在朝，未见有往来文字记载。祝尚书《苏门"后四学士"考论》说："考苏轼于元祐四年（1089）七月出知杭州到任，元祐六年二月以翰林学士承旨诏归，五月下旬抵京，八月出知颍州。据徐培均《李清照年谱》元祐六年'格非官太学博士，俄转校对秘书省黄本书籍'……则李格非为太学博士时，苏轼正在京师，他以文章受知苏轼，应在该年六至八月间。"② 绍圣元年（1094）八月，苏轼遭虞策、来之邵弹劾，再贬惠州，次年李格非曾来函慰问。苏轼《与孙志康二首》第一札痛悼孙勰（字志康）之父孙立节（字介夫）遽逝，"某以窜逐海上，莫由赴吊"，第二札云"自春末闻讣，悲愕不已……某谪居已逾年"，并提及"李文叔书已领，会见无期，千万节哀自重"③。是知李格非在绍圣二年（1095）与苏轼

---

① 刘乃昌：《苏轼与齐鲁名士晁补之李格非的交游》，《乐山师范学院学报》2005年第4期，第9—10页。
② 祝尚书：《苏门"后四学士"考论》，《江海学刊》2006年第4期，第174页。
③ （宋）苏轼：《与孙志康二首》，《苏轼文集》卷五十六，第1681页。

仍保持着联系。

李格非与苏门"四学士"的交谊始于元祐年间（1086—1093）。元祐元年，苏轼任翰林学士知制诰，也是在这一年，晁补之在朝任太学正，[①] 张耒任太学录。[②] 元祐二年（1087），秦观以苏轼荐，召至京师，不久引疾归汝南，次年又至京师，校正秘书省书籍。[③] 黄庭坚是李公择（苏轼的至交和诗友）的外甥，从元丰元年（1078）投书苏轼并赠《古风二首》，[④] 二人订交，自元丰八年（1085）秋初至元祐六年（1091）夏末，在朝任起居舍人、著作佐郎。苏轼与"苏门四学士"在元祐年间（1086—1093）集于京师开封，"政暇雅集，讲道论艺，酬唱赠答，切磋诗文，鉴书赏画，大畅平生师友之情"。[⑤] 而此时期，李格非亦官太学录、太学正，与晁补之、张耒在一起供职并交好。晁补之为李格非写了《有竹堂记》："济南李文叔为太学正，得屋于经衢之西，输直于官而居之。治其南轩地，植竹砌傍，而名其堂曰'有竹'，牓诸栋间，又为之记于壁。率午归自太学，则坐堂中，扫地置笔砚，呻吟策牍为文章，日数十篇不

[①] （元）脱脱等：《宋史》卷四百四十四《文苑六·晁补之传》载："晁补之……十七岁从父官杭州倅，钱塘山川风物之丽，著《七述》以谒州通判苏轼。轼先欲有所赋，读之叹曰：'吾可以阁笔矣。'又称其文'博辩隽伟，绝人远甚，必显于世'，由是知名。"（中华书局本，第13111页）

[②] （元）脱脱等：《宋史》卷四百四十四《文苑六·张耒传》载："张耒……十三岁能为文，十七时作《函关赋》，已传人口游。学于陈学官，苏辙爱之，因得从轼游，轼亦深知之。"（中华书局本，第13113页）

[③] 参见张宏生《元祐诗风的形成及其特征》，《文学遗产》1995年第5期。第90页。

[④] （宋）苏轼：《次韵黄鲁直见赠古风二首》〔施注〕："黄鲁直，名庭坚，分宁人，李公择之甥而孙莘老之婿也……鲁直以书及《古风二首》为贽。公答之曰：'二诗托物引类，真得古诗人之风。而某非其人也。'其见重之如此。"（《苏轼诗集》卷十六，第834页）

[⑤] 杨庆存：《苏轼与黄庭坚交游考述》，《齐鲁学刊》1995年第4期。杨文以这段文字论苏、黄之谊，移于苏门文人，亦为恰切。

休……"① 文中所记，对李格非的才能及居住环境非常熟悉。晁又有《次韵太学宋学正遐叔考试小疾见寄》诗云："……结交齐东李文叔，自倚笔力窥班扬。谈经如市费雌黄，冰炭何用置我肠。……"② 又，《与李文叔夜谈》云："中庭老柏霜雪里，北风烈烈偏激耳。诵诗夜半舌入喉，饮我樽中渌醽美。……"③ 又，《礼部移竹次韵李员外文叔》云："……坐狂得此冷，对竹头帻岸。尚思杀青书，充宇白虎观。……"注云："文叔有志史事。"④ 可见晁、李交情甚密，曾夜半诵诗饮酒。晁对格非之女清照的才华也赏识有加。朱弁《风月堂诗话》云："赵明诚妻，李格非女也，善属文，于诗尤工，晁无咎多对士大夫称之。如'诗情如夜鹊，三绕未能安'，'少陵也自可怜人，更待来年试春草'之句，颇脍炙人口。"⑤ 张耒与李格非也常同游，有文字往来，如《同无咎遐叔文叔同游迎（凝）祥得游字》诗⑥，又《答李文叔为兄立谥简》文等。⑦ 哲宗亲政后，张耒被指为元祐党人，数遭贬谪。元符三年（1100），李格非在樊口（位于今湖北鄂州市鄂城区）送张耒。《柯山集》卷十载："元符庚辰，某同男秬率潘仲达同游匡山，六月望日，齐安罢官，步登客舟，过樊口，李文叔棹小舸相送。"⑧ 李格非与黄庭坚有诗往还。刘克庄说："李格非字文叔……文高雅条畅有义味，在晁、秦之上，诗稍不

---

① （宋）晁补之：《有竹堂记》，《鸡肋集》卷三十，四库全书本第1118册，第622页。
② （宋）晁补之：《次韵太学宋学正遐叔考试小疾见寄》，《鸡肋集》卷十一，第480页。
③ （宋）晁补之：《与李文叔夜谈》，《鸡肋集》卷十二，第488页。
④ （宋）晁补之：《礼部移竹次韵李员外文叔》，《鸡肋集》卷七，第454页。
⑤ （宋）朱弁：《风月堂诗话》，中华书局1988年版，第106页。
⑥ （宋）张耒：《柯山集》卷十六，四库全书本第1115册，第137页。
⑦ （宋）张耒：《柯山集》卷四十六，四库全书本第1115册，第395页。
⑧ （宋）张耒：《柯山集》卷十，四库全书本第1115册，第88页。

逮。……《挽鲁直》五言八句，首云：'鲁直今已矣，平生作小诗。'下六句亦无褒词。文叔与苏门诸人尤厚，其殁也，文潜（张耒）志其墓。独于山谷在日以诗往还，而此词如此，良不可晓。"①认为李格非为黄庭坚所作挽诗无一句褒词，不知是何原因。现存黄山谷集中，不见与李格非交往的诗文，研究者推测，"更多的可能是由于党争环境下文字迫害的原因"②。号称"苏门六君子"的陈师道（字履常，号后山居士），与李格非亦有交游，《宋元学案》中李格非的名字出现在陈师道诗中。《后山集》卷八现存《和李文叔退朝》一首。

李格非与苏门文人的交游，缘于同气相求，尚气节、好文章，是其核心。这对女儿李清照有直接的影响。徐培均在《李格非其人其文及其对李清照的影响》一文中指出："李清照从父亲那里所接受的影响首先是思想性格方面的，""在文艺思想上，李格非给予李清照的影响似乎更深"③。其实这两点，也正与李清照接受苏门文人的影响相一致，试述之。

二　李清照接受苏门文人的影响

张惠民在《东坡居士易安居士，审美情趣略相似——苏轼、李清照词学审美观简说》一文中，对苏轼与清照的审美情趣作了比较，指出：

---

① （宋）刘克庄：《后村先生大全集》卷一百七十九，第4546页。
② 张淑乐：《李格非研究》，硕士学位论文，兰州大学，2010年，第20页。
③ 徐培均：《李格非其人其文及其对李清照的影响》，《李清照研究论文选》，上海古籍出版社1986年版，第331—332页。

在文化人格上，易安的女性意识是淡薄的，其气质的士大夫禀性是鲜明而又自觉的。清代沈曾植《菌阁琐谈》说："易安倜傥，有丈夫气，乃闺阁中之苏、辛，非秦、柳也。"又说："闺房之秀，固文士之豪也。才锋太露，被谤殆亦因此。"（见《词话丛编》）正是指出其倜傥的丈夫气，是文士中之豪者，更明确地指出其气质与苏辛的相类。易安并不单纯把自己只看成闺阁女子，她强烈而明确地以"女知识分子"自视。本质是"知识分子"即"士"，然后才是"女性"的"知识分子"。其士大夫气、书卷气是其文化人格、精神世界的本质的规定性。她接受的主要不是当时的妇女教育，而是传统文化的熏陶。①

清照的"士大夫气"与"书卷气"的个性气质及其自我定位，从大环境来说，是接受传统文化的熏陶，从具体环境来说，则是接受父亲李格非的影响及苏门师生影响的结果。

（一）鲜明、刚正的政治态度

清照与一般女子不同的最重要的一点是"在政治上的勇于介入和独抒己见，达到深刻甚而尖锐的程度"。清照自幼受父亲影响，嫁入夫家后，与丈夫赵明诚情投意合，在政治态度上，倾向父亲与苏门"旧党"这一边，而并不阿附贵为宰相、结交"新党"的公公赵挺之。据载，苏轼及门人与赵挺之有隙。苏轼言自参议役法及拔擢

---

① 张惠民：《东坡居士易安居士，审美情趣略相似——苏轼、李清照词学审美观简说》，《汕头大学学报》（人文科学版）1995年第2期。

为翰林学士,即遭朱光庭、赵挺之等人攻击不已。① 又,黄庭坚因赵挺之欲行"市易法"而与其意见不合;苏轼在赵挺之"召试馆职"时,言其"聚敛小人,学行无取,岂堪此选";苏辙则劾奏挺之妻父郭概隐庇违法虐民之官员,赵挺之因此深怀怨恨之心。② 王称《东都事略》引苏轼"挺之聚敛小人"之语,谓"至是挺之劾奏轼草麻有云'民亦劳止',以为诽谤先帝,轼上章自辨"③。然而,赵挺之"有幼子赵明诚,颇好文义,每遇苏、黄文诗,虽半简数字必录藏,以此失好于父"④。崇宁元年(1102),蔡京为相,对"元祐奸党"实施严酷打击,由徽宗亲自书写120人姓名,刻于石上,竖于端礼门外,称之"元祐党人碑"。李格非的名字赫然在碑。19岁的清照向身居相位的公公赵挺之上诗救父,全诗不存,其断句零篇如"炙手可热心可寒""何况人间父子情"等,均可见其政治态度之爱憎分明。靖康之变后,金人一手扶植建立了"伪楚""伪齐"政权⑤,清照《咏史》诗云:"两汉本继绍,新室如赘疣。所以嵇中

---

① 苏轼《乞罢学士除闲慢差遣札子》:"臣退伏思念,顷自登州召还,至备员中书舍人以前,初无人言。只从参议役法,及蒙擢为学士后,便为朱光庭、王岩叟、贾易、韩川、赵挺之等攻击不已,以至罗织语言,巧加酝酿,谓之诽谤。"(《苏轼文集》卷二十八,第816页)
② 苏轼《乞郡札子》:"御史赵挺之,在元丰末通判德州,而著作黄庭坚方监本州德安镇,挺之希合提举官杨景棻,意欲于本镇行市易法,而庭坚以谓镇小民贫,不堪诛求,若行市易,必致星散。公文往来,士人传笑。其后挺之以大臣荐,召试馆职。臣实对众言:'挺之聚敛小人,学行无取,岂堪此选。'又挺之妻父郭概为西蜀提刑时,本路提举官韩玠违法虐民,朝旨委概体量,而概附会隐庇,臣弟辙为谏官,劾奏其事,玠、概并行黜责,以此挺之疾臣,尤出死力。"(《苏轼文集》卷二十九,第827页)
③ (宋)王称:《东都事略》卷一百二,四库全书本第382册,第661页。
④ (宋)陈师道《与黄鲁直书》,《后山集》卷十,四库全书本第1114册,第608页。
⑤ 何忠礼、徐吉军《南宋史稿》载,靖康二年(1127)三月七日,金人册立原北宋太宰张邦昌为帝,国号"大楚",定都金陵,并与金国以黄河为界,史称"伪楚"。建炎四年(1130)七月,金朝册封刘豫为皇帝,国号"大齐",定都北京大名府,将黄河以南归其统治,改年号为阜昌。史称"伪齐。"(杭州大学出版社1999年版,第7、80页)

散,至死薄殷周。"盖将伪政权比之王莽新政。朱熹说:"本朝妇人能文,只有李易安与魏夫人。李有诗,大略云:'两汉本继绍,新室如赘疣'云云。'所以嵇中散,至死薄殷周。'中散非汤、武得国,引之以比王莽,如此等语,岂女子所能!"①宋高宗、秦桧唯以偏安为务,以投降卖国为苟且之计。清照诗云:"南来尚怯吴江冷,北狩应悲易水寒""南渡衣冠少王导,北来消息欠刘琨"②,"生当作人杰,死亦为鬼雄。至今思项羽,不肯过江东"③。其心系旧国、眷念中原之心,赤忱可见。苏轼《伏波将军庙碑》有"生为人杰没愈雄,神虽无言意我同"之句④,清照之"生当作人杰,死亦为鬼雄"未知是否取之于此?张惠民说:"易安对重大的政治问题能不避顾忌,骂尽诸色,这与苏轼之慷慨有澄清天下之志,于新旧党争之中不附于荆、不随于温,独立自持,直言取祸何其相似。"⑤

清照所作《浯溪中兴颂诗和张文潜》,亦见出其政治态度与苏门文人的一致。张耒《读中兴颂碑》一诗"当作于崇宁元年,赵挺之排'元祐党人'时"⑥。公元 761 年(唐肃宗上元二年),元结撰《大唐中兴颂》,颜真卿书,刻于浯溪石崖(位于今湖南祁阳县西南)上,时人谓之磨崖碑。碑文记述了安禄山作乱,肃宗平乱,大

---

① (宋)黎靖德编:《朱子语类》卷一百四十,中华书局 1994 年版,第 3332 页。
② (清)厉鹗:《宋诗纪事》卷八十七《闺媛》"李清照"条引《诗话隽永》,上海古籍出版社 1983 年版,第 2099 页。
③ (宋)李清照:《夏日绝句》,黄墨谷《重辑李清照集》,齐鲁书社 1981 年版,第 91 页。
④ (宋)苏轼:《伏波将军庙碑》,《苏轼文集》卷十七,第 505 页。
⑤ 张惠民、张进:《士气文心:苏轼文化人格与文艺思想》,人民文学出版社 2004 年版,第 433 页。
⑥ 黄墨谷:《重辑李清照集·〈张文潜浯溪中兴颂碑〉校》,齐鲁书社 1981 年版,第 86 页。

唐得以中兴的史实。张耒之诗，歌颂平乱之"元功"郭公及篆刻碑文的元、颜二公，抒发了百年废兴的感慨：

> 玉环妖血无人扫，渔阳马厌长安草。
> 潼关战骨高于山，万里君王蜀中老。
> 金戈铁马从西来，郭公凛凛英雄才。
> 举旗为风偃为雨，洒扫九庙无尘埃。
> 元功高名谁与纪，风雅不继骚人死。
> 水部胸中星斗文，太师笔下蛟龙字。
> 天遣二子传将来，高山十丈磨苍崖。
> 谁持此碑入我室，使我一见昏眸开。
> 百年废兴增叹慨，当时数子今安在？
> 君不见，荒凉浯水弃不收，时有游人打碑卖。①

此诗一出，黄庭坚、潘大临（从苏轼、黄庭坚、张耒游）皆有和诗②，清照亦和作二首：

---

① （宋）张耒：《读中兴颂碑》，《柯山集》卷十一，四库全书本第1115册，第96页。
② 黄庭坚《书磨崖碑后》："春风吹船着浯溪，扶藜上读中兴碑。平生半世看墨本，摩挲石刻鬓如丝。明皇不作苞桑计，颠倒四海由禄儿。……内间张后色可否，外间李父颐指挥。南内凄凉几苟活，高将军去事尤危。臣结春陵二三策，臣甫杜鹃再拜诗。安知忠臣痛至骨，世上但赏琼琚词。同来野僧六七辈，亦有文士相追随。断崖苍藓对久立，冻雨为洗前朝悲。"（《黄庭坚全集·宋黄文节公全集·正集》卷五，第119页）潘大临《浯溪》："公泛浯溪春水船，系帆啼鸟青崖边。次山作颂今几年，当时治乱春风前。明皇聪明真晚谬，乾坤付与哥奴手。骨肉何伤九庙焚，蜀山骑驴不回首。天下宁知再有唐，皇帝紫袍迎上皇。神器苍忙吾敢惜，儿不终孝听五郎。父子几何不豺虎，君臣宁能责胡雏。南内凄凉谁得知，人间称家作端午。平生不识颜真卿，去年不答高将军。老来读碑泪横臆，公诗与碑当共行。不赏边功宁有许，当杀奉皇犹敢语。雨淋日炙字未论，千秋万岁所鉴多。"（吕祖谦编《宋文鉴》卷二十一，四库全书本第1350册，第224页）

其 一

五十年功如电扫，华清花柳咸阳草。

五坊供奉斗鸡儿，酒肉堆中不知老。

胡兵忽自天上来，逆臣亦是奸雄才。

勤政楼前走戎马，珠翠踏尽香尘埃。

何为出战辄披靡，传置荔枝多马死。

尧功舜德本如天，安用区区纪文字。

著碑铭德真陋哉，乃令神鬼磨山崖。

子仪光弼不用猜，天心悔祸人心开。

夏为殷鉴当深戒，简策汗青今具在。

君不见，当时张说最多机，虽生已被姚崇卖。

其 二

君不见，惊人废兴传天宝，中兴碑上今生草。

不知负国有奸雄，但说成功尊国老。

谁令妃子天上来，虢秦韩国皆仙才。

苑中羯鼓玉方响，春风不敢生尘埃。

姓名谁复知安史，健儿猛将安眠死。

去天尺五抱瓮峰，峰头凿出开元字。

时移势去真可哀，奸人心魄深如崖。

西蜀万里尚能返，南内一闭何时开？

可怜孝德如天大，反使将军称好在。

呜呼！奴辈乃不能道辅国用事张后专，只能念春荠长安作斤卖。①

清照和作二首，比之张耒原诗，其政治倾向一致，而对现实的针砭更为尖锐。她分析了唐朝之所以会发生安史之乱和唐朝军队一败涂地的原因，诗中不仅将腐化昏聩的唐明皇和诸般谄媚误国的佞臣一同作了鞭挞，总结历史的教训，并用借古喻今的方式对当权者予以劝诫。第一首诗末"夏为殷鉴当深戒，简策汗青今具在"，警醒宋朝当权者当以殷人灭夏作为历史鉴戒。"君不见，当时张说最多机，虽生已被姚崇卖"几句，借"死姚崇犹能算生张说"的典故，影射臣僚之间的尔虞我诈，黄墨谷说"疑清照借题发挥，欲以张说比赵挺之"②。第二首诗末"奴辈乃不能道辅国用事张后专，只能念春荠长安作斤卖"二句，意谓时人只知深责玄宗宠信高力士引入杨玉环的误国之罪，而不知肃宗宠信李辅国、张后之弊③，讽宋徽宗宠信蔡京将会误国，表现了诗人对北宋末年朝政的担忧。果然不久，金人灭北宋，而赵挺之终被蔡京所陷。19岁的清照，有如此洞察力与政治远见，实与接受父亲及苏门对她的影响分不开，也显示她鲜明的政治态度与讽咏时政的诗才。宋周煇《清波杂志》卷八评论说："赵明诚待制妻易安李夫人，尝和张文潜长篇二，以妇人而厕众作，非深有思致者，能之乎？"④ 明末清初陈宏绪（1597—1665）说：

---

① 李清照：《浯溪中兴颂诗和张文潜二首》，黄墨谷《重辑李清照集》，齐鲁书社1981年版，第85页。周煇《清波杂志》卷八引李清照此诗结语为："奴辈乃不能道辅国用事张后专，乃能念春荠长安作斤卖。"

② （宋）李清照：《浯溪中兴颂诗和张文潜二首》，黄墨谷《重辑李清照集》，齐鲁书社1981年版，注〔十三〕，第89页。

③ 同上书，注〔二十〕，第90页。

④ （宋）周煇：《清波杂志》卷八，四库全书本1039册，第56页。

"李易安诗余脍炙千秋……独其诗歌无传,仅见和张文潜浯溪中兴碑二篇,(诗略)二诗奇气横溢,尝鼎一脔,已知为驼峰麟脯矣。"① 清代诗坛大家王士禛说:"宋闺秀李清照,号易安居士,吾郡人,词家大宗。其集名《漱玉》,而诗不概见。……陈士业《寒夜录》乃载其《和张文潜浯溪碑歌诗》二篇……二诗未为佳作,然出妇人手亦不易,矧易安之逸篇乎?故著之。"② 均对清照的诗才、思致及气概,有相当的认可。

(二)健康、高雅的审美品格

论者指出:"在对歌词要表现出一种健康情感、高雅格调、开阔境界……这一点上,易安与苏轼的取向是一致的。"③ 对此,笔者深为赞同。苏轼倡导高雅,他称道晚唐司空图"诗文高雅",虽在兵乱之间,犹有承平之遗风④,又称米元章的新诗"词韵高雅"⑤;他喜欢海棠的自然高雅:"嫣然一笑竹篱间,桃李漫山总粗俗"⑥,叹赏寒梅的高风绝尘:"独秀惊凡目"⑦"玉雪为骨冰为魂"⑧;他嫌词牌名《忆仙姿》"其名不雅",故改为《如梦令》⑨;他不满小词格调卑

---

① (明)陈宏绪:《寒夜录》卷下,《重辑李清照集·历代评论》,第261页。
② (清)王士禛:《香祖笔记》卷五,上海古籍出版社1982年版,第95页。
③ 张惠民:《李清照〈词论〉的达诂与确评》,《文学遗产》1993年第1期。
④ (宋)苏轼:《书黄子思诗集后》,《苏轼文集》卷六十七,第2124页。
⑤ (宋)苏轼:《与米元章》(其九),《苏轼文集》卷五十八,第1778页。
⑥ (宋)苏轼:《寓居定惠院之东杂花满山有海棠一株土人不知贵也》,《苏轼诗集》卷二十,第1036页。
⑦ (宋)苏轼:《次韵陈四雪中赏梅》,《苏轼诗集》卷二十一,第1102页。
⑧ (宋)苏轼:《十一月二十六日松风亭下梅花盛开》之二《再用其韵》,《苏轼诗集》卷三十八,第2075页。
⑨ (宋)苏轼:《如梦令》(水垢何曾相受)小序云:"元丰七年十二月十八日,浴泗州雍熙塔下,戏作《如梦令》阕。此曲本唐庄宗制,名《忆仙姿》,嫌其名不雅,故改为《如梦令》。"(薛瑞生《东坡词编年笺证》,三秦出版社1998年版,第447页)

俗，有意以诗人笔法矫正之……如此等等，都凸显了对高雅格调的追求。但他并非将雅俗对立，而是主张"以故为新，以俗为雅"。① 苏轼的审美品格以及其对雅俗的辩证观点，在清照这里，得到了很好的接受与传承。

清照在《论词》中推赏江南李氏君臣"尚文雅"，批评柳永"词语尘下"，在她的身上、她的词里，始终保持着一种文化人朴素而高雅的气质。生活中的她，"食去重肉，衣去重采，首无明珠翡翠之饰，室无涂金刺绣之具"②，浑然一位素雅的"易安居士"；词中的她，倾赏寒梅"此花不与群花比"的气节③，赞美桂花"自是花中第一流"的品格④。清照不仅熟读诗书，善用故实，散发出浓浓的书卷气，而且善于用俗语、寻常语，化俗为雅。号称"明代三才子"的杨慎在其《词品》中说：

> 宋人中填词，李易安亦称冠绝。使在衣冠，当与秦七、黄九争雄，不独雄于闺阁也。……《声声慢》一词，最为婉妙。……荃翁张端义《贵耳集》云："此乃公孙大娘舞剑手，本朝非无能词之士，未曾有下十四叠字者，乃用《文选》诸赋格。'守着窗儿，独自怎生得黑'，此'黑'字不许第二人押。又'梧桐更兼细雨，到黄昏点点滴滴'四叠字，又无斧痕。妇人中有此，殆间气也。"晚年自南渡后，怀京洛旧事，赋元宵《永遇

---

① （宋）苏轼《题柳子厚诗二首》其二："诗须要有为而作，用事当以故为新，以俗为雅。"（《苏轼文集》卷六十七，第2109页）
② 李清照：《金石录后序》，黄墨谷《重辑李清照集》，齐鲁书社1981年版，第133页。
③ 同上书，第18页。
④ 同上书，第25页。

乐》词云："落日镕金,暮云合璧",已自工致,至于"染柳烟浓,吹梅笛怨,春意知几许",气象更好。后叠云"如今憔悴,风鬟雾鬓,怕见夜间出去",皆以寻常言语,度入音律,炼句精巧则易,平淡入妙者难。山谷所谓以故为新,以俗为雅者,易安先得之矣。①

杨慎不独推许清照在宋词中称冠的地位,且指出黄庭坚提倡的"以俗为雅者",清照"先得之",充分肯定了清照词在这方面的首创性,即以"寻常言语度入音律",而能"平淡入妙"。对此,南宋人也有同识。如辛弃疾就曾"效李易安体"作词②,表达了对清照"以俗为雅"的追仿。

周桂峰认为,李清照的填词,当受到了晁补之的影响,如词的选调(晁、李同调者18首,如《凤凰台上忆吹箫》《声声慢》等)、用语(善用寻常语、流利之语)、抒情(曲折婉转)和风格(于婉约中寓有骏爽之气或云丈夫气)等,都似乎存在着一种承传关系。③清照既推重"高雅""文雅",又能"以俗为雅",说明不仅在审美观念上与苏门文人相一致,且能以词践行,开创词的一种体格,不能不说是极好的传承。

(三) 真率、横放的文字表达

苏轼论做人作文,尤贵"真"与"自然"。他称陶渊明"古今

---

① (明)杨慎:《词品》卷二,张璋等编《历代词话》(上),大象出版社2002年版,第250页。
② (宋)辛弃疾:《丑奴儿近》"博山道中效李易安体",邓广铭:《稼轩词编年笺注》卷二,上海古籍出版社1993年版,第170页。
③ 周桂峰:《李清照师事晁补之论》,《南阳师范学院学报》(社会科学版)第2卷第7期,2003年7月。

贤之，贵其真也"①，又说："渊明独清真，谈笑得此生。"② 他推慕的晋宋之人，如陶渊明、王羲之，其人其文字，皆在于"清真"。他推赏谢民师诗文"文理自然，姿态横生"③，亦自称"吾文如万斛泉源，不择地而出"④。李格非于诗文，力主"诚"与"横"，与苏轼一脉相承。格非论"诚"，即苏轼说的"真"，真情坦露，如肝肺间流出。《宋史》本传载格非"尝言文不可以苟作，诚不著焉，则不能工。且晋人能文者多矣，至刘伯伦《酒德颂》、陶渊明《归去来辞》，字字如肺肝出。遂高步晋人之上，其诚著也"⑤。格非论"横"，即苏轼说的"姿态横生"，不受拘束，淋漓洒脱，以韩愈、李白、苏轼为范。《墨庄漫录》卷六载文叔（格非）尝杂书论文章之横，其云："……自汉后千年，唯韩退之之于文、李太白之于诗，亦皆横者。近得眉山《筼筜谷记》《经藏记》，又今世横文章也。夫其横，乃其自得而离俗绝畦径间者。"⑥ 格非以"横"论苏轼之文，认为其"横"，在于其"自得"，能超脱既有之规范，有横空出世、横放杰出之姿。其实，李格非的文章亦不乏此种特色，《宋史》本传说他"苦心工于词章，陵轹直前，无难易可否，笔力不少滞"，这无疑是一往直前，笔无所滞的"横气"！

　　清照自然而然地从前辈苏轼与父亲李格非的文章中汲取了这种真、诚、横的气息！敢于真率地表达，敢于不顾忌传统观念的约束，直令读者惊叹不已。在她的诗里，敢于借古讽今针砭现实，敢于救

---

① （宋）苏轼：《书李简夫诗集后》，《苏轼文集》卷六十八，第2148页。
② （宋）苏轼：《和陶饮酒二十首》其三，《苏轼诗集》卷三十五，第1884页。
③ （宋）苏轼：《与谢民师推官书》，《苏轼文集》卷四十九，第1418页。
④ （宋）苏轼：《自评文》，《苏轼文集》卷六十六，第2069页。
⑤ （元）脱脱等：《宋史》卷四百四十四《李格非传》，第13122页。
⑥ （宋）张邦基：《墨庄漫录》卷六，四库全书本第864册，第60页。

援其父抒发对公公的不满，不是真诚横放，又是什么？在《论词》中，敢于对十数位唐宋词名家、文坛巨擘，逐一批评，不是真诚横放，又是什么？王灼《碧鸡漫志》云："易安居士……自少年便有诗名，才力华赡，逼近前辈，在士大夫中已不多得。若本朝妇人，当推词采第一。……作长短句能曲折尽人意，轻巧尖新，姿态百出，闾巷荒淫之语，肆意落笔，自古搢绅之家能文妇女，未见如此无顾忌也。"① 其间"姿态百出""肆意落笔""无顾忌"之语，正是清照接受苏门一派创作之真率表达的体现，而"闾巷荒淫之语"则未免过矣。清照的词里，有描写少女时的荡秋千："蹴罢秋千，起来慵整纤纤手。露浓花瘦，薄汗青衣透。见有人来，袜划金钗溜。和羞走，倚门回首，却把青梅嗅"（《点绛唇》）；有描写恋爱时的示美："怕郎猜道，奴面不如花面好。云鬓斜簪，徒要教郎比并看"（《减字木兰花》）；有描写离别后的相思："莫道不消魂，帘卷西风，人比黄花瘦。"（《醉花阴》）这些词，写得真情袒露、逸趣横生，其间"和羞走""云鬓斜簪""黄花比瘦"，亦写出了女子的娇羞与矜持，并无半点"荒淫"之处，亦非"夸张笔墨，无所羞畏"，所以黄墨谷说："读清照词清新雅饬，王灼所谓'闾巷荒淫'之语，究何指？且宋代及后代学者评李词，亦无作如是观者。"② 吴灏说："易安以词擅长，挥洒俊逸，亦能琢炼。最爱其'草绿阶前，暮天雁断'，极似唐人。其《声声慢》一阕，张正夫（按：张端义，字正夫，有《贵耳集》）称谓公孙大娘舞剑器手，以其连下十四叠字也。此却不

---

① （宋）王灼：《碧鸡漫志》卷二，唐圭璋《词话丛编》，中华书局1986年版，第88页。
② 黄墨谷：《重辑李清照集·历代评论》"王灼"条按语，齐鲁书社1981年版，第235页。

是难处,因调名《声声慢》,而刻意播弄之耳。其佳处后又下'点点滴滴'四字,与前照应有法,不是草草落句,玩其笔力,本自矫拔,词家少有,庶几苏、辛之亚。"① 吴氏慧眼独具,将清照词的挥洒俊逸、笔力矫拔,归之于苏、辛词一派,不同凡响。故王兆鹏《苏辛之流亚》一文指出,从抒情范式上看,李清照与苏轼词有着更深层、更内在的联系,同属于"东坡范式"②。

(四)自由、宽松的学术批评

苏轼一生追求个性自由、学术自由,他与门人的交往即是在一种平等、宽松的氛围之中展开的。《宋史》苏轼本传说:"一时文人如黄庭坚、晁补之、秦观、张耒、陈师道,举世未之识,轼待之如朋俦,未尝以师资自予也。"③ 不以"师资"自居,待门人如友朋,因此在苏门文人中,便有了自由、宽松的文艺批评。苏轼可以批评门生,门生可以批评苏轼,门生之间可以相互批评,亦可以批评其他诗人。且看苏、黄之间的相互批评:

> 东坡尝与山谷论书,东坡曰:"鲁直近字虽清劲,而笔势有时太瘦,几如树梢挂蛇。"山谷曰:"公之字固不敢轻议,然间觉褊浅,亦甚似石压蛤蟆。"二公大笑,以为深中其病。④

苏、黄二人以"树梢挂蛇""石压蛤蟆"批评对方书法的缺点,

---

① 黄墨谷:《重辑李清照集·历代评论》"王灼"条按语,齐鲁书社1981年版,第245页。
② 王兆鹏:《苏辛之流亚——从抒情范式看李清照词》,《湖北大学学报》(哲学社会科学版)1991年第4期。
③ (元)脱脱等:《宋史》卷三百三十八《苏轼传》,中华书局1985年版,第10817页。
④ (宋)曾敏行:《独醒杂志》卷三,四库全书本第1039册,第539页。

轻松风趣。"二公大笑,以为深中其病",可见其虚怀坦荡,乐于接受批评。正是有这份坦荡,这份风趣幽默,东坡书鲁直诗后云:"鲁直诗文,如蝤蛑、江瑶柱,格韵高绝,盘飧尽废。然不可多食,多食则发风动气。"① 大约是说,黄诗格韵高绝,然读多了不消化,容易"得病"。葛立方《韵语阳秋》载:"东坡题鲁直诗云:'每见鲁直诗,未尝不绝倒(前仰后合地大笑)。然此卷甚妙,而殆非悠悠者可识。能绝倒者,已是可人。'又云:'读鲁直诗,如见鲁仲连、李太白,不敢复论鄙事。虽若不适用,然不为无补。'如此题识,其许之乎?其讥之也?"② 葛立方对东坡题黄诗的意思有些拿捏不准,不知是赞许还是讥诮。此意恐怕唯黄能懂得。葛立方亦载黄庭坚评东坡诗:"鲁直谓东坡作诗,未知句法。"③ 有学者将这类言论归结为苏黄之争,互为讥诮,不免言重了。苏黄之间的评论,有他们自己的"文化语境",有些含有寓意,有些则是朋友间的友好调侃和善意批评。黄庭坚非常敬重二苏。他说:"观东坡二丈诗,想见风骨巉岩,而接人仁气粹温也。观黄门诗,顾然峻整,独立不回,在人眼前。元祐中,每同朝班,余尝目之为成都两石笋也。"④ 又在《跋子瞻醉翁操》中说东坡:"彼其老于文章,故落笔皆超轶绝尘耳。"⑤

再看苏轼对秦观词的批评:

---

① (宋)苏轼:《书黄鲁直诗后二首》其二,《苏轼文集》卷六十七,第2122页。
② (宋)葛立方:《韵语阳秋》卷二,《历代诗话》本,第497页。
③ 同上。
④ 黄庭坚:《跋子瞻送二侄归眉诗》,《黄庭坚全集·宋黄文节公全集·正集》卷二十五,第659页。
⑤ 同上书,第659页。

苏子瞻于四学士中最善少游，故他文未尝不极口称善，岂特乐府？然犹以气格为病，故常戏云："'山抹微云'秦学士，'露花倒影'柳屯田。"①

少游自会稽入都见东坡。东坡曰："不意别后，公学柳七作词耶？"少游曰："某虽无学，亦不如是。"东坡曰："'销魂，当此际'，非柳七语乎？"②

苏轼最喜欢秦观词，以他为"词手"，却不满意秦观学柳永词的气格卑俗，故以戏谑的口气批评秦观学柳七词的用语。但他又忍不住拿自己的词与秦词比试。《王直方诗话》云："东坡尝以所作小词示无咎、文潜，曰：'何如少游？'二人皆对云：'少游诗似小词，先生小词似诗。'"③作为门生，晁补之、张耒二人直言不讳，指出苏轼"词似诗"、秦观"诗似词"的缺点。陈师道不但批评东坡"以诗为词"，更指其非"本色"词："退之以文为诗，子瞻以诗为词，如教坊雷大使之舞，虽极天下之工，要非本色。"④又批评苏轼学诗之失："始学刘禹锡，故多怨刺，学不可不慎也。晚学太白，至其得意，则似之矣。然失于粗，以其得之易也。"⑤又批评王安石、黄庭坚晚年诗风之失："陈无己云：'荆公晚年诗伤工，鲁直晚年诗伤奇。'"⑥他还反驳晁补之对苏词的评论："晁无咎云：眉山公之词，盖不更此而境也。余谓不然。宋玉初不识巫山神女而能赋之，

---

① （宋）叶梦得：《避暑录话》卷下，丛书集成本，第50页。
② 郭绍虞：《宋诗话辑佚》卷下《高斋诗话》，中华书局1980年版，第497页。
③ （宋）胡仔：《苕溪渔隐丛话》前集卷四十二引《王直方诗话》，第284页。
④ （宋）陈师道：《后山诗话》，《历代诗话》本，第309页。
⑤ 同上书，第306页。
⑥ （宋）胡仔：《苕溪渔隐丛话》前集卷四十二引《王直方诗话》，第284页。

岂待更而境也?"进而自我推许:"余它文未能及人,独于词自谓不减秦七、黄九。"① 这个陈师道,真够胆大直率。而晁补之的《词评》,则品评了柳永(字耆卿)、欧阳修、苏轼、黄庭坚、晏殊、张先(字子野)、秦观等多位词人:

> 世言柳耆卿曲俗,非也,如八声甘州云:"渐霜风凄惨,关河冷落,残照当楼。"此唐人语不减高处矣。欧阳永叔《浣溪沙》云:"堤上游人逐画船,拍堤春水四垂天,绿杨楼外出秋千。"要皆绝妙,然只一出字,自是后人道不到处。东坡词,人谓多不谐音律,然居士词横放杰出,自是曲中缚不住者。黄鲁直间作小词,固高妙,然不是当家语,自是着腔子唱好诗。晏元献不蹈袭人语,而风调闲雅,如"舞低杨柳楼心月,歌尽桃花扇影风",知此人不住三家村也。张子野与柳耆卿齐名,而时以子野不及耆卿,然子野韵高,是耆卿所乏处。近世以来作者,皆不及秦少游,如"斜阳外、寒鸦万点,流水绕孤村",虽不识字,亦知是天生好言语。②

此间有褒扬,有批评。晁评东坡词,采纳了黄庭坚的说法;③ 而评黄庭坚词,则与陈师道意见相左。胡仔说:"无己(陈师道)称'今代词手,惟秦七、黄九耳,唐诸人不逮也'。无咎(晁补之)称

---

① (宋)陈师道:《书旧词后》,《后山集》卷十七,四库全书本第1114册,第678页。
② (宋)胡仔:《苕溪渔隐丛话》后集卷三十三"晁无咎"条引《复斋漫录》,人民文学出版社1984年版,第253页。
③ (宋)赵令畤撰,孔凡礼点校:《侯鲭录》卷八:"鲁直云:东坡居士曲,世所见者数百首,或谓于音律小不谐,居士词横放杰出,自是曲子缚不住者。"(中华书局2002年版,第205页)

'鲁直词不是当家语,自是着腔子唱好诗'。二公在当时品题不同如此。"①

苏门这种自由、宽松的文艺批评之风,对清照来说,是潜移默化,亦是濡染成习。她的《词论》,受晁补之《词评》的影响非常明显。故胡仔《苕溪渔隐丛话》收录清照《词论》,是在"晁无咎"条下,列晁《词评》之后。清照作《词论》,似乎忘却了自己的闺阁身份、晚辈身份,俨然是苏门中的一员,可以自由、宽松地展开批评,于是她将自己对词史的考察、对诸家词的品评,以及对词体的认知与词学的理想,打并一起,作了"任性"的表达,比之晁的《词评》,所涉要宽,气魄要大。有论者说:"我们可以看出,《词论》中的种种观点,不是李清照独创的,她的观点与苏轼的'自是一家'说、晁补之、张耒等人的观点,以及陈师道的'本色'论与李之仪的'自有一种风格'论等,都有许多相似。"② 应当说,有的观点看似相似,而实际着眼点不同。譬如苏轼的"自是一家"说,意在标举所作豪放词与柳永婉约词所具有的风格的不同,包括演唱角色与演唱方式的不同。而清照"别是一家说",则意在强调词与诗文作为文体的不同。"自是一家说"与李之仪的"自有一种风格论",说的是词学内部形成的不同风格,而清照"别是一家说",说的是词与其他文体相比所具有的不同特点(特殊性),因而实具原创之性质,这不能不说得益于苏门学术批评之风气。

总之,清照在《词论》中批评了苏轼诸公词,借以申张自己的"词体"论,表达的是词学观念上的异同,绝不意味着对苏轼的贬抑

---

① (宋)胡仔:《苕溪渔隐丛话》后集卷三十三"晁无咎"条引,第253页。
② 欧阳俊、陈望:《李清照〈词论〉研究的回顾与反思》,(台湾)《宋代文学研究丛刊》第十五期,高雄丽文文化事业公司2008年版。

与否定。恰恰相反，清照的学术精神、创作精神，无疑来自对苏轼的接受与苏门的陶染（包括她的父亲李格非），在某种程度上可以说，是天赋与苏门，成就了独一无二的李清照。

第三节 关于《词论》的写作时间

清照的《词论》，既与苏门文人相关，尤其是受晁补之《词评》的影响，那么，《词论》到底作于何时？由于文献中没有明确的记载，学术界已讨论多年。论者主要有三种意见：第一种认为作于清照早期。主要理由是，《词论》中没有提到徽宗时大晟府里的一派作家，没有提到靖康之乱后的词坛情况。① 第二种认为作于政和五年以前。主要理由是，《词论》中未及周邦彦提举大晟府，因将《词论》的写作时间定于周邦彦提举大晟府的政和五年（1115）之前。② 第三种认为写于南渡以后，甚至有晚年写出的可能。主要理由是，《词论》中提到的《声声慢》是宣和靖康之后才普遍填写的。《词论》最早见载于《苕溪渔隐丛话》后集，而此书是胡仔在1148（绍兴十

---

① 夏承焘：《李清照词的艺术特色》，《文学评论》1961年第4期。夏先生认为"看来这该是她早期的作品"。王延梯、邓魁英等先生附合此说。又，周桂峰《李清照〈词论〉作于早年说》："李清照《词论》的写作时间不晚于1110年，其年李清照二十七岁，早则可能在1101年左右，其时李清照十七八岁。"（《淮阴师专学报》1990年第3期）

② 黄墨谷《李清照易安居士年谱》"公元一一一四年（政和四年甲午）"条："是年，清照作《词论》。……观其论述未及周邦彦提举大晟府，审定古音，演慢引三犯四犯诸曲事，因谓其必作于政和五年以前，姑记于是年。"（《重辑李清照集》，第168页）

八年）—1167 年（乾道三年）中收集的材料，此时正值李清照晚年。①《词论》极力标榜的"五音""五声""六律""清浊轻重"，是北宋末年以后才在词作实践中逐渐完善起来的。② 这三种意见都不无道理，却都存有不合事理情理之处。依笔者推论，《词论》的写作时间当在宣和二年（1120）至南渡之前，即北宋末期。申述如下。

一 作于早期或夫妇屏居青州不大可能

清照虽青年时期传有诗名，③ 但词名未显，词的创作实践与理论修养还缺乏写作《词论》的必要准备，作于政和年间也同样缺乏创作方面的积累与铺垫。由《词论》中强调词的协律，推重铺叙、典重、故实，而参照清照及词坛创作，推知《词论》不当作于政和五年之前，而应在宣和二年之后。

清照在《词论》中批评了晏、欧、苏诸公的不协律、不称体，把晏、贺、秦、黄四人作为"知词者"加以肯定，但又指出他们的不足是苦无铺叙、苦少典重、尚少故实。可知清照是把铺叙、典重、故实作为词的重要表现手法来加以强调的。按文学发展的规律，理论的提出或建立必当以创作为前提和基础。这里的"创作"，一是理论家本人的创作，二是他人的创作。理论不可能凭空而立。依照这样的思路，我们考察清照早期至政和五年以前的作品，大多是小令短调。如她的代表作品《如梦令》二首（"昨夜雨

---

① 费秉勋《李清照〈词论〉新探》："我认为《词论》写于南渡之后，甚至有可能写于李清照的晚年。"（《西北大学学报》1985 年第 2 期）
② 朱崇才：《李清照〈词论〉写作年代辨》，《南京师大学报》2003 年第 6 期。
③ 朱弁《风月堂诗话》卷上："赵明诚妻，李格非女也，善属文，于诗尤工。晁无咎多对士大夫称之。"张琰《洛阳名园记序》："文叔……女适赵相挺之子，亦能诗。"

疏风骤""常记溪亭日暮"），及《浣溪沙》《点绛唇》《小重山》《怨王孙》诸词，笔调活泼清新，虽也铺叙日常生活中一段有情趣的故事，化用一些唐五代诗句，但总体上看，铺叙情节还较简单，有故实但还称不上典重。《一剪梅》（红藕香残玉簟秋）开始吸收慢词技法，既有铺叙，又对仗工稳，但毕竟还不是慢词。据黄墨谷先生对李词进行梳理编年，认为"从现存的作品中没有明确可以划入第一时期的慢词"①。清照若依据此时的创作实践，去指摘他人"苦无铺叙""苦少典重""少故实"，恐怕不独难以服人，亦难以服己。清照之所以能理直气壮地批评他人，是自认为在这方面做得还不错。

顾易生等著《宋金元文学批评史》中推测《词论》作于赵明诚携清照屏居青州（今属山东）期间——"《词论》当作于此时"②。笔者以为作于清照夫妇屏居青州期间不大可能，因为此时清照仍无"铺叙、故实、典重"之类的词作为支撑。

据黄墨谷先生《李清照易安居士年谱》所列，清照中年时期所作尚铺叙、故实、典重的词，如《蝶恋花》《醉花阴》《凤凰台上忆吹箫》《念奴娇》等，都是作于宣和二年（1120）赵明诚起知莱州后的。③大观元年（1107），清照24岁。三月，赵挺之为蔡京所陷，落观文殿大学士，后5日卒于京师。赵明诚被捕送制狱。大观二年（1108），明诚罢官，清照偕与屏居青州。④此间夫妇倾力收集书画

---

① 黄墨谷：《重辑李清照集》，第6页。
② 顾易生、蒋凡、刘明今：《宋金元文学批评史》，上海古籍出版社1996年版，第610页。
③ 黄墨谷：《李清照易安居士年谱》，《重辑李清照集》，第169—170页。
④ 同上书，第164页。

古器，清照亦博览群书，"几案罗列，枕席枕藉，意会心谋，目往神授，乐在声色狗马之上。"① 宣和二年（1120）六月，诏蔡京致仕，是年明诚起知莱州，清照仍居青州。数年的积累，夫妇的别离，使清照笔下的词出现了一个飞跃。《蝶恋花》（泪湿罗衣脂粉满）细致地叙写了惜别伤离之情；《醉花阴》叙写重阳节对丈夫的刻骨思念，层层铺叙。唐圭璋谓之："起言永昼无聊之情景，次言重阳佳节之感人。换头，言向晚把酒，着末，因花瘦而触及己瘦，伤感之至。尤妙在'莫道'二字唤起，与方回之'试问闲愁知几许'句，正同妙也。"② 至《凤凰台上忆吹箫》《念奴娇》这些慢词，则将铺叙手法的运用推向一个新的高度。以《念奴娇》为例，上片叙寒食前孤独郁闷之情状。先写环境：独居萧条深院；次写天气：风雨闭门；次写心情：寥落无绪，心事难寄。下片抒聊以自遣之意。先写春寒慵散、被冷香消；再写春色诱人，欲游自遣；终写"天气晴未"，不免欲游终懒之意。全篇铺叙细致，曲折回荡，有较完整的情节，景物人浑融一体，丝丝入扣地抒发了念远怀人之情，最能体现清照词自然深曲的特点，比之"男子作闺音"更觉真切动人。这首词的铺叙手法也为后来的《声声慢》等词提供了一个摹本。

以上四首词中，不仅成功地运用了铺叙手法，而且"宠柳娇花""帘卷西风，人比黄花瘦"等语极富创造性，历来尤为词家称道，被誉为"奇句"。同时词中亦不乏用典，如"四叠阳关""东篱""暗香""武陵人远，烟锁重楼""清露晨流，新桐初引"，等等。这一时期写的《多丽·咏白菊》更多处用典，以抒写白菊的美丽天姿、

---

① 黄墨谷：《李清照易安居士年谱》，《重辑李清照集》，第134页。
② 唐圭璋：《唐宋词简释》，上海古籍出版社1981年版，第144页。

自然风韵和高洁品格。有词家称："李易安《多丽·咏白菊》，前段用贵妃、孙寿、韩掾、徐娘、屈平、陶令若干人物，后段'雪清玉瘦''汉皋纨扇''朗月清风''浓烟暗雨'许多字面，却不嫌堆垛，赖有清气之流行耳。"可以说，宣和二年后，清照的情感体验加深，再加上艺术造诣的日臻完善，使得清照的词在情感上更加真挚饱满，艺术表现手法更加丰富和完备，其词音律严谨谐婉，不仅主情致而且长于铺叙，不仅自然清新而且能以俗为雅，更以尚故实显示出深厚坚实的文化根基，在总体风貌上呈现婉约清新而又典雅的风格，标志着清照创作上趋于成熟，这就为她写作《词论》做好了充分的创作准备和理论准备。

再从词坛创作来看，柳永、周邦彦等人的词作也为清照"铺叙——故实——典重"说积累了可资借鉴的创作经验。铺叙作为诗的一种表现手法而引入词，柳永是具有开创之功的。在北宋词论中，"铺叙"一词首先就是由李之仪用来评柳词的。他说："耆卿词铺叙展衍，备足无余，形容盛明，千载难逢当日，较之《花间》所集，韵终不胜。"[1] 李氏道出了柳词善用铺叙，详尽真切地描摹事物，但不留余蕴的特点。这正是柳不同于唐五代以及北宋前期晏欧诸家词的显著特点。周邦彦词吸收了柳永词层层铺叙的技巧，却比之更为丰富、更为曲折。近人夏敬观谓之："耆卿多平铺直叙，清真特变其法，一篇之中，回环往复，一唱三叹。故慢词始盛于耆卿，大成于清真。"[2] 清真又善于檃括前人诗句入词，

---

[1] （宋）李之仪：《跋吴思道小词》，《姑溪居士文集》卷四十，丛书集成初编本《姑溪居士全集》（四），第310页。

[2] 夏敬观：《手评乐章集》，引自唐圭璋《唐宋名家词选》，上海古籍出版社1980年版，第87页。

思笔浑成。清照生当柳、周之后,既推重铺叙、故实、典重、浑成,在创作实践和理论建树两方面不会不吸收借鉴柳、周的创作经验。近人况周颐曾对朱淑真与李清照词的风格作了分辨。他说:"即以词格论,淑贞清空婉约,纯乎北宋。易安笔情近浓至,意境较沈博,下开南宋风气。"①所谓"下开南宋风气",即在于吸收借鉴柳、周词的长处。故而笔者以为,以《词论》中未涉周邦彦,而认定《词论》作于清照早年是不足为据的。周邦彦(1056—1121)长清照28岁,在元祐八年(1093)他38岁知溧水县时,就已有《满庭芳·夏日溧水无想山作》等好词问世。然蔚成影响还是在政和、宣和年间(1111—1125)。他的《兰陵王·柳》《大酺》《六丑》等代表作最为流行。清照接受其词的艺术表现手法,并熔铸为自己的词学审美追求,是顺理成章的事。因此宣和二年后,无论是词坛创作还是清照本人创作,都为清照的词学理论奠定了扎实的基础,使她有可能写出"批评体系之完整"(林玫仪语)且文字老到的《词论》。自宣和二年至宣和七年(1120—1125)赵明诚于知莱州期间校勘《金石录》②,而清照也有足够的能力与闲暇探究词学。此时作《词论》,可谓水到渠成。

二 作于南渡之后或晚年亦不大可能

费秉勋先生曾指出:"《词论》中涉及《声声慢》等词的押韵问题,而《声声慢》这一词调是在宣和年间才渐渐被词人们填写起来

---

① 况周颐:《蕙风词话》卷四,人民文学出版社1960年版,第98页。
② 李清照《金石录后序》:"今日忽阅此书,如见故人。因忆侯在东莱静治堂,装缥初就,芸签缥带,束十卷为一帙。每日晚,吏散,辄校勘二卷,跋题一卷,此二千卷有题跋者,五百二卷耳。"(黄墨谷《重辑李清照集》,第137页)

的。此时已接近南渡了。南渡以后，词人填写《声声慢》才较为普遍起来。"① 费先生由此作为他"判断《词论》写于南渡之后的另一个依据"。而笔者则认为，这恰恰给我们认为《词论》写于宣和年间提供了一个依据。因为《声声慢》既在宣和年间兴起，被词人填写，歌儿传唱，清照以它为例来讨论词的音律问题是完全可能的。从清照所举《声声慢》《雨中花》《喜迁莺》三个例子来看，后两首曲子在宣和之前就已流行，如秦观有《雨中花》"指点虚无征路"。作《喜迁莺》者甚多，花庵词客评曰："夏竦于庆历朝为一不肖，然《喜迁莺》词必以之为冠冕。"② 那么，把《声声慢》排在前面显然不是依照曲子兴起的时间顺序排列，而是把最新鲜、最时兴的曲子排在前面，以引起关注。当然，我们也不排除清照在曲子的排列顺序上有随意性的可能。至于朱崇才文章主"南宋说"，提出《词论》所极力标榜的"五音""五声""六律""清浊轻重"，是北宋末年以后才在词作实践中逐渐完善起来的。这正好可以证明清照的《词论》大有作于北宋末年的可能。

应该说，笔者不赞成《词论》写于南渡以后说法的一个重要原因，在于它与清照"声与政通"的文艺思想不合。仔细读《词论》，不难见出，清照在回顾、探讨词的创作及发展时，始终把它与社会政治的兴衰治乱相联系。例如，"五代干戈，四海瓜分豆剖，斯文道熄。独江南李氏君臣尚文雅……语虽甚奇，所谓'亡国之音哀以思'""逮至本朝，礼乐文武大备，又涵养百余年，始有柳屯田永者，变旧声作新声"，等等。这种考察和论述的思想方法，是对《礼

---

① 费秉勋：《李清照〈词论〉新探》，《西北大学学报》1985年第2期。
② （清）沈雄：《古今词话·词辨上卷》引，《词话丛编》本，第908页。

记·乐记》《毛诗大序》中"声音之道，与政通矣"的传统理论及刘勰"歌谣文理，与世推移"的思想观点一脉相承，也与苏轼的文艺思想和词学观念颇为相通，已见前述。按着这样的思路，假设《词论》作于南渡之后，那么靖康之变给国家民族乃至平民百姓带来的巨大耻辱伤痛，以及词坛发生的巨大变化（抗金爱国的豪放词异军突起）不会不反映在《词论》中。由此，清照对于词的审美要求，对于词"别是一家"的看法，也许不完全如《词论》所云。当然历史不能假设，但我们不能忽视事物的逻辑性。方智范等著《中国词学批评史》也认为："这篇词论，她于靖康之变未置片言只语，揆以情理，当作于金兵南侵之前。"①

还有，南渡之后清照的现实处境与心境，已不支持她写作《词论》。靖康之变，金人入犯，汴京失陷。清照夫妇多年收藏的书画古器面临巨大灾难。清照《金石录后序》中详细追述了这些书画古器或转运，或被焚，或流散，或遭窃，最终几乎丧失殆尽的过程②；追述了明诚于建炎二年（1128）复知建康府（今江苏南京），三年三月罢免，五月诏知湖州，七月在赴任途中感疾、八月病逝的情形，"葬毕，顾四维，无所之。……余又大病，仅存喘息，事势日迫"；追述了其后在南方一带颠沛流离的境况，"上江既不可往，又敌势叵测，有弟远任敕局删定官遂往依之，到台，台守已遁。之嵊（一作

---

① 方智范、邓乔彬等：《中国词学批评史》，中国社会科学出版社1994年版，第58页。
② 李清照《金石录后序》："至靖康丙午岁，侯守淄川，闻金人犯京师，四顾茫然，盈箱溢箧，且恋恋，且怅怅，知其必不为己物矣……凡屡减去，尚载书十五车，至东海，连舻渡淮，又渡江至建康……金人陷青州，凡所谓十余屋者，已皆为煨烬矣……金人陷洪州，遂尽委弃，所谓连舻渡江之书，又散为云烟矣……在会稽卜居土民钟氏舍，忽一夕穴壁，负五簏去，予悲恸不已……所谓岿然独存者，乃十去其七八……"（黄墨谷《重辑李清照集》，第134—136页）

剡）出陆，又弃衣被，走黄岩，雇舟入海，奔行在，时驻跸章安。从御舟海道之温，又之越。庚戌十二月，放散百官，遂之衢。绍兴辛亥春三月，复赴越，壬子又赴杭……"在这种国破、家亡、夫死、物散、人流离失所的处境和心境中，清照还有可能作《词论》么？赵彦卫《云麓漫抄》卷十四载："李氏自号易安居士，赵明诚德夫之室，李文叔女，有才思，文章落纸，人争传之。小词多脍炙人口，已版行于世，他文少有见者。《上韩公枢密诗序》云：'绍兴癸丑（按，1133）五月，枢密韩公、工部尚书胡公使金，通两宫也。有易安室者，父祖皆出韩公门下。今家世沦替，子侄寒微，不敢望公之车尘；又贫病，但神明未衰落，见此大号令，不能忘言。作古律诗各一章，以寄区区之意，以待采诗者云。'"清照上韩胡二公诗，铺叙议论南渡以来时事，称颂韩胡二公之功德。又有《投内翰綦公启》①，陈述误嫁张汝舟而又陷入诉讼案后②，自惭而求助的心理："清照敢不省过知惭，扪心识愧？责全责智，已难逃万世之讥；败德败名，何以见中朝之士？虽南山之竹，岂能穷多口之谈？惟智者之言，可以止无根之谤。……愿赐品题，与加湔洗，誓当布衣蔬食，温故知新……"③ 在这种心态下，她还有可能理直气壮地批评词坛宿将么？清照南渡后留传的文字，有绍兴四年（1134）居金华时作的《打马图经序》《打马赋》与《打马命辞》，记博弈之事；绍兴五年（1135）作的《金石录后序》，追忆夫妇俩收集、整理金石书画

---

① 内翰綦公，即翰林学士綦崇礼，为清照的远亲（参见邓新跃《李清照与秦桧亲戚关系考》，载于《中国典籍与文化》2005年第3期）。
② 李心传《建炎以来系年要录》卷五十八："右承奉郎监诸军审计司张汝舟属吏，以汝舟妻李氏讼其妄增举数入官也，其后有司当汝舟私罪徒，诏除名柳州编管（十月己酉行遣）。李氏格非女，能为歌词，自号易安居士。"（四库全书本第325册，第767页）
③ （宋）赵彦卫：《云麓漫钞》卷十四，四库全书本第864册，第398页。

之经过，抒发人世得失聚散之感慨。以上诸篇诗文，皆与词论无直接关系。可知清照晚年，已不复讨论词学、臧否词人了。

有论者指出，清照南渡以后的作品与她《词论》所述观点的确不尽相合，这也反证《词论》不大可能作于晚年。龙榆生先生评《声声慢》云："这里面不曾使用一个故典，不曾抹上一点粉泽，只是一个历尽风霜、感怀今昔的女词人，把从早到晚所感受到的'忽忽如有所失'的怅惘情怀如实地描绘出来。看来都只寻常言语，却使人惊其'遒逸之气，如生龙活虎'，能'创意出奇'，达到语言艺术的最高峰。这和李煜的后期作品确有异曲同工之妙。也只是由于情真语真，结合得恰如其分而已。"① 清照晚年的代表作《永遇乐》"落日镕金"也不尚故实、典重，只是触景生情，以今昔不同的情景构成鲜明的对比。结拍"如今憔悴，怕见夜间出去。不如向帘儿底下，听人笑语"，全用寻常语，悲恻动人。这正好给我们一个反证：尚铺叙、典重、故实是清照创作中期的词学审美追求，而非后期的审美追求。后期对中期的有所突破：一则是家国之变，饱经忧患引起的思想情感的变化；二则是对艺术有了更深的造诣，所谓"豪华落尽见真淳""绚烂之极乃归平淡""不求工而自工"。正如沈祖棻先生所论："是由于心中有无限痛楚抑郁之情，从内心喷薄而出，虽有奇思妙语，而并非刻意求工，故反而自然深切动人。"②

至于说《词论》最早见载于《苕溪渔隐丛话》后集，而此书是胡仔在1148—1167年这段时间中收集的材料，此时正值清照晚年。

---

① 龙榆生：《词学十讲》，北京出版社2004年版，第128页。
② 沈祖棻：《宋词赏析》，上海古籍出版社1980年版，第143页。

这亦不足以证明《词论》写于清照晚年。简单地说，胡仔1148年后收集的材料，未必是1148年后写的。晁补之的《词评》也是收入后集的，晁卒于1110年，他的文字必定写于1110年之前，离后集1167年刊出，相隔近60年。那么，清照的《词论》附在"晁无咎"条内，说她是写于1148年以后的，这个理由站得住么？

三 关于《词论》中未涉周邦彦的问题

除上文提到的认为《词论》作于清照早年，周氏之影响未显外，还有两种说法：一是认为周、李的艺术观点相一致，故不提。① 二是认为周、李的政治态度不一致，故回避。笔者以为说周、李艺术观点相一致未免失之笼统。清照的确在词的铺叙、故实、典重、浑成等与周邦彦有一致的追求，但从词的思想、格调方面来看，她尚"文雅"，反对"词语尘下"，与苏轼更为一致，而与周邦彦有所不合。宋元间词人张炎也说"词欲雅而正，志之所之，一为情所役，则失其雅正之音。……虽美成亦有所不免"②。清代刘熙载说"美成词信富艳精工，只是当不得一个'贞'字""未得为君子之词者，周旨荡而史意贪也"③。因此周与清照气味不相投，故此说难以成立。笔者比较赞成清照是出于政治态度的不一致而有意回避的说法。顾易生等著《宋金元文学批评史》认为："周邦彦总不免是靠拢蔡

---

① 徐永端《谈谈李清照的〈词论〉》："她对这位精于音律的大词家没有微词，实在挑不出毛病。"邓魁英《关于李清照〈词论〉的评价问题》："我想或者正是因为周邦彦的创作实践和李清照的词学主张没有什么矛盾，所以才能不在她的'指摘'之列。"以上两文见《李清照研究论文集》（中华书局1984年版）。

② （宋）张炎：《词源》，《词话丛编》本，第266页。

③ （清）刘熙载：《艺概·词曲概》，刘立人、陈文和点校《刘熙载集》，华东师范大学出版社1993年版，第136页。

京、徽宗的新党外围人物""李清照之父李格非则隶属旧党",公公赵挺之"也被打成旧党余孽""赵明诚也得罪罢官,偕李清照屏居青州十年左右""以当时的政治气候,李清照的处境和周邦彦的身份,李清照的不提周邦彦是很可以理解的了"①。这个分析言之成理。

总之,笔者推论清照《词论》的写作时间当在宣和二年至靖康元年之间(1120—1126),即清照37岁至42岁。既然《词论》作于清照中年,代表她中期的词学审美追求,则无须苛责其理论与前后期创作的不一致,亦无须拔高。把清照的词学理论与其人生经历、学术思想、创作实践以及词学发展的状况结合起来考察,对于把握和评价清照的《词论》是十分重要的。

---

① 参见顾易生、蒋凡、刘明今《宋金元文学批评史》,上海古籍出版社1996年版,第609—610页。

第三章　朱熹与苏轼

张毅在《苏轼与朱熹》一书中说："苏轼和朱熹是宋代士人文化的杰出代表，各自在文学艺术领域和学术思想方面达到了登峰造极的地步，辉映当时，泽及后代。他们一生的文化创造和思想变化，反映出整个宋代士人心态的曲折发展过程。他们是时代造就出来的中国文化伟人，同时又像镜子一样映照着他们所处的时代。"[1] 的确，苏轼与朱熹是两宋文化的双星。

然而比苏轼晚将近 100 年的朱熹，在他青壮年时期，曾对苏轼有过持续而激烈的批评。这究竟为什么呢？带着这个问题，笔者将《朱子全书》中朱熹批评苏轼的所有言论辑录出来，结合历史背景，结合朱熹的仕履与思想发展，参以诸家之说，探赜钩玄，发现朱熹的苏轼接受，经历了从接受——批评——接受的转变过程。接受美学倡导对读者的接受过程进行历时性和共时性的考察，并进行其原因探讨与影响探讨，这也正是本章的思考路径。

---

[1] 张毅：《苏轼与朱熹》，天津教育出版社 2007 年版，第 9 页。

第一节　朱熹对苏轼的批评与接受

苏轼以其伟大的人格、宏博的学识以及杰出的文艺创造，千百年来受到人们普遍的爱戴，但也曾遭到时人与后人的激烈批评，朱熹就是其中的代表。多年来，学界均认定朱熹对苏轼的批评有褒有贬，但对其批评态度前后是否转变，是否矛盾，分歧较大。粟品孝《朱熹与宋代蜀学》第二章《朱熹批评苏氏蜀学》中称清代学者陈澧（1810—1882）根据朱熹的部分书信和跋文，认为朱熹在淳熙八年（1181）以前是"深恶苏氏之学"，之后则"推重东坡"，主张"宜以晚年为定论"的说法不能成立。认为陈澧"否定朱熹一生致力批评苏学的基本态度和诸多内容，这显然是片面的认识"，粟著以乾道七年（1171）为界，认为"朱熹批评苏学，虽有前剧后缓的一些变化，但绝无前抑后扬的自我矛盾"[1]。莫砺锋说，检查朱熹批评苏轼言论的年代，"发现它们并不明显地随时间而变化……似乎忽褒忽贬，摇摆不定，然而大体上说来，朱熹越到晚年，对苏轼的人品肯定得越多"[2]。笔者通过历时性的考察，认为朱熹批评苏轼的态度基本是前抑后扬：前期由好苏转而攻苏，其措辞激烈，攻击性极强；中后期有褒有贬，态度比前缓和；在他生命的最后几年，不但接受了苏轼之学，褒扬苏轼其人，推赏苏轼其文，甚至在某些方面达到

---

[1] 粟品孝：《朱熹与宋代蜀学》，高等教育出版社1998年版，第51页。
[2] 莫砺锋：《论朱熹关于作家人品的观点》，《文学遗产》2000年第2期。

了一种相通与默契。本节试图探讨这种转变的原因及其对于苏轼研究、朱熹研究与理学研究的意义。

一　前期对苏轼的激烈批评

从朱熹批评苏轼的文字来看，是有前后期之分的。笔者以淳熙三年（1176，朱熹47岁）为界（理由详后）。朱熹前期对苏轼的批评：一是以书信的方式与程洵、汪应辰、吕祖谦、芮烨、詹体仁、范伯崇等多人展开论辩；二是著《辨苏氏易解》等专文批驳。因其不少批评是针对三苏而言的，故多称"苏氏"。朱熹对苏轼（苏氏）的批评主要有三个方面：一是杂而不正；二是品行不端；三是以文害道。措辞激烈，攻击性极强。

（一）批评苏学杂以佛老，邪而不正，极具危害

朱熹对苏学的批评从与好苏的内弟程洵的论辩开始。程洵来信中提到"读苏氏书，爱其议论不为空言，窃敬慕焉"，朱熹即发起攻击：

> 苏氏议论切近事情，固有可喜处，然亦谲矣。至于炫浮华而忘本实，贵通达而贱名检，此其为害又不但空言而已。然则其所谓可喜者，考其要归，恐亦未免空言也。……苏公早拾苏张之绪余，晚醉佛老之糟粕……大抵学者多为此说，以开苟且放肆之地，而为苏学者为尤甚。盖其源流如此，其误后学多矣。[①]

[①] （宋）朱熹：《答程允夫洵》，《晦庵先生朱文公文集》（以下简称《晦庵文集》）卷四十一，朱杰人等主编《朱子全书》本，上海古籍出版社、安徽教育出版社2002年版，第1859—1861页。

他指斥苏氏忘儒学之本实与礼法,而是拾取战国策士苏(秦)张(仪)之余绪,醉心于佛道两家之糟粕,诡谲不正,其危害比空言还要大。程洵回信言朱熹只"论苏氏之粗者",而未得苏氏之精华。朱熹反驳说:"道一而已,正则表里皆正,谲则表里皆谲,岂可以析精粗为二致?"① 针对程洵提出二程之学也兼取佛老,朱熹便竭力辩驳苏学与二程之学邪正不同。他认为,二程之学虽于初始出入佛老,但后来反求而得之于儒家六经,不再以佛老为是。而苏氏之学则不同:"方其年少气豪,固尝妄抵禅学""及其中岁,流落不偶,郁郁失志,然后匍匐而归焉,始终迷惑,进退无据"。程氏是"先病后瘳",苏轼是"先瘳后病",有根本的不同。若将苏程二者相提并论,"无以异于杂薰莸、冰炭于一器之中"(同上)。朱熹后来与吕祖谦论及学术渊源时也说:"大抵程、苏学行邪正不同,势不两立,故东坡之于伊川素怀憎疾,虽无夙馈之隙,亦不相容。"②

朱熹在与汪应辰(1118—1176)的论辩中,也批评苏学杂而邪,其祸不在王(安石)学之下。隆兴元年(1163),朱熹的从表叔、18岁考取"进士第一人"的汪应辰知福州,延请"理学宗师"李侗至治所,朱熹作为李侗的弟子,与汪就排佛归儒的问题展开讨论,自然牵及苏学。不久,汪应辰升敷文阁待制,朱熹意犹未尽。他认为汪所谓"欧阳(修)、司马(光)同于苏氏",是对苏学的过誉;所谓"两苏之学不可与王氏同科",则不足以言苏学之害:

> 至若苏氏之言,高者出入有无而曲成义理,下者指陈利害而切近人情,其智识才辨、谋为气概,又足以震耀而张皇之,

---

① (宋)朱熹:《答程允夫》(三),《晦庵文集》卷四十一,第1862页。
② (宋)朱熹:《答吕伯恭论渊源录》,《晦庵文集》卷三十五,第1529页。

使听者欣然而不知倦,非王氏之比也。炫浮华,忘本实,贵通达,贱名检,此其害天理、乱人心、妨道术、败风教,亦岂尽出王氏之下也哉?①

在朱熹看来,苏学高者曲成义理,下者切近人情,又有才辩、气概,最能蛊惑人心,其学术之高,非王氏之比。而其"炫浮华,忘本实,贵通达,贱名检"的一套学说,有悖于儒家纲常伦理,其害更不在王氏之下。汪应辰不能接受朱熹的意见,他认为苏、王之学毕竟有邪正之分,"苏氏乃习气之弊,虽不知道而无邪心,非若王氏之穿凿附会,以济其私邪之学也"。朱熹遂抓住"知道"二字展开反驳。他指出,"知道则学纯而心正",不知道自然学不纯而心不正。"苏氏之学虽与王氏有不同者,然其不知道而自以为是则均焉";王氏充其量"仅足为申、韩、仪、衍,而苏氏学不正而言成理,又非杨、墨之比"②。汪应辰至此再未辩驳,出任蜀帅(四川制置使,知成都府)几年,乾道四年(1168)应召入朝,除吏部尚书。朱熹从维护道学的立场出发,又一次指斥苏氏之危害:

> 自道学不明之久,为士者狃于偷薄浮华之习,而诈欺巧伪之奸作焉。……世之人本乐纵恣而惮绳检,于是乘其隙而力攻之,以为古道不可复行,因以遂其自恣苟简之计。俗固已薄,为法者又从而薄之,日甚一日,岁深一岁,而古道真若不可行矣。……苏氏贡举之议正如此,至其诋东州二先生(指孙复、石介)为矫诞无实,不可施诸政事之间,则其悖理伤化,抑又

---

① (宋)朱熹:《答汪尚书七月十七日》,《晦庵文集》卷三十,第1300—1301页。
② (宋)朱熹:《答汪尚书十一月既望》,《晦庵文集》卷三十,第1302—1304页。

甚焉。……况苏氏浮靡机变之术，又其每下者哉！①

朱熹痛诋士人狃于偷薄浮华之习，诈欺巧伪，攻击道学，使古道不得复行。他指斥苏氏"悖理伤化""浮靡机变"，希望汪应辰能借自己的影响，崇程抑苏。

之后，朱熹在给国子监祭酒芮烨、太学博士詹体仁等人的信中屡次批评苏学之不正，反复申说其危害，想让他们利用教育大权抑制和拔除苏学。其云："苏氏兄弟乃以仪、秦、老、佛合为一人，其为学者心术之祸最为酷烈，而世莫之知也。"②又"苏氏学术不正，其险谲慢易之习入人心深。今乃大觉其害，亦望有以抑之，使归于正，尤所幸愿"③。又"苏氏之学，以雄深敏妙之文煽其倾危变幻之习，以故被其毒者沦肌浃髓而不自知。今日正当拔本塞源，以一学者之听，庶乎其可以障狂澜而东之"④。其用语极为尖刻犀利，而"拔本塞源""障狂澜而东之"之语，大有韩愈攘斥佛老"障百川而东之，回狂澜于既倒"之决心与气概。

（二）批评苏轼品行不端，不拘礼法

朱熹认为，苏氏不但学术不正，且品行不端，恣意放肆。他在与程洵的论辩中，说苏辙比之乃兄，似稍简静，"而实阴险"，元祐末年，为规取相位，而荐引小人杨畏攻退范纯仁。又说："苏、程固尝同朝，程子之去，苏公嗾孔文仲龁而去之也。"⑤言苏轼唆使孔文

---

① （宋）朱熹：《与汪尚书书己丑》，《晦庵文集》卷二十四，第1096—1098页。
② （宋）朱熹：《答詹元善体仁》（二），《晦庵文集》卷四十六，第2136页。
③ （宋）朱熹：《与芮国器烨》，《晦庵文集》卷三十七，第1624页。
④ （宋）朱熹：《与芮国器》（二），《晦庵文集》卷三十七，第1624页。
⑤ （宋）朱熹：《答陈允夫》（三），《晦庵文集》卷四十一，第1864页。

仲攻弹程颐，致使程颐离开朝廷，说明苏氏政治品行不端，算不得有道君子，苏、程虽为"同朝"而难称"同道"。朱熹以为，苏氏之德行不仅比不上二程，也比不上王安石：

> 若苏氏，则其律身已不若荆公之严，其为术要未忘功利，而诡秘过之。其徒如秦观、李廌之流，皆浮诞佻轻，士类不齿，相与扇纵横捭阖之辨以持其说，而漠然不知礼义廉耻之为何物。虽其势利未能有以动人，而世之乐放纵、恶拘检已纷然向之。使其得志，则凡蔡京之所为，未必不身为之也。①

朱熹批评苏轼不但自己律身不如王安石之严，乐放纵、恶拘检，而且其门徒如秦观、李廌之流"浮诞佻轻""不知礼义廉耻之为何物"，虽未得势利而已带坏风气。他甚至声称，倘使苏轼得志，未必不为蔡京所为之事。将苏轼与士人不齿朝野共愤的奸臣蔡京拿来作比，真是诋毁到了极点。

（三）批评苏轼诗文有悖义理，不合文道关系

程洵、汪应辰、吕祖谦等人的书信中皆言及好苏是爱其文辞，均遭到了朱熹的尖锐驳斥。他在与程洵书中说，苏氏既学不纯、心不正，其吐辞立论自然与儒家义理有相悖之处，"吾弟读之，爱其文辞之工，而不察其义理之悖，日往月来，遂与之化。如入鲍鱼之肆，久则不闻其臭矣"②。一个"臭"字，可谓尖损刻薄。又说：

> 苏氏文辞伟丽，近世无匹，若欲作文，自不妨模范。但其

---

① （宋）朱熹：《答汪尚书》，《晦庵文集》卷三十，第1301页。
② （宋）朱熹：《答程允夫》（三），《晦庵文集》卷四十一，第1863页。

词意矜豪谲诡,亦有非知道君子所欲闻。是以平时每读之,虽未尝不喜,然既喜,未尝不厌,往往不能终帙而罢,非故欲绝之也,理势自然,盖不可晓。①

朱熹对苏轼诗文褒其"文辞伟丽"而贬其"词意矜豪谲诡",与班固称屈原《离骚》其文辞"弘博丽雅,为辞赋宗",而其内容多"虚无之语,皆非法度之政,经义所载"(《离骚序》),口吻何其相似,并极力指斥苏轼诗文内容所具的社会危害性。

朱熹对苏轼诗文的批评,由"辞"与"意"的问题,后来转为"文"与"道"的问题。他针对汪应辰提出世人读苏文"但取其文章之妙而已,初不于此求道也,则其舛谬抵牾似可置之"的观点,反驳道:

> 夫学者之求道,固不于苏氏之文矣,然既取其文,则文之所述有邪有正,有是有非,是亦皆有道焉,固求道者之所不可不讲也。……若曰惟其文之取,而不复议其理之是非,则是道自道、文自文也。道外有物,固不足以为道,且文而无理,又安足以为文乎?盖道无适而不存者也,故即文以讲道,则文与道两得而一以贯之,否则亦将两失之矣。②

在朱熹看来,文是表现道的,既取其文,则道亦随之;文中所述之理有邪有正,求道者不可不去其非而存其是。若唯取其文,不复议其理之是非,则是"道自道、文自文",文与道两分,这不符合文道一体之关系。他强调"文以讲道,则文与道两得而一以贯之",

---

① (宋)朱熹:《答程允夫》(三),《晦庵文集》卷四十一,第1864页。
② (宋)朱熹:《己丑与汪尚书书》,《晦庵文集》卷三十,第1305页。

否则将"两失"。朱熹着力申说"文道合一"之论,意在表明,苏轼诗文既有"舛谬抵牾"之处而失于"道",则其"文"自不足取。

其后,朱熹与吕祖谦也就文道问题对苏文展开论辩。吕氏以为,苏轼以文辞取称,不过唐勒、景差之流,不必如孟子辟杨、墨那样深究其害。而朱熹仍以文道一体的观点予以辩驳:

> 夫文与道,果同耶异耶?若道外有物,则为文者可以肆意妄言而无害于道。惟夫道外无物,则言而一有不合于道者,则于道为有害,但其害有缓急深浅耳。屈(原)、宋(玉)、唐(勒)、景(差)之文……其言虽侈,然其实不过悲秋、放旷二端而已。日诵此言,与之俱化,岂不大为心害?……况今苏氏之学上谈性命,下述政理,其所言者非特屈、宋、唐、景而已。学者始则以其文而悦之,以苟一朝之利,及其既久,则渐涵入骨髓,不复能自解免。其坏人材、败风俗,盖不少矣。①

朱熹强调"道外无物",有一言不合于道,则自然有害于道。只是其害之缓急深浅有所不同。屈、宋、唐、景之文,抒发的不过是文人失意后悲秋、放旷的情怀,诵之日久,尚且有伤于人的心态,何况苏氏之文涉及性命、政理许多领域,绝非屈、宋、唐、景可比,其始以文取悦于人心、久之以理涵入骨髓,"其坏人材、败风俗",危害不可低估。故朱熹批评吕祖谦将苏文贬低而置之于唐勒、景差之列,是"欲阳挤而阴予之耳"(同上)。

除书信论辩外,朱熹还著有《辨苏氏易解》《辨苏黄门老子解》。《苏氏易解》是三苏父子合作的产物。其中苏轼贡献最大,多

---

① (宋)朱熹:《答吕伯恭》(五),《晦庵文集》卷三十三,第1428页。

次修改，并总其成，又称《东坡易传》。《苏黄门老子解》，是苏辙晚年所撰的重要哲学著作，得到苏轼的高度赞扬。此书典型地体现了苏学公开进行三教融合的思想特色。朱熹在《辨苏氏易解》《辨苏黄门老子解》中对苏学杂取佛老而"不正"的论点逐一作了批驳，此不赘述。

总之，朱熹前期对苏氏其学、其人、其文进行了严厉的批评，反复指陈其弊端（杂、邪、险、谲、肆、臭）与危害（悖理伤化、沦肌浃髓、坏人材、败风俗），唯恐攻之不猛，抑之不力。朱熹为何批评苏轼（苏氏），原因大略有三。

第一，受李侗影响，严辨儒佛，以维护儒学之正。

朱熹自幼受学于父亲朱松，14岁父亡，从学于胡宪、刘勉之与刘子翚。三先生都好援佛入儒，朱熹尝泛滥于诸家，入出于佛老，对苏学也从接触以至沉迷。他后来说："世之学者，穷理不深，因为所眩耳。仆数年前亦尝惑焉（指苏学），近岁始觉其缪。"① 绍兴二十三年（1153）24岁的朱熹始见李侗于延平（今福建南平）。他说先生"只教看圣贤言语。某遂将那禅来权倚阁起，意中道禅亦自在，且将圣人书来读。读来读去，一日复一日，觉得圣人言语渐渐有味，却回头看释氏之说，渐渐破绽罅漏百出"②。绍兴二十七年（1157）十二月，朱熹客居泉州李缜宅，还作《和李伯玉用东坡韵赋梅花》诗（东坡在惠州咏梅瞰字韵），并一连作了三首和诗。但自绍兴三十年（1160）朱熹拜师李侗后，便逃禅归儒，以贬斥佛、老之虚妄，维护儒学之纯正为己任。苏氏之杂糅儒释道三家学说，自然成为他

---

① （宋）朱熹：《答程允夫洵》，《晦庵文集》卷四十一，第1860页。
② （清）王懋竑编，何忠礼点校：《朱熹年谱》，中华书局1998年版，第19页。

批评的对象。值得一提的是，李侗对苏氏的批评主要就学术而论，言语比较缓和，如云："二苏《语》《孟》说，尽有好处。盖渠聪明过人，天地间理道不过只是如此，有时见到，皆渠聪明之发也。但见到处却有病，学者若要穷理，亦不可不论。……渠本无渊源，自应如此也。"① 而朱熹的批评所涉更宽，尖锐、严厉的居多。

第二，受二程影响，以持敬为主，对苏轼其学其人不满。

朱熹近师李侗，而远祧二程。程子得杨时，继之者为罗从彦，又传而为李侗，而后有朱熹。苏氏与程氏有隙，互相排击。《宋史·程颐传》载："苏轼不悦于颐，颐门人贾易、朱光庭不能平，合攻轼。胡宗愈、顾临诋颐不宜用，孔文仲极论之，遂出管勾西京国子监。"② 《朱子语类》中载："学中策问，苏程之学，二家常时自相排斥，苏氏以程氏为奸，程氏以苏氏为纵横。以某观之，只有荆公修《仁宗实录》，言老苏之书，大抵皆纵横者流，程子未尝言也。如《遗书》'贤良'一段，继之以'得志、不得志'之说，却恐是说他。坡公在黄州猖狂放恣，'不得志'之说，恐指此而言。"③ 朱熹既受学于程门，在心理上偏护程氏而不满苏轼是自然而然的。他对程颐以敬为涵养致知之要尤为信奉。他说："盖圣贤之学，彻头彻尾只是一'敬'字。致知者，以敬而致之也；力行者，以敬而行之也。"④ 又说："以敬为主，则内外肃然，不忘不助而心自存。……儒释之异，亦只于此便分了。"⑤ 又说："圣门之学，别无要妙，彻

---

① （宋）朱熹：《延平答问》（《延平李先生师弟答问》），《朱子全书》本，第 325 页。
② （元）脱脱等：《宋史》卷四百二十七《程颐传》，中华书局 1985 年版，第 12720 页。
③ （宋）黎靖德编，王星贤点校：《朱子语类》卷一百三十，中华书局 1994 年版，第 3109 页。
④ （宋）朱熹：《答程正思》，《晦庵文集》卷五十，第 2323 页。
⑤ （宋）朱熹：《答张敬夫》，《晦庵文集》卷三十一，第 1345 页。

头彻尾只是个敬字而已。又承苦于妄念，而有意于释氏之学，此正是元不曾实下持敬工夫之故。若能持敬以穷理，则天理自明，人欲自消，而彼之邪妄将不攻而自破矣。"① 朱熹以持敬为主，故对苏学、苏轼其人的"险谲慢易""放纵肆意"自当不满，其崇程贬苏，势在必然。

第三，与思想方法、为学理念有关，认为"此是彼非""不容并立而两存"。

朱熹既接受儒学"道一不二"的思想，则坚信"天之生物，使之一本，此是则彼非，此非则彼是，盖不容并立而两存也"②。所以他要严辨儒佛之是非、邪正，包括剖析苏氏之学这种"邪妄"的学术，以维护儒学的纯正。他告诫程洵："真积力久，卓然自见道体之不二，不容复有毫发邪妄杂于其间……若非痛加剖析，使邪正真伪判然有归，则学者将何所适从以知所向？"③ 他强调"大抵博杂极害事"④，"不可杂以他说，徒乱宗旨也。如苏氏之类。若曰彼此不相妨，儒释可以并进，则非浅陋所敢闻也。"⑤ 朱熹倡"纯"而弃"杂"，"执一不二"，指出"苏氏说亦有可观，但终是不纯粹"⑥，故反对苏学之"博杂"，以为杂取各家之说，未免坏了心路。

以上所述是朱熹批评苏轼（苏氏）的主要原因。

---

① （宋）朱熹：《答陈允夫》，《晦庵文集》卷四十一，第1873页。
② （宋）朱熹：《答汪尚书》，《晦庵文集》卷三十，第1308页。
③ （宋）朱熹：《答程允夫》，《晦庵文集》卷四十一，第1863页。
④ （宋）朱熹：《与张敬夫》，《晦庵文集》卷三十一，第1334页。
⑤ （宋）朱熹：《答陈明仲》，《晦庵文集》卷四十三，第1946页。
⑥ （宋）朱熹：《答或人》，《晦庵文集》卷六十四，第3133页。

二 中后期对苏轼褒多于贬

朱熹对苏轼（苏氏）态度的转变，在淳熙三年（1176）初露端倪。该年三月，朱熹与吕祖谦相会于开化县（今属浙江）北汪观国、汪杞（号端斋）兄弟的听雨轩。朱熹作《汪端斋听雨轩淳熙三年》一诗：

> 试问池堂春草梦，何如风雨对床诗？
> 三薰三沐事斯语，难兄难弟此一时。
> 为母静弹琴几曲，遣怀同举酒千卮。
> 苏公感寓多游宦，岂不临风尚尔思？①

诗中"风雨对床"，取自苏轼兄弟"夜雨对床"之约。听雨轩在逍遥堂义墩之中。苏辙《逍遥堂会宿二首》诗序云："既壮，将宦游四方，读韦苏州诗，至'安知风雨夜，复此对床眠'，恻然感之，乃相约早退为闲居之乐。故子瞻始为凤翔幕府，留诗为别，曰：'夜雨何时听萧瑟。'……"②苏轼元祐六年（1091）作《感旧诗并引》，追述兄弟之约，感慨万端。"夜雨对床"，成为苏轼兄弟一生向往追求的一种境界，一种梦想，于诗中多次咏及。朱熹引此来定全诗的基调，既表达了他与吕祖谦的兄弟般的情谊，也昭示了他在情感上与苏轼兄弟的靠近。特别是"苏公感寓多游宦，岂不临风尚尔思"二句，感苏公游宦之感，意合神契，情感色彩何其浓厚！

从淳熙三年至庆元六年（1176—1200）的 25 年中，朱熹已很少

---

① （宋）朱熹：《朱子佚文辑录·朱子遗集》卷一，《朱子全书》本，第581页。
② （宋）苏辙：《逍遥堂会宿二首并引》，《栾城集》卷七，陈宏天、高秀芳点校《苏辙集》（第一册），中华书局1990年版，第128页。

与人在书信中论辩苏学，在评说苏学著作以及与友人、学生谈论苏轼时，往往有贬有褒，态度比前缓和。《朱子语类》中记载了这些内容。在最后几年（庆元年间），朱熹于一系列"记""跋"之类的文章中，对苏轼揄扬有加，可谓接受苏轼之学，称道苏轼之人，推崇苏轼之文。下面分四部分予以论述。

（一）既指出苏学之纰漏又包容吸纳之

这一时期，那些带有攻击性的字眼不大见了，朱熹多就苏轼文章及《论语说》《东坡易传》《书传》和苏辙《老子解》《古史》中的具体观点发表批评意见。例如，"东坡云：'荆公之学，未尝不善，只是不合要人同己。'此皆说得未是。若荆公之学是，使人人同己，俱入于是，何不可之有？今却说'未尝不善，而不合要人同'，成何说话！若使弥望者黍稷，都无稂莠，亦何不可？只为荆公之学自有未是处耳。"①

但大体上持肯定态度。例如，"论东坡之学，曰：'当时游其门者，虽苦心极力，学得他文词言语，济得甚事！如见识议论，自是远不及。今东坡经解虽不甚纯，然好处亦自多，其议论亦有长处。但他只从尾梢处学，所以只能如此。"② 又，"东坡解经（一作解《尚书》），莫教说著处直是好，盖是他笔力过人，发明得分外精神。"③ 又，"东坡天资高明，其议论文词自有人不到处。如《论语说》亦煞有好处，但中间须有些漏绽出来。"④ 又评价程子诸家对

---

① （宋）黎靖德编：《朱子语类》卷一百三十，第3099页。
② 同上书，第3120页。
③ 同上书，第3113页。
④ 同上。

《论语·里仁第四》的阐释，指出："此外则苏氏说亦佳。然必以利害为言，则终不近圣坚气象。"① 又，"且如苏氏之学，却成个物事。若王氏之学，都不成物事，人却偏要去学，这便是不依本分。"② 朱熹还在他的《论语集注》中多处征引与吸纳了苏轼《论语说》的观点，另外对苏轼《书传》也有所吸取。

在晚年所作《学校贡举私议》中，他主张精思明辨以求真是，并提出兼取众家之长，其中就包括苏轼的《书》《诗》及"四书"之学。他说：

> 如《易》则兼取胡瑗、石介、欧阳修、王安石、邵雍、程颐、张载、吕大临、杨时；《书》则兼取刘敞、王安石、苏轼、程颐、杨时、晁说之、叶梦得、吴棫、薛季宣、吕祖谦；《诗》则兼取欧阳修、苏轼、程颐、张载、王安石、吕大临、杨时、吕祖谦；《周礼》则刘敞、王安石、杨时；《仪礼》则刘敞；《二戴礼记》则刘敞、程颐、张载、吕大临；《春秋》则啖助、赵匡、陆淳、孙明复、刘敞、程颐、胡安国；《大学》《论语》《中庸》《孟子》则又皆有集解等书，而苏轼、王雱、吴棫、胡寅等说亦皆可采。③

在这份书单中，汇入了新学、洛学、蜀学、关学等各家学术，显示了朱熹在学术上的包容态度。其中《尚书》《诗经》《大学》《论语》《中庸》《孟子》等书，都采纳了苏轼之说。朱熹在晚岁《沧州精舍谕学者》中，教学生"依老苏法，以二三年为期，正襟危坐，将

---

① （宋）朱熹：《四书或问·论语》卷九，《四库全书》本第197册，第353页。
② （宋）黎靖德编：《朱子语类》卷一百三十，第3010页。
③ （宋）朱熹：《学校贡举私议》，《晦庵文集》卷六十九，第3360页。

《大学》《论语》……诸书分明易晓处，反复读之，更就自己身心上存养玩索，着实行履"①，也体现了对苏氏苏学的接纳态度。

（二）既指出苏轼性格之特点缺点又高其行义气节

朱熹在后期的前十几年里，与友人、学生论及苏轼及其与程颐的矛盾，仍然偏袒程氏，而贬责苏轼：

> 问："程伊川粹然大儒，何故使苏东坡竟疑其奸？"朱子答曰："伊川绳趋矩步，子瞻脱岸破崖。气盛心粗，知德者鲜矣……"②

> 道夫问："坡公苦与伊洛相排，不知何故？"曰："他好放肆，见端人正士以礼自持，却恐他来检点，故恁诋訾。"道夫曰："坡公气节有余，然过处亦自此来。"曰："固是。"③

> 东坡与荆公固是争新法。东坡与伊川是争个甚么？只看这处，曲直自显然可见，何用别商量？只看东坡所记云："几时得与他打破这'敬'字！"看这说话，只要奋手捋臂，放意肆志，无所不为，便是。……论来若说争，只争个是非。……这个是处，便是人立脚底地盘。④

在朱熹眼里，程颐（伊川）为大儒，故以礼自持，言行绳趋矩步；而苏轼好放肆，气盛心粗，道德涵养不足，见端人君子拘礼持敬，便疑其虚伪奸诈，直要打破这"敬"字。所以他认为苏、程之

---

① （宋）朱熹：《沧州精舍谕学者》，《晦庵文集》卷七十四，第3593页。
② （宋）朱熹：《朱子佚文辑录·语录抄存·师友问答》，《朱子全书》第26册，第455页。
③ （宋）黎靖德编：《朱子语类》卷一百三十，第3109页。
④ 同上书，第3110页。

争,争的是一个是非,是士人的品德涵养、立身行事的问题。但他也承认,东坡之所以如此,与他的性格有关:

> 问:"东坡何如人?"朱子曰:"天情放逸,全不从心体上打点,气象上理会,喜怒哀乐发之以嬉笑怒骂,要不至悍然无忌,其大体段尚自好耳。……吾于东坡,宜若无罪焉。"①

他指出东坡的性格特点是"天情放逸",即天性自由洒脱,不受拘系,不讲求圣人所谓"克己""修心"的"日用涵养工夫",所以说"全不从心体上打点,气象上理会",故于喜怒哀乐之情尽意发抒而成嬉笑怒骂,但还不至于"悍然无忌",大体上看还是好的,宜若无罪。这里,朱熹对东坡的性格能给予理解,基本持肯定态度。

随着他的几次出任地方官,遭遇一系列挫折和打击,他对东坡的人格气节有了进一步的认识。他在《答储行之》中说:

> 偶有自江西来者,得东坡与何人手简墨刻,适与意会。今往一通,可铭坐右也。②

"东坡帖"乃东坡《与李公择》第十一简,作于"乌台诗案"后贬谪黄州时期(详后)。书简中表达了东坡将祸福穷通置之度外,尊主泽民,忘躯而为的志节气概。朱熹书中"适与意会""可铭坐右"之语,道出了他对东坡气节的感佩之情和对其坦然对待出处穷通态度的默契与认同。所以朱熹对弟子赞道:"东坡善议论,有气

---

① (宋)朱熹:《朱子佚文辑录·语录抄存·师友问答》,《朱子全书》第26册,第455—456页。
② (宋)朱熹:《答储行之》,《晦庵文集·续集》卷六,第4766页。

节。"① 又在作于绍熙三年（1192）秋的《黄州州学二程先生祠记》中提及王翰林（禹偁）、韩忠献公（琦）与苏文忠公（轼），言"邦人至今乐称，而于苏氏尤致详焉"，以为：

> 盖王公之文章、韩公之勋业，皆以震耀于一时，而其议论气节，卓荦奇伟，尤足以惊动世俗之耳目，则又皆莫若苏公之为盛也。②

朱熹盛赞苏轼"议论气节，卓荦奇伟"，以为超过了王禹偁和韩琦，高度评价了苏公在社会上的广泛影响。又在同年冬作《跋杨深父家藏东坡帖》，钦慕杨深父先世与坡公的相与之欢，以为"足以见人心公论所在之不可以刑祸屈也""使世之简贤附势者知所愧"③，充分反映出苏公在朱熹心目中的地位。

（三）既指出其为文之弊病又推赏其文章风采

朱熹说：

> 伊川晚年文字，如《易传》，直是盛得水住！苏子瞻虽气豪善作文，终不免疏漏处。④
>
> 坡文雄健有余，只下字亦有不帖实处。⑤
>
> 坡文只是大势好，不可逐一字去点检。⑥

---

① （宋）黎靖德：《朱子语类》卷一百三十，第3113页。
② （宋）朱熹：《黄州州学二程先生祠记》，《晦庵文集》卷八十，第3797页。
③ （宋）朱熹：《跋杨深父家藏东坡帖》，《晦庵文集》卷八十三，第3908页。
④ （宋）黎靖德：《朱子语类》卷一百三十九，第3320页。
⑤ 同上书，第3311页。
⑥ 同上。

若但以诗言之，则渊明所以为高，正在其超然自得、不费安排处。东坡乃欲篇篇句句依韵而和之，虽其高才，合凑得着，似不费力，然已失其自然之趣矣。……东坡亦自晓此，观其所作《黄子思诗序》论李、杜处，便自可见。但为才气所使，又颇要惊俗眼，所以不免为此俗下之计耳。①

朱熹认为程颐的文字缜密，能盛得住水，而东坡才高气豪，文章雄健，终不免有疏漏处、不帖实处。作诗"但为才气所使"，又要标新立异，"惊俗眼"，故其和陶诗"失其自然之趣"，不如陶诗"超然自得、不费安排"。朱熹的这番评论还较中肯。但他更多的是将苏与欧、曾并称，夸赞其文章之好处：

> 欧公文章及三苏文好说，只是平易说道理，初不曾使差异底字换却那寻常底字。②

> 文字到欧、曾、苏，道理到二程，方是畅。荆公文暗。③

> 今人作文，皆不足为文。大抵专务节字，更易新好生面辞语，至说义理处，又不肯分晓。观前辈欧、苏诸公作文，何尝如此。圣人之言坦易明白，因言以明道，正欲使天下后世由此求之。④

> 欧、苏全不使一个难字，而文章如此好！⑤

> 欧、苏文皆说不曾尽。东坡虽是宏阔澜翻，成大片滚将去，

---

① （宋）朱熹：《答谢成之》，《晦庵文集》卷五十八，第2755页。
② （宋）黎靖德：《朱子语类》卷一百三十九，第3309页。
③ 同上。
④ （宋）黎靖德：《朱子语类》卷一百三十九，第3318页。
⑤ 同上书，第3322页。

他里面自有法。今人不见得他里面藏得法,但只管学他一滚做将去。①

　　东坡文字明快。老苏文雄浑,尽有好处。②

他极力推赏苏氏与欧、曾文章的平易、流畅、明白、雄浑,以为东坡文章,虽"宏阔澜翻",却自有章法。他还把韩、欧、曾、苏之文作为范文,令儿子反复诵读:

　　大儿不免令读时文,然观近年一种浅切文字殊不佳,须寻得数十年前文字宽舒有议论者与看为佳。……韩、欧、曾、苏之文滂沛明白者,拣数十篇,令写出,反复成诵尤善。③

朱熹如此厚爱苏文,以抵制"近年一种浅切文字",在前期是不曾有过的。

(四)叹赏东坡书画艺术并推重其英气逸韵

朱熹在他生命的最后几年里,备赏东坡的书画艺术,多有题跋,略举几条:

　　苏公翰墨为世宝藏,故流俗多伪作者。余家有其与德叟先辈书两纸,词意超然,笔势飞动。……④
　　东坡笔力雄健,不能居人后,故其临帖物色牝牡,不复可以形似校量,而其英气逸韵,高视古人,未知其孰为后先也。

---

① (宋)黎靖德:《朱子语类》卷一百三十九,第3322页。
② 同上书,第3306页。
③ (宋)朱熹:《答蔡季通》,《晦庵文集》卷四十四,第1992页。
④ (宋)朱熹:《跋周司令所藏东坡帖》,《晦庵文集》卷八十四,第3977页。

成都讲堂画像一帖，盖屡见之，故是右军得意之笔，岂公亦适有会于心欤？庆元己未三月八日，朱熹、仲晦父观永福张氏所藏墨迹，叹赏不足，因记其左方。①

东坡此卷，考其印章，乃绍兴御府所藏，不知何故，流落人间。捧玩再三，不胜敬叹。……②

东坡老人英秀后凋之操，坚确不移之姿，竹君石友，庶几似之。百世之下观此画者，尚可想见也。③

苏公此纸出于一时滑稽诙笑之余，初不经意，而其傲风霆、阅古今之气，犹足以想见其人也。④

前三条论书，后两条论画，用了诸如"赏识""叹赏不足""捧玩再三，不胜敬叹"等语，以表其激赏与歆慕之情。既赏东坡"词意超然，笔势飞动""笔力雄健，不能居人后""不复可以形似校量"的艺术造诣与艺术风格，更通过艺术客体揭橥东坡超拔的主体精神与人格风范，所谓由笔力见其"英气逸韵，高视古人"，由竹石见其"英秀后凋之操，坚确不移之姿"，由枯木怪石以见其"傲风霆、阅古今之气"，而"足以想见其人"一语，更是表达了朱熹睹物思人、高山仰止的心理与情感。

总之，朱熹后期对苏轼的批评，褒多于贬，尤其是后几年，不妨用"高其行义，玮其文辞"一语括之。

---

① （宋）朱熹：《跋东坡帖》，《晦庵文集》卷八十四，第3964页。
② （宋）朱熹：《跋东坡书李杜诸公诗》，《晦庵文集》卷八十四，第3953页。
③ （宋）朱熹：《跋陈光泽家藏东坡竹石》，《晦庵文集》卷八十四，第3973页。
④ （宋）朱熹：《跋张以道家藏东坡枯木怪石》，《晦庵文集》卷八十四，第3971页。

三 朱熹对苏轼态度转变的原因

朱熹曾说"东坡议论大率前后不同"①，而他本人对东坡的议论也确是"大率前后不同"，基本是前抑后扬。但"后扬"并非一片赞扬，而是有褒有贬，褒多于贬。其中难免有些矛盾（这也与有些言论的时间不可确考有关），但它倒是真实客观地反映了朱熹思想的发展与接受态度的变化。我们不能也不应强求一个人的思想态度始终如一，关注的应是促成这种转变的原因及其意义。以下试述六个原因。

（一）孝宗皇帝喜好苏文，又执意召用朱熹，这对朱熹态度的
    转变，起了一定作用

孝宗皇帝赵昚于绍兴三十二年（1162）即位，他主儒道佛三教合一。南宋著名史官李心传《原道辨易三教论》中说："淳熙中寿皇（指孝宗）尝作《原道辨》，大略谓三教本不相远，特所施不同。……以佛修心，以道养生，以儒治世可也，又何憾焉？"②所以，孝宗皇帝酷爱以儒为主又出入佛老的苏轼及其苏学。孝宗于乾道六年（1170）九月，赐苏轼谥曰文忠；乾道九年（1173）二月，特赠苏轼为太师（《宋史·本纪第三十四·孝宗二》）。又御制《苏轼文集序》，称苏轼立天下之大节，存浩然之正气，故成就"一代之文章"；说读苏文"读之终日，亹亹忘倦，常置左右，以为矜式"

---

① （宋）黎靖德：《朱子语类》卷一百三十，第3112页。
② （宋）李心传：《原道辨易三教论》，《建炎杂记》乙集卷三，四库全书本第608册，第477—478页。

"敬想高风，恨不同时"①。风动于上，而波震于下。孝宗皇帝的好苏，不能不对士习风气产生巨大的影响。宋末罗大经《鹤林玉露》载："孝宗最重大苏之文，御制序赞，太学翕然诵读，所谓'人传元祐之学，家有眉山之书'，盖纪实也。"② 孝宗初即位，诏求直言，朱熹上封事，规劝孝宗皇帝"捐去旧习无用浮华之文，攘斥似是而非邪诐之说"，致知格物，正心诚意（见《壬午应诏封事》）。隆兴元年（1163），复召、入对。之后，从乾道元年至九年（1165—1173），时有大臣荐举朱熹，熹数次辞免朝命。《宋史》本传载，宰相梁克家奏："熹屡召不起，宜蒙褒录，执政俱称之，上曰：'熹安贫守道，廉退可嘉。'特改合入官。主管台州崇道观。熹以求退得进，于义未安，再辞。淳熙元年，始拜命。"③ 清初王懋竑《朱熹年谱》卷一"淳熙元年"条引《行状》："淳熙元年，又再辞，上意愈坚。始拜命，改宣教郎，奉祠。"④ 又在《朱子年谱考异》卷四"绍熙二年七月"条云："孝宗之知朱子甚深，而朱子之望于孝宗者亦至。故往往坚辞，以卜上意。"⑤ 朱熹后来也说："寿皇直是有志于天下，要用人。"⑥ 朱熹既知孝宗皇帝想用他，按常理论，他对孝宗喜好的苏学亦不至于激烈反对。所以，朱熹对苏轼的态度，自当有了一些改变。

---

① （宋）赵眘：《苏轼文集序》，孔凡礼点校：《苏轼文集·附录》，第2385页。
② （宋）罗大经：《鹤林玉露》甲编卷二《二苏》，王瑞来点校，中华书局1983年版，第33页。
③ （元）脱脱等：《宋史》卷四百二十九《朱熹传》，中华书局本，第12753页。
④ （清）王懋竑：《朱熹年谱》卷一，第61页。
⑤ （清）王懋竑：《朱熹年谱·朱子年谱考异》卷四，第386页。
⑥ （宋）黎靖德：《朱子语类》卷一百二十七，第3060页。

(二) 淳熙三年（1176）前后，前期与朱熹论辩苏学的对手，相继退出，朱熹论辩的方向与精力转移

前期与朱熹论辩苏学的对手，在淳熙三年（1176）前后，或休战（如程洵），或辞世（如汪应辰卒于淳熙三年二月），或有朝命（如吕祖谦于淳熙三年除秘书郎、国史院编修官、实录院检讨官，以修撰李焘荐，重修《徽宗实录》，吕卒于淳熙八年），或不予深究（如詹体仁、芮烨），这使朱熹没有了论辩的气氛。淳熙三年三月，朱熹差管武夷山冲祐观，悉心研究儒家经典，《论孟集注》《或问》《诗集传》《周易本义》等书于此时完成。对于苏氏，只是摘取其解经中观点之误者作批评，不再作全面的攻击。

淳熙五年（1178）秋，朱熹被差知南康军。辞免、不许，于淳熙六年（1179）三月到南康任。八年（1181）八月，提举两浙东路常平茶盐公事。但出仕之艰，行道之难，使朱熹又将心思转向学术。从淳熙十年至十四年（1183—1187），他接连请祠，差主管台州崇道观、华州云台观、南京（今河南商丘）鸿庆观凡五年。由于在浙东期间，朱熹亲见士习驰骛于外，故于淳熙十一年至十二年（1184—1185），将批评的重心转向了辨浙学（与吕祖俭等）、辨陆学（与陆九渊等）、辨陈学（与陈亮的义利王霸之学）的论辩之中。由于重心的转移，直接批评苏学者甚少。

(三) 知南康军、提举两浙东路常平茶盐公事，使朱熹对苏轼的仁政爱民有了深切的理解与认识

苏轼曾多次出任地方官，他每到一处，仁政爱民，造福一方。

其从政而仁人济物，淋漓尽致表现于元祐守杭之时。其时，浙西连受水旱灾害，民不聊生。之前熙宁年间（1068—1077）灾伤，因"沈起、张靓之流，不先事奏闻"，致使流殍既作，又继之以疾病，"本路死者五十余万人，城郭萧条……"①而苏轼此次到任，几番奏请朝廷赈济、宽减上供，又用救灾款到外地采购粮食，平抑物价，才使数十万灾民不为饿殍。朱熹知南康军（辖都昌、建昌、星子三县）时，即以廉勤爱民为先。淳熙八年（1181）提举浙东，正值浙东遭遇特大饥荒，朱熹被召入奏，途经三衢，得观苏轼与林子中帖，感叹尤深：

《跋东坡与林子中帖》："淳熙辛丑（1181）中冬乙酉，观此于衢州浮石舟中。时浙东饥甚，予以使事，被旨入奏，三复其言，尤深感叹。当摹刻诸石，以视当世之君子。新安朱熹书。"②

《再跋》："淳熙辛丑，浙东水旱民饥，予以使事被召入奏，道过三衢，得观此帖于玉山汪氏，以为仁人之言，不可以不广也。明年，乃刻石常平司之西斋。"（同上）

朱熹在面临灾伤之际，深切感受到苏公帖中所表达的仁者之心，以为"仁人之言，不可以不广也"，应"以视当世君子"，故不但一跋而再跋，且刻石于绍兴常平司西斋，以警饬官吏，表达了对苏轼为人为政的赞赏与敬佩。他在给孝宗皇帝的《奏救荒画一事件状》中说："臣曾摹得苏轼与林希书，说熙宁中荒政之弊，费多而无益，

---

① （宋）苏轼：《奏浙西灾伤第一状》，《苏轼文集》卷三十一，第883页。
② （宋）朱熹：《跋东坡与林子中帖》，《晦庵文集》卷八十二，第3860页。

以救之迟故也。其言深切,可以为后来之龟鉴。近已刻石本司,缘是臣下私书,不敢容易缴进……已申纳尚书省,或蒙宣索一赐览观,仍诏大臣常体此意,不胜幸甚。"① 可见其拳拳之意。朱熹到任后,单车独行,钩访民隐,及时调粮,革除弊政,于救荒之余,作长久处画。其所为,无疑受到苏公仁者之怀的感召。

(四)三次反道学高潮,使朱熹更推崇苏公之人格气节

余英时先生在《朱熹的历史世界》一书中指出:"淳熙十年陈贾、郑丙'禁伪学',十五年林栗劾奏朱熹,和庆元党禁是三次反'道学'的高潮。……这三次事件其实是一环套一环而持续不断的政治活动,其根本性质则是职业官僚集团全力阻遏日益上升的'道学群'势力。"②

淳熙九年(1182),朱熹提举浙东,两次巡历浙东各州灾情,奏劾了数名民愤极大的赃官横豪。其中六劾迁江西提刑的原台州知州唐仲友,却为宰相王淮(按:与唐仲友同里,为姻家)匿不以闻,后不得已,夺仲友江西新命以授熹。朱熹辞不拜,遂归,且乞奉祠。淳熙十年(1183)吏部尚书郑丙(按:荐唐仲友迁江西提刑)上疏诋程氏之学以沮熹,言"近世士大夫有所谓'道学'者,欺世盗名,不宜信用"(《宋史·郑丙传》)。王淮擢陈贾为监察御史,指"道学"者,"大率假名以济伪,愿考察其人,摈弃勿用。盖指熹也"(《宋史·朱熹传》)。朱熹遭此打击,奉祠五年,专力著书讲学,已见上述。

---

① (宋)朱熹:《奏救荒画一事件状》,《晦庵文集》卷十七,第794页。
② 余英时:《朱熹的历史世界》,生活·读书·新知三联书店2004年版,第462页。

淳熙十五年（1188），王淮罢相，朱熹遂入奏。八月，除兵部郎官，以足疾请祠。本部侍郎林栗尝与朱熹论《易》及张载《西铭》而意见不合，劾熹"本无学术，徒窃张载、程颐之余绪，为浮诞宗主，谓之道学，妄自推尊"（《宋史·林栗传》）。周必大、薛叔似、叶适等为朱熹奏援辩诬，除直宝文阁，主管西京（今河南洛阳）嵩山崇福宫。十月，差知漳州，绍熙四年（1193）知潭州（今湖南长沙、湘潭等地）。

绍熙五年（1194），赵汝愚升任右相，从潭州召回朱熹，让他出任焕章阁待制兼侍讲，成为宁宗赵扩的老师。朱熹急于致君，知无不言，言无不切，讲筵46天就被逐出都门。《宋史·宁宗本纪》云："戊寅，侍讲朱熹以上疏忤韩侂胄罢。"余英时先生认为："这位青年皇帝受不了朱熹的严辞督责，事事过问，才是他被逐的主因。"[①]赵汝愚亦以诬逐。庆元二年（1196），"沈继祖为监察御史，诬熹十罪，诏落职罢祠"（《宋史·朱熹传》）。三年（1197），置伪学之籍，籍中包括赵汝愚、朱熹在内共59人。这便是"庆元党禁"。

朱熹在这三次反道学声浪以及错综复杂的政治斗争中，满腔悲愤，进一步体会到苏轼保持独立不惧、刚直不阿人格的不易，所以更推崇苏公之气节。他在与友人的信中写道：

> 坡公在海外意况，深可叹息。近见其晚年所作小词，有"新恩虽可冀，旧学终难改"之句，每讽咏之，亦足令人慨然也。[②]

[①] 余英时：《朱熹的历史世界》，生活·读书·新知三联书店2004年版，第549页。
[②] （宋）朱熹：《答廖子晦》，《晦庵文集》卷四十五，第2113页。

"旧学难改",说明苏轼在备受摧挫万里投荒之时依然保持其"苏世独立,横而不流"的品格和气节,故令朱子慨然叹息。他在入朝讲筵46日被逐后,作《跋东坡刚说》:

> 苏文忠公为孙君介夫作《刚说》,其所以发明孙君之为人者至矣。然刚之所以近仁,为其不诎于欲,而能有以全其本心之德,不待见于活人然后可知也。宁都主簿郑载德得遗迹于君家,将摹刻而置之学官,间以视予,因为识其左方,以告观者,使勉夫刚而益求所以为仁之方云。庆元乙卯(元年)二月癸未新安朱熹书。①

苏轼九死投荒幸而北归后,为公然表示与王安石不合作的孙介夫作《刚说》,以表其刚者之品格,提出"刚者之必仁"的观点,并疾呼:"士患不刚耳,长养成就,犹恐不足,当忧其太刚而惧之以折耶! 折不折,天也,非刚之罪。"② 表现了苏公宁折不弯直道而行,一切付之天命的凛然刚正之气。朱熹于被逐之时,更能深切感受苏公"刚者近仁""刚者难得"之论,更加敬重其刚正不屈之气,故发明其说,是勉人亦是自勉!

庆元四年(1198),朱熹于病中再读苏轼《昆阳赋》,作《跋韦斋书昆阳赋》(按:熹父松,号韦斋)云:"绍兴庚辰,熹十一岁,先君罢官行朝,寓建阳,登高丘氏之居,暇日手书此赋以授熹,为说古今成败兴亡大致,慨然久之。"③ 苏轼《昆阳赋》乃凭吊汉中兴之主刘秀与王莽军作战之古战场。此战汉军士气高涨,以弱胜强,

---

① (宋)朱熹:《跋东坡刚说》,《晦庵文集》卷八十三,第3928—3929页。
② (宋)苏轼:《刚说》,《苏轼文集》卷十,第339页。
③ (宋)朱熹:《跋韦斋书昆阳赋》,《晦庵文集》续集卷八,第4794页。

直杀得敌方溃不成军。朱熹领解父意,50年后,"以示儿辈",叹苏氏"笔力豪壮",其传赋之意不言自明。

庆元五年(1199),70岁的朱熹作《楚辞集注》,借屈原发抒被逐之悲愤以浇心中之块垒。他在书中收入苏轼《服胡麻赋》,罗大经《鹤林玉露》谓朱文公"编《楚词后语》,坡公诸赋皆不收,惟收《胡麻赋》,以其文类《橘颂》"[①]。朱熹叙云:

> 《服胡麻赋》者,翰林学士眉山苏公轼之所作也。国朝文明之盛,前世莫及。自欧阳文忠公、南丰曾公巩,与公三人,相继迭起,各以其文擅名当世。然皆杰然自为一代之文,于楚人之赋,有未数数然者。独公自蜀而东,道出屈原祠下,尝为之赋,以诋扬雄而申原志,然亦不专用楚语,其辑之乱乃曰:"君子之道,不必全兮。全身远害,亦或然兮。嗟子区区,独为其难兮。虽不适中,要以为贤兮。夫我何悲,子所安兮。"是为有发于原之心,而其词气亦若有冥会者。[②]

朱熹称道欧、曾、苏三公之文"擅名当世",然于楚人之赋并未汲汲追求,独苏公作《胡麻赋》,诋扬雄而申屈原之志,有发于屈原之心。朱熹援引苏公《屈原庙赋》中的一段文字,表达出他深切的认同感:君子之道不必求全,全身远害,也可能有它的道理所在。舍生取义义无反顾,独为其难,而难中见节,故虽不适中,堪称大贤。朱熹称苏赋"其词气亦若有冥会者",其"冥会"就在于苏公能深刻地理解屈原与高度评价屈原,充分肯定了屈原的爱国热情与

---

① (宋)罗大经:《鹤林玉露》甲编卷二《二苏》,中华书局1983年版,第33页。
② (宋)朱熹:《楚辞集注》,上海古籍出版社1979年版,第300页。

高尚节操。这也是深得朱子之心而与其"冥会"者。

朱熹在政治斗争的旋涡中与党禁的白色恐怖中,对苏轼获得了深刻的理解和认识,更加推崇其刚直不挠的气节,颇有一种达到会心、引以为同道,成为精神上的支撑的感觉。

(五)思想方法、治学理念改变,使朱熹学术思想更为宽宏包容,从而接受苏学

朱熹前期治学抱着"此非彼是"的态度,不容两立而并存,容不得一点"异端"学说,他说:"向来见人陷于异端者,每以攻之为乐,胜之为喜。"① 但后来则主张平心和气。他与陆九渊说:

> 熹谓天下之理,有是有非,正学者所当明辨。或者之说,诚为未当,然凡辩论者,亦须平心和气,子细消详,反复商量,务求实是,乃有归着。如不能然,而但于匆遽急迫之中,肆支蔓躁率之词,以逞其忿怼不平之气,则恐反不若或者之言安静和平,宽洪悠久,犹有君子长者之遗意也。②

这里提出的"平心和气,子细消详,反复商量,务求实是"的辩论方法,正是朱熹后期治学态度的一个明显特点。朱熹意欲祛除"支蔓躁率之词""忿怼不平之气",这就使学术增加了客观公正性,而减少了急躁偏激与忿怼使气,使其"言"更能"宽洪悠久"。他与张栻也说:

> 大率观书,但当虚心平气,以徐观义理之所在,如其可取,

---

① (宋)朱熹:《与吕伯恭书》,《晦庵文集》卷二十五,第1126页。
② (宋)朱熹:《答陆子静》,《晦庵文集》卷三十六,第1570页。

虽世俗庸人之言，有所不废。如有可疑，虽或传以为圣贤之言，亦须更加审择。自然意味平和，道理明白，脚踏实地，动有据依，无笼罩自欺之患。①

"虚心平气"，重在义理，不因人废言，脚踏实地，是朱熹后期鲜明的治学态度。真德秀曾问理学家詹体仁居官莅民之法，"体仁曰：'尽心、平心而已；尽心则无愧，平心则无偏。'世服其确论云。"②"平心则无偏"可以移至朱子。朱子正是有了平心和气的心态，使他后期不断克服偏执的态度，对学术思想更为平和、宽洪、包容，强调"兼集众善，不倚于一偏者"③。譬如他一面力辟老氏之"无"与佛氏之"空"，而又能吸取其思想因素，他的"理一分殊""理生万物"的哲学观点就有取于佛老。④ 正因如此，他后期的学说显示了"博采众家，不守门户私见；综罗百代、通贯众家的恢宏气魄"⑤。这也是他接受苏轼的一个必要条件。

（六）文坛大家推崇苏轼诗文书法，当对朱熹产生积极的影响

朱熹后期与陆游、杨万里、周必大、辛弃疾等结为好友，他们都极为推崇苏轼诗文书法。陆游称御制《苏轼赞》（孝宗《苏轼文集序》）为"典谟"也，"学士大夫徒知尊诵其文，而未有知其文之妙在于气高天下者。今陛下独表而出之，岂惟轼死且不朽，所以遗

---

① （宋）朱熹：《答张敬夫》，《晦庵文集》卷三十一，第1342页。
② （元）脱脱等：《宋史》卷三百九十三《詹体仁传》，第12021页。
③ （宋）朱熹：《孙季和》，《晦庵别集》卷三，第4884页。
④ 肖萐父、李锦全主编：《中国哲学史》下卷，人民出版社1983年版，第74—78页。
⑤ 束景南：《朱子大传》，商务印书馆2003年版，第1005页。

学者，顾不厚哉！"① 杨万里高度评价苏轼诗文，以为"今夫四家者流，苏似李，黄似杜"②，苏文"传六一之大宗"③。周必大题跋苏轼诗文手帖达40篇之多。辛弃疾承继苏轼豪放词风，成南宋之大家。这些当对朱熹产生积极的影响。加之他力主抗金复国的壮志未酬，而"道学"又连遭打击，所以他特别希望有高气雄文来支撑士气，多次称道战国、西汉文章雄健，陆游诗笔力"健"，故而能推赏雄健高迈的苏轼诗文书法。

四　朱熹对苏轼接受史的意义与影响

朱熹对苏轼的批评与接受，对苏轼研究、朱熹研究与理学研究都有不容忽视的意义，具体说来有以下三点。

第一，对苏轼研究的意义。朱熹由批评苏轼学术的"杂而不正"，人品的"气盛放肆"，与为文的"害于正道"，到总体上接受苏轼的学术思想，褒扬其人格气节，推赏其文章风范，这对全面、客观地评价苏轼，充分认识苏轼的人格魅力与诗文学术，有重要意义。

第二，对朱熹研究的意义。朱熹对苏轼的态度经历了接受——批评——接受这样一个转变的过程，说明他在学术研究与政治斗争中不断求索更新，思想学说并不僵化固守，而是日臻成熟完善。这对准确把握朱熹思想的发展，认识朱熹作为哲人的明智博大，有重要意义。

第三，对理学研究的意义。理学家周敦颐、二程、张载等人都

---

① （宋）陆游：《上殿札子》之二，《陆游集·渭南文集》卷四，第2002页。
② （宋）杨万里：《江西宗派诗序》，《杨万里集笺校》卷七十九，第3230页。
③ （宋）杨万里：《杉溪集后序》，《杨万里集笺校》卷八十三，第3350页。

曾由佛老之学而归于六经，他们在创立理学的过程中，以儒家为正统，对佛老之学既有批判又有吸收。朱熹也是一面明确将佛、道目为异端，猛烈攻击，而最受株连的便是苏学；一面暗中吸取其思想因素。主要体现在以下三方面。朱熹作为理学之集大成者，从出入佛老、沉迷苏学到力排佛老、贬斥苏学再到暗取佛老、接受苏学，说明理学在学术思想上不断吸纳与充实，理学发展到朱熹，充分显示出其具有的包容性。此其一。理学的核心是"理气心性之学"。作为哲学，它有着自己完整的思想体系，但又立足于现实人生，有着鲜明的伦理、政治色彩。理学家始终企图用正心诚意之学解决社会现实问题。朱熹每言"以君臣大义未能忘怀""唯愿诸贤协赞明主，进贤退奸，大开公正之路，使宗社尊安，生灵有庇"[1]，这与苏轼的尊主泽民、忘躯而为并无二致。莫砺锋说："朱熹越到晚年，对苏轼的人品肯定得越多，其中的原因，可能是其时理学已被朝廷明令禁止，朱熹不能再明显地宣扬理学思想，从而把主要的精力转移到楚辞和韩文的整理研究上来。他的人物月旦也不再体现强烈的理学价值观，故而对文学家苏轼表示出更多的认同。"[2] 其实，朱熹正是在道学（理学）受到严酷打击的岁月中，才更加理解和接受了苏轼。从这个意义上说，理学与苏学的终极关怀与价值取向并不相悖。它们虽然各具特色，对佛老思想各有吸收，但就其终极关怀的总体性质而言都是儒家群体本位型终极关怀。苏轼的爱国热忱、济民抱负与崇高气节，正是理学家崇尚的人文精神。此其二。朱熹对苏轼的接受，显示了理学重道而不轻文的品格。理学家文学观的核心是文、

---

[1] （宋）朱熹：《答尤延之书》，《晦庵文集》卷二十七，第1211页。
[2] 莫砺锋：《论朱熹关于作家人品的观点》，《文学遗产》2000年第2期。

道关系。周敦颐倡"文以载道",把文看作载道的工具。程颐言"作文害道",将文道关系对立。朱熹则进而主张"文道合一",强调道与文的一以贯之。从批评"苏文害正道""坏人材、败风俗",到最终推赏苏文,以欧、曾、苏三公并称,说明朱熹对"文道合一"的理解和认识有了新的突破,对"文"的价值比之前的理学家更为看重。这对理学文学观是一个重大的发展。此其三。以上这些,对我们研究理学的哲学内涵、人文精神与文艺思想都有重要意义。

朱熹对苏轼的接受影响了南宋的理学家们。他们对苏轼的气节、词章交口称颂。魏了翁说:"人之言曰:尚词章者乏风骨,尚气节者窘辞令……眉山自长苏公以辞章自成一家,欧尹诸公赖之以变文体,后来作者相望。人知苏氏为辞章之宗也,孰知其忠清鲠亮,临死生利害而不易其守,此苏氏之所以为文也。"① 谢枋得说:"有道如苏文忠公,竟为世所屈,始熙宁,迄靖康,权炉销铄,势浪摧压,身后难未歇。道无损,世变何忍言!""其文如灵凤祥麟……光岳全气,震为大音,涵古游今,斯人几见!"② 叶适说:"独苏轼用一语,立一意,架虚行危,纵横倏忽,数百千言……虽理有未精,而辞之所至,莫或遇焉,盖古今论议之杰也!"③ 朱熹的再传弟子真德秀、朱熹的好友楼钥、朱熹的崇拜者刘克庄等,都对苏轼有极高的评价,足见其影响。

苏轼说:"我见大海,有北南东。江河虽殊,其至则同。"④ 谨以此喻朱子与苏子。

---

① （宋）魏了翁:《杨少逸不欺集序》,《鹤山集》卷五十五,四库全书本第1172册,第620—621页。
② （元）谢枋得:《重刊苏文忠公诗序》,《叠山集》卷二,四库全书本第1184册,第873页。
③ （宋）叶适:《习学记言》,四库全书本第849册,第802页。
④ （宋）苏轼:《祭龙井辩才文》,《苏轼文集》卷六十三,第1961页。

第二节　朱熹与苏轼出处态度之比较

作为理学大家的朱熹虽然曾激烈批评过苏轼其人、其学、其文，但对苏轼关于士君子出处进退问题的论述却颇为接受与认同，其人生仕履、心路历程，也与苏轼多有共同之处。

一　朱熹赞赏苏轼出处仕隐之论

苏轼（1037—1102）于元丰二年（1079）自徐州移守湖州时，至宿州灵璧镇，为本镇张硕秀才作《灵璧张氏园亭记》一文，在描述了张氏之园的风物景象后，阐述了一通士君子"仕"与"不仕"的道理。其文曰：

> 古之君子，不必仕，不必不仕。必仕则忘其身，必不仕则忘其君。譬之饮食适于饥饱而已，然士罕能蹈其义，赴其节。处者安于故而难出，出者狃于利而忘返。于是有违亲绝俗之讥、怀禄苟安之弊。……（张氏）使其子孙开门而出仕，则跬步市朝之上；闭门而归隐，则俯仰山林之下。于以养生治性，行义求志，无适而不可。故其子孙仕者皆有循吏良能之称，处者皆有节士廉退之行。……①

苏轼于此抒发的是君子处世兼济独善两全其美的人生理想。君

---

① （宋）苏轼：《灵璧张氏园亭记》，《苏轼文集》卷十一，第368页。

子"不必仕",因为抱"必仕"之目的,则会忘记身心的舒展自由才是人生最可追求和最可宝贵的,狃于利禄而长久忘返,难免丧失主体自我之精神,而有"怀禄苟安之弊";君子"不必不仕",因为抱"必不仕"之高志,则会忘记君臣之大义而回避士君子之社会责任。而安于故土长处不出,也自然有"违亲绝俗之讥"。所以譬之饮食,取其"适"而已。张氏子孙开门而出仕,闭门而归隐,出处裕如进退有据,于行义求志,养生治性,"无适而不可"。因其适意,仕则跬步市朝,有循吏良能之称;隐则优游山林之下,有节士廉退之行。这在苏轼看来是君子应具有的出处态度与人格风范。

这番议论不意遭到国子博士李宜之的弹劾,成为"乌台诗案"的一条罪证。李宜之附和监察御史里行何大正、舒亶以及御史中丞李定弹劾苏轼以诗赋文字"讥切时事""讪谤朝廷"的札子,上状云:

> 宜之看详上件文字,义理不顺,言"不必仕",是教天下之人必无进之心,以乱取士之法。又轼言"必不仕则忘其君",是教天下之人无尊君之义,亏大忠之节。又轼称"譬之饮食适于饥饱而已,然士罕能蹈其义,赴其节",宜之详此,即知天下之人仕与不仕不敢忘其君,而独苏轼有必不仕则忘其君之意,是废为臣之道。……①

这真是欲加之罪,何患无辞!苏轼何以教天下之人"必无进之心""无尊君之义"?又何尝有"忘其君之意"?苏轼意在强调,君

---

① （宋）朋九万:《东坡乌台诗案·国子博士李宜之状》,《苏轼资料汇编》上编二,中华书局1962年版,第581页。

子在世，既不可"忘其身"，亦不可"忘其君"，仕与不仕，出处进退都得"适意"，既事君报国，为社会尽责任；又能超然世外，淡泊名利，以获得身心的舒展与自由。苏轼兼顾社会群体与个体生命，于"义理"有何"不顺"？

时隔百年，朱熹与弟子论文，以为文章"靠实"而有"条理"乃好，于苏轼文章，则极推《灵璧张氏园亭记》一文：

> 因论文，曰：作文字须是靠实，说得有条理乃好，不可架空细巧。大率要七分实，只二三分文。如欧公文字好者，只是靠实而有条理。……东坡如《灵璧张氏园亭记》最好，亦是靠实。秦少游《龙井记》之类，全是架空说去，殊不起发人意思。①

与其他理学家一样，朱熹论文有重质轻文的倾向，所以他要求文章"七分实"，只"二三分文"即可，做到"靠实而有条理"，反对"架空""细巧"。他于苏轼的文章，独称道《灵璧张氏园亭记》一文最好，好在"靠实"，这不能不发人深思。说明朱熹对苏轼阐发的"仕"与"不仕"的道理尤为接受和认同，二人在出处进退问题上心有灵犀如合一契。

二 朱熹与苏轼人生仕履之相似处

朱熹不但在理论上接受苏轼关于士君子出处仕隐之论，而且在人生仕履方面也与苏轼有着惊人的相似处，突出地表现在以下两点。

---

① （宋）黎靖德：《朱子语类》卷一百三十九，第3320页。

（一）朱、苏皆自称性格狷介，不能俯仰取容于世，本无宦情。又皆自称"麋鹿之性"，不愿受约束

苏轼说：

> 仆狷介寡合之人也。①
>
> 轼龆龀好道，本不欲婚宦，为父兄所强，一落世网，不能自逭。②
>
> 嗟我本何人，麋鹿强冠襟。③
>
> 我本麋鹿性，谅非伏辕姿。④

朱熹说：

> 熹狷介之性，矫揉万方而终不能回；迂疏之学，用力既深而自信愈笃。以此自知决不能与时俯仰，以就功名。⑤
>
> 熹自幼愚昧，本无宦情……以气质偏滞，狂简妄发，不能俯仰取容于世，以故所向落落，无所谐偶。⑥
>
> 臣赋性拙直，不能随世俯仰，故自早年，即自揣度，决是不堪从宦。⑦
>
> 俾得婆娑丘林，母子相保，遂其麋鹿之性，实为莫大之幸。⑧

---

① （宋）苏轼：《与叶进叔书》，《苏轼文集》卷四十九，第 1421 页。
② （宋）苏轼：《与刘宜翁使君书》，《苏轼文集》卷四十九，第 1415 页。
③ （宋）苏轼：《和潞公超然台次韵》，《苏轼诗集》卷十四，第 681 页。
④ （宋）苏轼：《次韵孔文仲推官见赠》，《苏轼诗集》卷八，第 384 页。
⑤ （宋）朱熹：《答韩尚书书》，《晦庵文集》卷二十五，第 1128 页。
⑥ （宋）朱熹：《与龚参政书》，《晦庵文集》卷二十五，第 1130 页。
⑦ （宋）朱熹：《戊申封事》，《晦庵文集》卷十一，第 613 页。
⑧ （宋）朱熹：《与陈丞相书，己丑 7 月 14 日》，《晦庵文集》卷二十四，第 1102 页。

熹麋鹿之性，久放山林，老入修门，尤以为苦。①

可见，苏轼与朱熹皆因天性或自少受道家自然无为思想的影响，追求精神的自由舒展而不愿受拘縻约束，故有"麋鹿"之喻。且生性狷介拙直而不愿俯仰随人取容于世，所以对出仕为宦本不十分情愿。这种"不仕"情结，正是缘于对个体生命的尊重与人格的独立自主。但古来每一个读书人，都自幼接受儒家传统文化的熏陶，以树立"济世安邦"的社会责任心。苏轼与朱熹更是受过良好的教育。苏轼自云："幼承父兄之余训，教以修己而治人。"②"修己而治人"，即实现修、齐、治、平的远大目标。朱熹自幼受学于父亲朱松，日诵《大学》《中庸》，并为说古今成败兴亡之理。14岁父亡，从学于胡宪、刘勉之与刘子翚三先生，"因得侧闻先生君子之教，于是幡然始复，误有济时及物之心"③。故苏子与朱子虽本不欲为宦，却在父兄师长的教诲与激励之下，树立起奋发当世行道济时之志。苏轼于22岁考取进士，26岁得举制科，从此步入仕途。朱熹19岁登进士第，22岁授左迪功郎、泉州同安县主簿。他们深知，"丈夫重出处"，若抱"必不仕"之态度，则忘其君国，放弃自己的社会责任。朱熹曾说："若熹之意，则以为政烦民困，正有官君子尽心竭力之时，若人人内顾其私，各为自逸之计，则分义废矣。"④明确强调不可自顾其私，而废兼济之义。

---

① （宋）朱熹：《与王枢使谦仲札子》，《晦庵文集》卷二十九，第1271页。
② （宋）苏轼：《谢制科启二首》二，《苏轼文集》卷四十六，第1325页。
③ （宋）朱熹：《与龚参政书》，《晦庵文集》卷二十五，第1130页。
④ （宋）朱熹：《答詹元善》，《晦庵文集》卷四十六，第2134页。

（二）既出，直言敢谏，尊主泽民

苏子与朱子既出，则尊主泽民，不负君臣之义。苏轼曾说："愿回日月之照，一明葵藿之心。"① 朱熹也说："葵藿之心不敢弭忘。"② "葵藿之心"，以葵花向阳，比喻对君国的一片赤心。二公出仕，其一致处表现在以下四点。

1. 以道事君，直言敢谏

苏轼举制策入三等，其科全称"贤良方正能直言极谏"③。故苏轼说："出而从仕，有狂狷婴鳞之愚。"④ 婴鳞，语本《韩非子·说难》："夫龙之为虫也，柔可狎而骑也；然其喉下有逆鳞径尺，若人有婴之者，则必杀人。人主亦有逆鳞，说者能无婴人主之逆鳞则几矣。"⑤ 此言触及龙之喉下逆鳞，则龙必杀人；以言谏于人主，而不触恼人主者几希。比喻人臣犯颜直谏，安少危多。苏轼出仕，依然保持其"狂狷"之性，以道事君，出以公心，直言敢谏，奋不顾身。他说："虽为朝廷之直臣，常欲挺身而许国……使举世将以从容而自居，则天下谁当以奋发而为意。"⑥ 熙宁年间（1068—1077）在京时，他曾上《议学校贡举状》，论贡举法不当轻改；上《谏买浙灯状》，论不宜贱买浙灯而使民受损；又上神宗皇帝万言书，论新法之不便。因苏轼的遇事敢言，无所顾虑，他不为王安

---

① （宋）苏轼：《乞常州居住表》，《苏轼文集》卷二十三，第657页。
② （宋）朱熹：《答余正叔》，《晦庵文集》卷五十九，第2853页。
③ 参见孔凡礼《苏轼年谱》卷四，中华书局1998年版，第91页。
④ （宋）苏轼：《谢中书舍人启》，《苏轼文集》卷四十六，第1331页。
⑤ （战国）韩非：《韩非子》卷四《说难第十二》，四部丛刊初编本第79册，第20页。
⑥ （宋）苏轼：《谢制科启二首》二，《苏轼文集》卷四十六，第1325页。

石新党所容，出为杭州通判，先后为密州、徐州、湖州知州。御史弹劾以作诗"讪谤朝廷"，被捕入狱，后贬为黄州团练副使。哲宗元祐（1086—1093）初，累迁中书舍人、翰林学士，却又遭洛、朔二党夹攻，出知杭州、颍州、扬州。七年（1092）召兵部尚书，寻迁端明殿学士、翰林侍读学士、礼部尚书。苏轼"又以他惯有的认真、耿介的态度，全心全意辅助君王，举凡朝政得失，无不直抒己见，略无隐讳，因而不免旧仇未解，新怨又结"①。哲宗亲政，出知定州。绍圣初，新党得势，以"讥斥先朝"的罪名，将他远谪岭南惠州、海南儋州。苏轼一生尽管大起大落，却直道而行，百折不回。

朱熹出仕后，历官同安主簿、知南康军、提举浙东常平茶盐公事、知漳州、知潭州、焕章阁待制兼侍讲等。虽多数时间为祠官，然其始终关心朝政，用他的话说，"身伏衡茅，心驰魏阙，窃不胜其爱君忧国之诚"②。他多次上封事、奏札，反复劝谏皇帝正心术、立纲纪、亲贤臣、远小人，内修外攘，以图恢复。《戊申封事》为其代表。他在其中尖锐地提出"天下之大本"乃"人主之心正""今日之急务"乃"辅翼太子、选任大臣、振举纲维、变化风俗、爱养民力、修明军政"六者。③ 这是朱熹针对当时的种种弊病而开的一剂良药，也是他内圣外王的政治理想的具体实施。"可以称得上南渡以来第一篇奏疏文字，是朱熹生平对南宋社会的一次登峰造极的全面剖析，也是理学家用正心诚意之学解决社会迫切现实

---

① 王水照、崔铭：《苏轼传》，天津人民出版社 2000 年版，第 508 页。
② （宋）朱熹：《戊申封事》，《晦庵文集》卷十一，第 613 页。
③ 同上书，第 589—614 页。

问题的著名范例"①。绍熙五年（1194），赵汝愚升任右相，从潭州召回朱熹，让他出任焕章阁待制兼侍讲，成为宁宗的老师。朱熹在讲筵中，条分缕析，借题发挥，反复申说，不遗余力，并攻击到台谏及近幸韩侂胄等。王懋竑《朱熹年谱》卷四"闰十月壬午"条引洪本《年谱》谓："会先生急于致君，知无不言，言无不切，颇见严惮。"②正是由于朱熹的直言敢谏，他入侍经筵46天就被逐出都门。

朱熹与苏轼都以道事君，直言敢谏，都做过帝王之师，而他们不能见容于宰辅台臣，屡遭排挤打击的命运也大略相同。

2. 勤政爱民，惠民一方

苏子与朱子既不能用于朝，安于朝，他们在出任地方官期间，皆能勤政爱民，正如朱熹所说："大抵守官且以廉勤爱民为先，其他事难预论。"③

苏轼外任期间，勤于政事，为百姓办了许多实事、好事。譬如：在凤翔（今属陕西）改革衙前；倅杭时修复六井；在密州（今山东诸城）捕蝗抗旱，收养弃儿；在徐州抗洪保城，修筑大堤；守杭时赈济灾荒，驱除疾疫，疏浚两河，治理西湖；在定州（今河北正定）整顿军纪、扶植民兵；在惠州收葬暴骨、购药施舍、助修两桥、引水入广；在儋州改变民俗、垦荒种植……百姓对他感激爱戴，称颂不已。

朱熹所到之处，兴学校（如白鹿洞书院、岳麓书院等），修荒

―――――――――――
① 束景南：《朱子大传》，商务印书馆2003年版，第761页。
② （清）王懋竑：《朱熹年谱》卷四，中华书局1998年版，第251页。
③ （宋）朱熹：《答藤德粹》，《晦庵文集》卷四十九，第2278页。

政，抑豪强，革弊政，案劾贪污官员（如弹劾唐仲友），振厉民风士气（如禁止兵民赌博），兴利除害，便民一方。《宋史·朱熹传》载，浙东大饥，宰相王淮奏改熹提举浙东常平茶盐公事，"熹始拜命，即移书他郡，募米商，蠲其征，及至，则客舟之米已辐辏"①。又暗中察访民情，改革各项弊政，不仅使救荒工作落到实处，还能作久远打算。有人揭朱熹之短，说他"疏于为政"，孝宗对王淮说："朱熹政事却有可观。"② 王懋竑《朱熹年谱》卷四引洪本《年谱》谓："及其出而事君，则竭忠尽诚，不顾其身，推以临民，则除其疾苦而正其风俗，未尝不欲其道之行也。"③ 可见，朱熹与苏轼爱君忧国、勤政爱民若一。

3. 内心深藏出处之矛盾

苏轼与朱熹虽然都在自己的任上尽职尽责，但由于内心深处的"不仕"情结，以及仕宦生活的漂泊无定、拘系无奈与"辄蹈危机"之感，又使他们充满疑虑困惑，所以对进退出处始终表现出一种矛盾的二重心态。

苏轼《秋怀二首》其一云："嗟我独何求，万里涉江浦。居贫岂无食，自不安畎亩。"④ 感慨自己不安畎亩，万里仕宦，到底何求？《立秋日祷雨宿灵隐寺同周徐二令》诗云："百重堆案掣身闲，一叶秋声对榻眠。床下雪霜侵户月，枕中琴筑落阶泉。崎岖世味尝应遍，寂寞山栖老渐便。惟有悯农心尚在，起占云汉更茫然。"⑤ 表

---

① （元）脱脱等：《宋史》卷四百二十九《朱熹传》，中华书局1985年版，第12755页。
② 同上书，第12756页。
③ （清）王懋竑：《朱熹年谱》，第270页。
④ （宋）苏轼：《秋怀二首》（其一），《苏轼诗集》卷八，第382页。
⑤ （宋）苏轼：《立秋日祷雨宿灵隐寺同周徐二令》，《苏轼诗集》卷十，第472页。

现了出世与入世矛盾的典型心态：公文百重堆案束缚其喜爱自由的个性，而更体味到忙里偷闲因便夜宿幽寺的可贵。崎岖世味，宦海风波，既不可乖违君臣之大义，亦不可放弃个体之自由自主，苏轼无时不处在"入世"与"出世"的矛盾之中。即使在玉堂深处，他也心怀出世之思：

  我坐华堂上，不改麋鹿姿。①

  聊为山水行，遂此麋鹿性。②

  誓将江海去，安此麋鹿姿。③

他渴望舒展自由的天性，羡慕获准退休的官员，深愧自己身处樊笼，眷恋官场，"慕鸾鹄之高翔，眷樊笼而咏叹"④"愚暗刚褊，仕不知止"⑤。

朱熹也对吏役束缚尤觉不堪，每与挚友感叹再三：

  违负夙心，俯仰愧叹。……骤从吏役，尤觉不堪。⑥

  熹到官四阅旬矣，俯仰束缚，良有不可堪者。⑦

  熹在此不乐，求去不遂，无以为计。……郡事得同官相助，近却稍不费力，但所治无非米盐棰挞之事，殊使人厌苦。⑧

  深不欲至此，但事势使然，不得已耳。交岁以来，十病九

---

① （宋）苏轼：《和陶饮酒二十首》（其八），《苏轼诗集》卷三十五，第1881页。
② （宋）苏轼：《径山道中次韵答周长官兼赠苏寺丞》，《苏轼诗集》卷十，第497页。
③ （宋）苏轼：《次韵钱穆父会饮》，《苏轼诗集》卷三十六，第1928页。
④ （宋）苏轼：《贺赵大资少保致仕启》，《苏轼文集》卷四十七，第1347页。
⑤ （宋）苏轼：《与刘宜翁使君书》，《苏轼文集》卷四十九，第1415页。
⑥ （宋）朱熹：《答吕伯恭》，《晦庵文集》卷三十四，第1481页。
⑦ 同上书，第1483页。
⑧ 同上书，第1488页。

痛，甚不堪此劳顿，正使遂以罪罢，不得祠禄，亦所愿。……老懒殊甚，若得遂所请，尤幸。此但为不得已之言耳。①

字里行间中，我们听到了一个不堪日常俗务拘役的痛苦心灵的诉说与叹息。朱熹与苏轼内心的这种矛盾痛苦，不是怯懦逃避，而是对人生命意义、终极关怀的追寻叩问，对人的个体性与社会性矛盾的深刻哲思。

正是这种矛盾，使他们都有崇陶（潜）与慕曾（点）之思。苏轼曾云"北牖已安陶令榻"②，尤其认同与追慕陶渊明"北窗高卧"、闲适自得的"高人"生活方式与人格风范。又对曾点舞雩浴沂追求生命之自由舒展极为欣慕："植杖偶逢为黍客，披衣闲咏舞雩风"③；"莫作天涯万里意，溪边自有舞雩风"④。淳熙九年（1182），朱熹在浙东任上于公退之余，作《四时读书乐》等诗，亦有"北窗高卧羲皇侣""舞雩归咏春风香"等句⑤，表达了崇尚陶潜风范与倾慕曾点境界的心态与情怀。可见朱子与苏子渴求自由向往归隐的思想情感极为合拍。

4. 遭遇政治打击后，不忘君臣大义，保持气节，坦然处之

如前所云，朱子与苏子皆因直言敢谏而遭遇排挤打击，被逐出政治权力中心，但他们都能于忧患之中不忘君国，保持气节，坦然面对。苏轼贬逐黄州，《与李公择》第十一简云：

---

① （宋）朱熹：《答吕伯恭》，《晦庵文集》卷三十四，第1481页。
② （宋）苏轼：《次韵王廷老退居见寄》，《苏轼诗集》卷十七，第890页。
③ （宋）苏轼：《次韵乐著作野步》，《苏轼诗集》卷二十，第1037页。
④ （宋）苏轼：《被酒独行，遍至子云、威、徽、先觉四黎之舍》其二，《苏轼诗集》卷四十二，第2322页。
⑤ （宋）朱熹：《朱子遗集》卷一，《朱子佚文辑录》，第594页。

> 吾侪虽老且穷，而道理贯心肝，忠义填骨髓，直须谈笑于死生之际，若见仆困穷，便尔相怜，则与不学道者不相远矣。……兄虽怀坎壈于时，遇事有可尊主泽民者，便忘躯为之，祸福得丧，付与造物。①

此时东坡年近半百，贬逐僻壤，既老且穷，不怨天尤人，自信有"道理贯心肝，忠义填骨髓"，一片忠义道理养成浩然正气，所以生死穷通祸福得丧，早已置之度外，付于笑谈，这正是学道者与不学道者的根本区别。虽坎壈于时，而遇尊主泽民之事，则忘躯而为，好一个东坡节概！正是有这铮铮气骨，使他能在长达十几年的贬谪生涯中坦然面对，且能造福一方。

朱熹对东坡的这种气节极为钦佩，已见前述《答储行之》书简中。

其中"适与意会""可铭坐右"之语，道出了朱熹对东坡气节的崇敬之情，以及二人对待出处穷通态度的契合。朱熹写给尤袤的信中说："老大抗拙，无复余念于此世，顾以君臣大义未能忘怀，初欲冒进，一吐所怀，知难而退，忧则违之，今亦已矣。唯愿诸贤协赞明主，进贤退奸，大开公正之路，使宗社尊安，生灵有庇，则熹之受赐厚矣……"②朱熹深知自己狷介抗拙，难以取容当世，惟以君臣大义未能忘怀，为社稷、生灵，委重托于朝中重臣，一片拳拳之心，实乃天地共鉴。绍熙五年（1194），朱熹入筵、被逐，时相赵汝愚亦以诬逐。庆元二年（1196），沈继祖为监察御史，诬熹十罪，诏落职罢祠。庆元三年（1197），置伪学之籍，籍中59人，史称

---

① （宋）苏轼：《与李公择十七首》第十一，《苏轼文集》卷五十一，第1500页。
② （宋）朱熹：《答尤延之书戊申四月》，《晦庵文集》卷二十七，第1211页。

"庆元党禁"。《朱熹年谱》卷四"庆元二年冬十二月"条引黄榦《行状》载，面对险恶的政治环境，一些道学之徒或隐匿山林避祸，或改换门庭投靠他师，有些则换掉道学家的衣冠，以自别其非党。"先生日与诸生讲学竹林精舍，有劝以谢遣生徒者，笑而不答"；又引《语录》云："……或劝先生散了学徒，闭户省事，以避祸者。先生曰：祸福之来，命也"；"如某辈皆不能保，只是做将去，事到则尽付之人，欲避祸终不能避"①。是知朱子在落职罢祠、道学遭禁的白色恐怖之中，尽管悲愤填膺，但他不散学徒，坦然面对祸福，金石迺心，困而不折，可谓与苏子同一气概。

三 朱熹与苏轼出处态度之差异处

朱熹与苏轼在出处态度上固有许多的一致，但毕竟又有很大的差异。苏轼虽一直心存出处之矛盾，渴望早归田里与弟弟苏辙共享天伦之乐，却始终未能辞官，只有在朝与外任的区别；而朱熹则数次"辞免召命"，请祠居家，过着讲学和著书的生活。入官50年，"仕于外者仅九考，立于朝者四十日"②。朱、苏二人的这种差异，自有多种原因，略述以下三点。

第一，朱熹与苏轼对皇帝的态度不同。苏轼有"报恩"思想，而朱熹则是本着"君臣大义"，力图"匡君"。苏轼有诗云："世事饱谙思缩手，主恩未报耻归田"③；"羡君欲归去，奈此未报恩"④。

---

① （清）王懋竑：《朱熹年谱》卷四"庆元二年冬十二月落职罢祠条"，中华书局1998年版，第256、258页。
② （清）王懋竑：《朱熹年谱·点校说明》，第1页。
③ （宋）苏轼：《喜王定国北归第五桥》，《苏轼诗集》卷二十二，第1180页。
④ （宋）苏轼：《寄题梅宣义园亭》，《苏轼诗集》卷三十二，第1718页。

苏轼的报主恩，不仅是受传统的忠君报国思想的影响，而更与几位皇帝知他、想重用他有关。苏轼于元祐六年（1091）作《杭州召还乞郡状》，认定英宗、神宗、哲宗几位皇帝对自己有知遇之恩，所以怀有坚定的报君之心："臣……无以仰报天地生成之德，惟有独立不倚，知无不言，可以少报万一。……报国之心，死而后已。"① 他对神宗皇帝的感情尤其不一般。其《神宗皇帝挽词三首》之三云："病马空嘶枥，枯葵已泫霜。余生卧江海，归梦泣嵩邙。"② 以"病马""枯葵"表达自己的忠心与悲痛，出自肺腑。许顗《彦周诗话》云："东坡受知神庙，虽谪而实欲用之。东坡微解此意……后作神庙挽词云：'病马空嘶枥，枯葵已泫霜。'此非深悲至痛不能道此语。"③ 所以，苏轼不会辞官请归，即使蒙诬获罪，远贬天涯，他也坚信圣主终有拨云见日的一天。

朱熹历事高宗、孝宗、光宗、宁宗四朝。他于高宗朝除作同安主簿外，其余请祠。孝宗皇帝即位，诏求直言，朱熹应诏封事，又几番上奏札，力主抗金复国，改革弊政，孝宗对他有几分赏识（曾坚意请他出山），也有几分不悦。《宋史·朱熹传》载，淳熙六年（1179），朱熹知南康军，上疏规谏人君正心术立纲纪，并指斥"今宰相、台省、师傅、宾友、谏诤之臣皆失其职，而陛下所与亲密谋议者，不过一二近习之臣……"措辞激烈，锋芒毕露，"上读之，大怒曰：'是以我为亡也。'熹以疾请祠，不报"④。而朱熹对孝宗皇帝，则既心存希望，又怀有憾恨。他的《孝宗皇帝挽歌辞》中有

---

① （宋）苏轼：《杭州召还乞郡状》，《苏轼文集》卷三十二，第913页。
② （宋）苏轼：《神宗皇帝挽词三首》，《苏轼诗集》卷二十五，第1336页。
③ （宋）许顗：《彦周诗话》，历代诗话本，第398页。
④ （元）脱脱等：《宋史》卷四百二十九，《朱熹传》，第12754页。

"乾坤归独御，日月要重光"一联，对孝宗皇帝的有志恢复作了肯定，但其中"似有盐梅契，还嗟贝锦伤"之句，以"盐梅"喻和谐，"贝锦"喻谗言，"含蓄道出了他与赵眘之间似契还离、似合还分的关系"①。至于光宗与宁宗，对朱熹本无意于召用。王懋竑《朱子年谱考异》卷四"绍熙二年七月"条云："按朱子在光宗朝，与孝宗朝不同。孝宗之知朱子甚深，而朱子之望于孝宗者亦至。故往往坚辞以卜上意。至光宗元未有召用之意，其除命皆由留丞相所荐，而朱子亦止于再辞，盖以为之兆耳。"② 故朱熹对他们更多的是失望，是回天无力的悲愤和无奈。他一方面力图"匡君救国"，一方面又不得不抽身引退，一次次辞免召命。

第二，朱熹与苏轼对事业的追求各异。苏轼注重学与政的结合，认为君子为学，必学为政。"有学而不取士、不论政，犹无学也。"③ 他批评为政者不本于学，而学儒者不通于吏事④，这就导致了学与政的分离，使儒士君子的作用在国家管理中得不到很好的发挥。苏轼主张士君子道德文章实干能力相一体，成为当代所谓的综合型人才。所以他出仕后，政事、文章（包括诗词创作）、学问、艺术，全面发展。

朱熹则重在学术的追求。他于学术可谓念兹在兹，他说：

> 以故二十年来自甘退藏，以求己志。所愿欲者，不过修身守道，以终余年，因其暇日，讽诵遗经，参考旧闻，以求圣贤立言本意之所在。既以自乐，间亦笔之于书，以与学者共之，

---

① 束景南：《朱子大传》，第950页。
② （清）王懋竑：《朱熹年谱·朱子年谱考异》卷四，第386页。
③ （宋）苏轼：《南安军学记》，《苏轼文集》卷十一，第373页。
④ （宋）苏轼：《谢秋赋试官启》，《苏轼文集》卷四十六，第1334页。

且以待后世之君子而已，此外实无毫发余念也。①

又数年来次辑数书……区区所怀，可以无憾，而于后学抑或不为无补。今若出补郡吏，日有簿书期会之劳、送往迎来之扰，将何暇以及此？因循岁月，或为终身之恨，而其为政又未必有以及人，是其一出，乃不过为儿女饥寒之计，而所失殊非细事。②

是知朱熹著述是求深入理解圣贤立言之本意所在，从而有补于学者，传之于后世。因此他不愿受为官的劳顿与干扰，而要把精力投注于著书讲学。在他的心理天平上，影响著述，"所失殊为细事"，会为"终身之恨"，学术成了他至高的追求，精神的归宿。他甘愿过"跧伏穷山，埋头尘编"的寂寞生涯。③所以朱熹一生著述最丰，堪称学术史上第一人。

第三，朱熹与苏轼气质个性不同。朱子与苏子狷介而不受拘束相似，而苏子豪爽、乐观，朱子端庄、谨严，则又有别。苏轼善于化解烦恼，常常能从容应对俗务，谈笑办争讼，落笔如风雨，其干练明达之实干能力与风流儒雅之豪气逸韵，实令人倾倒。而朱熹则多了一分谨严，少了一分洒脱。他遇事认真，思虑审慎，以为"世间事思之非不烂熟，只恐做时不似说时，人心不似我心"④。由于从政日短、经验有所不足，他的一些想法和做法很难在现实中贯彻执行，加以体弱多病，故对仕宦心存忧惧，常有求

---

① （宋）朱熹：《答韩尚书书》，《晦庵文集》卷二十五，第1128页。
② （宋）朱熹：《答吕伯恭书》，《晦庵文集》卷二十五，第1134页。
③ 束景南：《朱子大传》，第648页。
④ （宋）朱熹：《答陈同父书》二，《晦庵文集》卷二十八，第1221页。

去之心。

　　由以上比较可知，朱熹与苏轼对于士君子出处问题认识一致，人生仕履也多有相似之处，表现在：都具有狷介之个性与独立之人格，关注个体的自由自主，而本无意于仕宦；又不忘社会责任，出而从仕后，忠君忧国，直言敢谏，勤政爱民，惠民一方；内心既充满矛盾，渴望归隐与闲适；但又能坦然面对政治打击，独立不惧，气节不改。而相异之处，则主要为政治境遇的不同与事业追求的不同。他们的出处态度，兼顾个人与社会，表现了对中国传统文化的深刻理解，对人的个体性与社会性矛盾的清醒思考。它折射出古代知识分子在终极关怀问题上的求索与无奈。正是在这种具有深层悲剧性的奋力求索与大无奈中，朱子和苏子显示出其哲人的睿智与人格魅力，为后世留下了宝贵的文化财富。

第三节　朱熹尚雄健与苏轼略同

　　南宋罗大经《鹤林玉露》有"朱文公论诗"一节，所录朱熹论诗，多推尚陶、柳之诗，尚真澹自然。[①] 近年来学术界对朱熹平淡美理想，亦有较多的关注和研究。[②] 而对朱熹尚"雄健"的审美观，

[①] （宋）罗大经：《鹤林玉露》甲编卷六，中华书局1983年版，第112—113页。
[②] 参见如顾易生、蒋凡、刘明今《宋金元文学批评史》（上海古籍出版社1996年版），莫砺锋《朱熹文学研究》（南京大学出版社2000年版），冷成金《苏轼的哲学观与文艺观》之《苏轼、朱熹艺术风格之比较》章（学苑出版社2003年版），张旭曙《朱熹的平淡美理想》（《安徽师范大学学报》1998年第4期）等。

则未能给予足够的注意。其实"雄健"与"平淡",如车之两轮、鸟之双翼,共同构成了朱熹的审美理想与批评标准,体现了其作为理学大师与文学批评大家的不凡气度与卓越识见。朱熹以"雄健"为审美标准,评述了先秦两汉三国两晋及唐宋诗文,推崇战国文、西汉文与唐宋韩、欧、曾、苏之文,以及陶、李、杜、陆之诗,并强调雄健有力与平淡雍容的辩证统一。值得关注的是,朱熹在推尚雄健之美的过程中,多以"东坡文字"为评说对象,以褒扬为主,亦有批评,大体上表现出对苏轼诗文与美学观点的接受与认同。

一 朱熹以雄健评苏轼及历代诗文

《二十四诗品》中有"雄浑""劲健"二品。其"雄浑"曰:"大用外腓,真体内充。返虚入浑,积健为雄。……"大意是说,有大用呈现于外,有真体充实于内,蓄积刚大强健之气才成为"雄",而复还空虚,超以象外,才得入浑然之境。其"劲健"曰:"行神如空,行气如虹……饮真茹强,蓄素守中,喻彼行健,是谓存雄。……期之以实,御之以终。"大意是说,精神畅达,气力充盈,吸收天地之元气,执守内心之存养,实而不虚,行而不息,始为"劲健"。故郭绍虞《诗品集解》引杨振纲《诗品解》曰:"然或洗练太过,骨肉并销,则体弱不足起其文,故进之以劲健。"[1] 又引《皋兰课业本原解》曰:"此言气体卑靡,筋力不足,皆由不善养之故。惟有蓄积于中者既实而强,即贾其余勇,犹不衰竭……"[2]

---

[1] 郭绍虞:《诗品集解·劲健》,人民文学出版社1963年版,第16页。
[2] 同上。

故"雄健"组合，在于强调文艺作品的美学风格刚健有力，既实而强。也就是说，笔下富有气势力量（朱熹称"笔力雄健"），而这种力量又是以真而充实的内容为支撑。刘勰《文心雕龙·风骨》篇指出："缀虑裁篇，务盈守气，刚健既实，辉光乃新。"所以朱熹常将"雄健"（或"健"）与"质实"（或"实"）相联系，作为评价诗文的褒扬之词，而与之相对立的则是"衰""弱""虚""卑""巧"等。下面分四个部分予以论述。

（一）朱熹以雄健为审美标准，评述先秦两汉三国两晋及唐宋诗文

朱熹说：

> 司马迁文雄健，意思不帖帖，有战国文气象。贾谊文亦然。老苏文亦雄健。似此皆有不帖帖意。仲舒文实。刘向文又较实，亦好，无些虚气象；比之仲舒，仲舒较滋润发挥。大抵武帝以前文雄健，武帝以后更实。到杜钦、谷永书，又太弱无归宿了。①

> 汉初贾谊之文质实。晁错说利害处好，答制策便乱道。董仲舒之文缓弱，其《答贤良策》，不答所问切处；至无紧要处，又累数百言。东汉文章尤更不如，渐渐趋于对偶。……陵夷至于三国两晋，则文气日卑矣。②

> 韩文力量不如汉文，汉文不如先秦战国。③

---

① （宋）黎靖德编：《朱子语类》卷一百三十九，中华书局1994年版，第3299页。
② 同上书，第3299页。
③ 同上书，第3302页。

朱熹认为，司马迁文"雄健"，贾谊之文"质实""有战国文气象"，即有纵横捭阖之气势，所以好。所谓"不帖帖"，即不平淡无奇。董仲舒、刘向之文"实"，无"虚气象"，尽管董仲舒文缓弱，不够雄健，但能"实"，亦好。而东汉之文则渐渐趋于对偶，注重文辞之雕琢，至于三国两晋，则"文气日卑"。唐代韩愈之古文自谓"浩乎其沛然矣"，"醇"而后"肆"①，但力量仍不如汉文。以朱熹的眼光来看，先秦战国文最佳，西汉文亦好，东汉以下文卑弱，唐文犹未及秦汉。

朱熹还认为，秦汉以前的文字，是随口而出，到后来便刻意做了：

> 问《离骚》《卜居》篇内字。曰："……如这般文字，更无些小窒碍，想只是信口恁地说，皆自成文。林艾轩尝云：'班固扬雄以下，皆是做文字。已前如司马迁、司马相如等，只是恁地说出。'今看来是如此。……"又云："汉末以后，只做属对文字，直至后来，只管弱。如苏颋着力要变，变不得。直至韩文公出来，尽扫去了，方做成古文。然亦止做得未属对合偶以前体格，然当时亦无人信他。故其文亦变不尽，才有一二大儒略相效，以下并只依旧。……文气衰弱，直至五代，竟无能变。到尹师鲁、欧公几人出来，一向变了。其间亦有欲变而不能者，然大概都要变。……"②

> 后人专做文字，亦做得衰，不似古人。前辈云："言众人之

---

① （唐）韩愈：《答李翊书》，孙昌武选注《韩愈选集》，上海古籍出版社1996年版，第188页。

② （宋）黎靖德编：《朱子语类》卷一百三十九，第3297—3298页。

所未尝，任大臣之所不敢！"多少气魄！今成甚么文字！①

如今时文，一两行便做万千屈曲，若一句题也要立两脚，三句题也要立两脚，这是多少衰气！②

在朱熹看来，由于汉末以后注意做"属对文字"，注重骈偶辞藻，华丽有了，而实在的内容少了，气力自然弱了。韩愈欲以"古文"变其体格，却未能尽变。直到北宋尹洙、欧阳修等人出来才使文风一变，古文才从骈文中振起，但到南宋的时文又渐衰了，不似古人了。所以他常拿"前辈"与"今人"作比较，以显示"今人"作诗文的弊端。朱熹以此勾勒出诗文的发展是由"雄健"至"衰弱"，再至"变"而振起，再而至"衰"的过程，基本符合文学史的实际情况，可谓有识之见。

因此，他对宋人的诗文褒奖其"雄健""靠实"，贬抑其"气馁""架空"。他说：

后山、山谷好说文章，临作文时，又气馁了。老苏不曾说，到下笔时做得却雄健。③

道夫问："老苏文，似胜坡公。黄门之文，又不及东坡。"曰："黄门之文衰，远不及，也只有《黄楼赋》一篇尔。"④

因论文，曰：作文字须是靠实，说得有条理乃好，不可架空细巧。大率要七分实，只二三分文。如欧公文字好者，只是靠实而有条理。……东坡如《灵璧张氏园亭记》最好，亦是靠

---

① （宋）黎靖德编：《朱子语类》卷一百三十九，第3322页。
② 同上。
③ （宋）黎靖德编：《朱子语类》卷一百四十，第3334页。
④ （宋）黎靖德编：《朱子语类》卷一百三十九，第3312页。

实。秦少游《龙井记》之类，全是架空说去，殊不起发人意思。①

在朱熹眼里，后山、山谷"好说文章"，即好作"诗话""诗法"一类的文字，临到作文，却气力不足。老苏不曾说如何作文，文却做得"雄健"，胜过东坡。苏辙亦"文衰"，缺少老苏文那种磅礴汹涌的力量。欧阳公文字之好者"靠实而有条理"；东坡自评文"滔滔汩汩"，而朱熹认为他最好的文章也是"靠实"，如《灵璧张氏园亭记》能阐发人生"仕"与"不仕"的实在道理；少游则不免作"架空"文字，不能发人深思。可见，朱熹始终着眼于文章有实在的内容，雄健的力量。他对陆游诗文极为推赏，每以"健"评之：

> 放翁诗书录寄，幸甚。此亦得其近书，笔力愈精健。②
> 放翁笔力愈健……③
> 放翁得近书，甚健……④
> 放翁老笔尤健，在今当推为第一流。⑤

所谓"健"，即指气充骨健，放翁笔下充满"一身报国有万死"（《夜泊水村》）、"铁马冰河入梦来"（《十一月四日风雨大作》）的慷慨悲壮，宜朱熹以"健"推为第一流之作品。

朱熹尚"雄健"，与之相联系的是"气魄""气概""气骨"

---

① （宋）黎靖德编：《朱子语类》卷一百三十九，第3320页。
② （宋）朱熹：《答巩仲至》（四），《晦庵文集》卷六十四，第3096页。
③ （宋）朱熹：《答巩仲至》（六），《晦庵文集》卷六十四，第3099页。
④ （宋）朱熹：《答巩仲至》（十二），《晦庵文集》卷六十四，第3103页。
⑤ （宋）朱熹：《答巩仲至》（十七），《晦庵文集》卷六十四，第3108页。

"壮浪""明快""雄浑""遒劲""雄豪""峻洁""畅"等语。如云：

> 唐明皇资禀英迈，只看他做诗出来，是甚么气魄！今《唐百家诗》首载明皇一篇《早渡蒲津关》，多少飘逸气概！便有帝王底气焰。①

> 前辈文字有气骨，故其文壮浪。欧公、东坡亦皆于经术本领上用功。今人只是于枝叶上粉泽尔。②

> 东坡文字明快。老苏文雄浑，尽有好处。③

> （石曼卿的书法）气象方严遒劲，极可宝爱，真所谓"颜筋柳骨"！……曼卿诗极雄豪，而缜密方严，极好。④

> 文字到欧曾苏，道理到二程，方是畅。⑤

可以见出，朱熹所推赏的唐明皇诗，前辈及欧、曾、苏之文，石曼卿书法与诗等，皆具有气魄、气骨，具有壮浪、雄豪与遒劲的风格。

（二）朱熹尚健崇实，对东坡文有批评有褒扬

朱熹对东坡诗文给予极大的关注。他认为，北宋初期的文章"严重老成"，"虽拙"而"风俗浑厚"，到东坡则追求"巧"，到北宋末期，则更为"华丽"：

---

① （宋）黎靖德编：《朱子语类》卷一百四十，第3325页。
② （宋）黎靖德编：《朱子语类》卷一百三十九，第3318页。
③ 同上书，卷一百三十九，第3306页。
④ 同上书，卷一百四十，第3329页。
⑤ 同上书，卷一百三十九，第3309页。

到东坡文字便已驰骋,忒巧了。及宣政间,则穷极华丽,都散了和气。所以圣人取"先进于礼乐",意思自是如此。①

"先进于礼乐",出自《论语·先进》:"子曰:'先进于礼乐,野人也。后进于礼乐,君子也。如用之,则吾从先进。'"朱熹《论语集注》引程子之言曰:"先进于礼乐,文质得宜。今反谓之质朴,而以为野人。后进之于礼乐,文过其质,今反谓之彬彬,而以为君子。盖周末文胜,故时人之言如此,不自知其过于文也。"孔子既取"先进于礼乐",说明他要求有质有文,文质得宜,而反对文过其质。朱熹引此,即在于批评文章尚巧,而质实不足。所以他对东坡之文之字,既赞其"雄健",也批评他"伤于巧""华艳",有"不帖实"或"疏鲁"处:

东坡笔力雄健,不能居人后……②

坡文雄健有余,只下字亦有不帖实处。③

东坡晚年文虽健,不衰,然亦疏鲁。④

坡文只是大势好,不可逐一字去点检。⑤

到得东坡,便伤于巧,议论有不正当处。后来到中原,见欧公诸人了,文字方稍平。老苏尤盛。大抵已前文字都平正,人亦不会大段巧说。自三苏文出,学者始日趋于巧。⑥

问:"南丰(曾巩)文如何?"曰:"南丰文却近质。他初亦

---

① (宋)黎靖德编:《朱子语类》,卷一百三十九,第3307页。
② (宋)朱熹:《跋东坡帖》,《晦庵文集》卷八十四,第3964页。
③ (宋)黎靖德编:《朱子语类》卷一百三十九,第3311页。
④ 同上。
⑤ 同上。
⑥ 同上书,第3309页。

只是学为文,却因学文,渐见些子道理。故文字依傍道理做,不为空言。……但比之东坡,则较质而近理。东坡则华艳处多。"①

坡文之"雄健",在其能立大节、存高气,故行之于文,滔滔莽莽,元气淋漓。例如,《潮州韩文公庙碑》论韩愈云:"匹夫而为百世师,一言而为天下法……文起八代之衰,而道济天下之溺,忠犯人主之怒,而勇夺三军之帅,此岂非参天地、关盛衰,浩然而独存者乎!"② 大气磅礴,纵横挥洒,多为文章家所褒扬。然朱熹也曾指出,"韩退之著书立言,抵排佛老不遗余力。然读其《谢潮州表》《答孟简书》及张籍侑奠之词,则其所以处于祸福死生之际,有愧于异学之流者多矣,其不能有以深服其心也宜哉!"③ 以此观之,则东坡论韩愈似有拔高之嫌。所以朱熹说:"如《韩文公庙碑》之类,初看甚好读,仔细点检,疏漏甚多。"④ 这大概也就是他所谓下字、议论有"不帖实""不正当"处。至于说"到得东坡,便伤于巧""自三苏文出,学者始日趋于巧",此言未尽审当。东坡曾说:"昔吾先君适京师,与卿士大夫游,归以语轼曰:自今以往,文章其日工,而道将散矣。士慕远而忽近,贵华而贱实,吾已见其兆矣。"⑤ 又说:"轼长于草野,不学时文,词语甚朴,无所藻饰。意者执事欲抑浮剽之文,故宁取此以矫其弊。"⑥ 正是为了革除晚唐五代以来贵华尚奇之文风,欧阳修才拔擢出于西川不为世知的苏轼,以致"士

---

① (宋)黎靖德编:《朱子语类》卷一百三十九,第3314页。
② (宋)苏轼:《潮州韩文公庙碑》,《苏轼文集》卷十七,第509页。
③ (宋)朱熹:《跋李寿翁遗墨》,《晦庵文集》卷八十二,第3876页。
④ (宋)黎靖德编:《朱子语类》卷一百三十九,第3311页。
⑤ (宋)苏轼:《凫绎先生文集叙》,《苏轼文集》卷十,第313页。
⑥ (宋)苏轼:《谢梅龙图书》,《苏轼文集》卷四十九,第1424页。

人纷然，惊怒怨谤"①。所以，文"巧"并非出于三苏。只是文到三苏，纵横开阖、跌宕起伏，议论更为精彩。当然，拿东坡文与南丰文相比，说苏"华艳"而曾"近质"亦不为过。朱熹说过："二家之文虽不同，使二公相见，曾公须道坡公底好，坡公须道曾公底是。"② 此言倒是不虚，正所谓各有短长。

（三）朱熹尚雄健，要求诗文创作气力弥满，一以贯之

在朱熹看来，气力来自学问功力，也与人的精神境界、身体状态相联系。他说：

> 前辈文字有气骨，故其文壮浪。欧公、东坡亦皆于经术本领上用功。今人只是于枝叶上粉泽尔。……贯穿百氏及经史，乃所以辨验是非，明此义理，岂特欲使文词不陋而已。义理既明，又能力行不倦，则其存诸中者，必也光明四达，何施不可？……今执笔以习研钻华采之文，务悦人者，外而已，可耻也矣！③

朱熹推赏前辈文字有气骨，特以欧公、东坡为例，认为他们能于学问上用功，充养正气，明于义理，又能力行不倦，则文字必能"光明四达"，可见雄健与气骨来自内在的修养功夫。他批评今人只是于枝叶上粉泽而已，取悦于人，徒饰外表，故而可耻。

他强调诗文之气一以贯之，对老杜、欧阳修等人的前强后弱、前健后衰，略有微词：

---

① （宋）欧阳发：《先公事迹》，《苏轼资料汇编》上编一，中华书局1994年版，第4页。
② （宋）黎靖德编：《朱子语类》卷一百三十九，第3316页。
③ 同上书，第3318—3319页。

> 杜陵此歌豪宕奇崛，诗流少及之者。顾其卒章，叹老嗟卑，则志亦陋矣。人可以不闻道哉！①

> 人老气衰，文亦衰。欧阳公作古文，力变旧习。老来照管不到，为某诗序，又四六对偶，依旧是五代文习。②

> （张耒诗）如《梁甫吟》一篇，笔力极健，如云："永安受命堪垂涕，手挈庸儿是天意"等处，说得好，但结末差弱耳。③

是知朱熹强调的"雄健""豪宕"，又与创作者的精神境界、身体状态相联系：所谓"叹老嗟卑，则志亦陋矣"；所谓"人老气衰，文亦衰"。所以，学问上用力，明辨事理，与志节的高迈、精神的饱满以及身体的强健，是产生"雄健"风格的思想文化基础与生理心理基础。朱熹指出东坡晚年文章健而不衰，正说明东坡能在备受迫害与艰辛的环境中善于自处，有"老而能学"的顽强精神，有不以穷达生死为念的高迈气节，有保持此身常健的卫生之术，这是令人感佩不已的。朱熹又称"（病翁）逮其晚岁，笔力老健，出入众作，自成一家"④。亦见其对老而能健的推重。

（四）朱熹尚雄健，认为雄健与平淡雍容兼得，才是最优秀之作

朱熹晚岁在给后学巩仲至的信中说：

> 记文甚健，说尽事理，但恐亦当更考欧、曾遗法，料简刮摩，使其清明峻洁之中，自有雍容俯仰之态，则其传当愈远，

---

① （宋）朱熹：《跋杜工部同谷七歌》，《晦庵文集》卷八十四，第3952页。
② （宋）黎靖德编：《朱子语类》卷一百三十九，第3311页。
③ （宋）黎靖德编：《朱子语类》卷一百四十，第3330页。
④ （宋）朱熹：《跋病翁先生诗》，《晦庵文集》卷八十四，第3968页。

而使人愈无遗憾矣。①

他指出巩仲至之文章虽"甚健",还应考究欧、曾"遗法",即欧的敷腴温润、曾的峻洁质朴,精心刮摩,"使其清明峻洁之中,自有雍容俯仰之态",才能传之久远,成为"无遗憾"之佳作。可知他力主将雄健与雍容熔铸一炉。所以当人们称赏渊明诗之"平淡"与太白诗之"豪放"时,朱熹独出己见,指出陶亦有"语健""豪放"的一面,李亦有"雍容""和缓"的一面:

> 问:"(韦苏州)比陶如何?"曰:"陶却是有力,但语健而意闲。隐者多是带气负性之人为之。陶欲有为而不能者也,又好名。"②

> 李太白诗不专是豪放,亦有雍容和缓底,如首篇"大雅久不作",多少和缓!陶渊明诗人皆说是平淡,据某看,他自豪放,但豪放得来不觉耳。其露出本相者是《咏荆轲》一篇。平淡底人如何说得这样言语出来!③

这两段材料多为论者引以论述陶诗的平淡中寓含豪放,其实它们最能说明朱熹本人的审美理想:这便是雄健有力与平淡雍容的统一。他还说:"欧阳公作字如其为文,外若优游,中实刚劲,惟观其深者得之。"④ 无疑,朱熹强调雄健豪放与平淡雍容两类不同风格间的相互融合相互补充,与苏轼提倡"刚健含婀娜""豪猛"

---

① (宋)朱熹:《答巩仲至》(四),《晦庵文集》卷六十四,第 3096 页。
② (宋)黎靖德编:《朱子语类》卷一百四十,第 3327 页。
③ 同上书,卷一百四十,第 3325 页。
④ (宋)朱熹:《跋欧阳文忠公帖》,《晦庵文集》卷八十一,第 3848 页。

与"淡泊"相济的美学观点颇为一致。[①] 突出地体现了他们深刻而辩证的文艺美学思想。朱熹与苏轼审美观念的一致,说明了宋代文学大家在文艺的认知与理论的建构方面取得了共识,达到了相当的高度。

二 朱熹崇尚雄健之美探因

朱熹尚"健"崇"实"的审美观产生于何时?虽然《朱子语类》中的论述无具体时地可考,但均由他的学生记于1173年(乾道九年)以后,即朱熹44岁以后;其论及"雄健"的大量书信序跋,也多写于中后期(如给巩仲至的书信及对陆游诗文的评价等)。所以可以说,朱熹愈到后来愈崇尚雄健之美(但不排除平淡之美)。这与他的学术思想的转变、政治抱负的难以实现有密切关系,也与他的个性、创作密切相关。下面从四个方面予以论述。

(一) 推崇《易》学,尊刚抑柔

《易》是一部用阴阳刚柔解释宇宙万物及其相互关系和种种变化的著作。《易》主刚健,《乾》卦《象》曰:"天行健,君子以自强不息。"朱熹于淳熙四年(1177)序定《四书集注》,之后又序定五经学著作。他极推《易》学,故尊刚而抑柔:

> 盖天地之间,有自然之理,凡阳必刚,刚必明,明则易知。凡阴必柔,柔必暗,暗则难测。故圣人作《易》,遂以阳为君子,阴为小人,其所以通幽明之故,类万物之情者,虽百

[①] 参见张惠民、张进《士气文心:苏轼的文化人格与文艺思想》第十四章,第375—381页。

第三章　朱熹与苏轼

世不能易也。予尝窃推《易》说，以观天下之人……君子小人之极既定于内，则其形于外者，虽言谈举止之微，无不发见，而况于事业文章之际，尤所谓粲然者。……此五君子（按，指诸葛亮、杜甫、颜真卿、韩愈、范仲淹），其所遭不同，所立亦异，然求其心，则皆所谓光明正大，疏畅洞达，磊磊落落，而不可掩者也。其见于功业文章，下至字画之微，盖可以望之而得其为人。①

朱熹认为，阳必刚，阳必明，阳为君子，阴为小人。君子为人，"光明正大，疏畅洞达，磊磊落落"，故君子之文，必刚健而有力。又说：

圣人作《易》以通神明之德，类万物之情……然及其推之人事而拟诸形容，则常以阳为君子，而引翼扶奖，惟恐其不盛；阴为小人，而排摈抑黜，惟恐其不衰。……且非独于《易》之说为然，盖凡自古圣贤之言，杂出于传记者，亦未有不好刚而恶柔者。若夫子所谓刚毅近仁，而又尝深以未见刚者为叹。②

朱熹由《易》之尊刚，推及人事之以阳为君子，又推及至"古圣贤之言"，以为未有不"好刚而恶柔者"。孔子亦提出"刚毅近仁"的说法，苏轼在《刚说》一文之有所阐发，朱熹作有《跋东坡刚说》，已见前述。所以，他于文章亦极推崇雄健刚劲之美，反对柔弱卑陋之文。

---

① （宋）朱熹：《王梅溪文集序》，《晦庵文集》卷七十五，第3641页。
② （宋）朱熹：《金华潘公文集序》，《晦庵文集》卷七十六，第3666页。

（二）捍卫儒学，贬斥佛老

朱熹14岁从学于胡宪、刘勉之与刘子翚，三先生都好援佛入儒，自31岁师从李侗后，便逃禅归儒，以贬斥佛、老之虚妄，维护儒学之纯正为己任。他认为，儒学与佛、老之学的根本区别就在于一为实一为空。他说："盖释氏是从空处求，吾儒是自实处见。"① 又在《戊申封事》中说，儒家"以性命为真实"，所以治心、修身、齐家、治国，事事都能立到实处，事事都有实理，所谓"无一事之非理"；而佛、老之学"以性命为空虚"，则其本末横分，中外断绝，故虽有"朗澈灵通、虚静明妙者"，而终"灭理乱伦""害于政事"②。正因这种虚妄之学盛行，而使儒学（道学）不明，士风文风都浸染偷薄浮华之习：

> 自道学不明之久，为士者狃于偷薄浮华之习，而诈欺巧伪之奸作焉。③

要纠正偷薄浮华之习，朱熹以为必复兴道学，使文道合一，"即文以讲道，则文与道两得而一以贯之"④，文既能表现道，则内容充实，有益于世道人心。所以朱熹的尚健崇实反对浮华，是与捍卫儒学复兴道学相联系的。

---

① （宋）朱熹：《答吕子约》，《晦庵文集》卷四十八，第2217页。
② （宋）朱熹：《戊申封事》，《晦庵文集》卷十一，第589—614页。
③ （宋）朱熹：《己丑与汪尚书》，《晦庵文集》卷二十四，第1096页。
④ （宋）朱熹：《与汪尚书》，《晦庵文集》卷三十，第1305页。

（三）振作士气，志在恢复

朱熹所处的时代正当金人入主中原，朝廷偏安一隅。"战"与"和"一直是朝野争议的焦点。朱熹主战，力主恢复疆土。他说："恢复一事，以今事力，固难妄动，然此意则不可忘。"① 又说："须知自治之心不可一日忘，而复仇之义不可一日缓，乃可与语今世之务矣。"② 而要完成抗金复国之大业，必得以宏阔之文字与雄健之议论端正文风振作士气。他不无感慨地说：

> 前辈文字规模宏阔，论议雄伟，不为脂韦妩媚之态，其风气习俗盖如此。故宣和之后，建、绍继起，危乱虽极，而士气不衰，观曾公之文，亦可以见其仿佛矣。近岁以来，能言之士例以容冶调笑为工，无复丈夫之气，识者盖深忧之，而不能有以正也。③

在这里，他为前辈议论雄伟士气不衰而感喟，亦为近岁容冶调笑、士气不振而深忧。在他看来，南渡以来是一个气衰的时代，所以造成文风的萎靡纤弱，诗风的险怪华巧。因此他疾呼："士孰不材？病气与节。"④ 故而，他对有气节、为文"豪健峻整"的"豪吴"（吴芾）深表赞扬（同上），尤其与一心抗金救国、气概豪迈的辛弃疾、陆游关系甚洽。在朱熹入侍经筵46日而被逐出朝后的庆元党禁时期，他满怀悲愤，深感要有一种高迈雄健之文来支撑道学激

---

① （宋）朱熹：《答李诚父书》，《晦庵文集》卷二十八，第1127页。
② （宋）朱熹：《答张敬夫书》，《晦庵文集》卷二十五，第1110页。
③ （宋）朱熹：《跋曾仲恭文》，《晦庵文集》卷八十三，第3917页。
④ （宋）朱熹：《龙图阁直学士吴公神道碑》，《晦庵文集》卷八十八，第4115页。

励士气，故十分渴望得到陆游的文字。他在给巩仲至的信中说："放翁久不得书，欲往从觅一文字，所系颇重，又恐贱迹累其升腾，未敢启口也。"① 庆元六年（1200）陆游果应朱熹之请，作《方德亨诗集序》，文中有"德亨晚愈不遭，而气愈全，观其诗，可知其所养也"之句，颂扬了方氏处忧患而犹能存养不改的迈世气节。② 未几，朱熹病逝，辛弃疾、陆游皆以健笔雄文哭奠这位力挽士气、志在恢复的文坛盟主。

（四）刚直朴质，道学性格

朱熹自谓"狂狷朴愚"③ "性本疏拙"④，宰相留正说他"性刚"⑤，吏部郎中杨万里称他"学传二程，才雄一世，虽赋性近于狷介，临事过于果锐，若处以儒学之官，涵养成就，必为异才"⑥。《朱子大传》则称他为"道学性格"。正是这种性格，使他自具一种刚介之气朴质之风。他曾将自己与吕祖谦作一比较："大抵伯恭天资温厚，故其论平恕委曲之意多；而熹之质失之暴悍，故凡所论皆有奋发直前之气。"⑦ 在《跋米元章帖》中，称赞米芾之书法"如天马脱衔，追风逐电，虽不可范以驰驱之节，要自不妨痛快"⑧，道出了朱熹叹赏痛快淋漓超逸奔放的自由创造精神。朱熹尚豪宕求质实，也体现在他的诗歌创作追求中。他在《斋居感兴二十首》序中说，

---

① （宋）朱熹：《答巩仲至》（十八），《晦庵文集》卷六十四，第3110页。
② （宋）陆游：《方德亨诗集序》，《陆游集·渭南文集》卷十四，第2104页。
③ （宋）朱熹：《与陈丞相书己丑》，《晦庵文集》卷二十四，第1095页。
④ （宋）朱熹：《与袁寺丞书》，《晦庵文集》卷二十六，第1142页。
⑤ （元）脱脱等：《宋史》卷四百二十九《朱熹传》，第12763页。
⑥ （宋）杨万里：《淳熙荐士录》，《杨万里集笺校》卷一百一十三，第4301页。
⑦ （宋）朱熹：《答吕伯恭》，《晦庵文集》卷三十三，第1423页。
⑧ （宋）朱熹：《跋米元章帖》，《晦庵文集》卷八十二，第3870页。

读陈子昂《感遇》诗,"爱其词旨幽邃,音节豪宕,非当世词人所及",① 他喜欢朋友的诗句显露雄姿:"君诗高处古无师,岛瘦郊寒讵足差?缚得狞龙并寄我,句中仍喜见雄姿。"② 朱熹自己的诗也挟带着一股雄健豪迈之气。如:

醉下祝融峰作

我来万里驾长风,绝壑层云许荡胸。

浊酒三杯豪气发,朗吟飞下祝融峰。③

壬子三月二十七日闻迅雷有感

谁将神斧破顽阴?地裂山开鬼失林。

我愿君王法天造,早施雄断答群心。④

前首"驾长风""豪气发""飞下"等语,生动地展示了朱子豪气奋发的精神风貌;后首写于壬子年(1192),63岁的朱熹以"神斧""地裂山开"为喻,呼吁君王早施雄断,为南宋开辟一个新的局面。两诗豪迈雄健,是其性格的真实显现。

三　朱熹崇尚雄健的意义与影响

在朱熹之前,不乏以"雄健"论文者,如:杜甫云:"庾信文章老更成,凌云健笔意纵横"(《戏为六绝句》);白居易云:"为文甚正,立意甚明,笔力雄健,不浮不鄙"(《冯宿除兵部郎中知制诰

---

① (宋)朱熹:《斋居感兴二十首》,《晦庵文集》卷四,第360页。
② (宋)朱熹:《次韵谢刘仲行惠笋二首》其二,《晦庵文集》卷四,第354页。
③ (宋)朱熹:《晦庵文集》卷五,第386页。
④ (宋)朱熹:《晦庵文集》卷六,第457页。

制》);苏轼称徐州州学教授何去非"文章议论,实有过人;笔势雄健,得秦汉间风力"①。又以"刚健""豪猛"论诗文。而频繁使用"雄健"(或"健")一词,并以此作为审美理想和批评标准的文论家当属朱熹。

朱熹以"雄健"为审美标准,评述了先秦两汉三国两晋及唐宋诗文,特别是他对战国文、西汉文及唐宋韩、欧、曾、三苏文所作的评价,对陶潜诗、李杜诗、陆游诗等所作的评价,揭橥了其美学品格与审美价值,奠定了它们在文学史上的地位,对后世推崇秦汉文与唐宋文,推崇陶、李、杜、陆诗,其影响不可低估。但朱熹在诗文批评以及在论述诗文发展史时,过于尚健崇实,以"文气衰弱"而贬低汉末至五代的"属对文字",也有忽略文学自身审美性质的倾向,有失允当。这也是理学文论家的通病。

朱熹崇尚笔力雄健,对南宋金元文学批评产生了直接影响。例如,陆游论诗云:"公诗信豪伟,笔力追李杜"②;"照人眉宇寒巉巉,悬知笔有千钧力……区区圆美非绝伦,弹丸之评方误人"③;"欧、尹追还六籍醇,先生诗律擅雄浑"④。论文云:"汉之文章,犹有六经余味,及建武中兴,礼乐法度,粲然如西京时,惟文章顿衰。班孟坚已不能望太史公之淳深,崔蔡晚出,遂堕卑弱,识者累欷而已。我宋更靖康祸变之后,高皇帝受命中兴,虽艰难颠沛,文章独不少衰。……视中原盛时,皆略可无愧,可谓盛矣。久而寖微。或

---

① (宋)苏轼:《进何去非备论状》,《苏轼文集》卷三十一,第896页。
② (宋)陆游:《夜读岑嘉州诗集》,《陆游集·剑南诗稿》卷四,中华书局1976年版,第105页。
③ (宋)陆游:《答郑虞任检法见赠》,《陆游集·剑南诗稿》卷十六,第458页。
④ (宋)陆游:《读宛陵先生诗》,《陆游集·剑南诗稿》卷十八,第545页。

以纤巧摘裂为文，或以卑陋俚俗为诗，后生或为之变而不自知。"① 以上所论，崇尚笔力雄豪，尤其是对汉代文章与宋代文章的发展所作的论断，与朱熹的声口何其相似乃尔！朱熹之同党周必大评王洋之文曰："挟之以刚大之气，行之乎忠信之途。仕可屈，身不可屈；食可馁，道不可馁。如是者积有年，浩浩乎胸中，滔滔乎笔端矣。"② 其文字议论有类韩愈，而尚刚大之气，则同乎朱熹。朱熹的再传弟子真德秀称朱熹之友楼钥有"立朝事君之大节"，其文"词气雄浑、笔力雅健"，学士大夫读之，必曰"楼公之文也""其力量气魄可与全盛时先贤并驱"③。刘克庄崇拜朱熹，认为文学"大家数"必有"大气魄""大力量"④，他称誉辛弃疾"著节本朝""文墨议论尤英伟磊落""笔势浩荡"，其词"横绝六合，扫空万古，自有苍生以来所无"⑤。戴复古有诗云："曾向吟边问古人，诗家气象贵雄浑""意匠如神变化生，笔端有力任纵横。"⑥ 此外，陈亮、魏了翁、元好问等，也都崇尚雄浑雄健之气，或有类似议论，或有雄豪风格之作品传世。南宋金元士人普遍重气节，图恢复，故朱熹尚"雄健"之审美观得到较为广泛的响应，同时他们对豪放旷达的苏轼词与元气淋漓的苏轼诗文也多褒扬与效仿。明清之际，社会、经济、

---

① （宋）陆游：《陈长翁文集序》，《陆游集·渭南文集》卷十五，第2117页。
② （宋）周必大：《王元勃洋右史集序》，《文忠集》卷二十，四库全书本第1147册，第210页。
③ （宋）真德秀：《攻愧先生楼公集序》，《西山文集》卷二十七，四库全书本第1174册，第428页。
④ （宋）刘克庄：《跋陈秘书集句诗》，《后村先生大全集》卷一百丹九，四川大学出版社2008年版，第2822页。
⑤ （宋）刘克庄：《辛稼轩集序》，《后村先生大全集》卷九十八，第2521页。
⑥ （宋）戴复古：《昭武太守王子文日与李贾严羽共观前辈一两家诗及晚唐诗因有论诗十绝子文见之谓无甚高论亦可作诗家小学须知》其三、其四，《石屏诗集》卷六，四库全书本。

学术、士风及趣尚均发生了较大变化，诗文批评虽提倡学秦汉文、唐宋文和盛唐诗，但往往多注重"义法""性灵""神韵"。清沈德潜《说诗晬语》说："司空表圣云：'不著一字，尽得风流。''采采流水，蓬蓬远春。'严沧浪云：'羚羊挂角，无迹可求。'苏东坡云：'空山无人，水流花开。'王阮亭本此数语，定《唐贤三昧集》。木玄虚云'浮天无岸'，杜少陵云'鲸鱼碧海'，韩昌黎云'巨刃摩天'，惜无人本此定诗。"① 笔力雄健之诗文既不被人看重，以致有识之士呼吁："夫文之衰，至今极矣，有志者起而振之！"② 但此时已非彼时，朱熹尚健崇实的美学精神，至此偶有回应，业已成为空谷足音。

---

① （清）沈德潜：《说诗晬语》卷下，霍松林校注，人民文学出版社1979年版，第255—256页。

② （清）程廷祚：《复家鱼门论古文书》，郭绍虞主编《中国古代文论》第三册，第427页。

第四章　严羽与苏轼

严羽的《沧浪诗话》以其独特的理论建树，成为有宋一代最负盛名、对后世影响最大的一部诗话著作。然因严羽一生未仕，史传中缺乏他的生平记载。南宋末年，同郡李南叔收其存稿集成《沧浪吟卷》，请同郡黄公绍为该集作序。序中对严羽有简略的载述：

> 沧浪名羽，字丹丘，一字仪卿，粹温中有奇气。尝问学于克堂包公，为诗宗盛唐，自《风》《骚》而下讲究精到。石屏戴复古深所推敬。自号沧浪逋客。江湖诗友目为"三严"，与参、仁同时，皆家莒溪之上。[1]

文中交代了严羽的姓名字号、居处、性情、学问、交谊等，然生卒年不详。根据有关学者的研究，严羽约生于宋光宗绍熙三年

---

[1] （元）黄公绍：《沧浪吟卷序》，陈定玉辑校《严羽集·附录序跋》，中州古籍出版社1997年版，第429页。

（1192），卒于理宗淳祐年间（约 1246 前后）。① 严羽青年时期离开家乡，到江西南城的包扬（号克堂）门下求学，而包扬曾先后求学于陆九渊和朱熹门下。严羽又与比他年长 20 多岁的江湖派诗人戴复古（1167—约 1248，号石屏）十分交好。戴有诗云："前年得严粲，今年得严羽。我自得二严，牛铎谐钟吕。……羽也天姿高，不肯事科举。风雅与骚些，历历在肺腑。持论伤太高，与世或龃龉。长歌激古风，自立一门户。二严我所敬，二严亦我与。"② 严羽亦有"不见石屏老，相思问客船"之诗句。③《福建通志》言其"少时隐莒溪，后避地江楚"。④ 光绪年间同郡朱霞撰《严羽传》，又有补充，言其"先世居华阴，五代时远祖闽远使者随王潮入闽""群从九人，俱能诗，时称九严，先生其一也"。称引严羽《诗话》所论，谓"种种诣极，至今谈诗者尚焉"，又称引严羽"飘零忧国杜陵老，感遇伤时陈子昂"诗句，谓"先生之在当时，矫然鹤立鸡群矣"。⑤

由以上文献看，严羽天资甚高，有极高的学术造诣，但身处宋末乱世，不肯事科举，而隐居避地，伤时忧国，是一个颇重气节的人。严羽求学于包恢之父包扬，包扬受朱熹"启诲最多"⑥，这自然

---

① 参见张少康、刘三富《中国文学理论发展史》（下），北京大学出版社 1995 年版，第 101 页。又，陈一琴《严羽生平思想初探》一文提出，"严羽当生于光宗绍熙三年（1192）"，"严羽当卒于理宗嘉熙三年（1239）前后，终年未及五十岁"。（《福建师范大学学报》（哲学社会科学版）1982 年第 4 期）

② （宋）戴复古：《祝二严》，《石屏诗集》卷一，四库全书本第 1165 册，第 561 页。

③ 严羽《天末遇周子俊自行在还言石屏消息》诗："不见石屏老，相思问客船。长沙闻近别，行在定虚传。兵革来书断，江湖望眼穿。他时同话此，把臂喜应颠。"（《沧浪吟卷》卷一，陈定玉辑校《严羽集》，第 75 页）

④ 清修《福建通志》总卷三十九，引自陈定玉辑校《严羽集·附录传记》，第 428 页。

⑤ （清）朱霞：《严羽传》，引自陈定玉辑校《严羽集·附录传记》，第 426 页。

⑥ 包恢《跋晦翁先生帖》："我先君从文公学四十有余年，受其启诲最多且久。"（《敝帚稿略》卷五，四库全书本第 1178 册，第 758 页）

会对包恢与严羽这对"师兄弟"有着潜移默化的影响。严羽的性格"粹温中有奇气",这很有点儿像朱熹。朱熹对苏轼的接受是"前抑后扬",戴复古则是仰慕苏轼,推重苏、黄诗。① 那么,严羽的"苏轼接受"会是怎样的?严羽在《沧浪诗话》中严厉批评过以苏、黄为代表的宋诗,而实际的接受又是怎样的一种情况?这种接受在文学史上具有何种影响何种意义?将是本章要讨论的问题。

第一节 严羽对苏轼的接受态度

要论严羽的苏轼接受,不得不先提张戒、朱熹对苏、黄诗的批评。

一 张戒、朱熹对苏、黄诗的批评

元祐以来,苏、黄诗体风靡一时,学者纷纷追随仿效,而流弊也日益显著,引起不少人的批评。反映在诗论上,最引人注目的,当数张戒的《岁寒堂诗话》。

张戒,字定复,生卒年不详,河东绛州正平(今山西新绛)人。宣和六年(1124)进士。绍兴五年(1135)赵鼎推荐入朝,曾为殿

---

① 戴复古《题梅岭云封四绝》诗云:"南迁过岭面无惭,前有东坡后澹庵。儿辈欲知当日事,青山解语水能谈。"(《石屏诗集》卷六,四库全书本第1165册,第656页)又《和山谷上东坡古风二首见一朝士今取一篇》:"公诗妙一世,风雅见根蒂。比兴千万篇,已作不朽计。穷达虽不同,嗜好乃相似。"(《石屏诗集》卷一,四库全书本第1165册,第554页)

中侍御史、司农少卿等职。绍兴八年（1138）十月，改外任。十二年（1142），因不满秦桧，与赵鼎、岳飞等人反对与金人议和，被革职。大概卒于绍兴二十七年（1157）以后。

张戒继承并发展了古代儒家的"诗言志"说，认为"言志乃诗人之本意，咏物特诗人之余事"，建安、陶、阮以前诗专以言志，"其情真，其味长，其气胜"，而咏物之工，卓然天成。潘陆以后，专意咏物，"雕镌刻镂之工日以增，而诗人之本旨扫地尽矣"。故他推重阮籍诗"专以意胜"，陶渊明诗"专以味胜"，曹植诗"专以韵胜"，杜甫诗"专以气胜"[1]，而对苏、黄诗，则予以尖锐的批评。主要有以下五条：

> 诗以用事为博，始于颜光禄，而极于杜子美。以押韵为工，始于韩退之，而极于苏、黄。然诗者志之所之也，情动于中而形于言，岂专意于咏物哉！子建"明月照高楼，流光正徘徊"……渊明"狗吠深巷中，鸡鸣桑树巅"……后人所谓含不尽之意者此也，用事押韵何足道哉！……苏、黄用事押韵之工，至矣，尽矣，然究其实，乃诗人中一害。使后生只知用事押韵之为诗，而不知咏物之为工，言志之为本也。风雅自此扫地矣。[2]

> 《国风》《离骚》固不论，自汉魏以来，诗妙于子建，成于李杜，而坏于苏黄。余之此论，固未易为俗人言也。子瞻以议论作诗，鲁直又专以补缀奇字，学者未得其所长，而先得其所短，诗人之意扫地矣。……苏黄习气净尽，始可以论唐人诗，

---

[1] （宋）张戒：《岁寒堂诗话》卷上，丁福保辑《历代诗话续编》，中华书局1983年版，第450页。
[2] 同上书，第452页。

唐人声律习气净尽，始可以论六朝诗，镌刻之习气净尽，始可以论曹刘李杜诗。①

近世苏、黄亦喜用俗语，然时用之亦颇安排勉强，不能如子美胸襟流出也。子美之诗，颜鲁公之书，雄姿杰出，千古独步，可仰而不可及耳。②

王介甫只知巧语之为诗而不知拙语亦诗也。山谷只知奇语之为诗而不知常语亦诗也。欧阳公诗专以快意为主，苏端明诗专以刻意为工。……惟杜子美则不然。在山林则山林，在廊庙则廊庙，遇巧则巧，遇拙则拙，遇奇则奇，遇俗则俗，或放或收，或新或旧，一切物，一切事，一切意，无非诗者。故曰吟多意有余。又曰诗尽人间兴。诚哉是言。③

孔子删诗，取其思无邪者而已。自建安七子、六朝、有唐及近世诸人，思无邪者，惟陶渊明、杜子美耳，余皆不免落邪思也。六朝颜、鲍、徐、庾，唐李义山，国朝黄鲁直，乃邪思之尤者。鲁直虽不多说妇人，然其韵度矜持，冶容太甚，读之足以荡人心魄，此正所谓邪思也。鲁直专学子美，然子美诗读之，使人凛然兴起，肃然生敬。《诗序》所谓"经夫妇，成孝敬，厚人伦，美教化，移风俗"者也，岂可与鲁直诗同年而语耶？④

第一条指摘苏、黄诗专以"用事押韵"为工，"乃诗人中一

---

① （宋）张戒：《岁寒堂诗话》卷上，丁福保辑《历代诗话续编》，中华书局1983年版，第455页。
② 同上书，第451页。
③ 同上书，第464页。
④ 同上书，第465页。

害";第二条指摘苏、黄诗专以"议论缀奇"为高,形成了"苏黄习气",带坏了诗风;第三条指摘苏、黄诗"喜用俗语",而"安排勉强";第四条指摘苏、黄诗"刻意为工",不如杜诗那样随其自然,皆胸中流出;第五条指摘苏、黄诗含有邪思,黄乃"邪思之尤者",苏亦属于"不免落邪思"者也。总之,认为苏、黄诗丢失了风雅比兴的优良传统,刻意求工、求奇,缺少诗歌所蕴含的不尽之意,也有失诗歌应有的雅正情思,涉及诗歌的创作方法、表达分寸及思想内容等。结论是:"诗妙于子建,成于李杜,而坏于苏黄。"张戒曾"以论事切直为高宗所知""亦鲠亮之士也"①,他对苏、黄诗的批评,多切中要害,亦不免过激。

张戒之后,朱熹对苏轼其人、其学、其文,发表过激烈的批评。他批评苏轼诗文"词意矜豪谲诡"②"东坡晚年诗固好,只是文字也多是信笔胡说,全不看道理"③。东坡和陶诗"乃欲篇篇句句依韵而和之,虽其高才,合凑得着,似不费力,然已失其自然之趣矣"④。"苏、黄只是今人诗。苏才豪,然一滚说尽无余意。黄费安排。"⑤评山谷诗说:"精绝!知他用多少工夫!今人卒乍如何及得?可谓巧好无余,自成一家矣。但只是个诗较自在,山谷则刻意为之。"⑥ 这些批评,与张戒的意思颇为吻合,只是未直指苏、黄"议论、用事、押韵"等。张戒提出古今诗为五等:"国朝诸人诗为一等,唐人诗为

---

① (清)永瑢等:《四库全书总目》卷一百九十五《岁寒堂诗话提要》,中华书局1984年版,第1784页。
② (宋)朱熹:《答程允夫》,《晦庵文集》卷四十一,第1864页。
③ (宋)黎靖德编:《朱子语类》卷一百四十,第3326页。
④ (宋)朱熹:《答谢成之》,《晦庵文集》卷五十八,第2755页。
⑤ (宋)黎靖德编:《朱子语类》卷一百四十,第3324页。
⑥ 同上书,第3329页。

一等，六朝诗为一等，陶阮、建安七子、两汉为一等，风、骚为一等。学者须以次参究，盈科而后进可也。"① 朱熹亦提出诗有三变："古今之诗，凡有三变。盖自书传所记，虞夏以来，下及魏晋，自为一等。自晋宋间颜、谢以后，下及唐初，自为一等。自沈、宋以后，定著律诗，下及今日，又为一等。……至律诗出，而后诗之与法，始皆大变。以至今日，益巧益密，而无复古人之风矣。"② 他和张戒的眼光尤为一致，皆以为后不如前，今不如古。这些观点直接影响了严羽。

二　严羽对苏、黄的批评与接受

严羽论苏、黄诗，承接张戒、朱熹而来，又有所不同。其一，张戒、朱熹对苏、黄诗的批评，主要以儒家诗论为立论基础；严羽则既受儒家思想的影响，又借禅宗思想喻诗评诗。乾隆皇帝为严羽《沧浪集》题诗云："言志曾闻舜典宣，尔时谁识所为禅。假禅宗以定诗品，混儒释兼紊后先。"③ 对严羽论诗混淆儒、释之先后而以禅定诗品提出批评。其二，张戒对苏、黄诗大加批伐，朱熹是"前抑后扬"，严羽则有批评，有认可，有赞同，具有多面性的特征。

严羽《沧浪诗话》包括"诗辨""诗体""诗法""诗评""考证"五个部分。"诗辨"是其得意之笔。严羽自称："仆之《诗辨》，乃断千百年公案，诚惊世绝俗之谈，至当归一之论。"④ 其宗旨是辨

---

① （宋）张戒：《岁寒堂诗话》卷上，《历代诗话续编》本，第451页。
② （宋）朱熹：《答巩仲至》（四），《晦庵文集》卷六十四，第3095页。
③ 《御制题严羽沧浪集》，严羽《沧浪集》卷首，四库全书本第1179册，第27页。
④ 严羽：《答出继叔临安吴景仙书》（以下简称《答吴景仙书》），《沧浪诗话》附录，郭绍虞《沧浪诗话校释》，人民文学出版社1962年版，第234页。（以下引《沧浪诗话》文字均据此版本）

白是非，确立典范，推崇"汉魏晋盛唐之诗"，倡导走学习这一"正体"的"正路"，力批苏、黄及江西诗派在创作上的弊病，纠正"永嘉四灵"、江湖诗人以学晚唐为正宗的谬见。严羽在"诗辨"中有几个关键词："妙悟""别材""别趣""兴趣"。严羽认为，诗禅相通，唯在妙悟；唯悟，才能写出当行本色之诗。盛唐诗人的长处就在于"妙悟"。严羽强调作诗要有"别材""别趣"，也就是另具一种才分、才气，另具一种天趣、兴趣，不是靠读书说理就能作出好诗来。严羽认为，盛唐诗歌的妙处就在于"兴趣"。他用"羚羊挂角，无迹可求""透彻玲珑，不可凑泊""空中之音，相中之色，水中之月，镜中之象"，来比喻盛唐诗歌情景交融、浑化无迹、含蓄空灵、韵味隽永的兴趣所在。此前唐人已有"兴寄""兴象"之说，严羽以"兴趣"来概括盛唐诗的审美特征，比之于"兴寄"说，并不十分强调诗歌的寄托讽喻之意，比之于"兴象"说，更注重诗歌具有的情趣韵味。这是基于严羽对诗歌"吟咏情性"本质的认知，和对诗歌思维方式及审美质素的把握。严羽还提出"兴致"与"意兴"二词，与"兴趣"意思基本一致：

  诗有词理意兴。南朝人尚词，而病于理；本朝人尚理，而病于意兴；唐人尚意兴，而理在其中。汉魏之诗，词理意兴，无迹可求。(《诗评》)

  词、理、意兴三者，分别代表着语言、思想与形象情感。严羽认为，南朝诗尚辞采，而诗中阐发的义理不足；宋朝人尚说理，而缺少具体生动的形象，缺少审美情趣。可见，严羽并不反对说理，只是"理"要与"意兴"相谐，自然融入诗中。唐人诗尚意兴而理在其中，具有兴发感动之质素，正是严羽诗美理想的体现。所以他说："唐人好诗，多是征戍、迁谪、行旅、离别之作，往往能感动激发人意。"（"诗评"）严羽对唐诗尤其是盛唐诗歌审美特征的论断，深受宗唐一派的推赏。例如，明人都穆说："作诗难，论诗尤难。古人之论诗者多矣，然皆泛略不同，鲜有定识。求其精切简妙，不袭故常，足以指南后学，如《沧浪先生吟卷》者，岂非诗家之至宝乎？先生之言曰：……盛唐诸人专主意兴而理在其中，故其诗如空中之音，水中之月，镜中之象，言有尽而意无穷也。美哉论乎！"[1]

严羽还提出"诗之法有五""诗之品有九"等，是严羽论诗之纲目。[2]《诗辨》着重论"五法"之兴趣，其余体制、格力、气象、音节以及"九品"之雄浑、飘逸、悲壮等，分述于"诗体""诗法""诗评""考证"诸篇中。总体来看，严羽重视辨别体制，推崇兴趣隽永、气象浑厚、格力高大、音节响亮的盛唐诗。基于这样的审美标准，严羽对苏轼及苏、黄诗的接受态度，大致表现为以下三个方面。

（一）对苏、黄诗的尖锐批评

严羽对苏、黄诗的尖锐批评主要有以下三点。

1. 以文字为诗，以才学为诗，以议论为诗

严羽说：

---

[1] 都穆序，引自陈定玉辑校《严羽集》，第433页。
[2] 严羽《诗辨》："诗之法有五：曰体制，曰格力，曰气象，曰兴趣，曰音节"；"诗之品有九：曰高，曰古，曰深，曰远，曰长，曰雄浑，曰飘逸，曰悲壮，曰凄婉。"（《沧浪诗话校释》，第5—6页）

近代诸公乃作奇特解会，遂以文字为诗，以才学为诗，以议论为诗。夫岂不工，终非古人之诗也，盖于一唱三叹之音有所歉焉。且其作多务使事，不问兴致，用字必有来历，押韵必有出处，读之反覆，终篇不知着到何在。其末流甚者叫嚣怒张，殊乖忠厚之风，殆以骂詈为诗。诗而至此，可谓一厄也。①

他批评宋代诸公"以文字为诗，以才学为诗，以议论为诗"，不能说不"工"，但缺乏一唱三叹之音，已不是古人之诗的审美感觉。又批评其诗"多务使事""用字必有来历，押韵必有出处"，这些显然都针对苏、黄，而不止苏、黄。因为之前张戒已批评苏、黄诗偏好议论、用事、押韵，刻意为工，诗中缺少不尽之意。严羽的批评大致本于此。严羽讥宋人之诗"不问兴致"，即不关注诗的形象、情趣、兴味等关乎审美意蕴的根本问题，而是好逞才学，好发议论，讲究用事、用字和押韵等文字表达问题。"其末流甚者，叫嚣怒张，殊乖忠厚之风，殆以骂詈为诗"，更有违于温柔敦厚之诗教。这个"末流甚者"是否指江西宗派？但此派中好像没有哪个诗人以"叫嚣怒张"为人诟病。"程门四大弟子"之一的杨时说："观苏东坡诗，只是讥诮朝廷，殊无温柔敦厚之气。"② 又说："子瞻诗多于讥玩，殊无恻怛爱君之意。"③ 似可为此作注。黄庭坚也说过东坡文章"好骂"。严羽疾呼"诗而至此，可谓一厄也"，这与张戒批评苏、黄诗"乃诗人中一害""风雅自此扫地矣"，口吻一致。但张戒的批评直接、激烈，而严羽则作不点名的批评，并且把这种批评推及

---

① （宋）严羽：《诗辨》，《沧浪诗话校释》，第24页。
② （宋）杨时：《语录》，《龟山集》卷十，四库全书本第1125册，第204页。
③ 同上书，第191页。

"宋代诸公",对宋诗基本予以否定。

2."自出己意以为诗,唐人之风变矣"

严羽说:

> 然则近代之诗无取乎?曰有之。吾取其合于古人者而已。国初之诗尚沿袭唐人,王黄州学白乐天,杨文公、刘中山学李商隐,盛文肃学韦苏州,欧阳公学韩退之古诗,梅圣俞学唐人平淡处,至东坡、山谷始自出己意以为诗(按,《诗人玉屑》本作"自出己法以为诗"),唐人之风变矣。山谷用工尤为深刻,其后法席盛行,海内称为"江西宗派"。近世赵紫芝、翁灵舒辈,独喜贾岛、姚合之诗,稍稍复就清苦之风,江湖诗人多效其体,一时自谓之唐宗……则学者谓唐诗诚止于是耳,得非诗道之重不幸耶![1]

严羽声称他于宋人诗并非"无取",而只"取其合于古人者",北宋以来学习唐诗风格的诗人如王禹偁、杨亿、盛度、欧阳修、梅尧臣等皆为可取者,而对苏、黄诗的自出己意、改变唐风,表示出不满。在他看来,黄刻意用工,补缀求奇,"法统"盛行,形成了江西宗派,其流弊甚多,已是一厄;而诗至"永嘉四灵"(徐照、徐玑、翁卷、赵师秀)及江湖诗人,为矫正"江西"之弊,倾心于学晚唐,而不知盛唐之为唐宗,乃"诗道之重不幸耶"!由此观之,宋诗之"厄"与"不幸",苏、黄乃始作俑者。

3. 苏、黄诗与盛唐诗"气象不同"

严羽认为,苏、黄诗与盛唐诗的一大区别是"气象不同"。他

---

[1] (宋)严羽:《诗辨》,《沧浪诗话校释》,第24页。

说："唐人与本朝诗，未论工拙，直是气象不同。"(《诗评》)他在《答吴景仙书》中，批评吴氏用"雄深雅健"四字评盛唐之诗，不若用"雄浑悲壮"之语为得体。接着将苏、黄诗与盛唐诗作一比较，说：

> 坡谷诸公之诗，如米元章之字，虽笔力劲健，终有子路事夫子时气象。盛唐诸公之诗，如颜鲁公书，既笔力雄壮，又气象浑厚，其不同如此。①

这里的"子路事夫子时气象"，出自《论语·先进》："闵子侍侧，訚訚如也（恭敬而正直的样子）；子路，行行如也（刚强的样子）；冉有、子贡侃侃如也（温和而快乐的样子）。子乐。'若由也，不得其死然'（怕得不到好死）。"② 在严羽看来，米芾字的劲健与子路式的刚强，是外露的，而颜真卿书法的雄壮，则是浑然厚重不露锋芒的。就"笔力"讲，"劲健"与"雄壮"都是富有力量的，属刚健一类。就"气象"讲，刚强外露，不及浑然厚重，故苏、黄诗的"笔力劲健"，不及盛唐诸公诗的"气象浑厚"。严羽说的"气象"，相当于今人说的风格，是作品整体呈现的一种美学风貌。宋人中黄庭坚较早用到这个词："文章盖自建安以来，好作奇语，故其气象衰薾，其病至今犹在。"③ 所谓"气象衰薾"，指整体风格衰弱不振，不够劲健有力。严羽对米芾字的评价，亦本自黄庭坚《跋米元章书》：

> 余尝评米元章书如快剑斫阵，强弩射千里，所当穿彻。书

---

① （宋）严羽：《答吴景仙书》，《沧浪诗话校释》，第 48 页。
② 仲由：(前 542—前 480)，字子路，《史记·仲尼弟子列传》载，"子路性鄙，好勇力，志伉直"，后为卫大夫孔悝之邑宰，在内讧中被杀。之前孔子的担忧得到验证。
③ （宋）黄庭坚：《与王观复书》，《黄庭坚全集·宋黄文节公全集·正集》卷十八，第 471 页。

家笔势亦穷于此。然似仲由未见孔子时风气耳。①

黄庭坚评米芾书法如快剑、如强弩，极具穿透力，然似子路未见孔子时风气。《二程遗书》中说："子路未见圣人时乃暴悍之人，虽学至于升堂，终有不和处。"② 总归子路的个性是好勇、刚直，锋芒外露，故黄庭坚用以评米芾书法的刚健外露，不意被严羽拿来评苏、黄诗。清代袁枚《随园诗话》说："诗家百体，严沧浪诗话，胪列最详，谓东坡、山谷诗，如子路见夫子，终有行行之气，此语解颐。……然李杜韩苏四大家，惟李杜刚柔参半，韩苏纯刚，白香山刚纯乎柔矣。"③ 显然认同严羽的说法。元四大画家之一的倪瓒亦借用了严羽的说法："蔡公书法真有唐人风，粹然如琢玉，米老虽追踪晋人绝轨，其气象怒张，如子路未见夫子时，难与比伦也。"④ 认为米芾书的"气象怒张"难比蔡襄书的"唐人之风"，看来宋人的纯刚外露，不及唐人的刚柔相济，是被后人接受的。

严羽对苏、黄诗的批评，核心的问题是"终非古人之诗也"，即苏、黄诗在表现方式、表达分寸及总体风格（"气象"）上，都不同于古人诗了，"唐人之风变矣"！严羽不能接受的是这个"变"。因为它超越了他"熟识的先在的审美经验"，⑤ 与他的审美期待有较大距离。入宋以来，关于诗文的"常"与"变"，已成为宋人关注的

---

① （宋）黄庭坚：《跋米元章书》，《黄庭坚全集·宋黄文节公全集·正集》卷二十六，第686页。
② （宋）程颢、程颐：《二程遗书》卷二十二上《伊川先生语八上》，上海古籍出版社2000年版，第333页。
③ （清）袁枚：《随园诗话·补遗》卷三，人民文学出版社1998年版，第629页。
④ （元）倪瓒：《清闷阁全集》卷九，四库全书本第1220册，第299页。
⑤ ［德］姚斯：《走向接受美学》，《接受美学与接受理论》，辽宁人民出版社1987年版，第31页。

一大话题。北宋的田锡、柳开、穆修、范仲淹、欧阳修、苏轼、黄庭坚、张耒，南宋的杨万里、周必大、陆九渊、陈岩肖等，都充分肯定了唐诗文与宋诗文的发展演变。① 而严羽承袭了张戒与朱熹的观点，极推崇汉魏晋盛唐诗，认为"变唐""不合古人"，非"正路"，表现出明显的复古倾向。

(二) 对苏、黄诗体地位的承认

严羽认为苏、黄诗不及盛唐诗，然而他又不得不承认苏、黄诗在宋代诗坛上的代表地位。

严羽在《诗体》一节中，列出了汉魏至本朝的若干种诗体，就宋代而言，无论是以时而论，还是以人而论，苏、黄树立的诗体，皆占据重要位置。他指出：

> 以时而论，则有建安体……晚唐体、本朝体（通前后而言之）、元祐体（苏黄陈诸公）、江西宗派体（山谷为之宗）。②

> 以人而论：则有苏李体……杜荀鹤体、东坡体、山谷体、后山体、王荆公体（公绝句最高，其得意处高出苏、黄、陈之上，而与唐人尚隔一关）、邵康节体、陈简斋体、杨诚斋体。③

在"以时而论"中，宋朝被列入的有三体。其中"本朝体"通指宋人体，而另二体"元祐体""江西宗派体"，都是以苏、黄诗为中心的诗体流派。在"以人而论"中，宋朝被列入七体，以东坡体、山谷体打头，也就是说，在苏、黄之前的诗人包括王禹偁、杨亿、

---

① 参见本书第七章《宋人文论二题》第一节。
② （宋）严羽：《诗体》，《沧浪诗话校释》，第235—236页。
③ （宋）严羽：《诗体》，《沧浪诗话校释》，第54页。

欧阳修、梅尧臣等人,皆不足以成一体。唯王安石可自称一体,却又被列入苏、黄、陈之后。为什么呢?从严羽自注可以看出,荆公体主要以绝句为最高水平,其得意处高出苏、黄、陈之上,然就其整体来看恐不及苏、黄、陈突出,故列于三人之后。其后的邵康节(邵雍)体、陈简斋(陈与义)体、杨诚斋(杨万里)体,比之苏、黄、陈之魄力,又自当略逊一筹。所以,宋代诗人与诗派,堪称一体又影响广泛,非苏、黄莫属。严羽虽指摘苏、黄诗之种种弊病,但以苏、黄体为有宋一代诗体之代表,是不含糊的。

(三) 对苏轼诗学识见的信服

严羽在《沧浪诗话·考证》一节中,对历代诗歌版本中讹误作了考订。其中有两条涉及苏轼。一条说:

> 柳子厚《渔翁》"夜傍西岩宿"之诗,东坡删去后二句,使子厚复生,亦必心服。①

他赞赏东坡的眼力,发现柳宗元诗集中《渔翁》诗之后二句为衍句,断然删去。这就消除了版本上的错误。东坡在《答刘沔都曹书》中感慨:"然世之蓄轼诗文者多矣,率真伪相半,又多为俗子所改窜,读之使人不平。然亦不足怪,识真者少。"② 严羽以东坡为"识真者",谓倘使作者复生,亦当心悦而诚服。另一条论及诗歌押韵的重韵问题。释惠洪《天厨禁脔》以杜甫诗为例,提出重押的规矩,严羽则以东坡诗为例,对其说法予以修正。他说:

---

① (宋)严羽:《考证》,《沧浪诗话校释》,第231页。
② (宋)苏轼:《答刘沔都曹书》,《苏轼文集》卷四十九,第1429页。

《天厨禁脔》谓平韵可重押,若或平或仄则不可。彼但以《八仙歌》言之耳,何见之陋耶?《诗话》谓:东坡两"耳"韵,两"耳"义不同,故可重押。要之亦非也。①

杜甫《饮中八仙歌》用两"船"字韵,两"天"字韵,三"前"字韵,两"眠"字韵,释惠洪《天厨禁脔》以杜诗为例,提出"平韵可重押,若或平或仄则不可"的说法,严羽认为,但以此诗为例,见识浅陋。他举《诗话》说东坡诗中用两"耳"韵,而两"耳"义不同,也是可重押的。②严羽意欲放宽对押韵的限制,补偏修正。他引苏轼诗为重押作证,可见他认可苏轼在押韵方面的作法。

在李陵诗作的真伪问题上,严羽亦引苏轼语作为佐证。他在评吴景仙论诗时说:

>大概论武帝以前皆好,无可议者,但李陵之诗,非房中感故人还汉而作,恐未深考。故东坡亦惑江汉之语,疑非少卿之诗,而不考其胡中也。③

刘勰《文心雕龙·明诗》中曾有"李陵、班婕妤见疑于后代"的说法。苏轼也对《文选》中所收李陵之诗提出质疑。他说:"梁萧统集《文选》,世以为工。以轼观之,拙于文而陋于识者,莫统若也。……李陵、苏武赠别长安,而诗有江汉之语。及陵与武书,词

---

① (宋)严羽:《诗评》,《沧浪诗话校释》,第185页。
② 苏轼《送江公著知吉州》有"方将华省起弹冠,忽忆钓台归洗耳"及"簿书期会得余闲,亦念人生行乐耳"之句。苏轼在该诗后特自注"二'耳'义不同",以免时人启疑。(《苏轼诗集》卷三十三,第1743页)
③ (宋)严羽:《答吴景仙书》,《沧浪诗话校释》,第236页。

句儇浅,正齐梁间小儿所拟作,决非西汉文,而统不悟……"① 又说:"齐梁文字衰陋,萧统尤为卑弱,如李陵五言皆伪。"② 李陵五言诗之真伪历来存有争议③,严羽引苏轼说法以为据,批评吴景仙对李陵之诗"恐未深考",足见他对东坡的诗学识见是信服的。

从以上三点看,严羽对苏轼(苏、黄)的接受态度是有批评,有认可,有赞同。严羽深知苏、黄诗的地位和影响,但以他的审美眼光来看,既未达盛唐诗之"气象",亦歉盛唐诗之"兴趣"。这是他有别于张戒的重要一点。

第二节 严羽与苏轼文艺思想的融通

如果仅从严羽涉及苏轼的文字来论他对苏轼的接受,还远远不能说明问题。还有必要从严羽与苏轼诗学思想的比较入手,来帮助我们还原这种接受的全貌。以下将从四个维度来观照。

一 师法对象的相近

严羽《诗辨》提出"学诗以识为主",其核心是取法乎上,"工夫须从上做下"。他推重楚辞、屈骚,推宗汉魏晋盛唐之诗,这些师法对象,实际体现的是他的诗学宗旨。严羽既言从上做下,其不主《诗经》,而主张"先须熟读楚词,朝夕讽咏以为之本",自是以为

---

① (宋)苏轼:《答刘沔都曹书》,《苏轼文集》卷四十九,第1429页。
② (宋)苏轼:《仇池笔记》卷上《论〈文选〉》,四库全书本第863册,第3页。
③ 参见雷树田《试论李陵及其几首五言诗的真伪》,《西北大学学报》1981年第3期。

屈原为古代最早之大诗人，其作品具有典范性。清李调元说："论诗首推汉、魏，汉以前无专家。"① 严羽与他显然有别，其《诗评》说："楚词，惟屈、宋诸篇当读之"②。又说："读《骚》之久，方识真味。须歌之抑扬，涕洟满襟，然后为识《离骚》，否则如戛釜撞瓮耳。"③ 又说："唐人惟柳子厚深得骚学，退之、李观皆所不及。若皮日休《九讽》，不足为骚。"④ 他称道吴景仙对屈骚的评论大有深意和新意："所论屈原《离骚》，则深得之，实前辈之所未发，此一段文亦甚佳。"⑤ 严羽作有楚辞体《悯时命》："悯时命之不当兮，去重华之日远。怀贞悫之操行兮，遭此世之洶涊。志浩荡以耿介兮，思低回而蹇产。众日进而蔽壅兮，何灵修之为怨？"⑥ 情与辞颇得楚骚之精神。冯班讥严羽"楚词殊未熟"⑦，似过矣。

苏轼主张托物兴寄，于"六义之比兴、《离骚》之法"⑧，皆为看重。故而王士禛说："而东坡、山谷教人作诗词之法，亦惟曰'熟读三百篇、楚词，曲折尽在是矣。'"⑨ 苏轼一生推崇屈原及《离骚》。20多岁作《屈原塔》和《屈原庙赋》，礼赞屈原的爱国气节与

---

① （清）李调元：《雨村诗话》卷上，《清诗话续编》本，第1523页。
② 郭绍虞：《沧浪诗话校释》，第167页。
③ 同上书，第170页。
④ 同上书，第171页。
⑤ （宋）严羽：《答吴景仙书》，《沧浪诗话校释·附录》，第236页。
⑥ （宋）严羽：《沧浪吟卷》卷二，陈定玉辑校《严羽集》，第96页。
⑦ 严羽《沧浪诗话·诗评》："《九章》不如《九歌》，《九歌·哀郢》尤妙。"冯班《钝吟杂录》卷五《严氏纠谬》："《哀郢》是《九章》，《九歌》是祀神之词，何得有《哀郢》？沧浪云须熟读楚词，今观此言，楚词殊未熟，亦恐是未曾看。"《四库全书总目》卷一百九十五《沧浪诗话一卷》："此或一时笔误，或传写有讹，均未可定。遽加轻诋，未免佻薄。"（中华书局本，第1788页）
⑧ （宋）苏轼：《辨杜子美杜鹃诗》，《苏轼文集》卷六十七，第2100页。
⑨ （清）王士禛：《晴川集序》，《蚕尾文》卷一，收入《带经堂集》卷六十五，《续修四库全书》第1414册，第606页。

后人的无尽追思。43 岁知徐州时，极赏好友鲜于侁（字子骏）学习继承楚辞精神，作《书鲜于子骏楚词后》说："今子骏独行吟坐思，寤寐于千载之上，追古屈原、宋玉，友其人于冥寞，续微学之将坠，可谓至矣。"① 晚岁贬逐岭海期间，为小儿子苏过能学得楚辞风格而欣喜不已，有诗云："小儿少年有奇志，中宵起坐存黄庭。近者戏作凌云赋，笔势仿佛离骚经"②。"我似老牛鞭不动，雨滑泥深四蹄重。汝如黄犊走却来，海阔山高百程送。……春秋古史乃家法，诗笔离骚亦时用。但令文字还照世，粪土腐余安足梦。"③ 贬逐归来，作《与谢民师推官书》，高度评价了屈骚的成就和价值："屈原作《离骚经》，盖风雅之再变者，虽与日月争光可也。可以其似赋而谓之雕虫乎？"④

严羽推宗汉魏晋盛唐之诗，强调"以汉魏晋盛唐为师，不作开元、天宝以下人物"。他推赏汉魏古诗、建安之作，于魏晋诗人推崇阮籍、陶渊明、谢灵运，说"阮籍《咏怀》之作，极为高古，有建安风骨"；认为陶、谢皆有佳句，"谢所以不及陶者，康乐之诗精工，渊明之诗质而自然"（《诗评》）。于盛唐诗人最推崇李、杜，以为"诗之极致有一：曰入神。诗而入神，至矣，尽矣，蔑以加矣。惟李杜得之，他人得之盖寡也"（《诗辨》），"论诗以李、杜为准，挟天子以令诸侯也"（《诗评》）。

苏轼亦极推汉魏晋盛唐之诗，称汉魏晋诗"苏李之天成，曹刘

---

① （宋）苏轼：《书鲜于子骏楚词后》，《苏轼文集》卷六十六，第 2057 页。
② （宋）苏轼：《游罗浮山一首示儿子过》，《苏轼诗集》卷三十八，第 2068 页。
③ （宋）苏轼：《过于海舶得迈寄书酒作诗远和之皆粲然可观，子由有书相庆也。因用其韵赋一篇，并寄诸子侄》，《苏轼诗集》卷四十二，第 2304 页。
④ （宋）苏轼：《与谢民师推官书》，《苏轼文集》卷四十九，第 1418 页。

之自得，陶谢之超然，盖亦至矣"①。苏轼尤好陶诗，曾致书苏辙曰："吾于诗人无所甚好，独好渊明之诗。渊明作诗不多，然其诗质而实绮，癯而实腴。自曹、刘、鲍、谢、李、杜诸人，皆莫及也。"②并作和陶诗120首，学者视为是其与陶渊明的"诗性对话"。渊明之诗在六朝及隋唐时期并未得到应有的重视。沈约置渊明于《宋书·隐逸传》，刘勰、萧子显均未提及陶诗，钟嵘《诗品》将其列为中品，言"世叹其质直"。连杜甫也说："观其著诗集，颇亦恨枯槁。"③而苏轼则对陶诗之"平淡""质直"作出了独到的诠释，认为是"质而实绮，癯而实腴"，富有辩证之美，并发见其平淡中深藏着骨气、内含有奇趣、具有清深温丽之美。④由此而引起了宋代的"崇陶热"，在陶诗接受史上意义非凡。苏轼于盛唐诗推尊李、杜，说"谁知杜陵杰，名与谪仙高。扫地收千轨，争标看两艘。"⑤又说："李太白、杜子美以英玮绝世之姿，凌跨百代，古今诗人尽废。"⑥

不过，在李杜评价方面，苏认为李不及杜，严认为各具特色，不分优劣。作为诗学典范，苏轼更推崇老杜。这一方面在于杜甫忘君忧国的拳拳忠爱之心，"古今诗人众矣，而杜子美为首，岂非以其流落饥寒，终身不用，而一饭未尝忘君也欤"⑦；另一方面在于杜诗

---

① （宋）苏轼：《书黄子思诗集后》，《苏轼文集》卷六十七，第2124页。
② （宋）苏辙：《子瞻和陶渊明诗集引》，《栾城后集》卷二十一，陈宏天、高秀芳点校《苏辙集》，第1110页。
③ （唐）杜甫：《遣兴五首》其三，仇兆鳌注《杜诗详注》卷七，中华书局2015年版，第681页。
④ 参见张惠民、张进《士气文心：苏轼的文化人格与文艺思想》，人民文学出版社2004年版，第387—389页。
⑤ （宋）苏轼：《次韵张安道读杜诗》，《苏轼诗集》卷六，第265页。
⑥ （宋）苏轼：《书黄子思诗集后》，《苏轼文集》卷六十七，第2124页。
⑦ （宋）苏轼：《王定国诗集叙》，《苏轼文集》卷十，第318页。

之"集大成""备诸家体","有规矩,故可学"①。苏轼认为"李白诗飘逸绝尘,而伤于易"学者未及其豁达而先失其重。② 又说:"太白豪俊,语不甚择,集中往往有临时率然之句,故使妄庸敢尔。若杜子美,世岂复有伪撰者耶?"③ 严羽对李、杜的评价有取于苏轼。他说:"少陵诗,宪章汉魏,而取材于六朝,至其自得之妙,则前辈所谓集大成者也。"④ 其中"前辈",正是苏轼。严羽称:"观太白诗者,要识真太白处。太白天才豪逸,语多卒(《诗人玉屑》作"率")然而成者。学者于每篇中,要识其安身立命处可也。"⑤ 其中"豪逸""卒然而成"之语本自苏轼,而"识其安身立命处"云云,则为太白辩护。严羽强调:"李杜二公,正不当优劣。太白有一二妙处,子美不能道;子美有一二妙处,太白不能作""子美不能为太白之飘逸,太白不能为子美之沉郁""少陵诗法如孙吴,太白诗法如李广"。⑥

严羽推崇盛唐之诗,比之为颜鲁公书法。宋人对颜真卿书法的推重,绕不开欧、苏。欧阳修《集古录》卷七中,记载有关颜真卿撰并书的碑刻,多达25篇。他说:"余家所藏颜氏碑最多"⑦,"余谓颜公书如忠臣烈士、道德君子,其端严尊重,人初见而畏之,然愈久而愈可爱也"⑧。出自欧阳修门下的苏轼,对颜真卿的书法推崇

---

① (宋)陈师道《后山诗话》:"苏子瞻曰:子美之诗、退之之文、鲁公之书,皆集大成者也。""学诗当以子美为师,有规矩,故可学。"《历代诗话》本,第304页。
② (宋)苏轼:《书学太白诗》,《苏轼文集》卷六十七,第2098页。
③ (宋)苏轼:《书李白集》,《苏轼文集》卷六十七,第2096页。
④ (宋)严羽:《诗评》,《沧浪诗话校释》,第157页。
⑤ 同上书,第159页。
⑥ (宋)严羽:《诗评》,《沧浪诗话校释》,第153—156页。
⑦ (宋)欧阳修:《唐颜真卿小字麻姑坛记》,《集古录跋尾》卷七,《欧阳修全集》卷一百四十,第2242页。
⑧ (宋)欧阳修:《唐颜鲁公书残碑》其二,《集古录跋尾》卷八,《欧阳修全集》卷一百四十一,第2259页。

备至。他在《书唐氏六家书后》中说："颜鲁公书雄秀独出，一变古法……后之作者，殆难复措手。"① 又说："诗至于杜子美，文至于韩退之，书至于颜鲁公，画至于吴道子，而古今之变，天下之能事毕矣。"② 正是由于欧的高度评价、苏的极力推重，颜真卿书法在宋代获得了比唐代更为突出的地位。在现存唐人书论中，唯张彦远《法书要录》卷一《传授笔法人名》中有"彦远传之张旭，旭传之李阳冰，阳冰传徐浩、颜真卿"之语，别无评述。至北宋朱长文撰《续书断》2卷，将唐宋时代的书法家补入，颜真卿被列入神品三人之首，位居张旭、李阳冰之前。③ 朱长文对颜真卿的推重，与苏轼分不开。元祐元年（1086），苏轼与邓温伯、胡宗愈等人同札举荐50多岁的朱长文为苏州州学教授。④ 朱的品行与鉴赏眼光，与苏轼比较接近。严羽推重颜鲁公书法，与苏轼亦为相通。

总括来看，苏轼重骚、崇陶、尊杜、推颜，严羽与其保持了相当的一致，而略有不同。苏诗骚兼重，严偏重楚骚；苏言李不及杜，严称各擅胜场。这可能与苏轼比较遵循儒家诗论观，而严羽在这方面相对弱化有关。

二 审美取向的相似

与师法对象的一致相联系的是，苏轼与严羽在审美取向方面，也表现出不少相通之处。以下专论三点。

---

① （宋）苏轼：《书唐氏六家书后》，《苏轼文集》卷六十九，第2206页。
② （宋）苏轼：《书吴道子画后》，《苏轼文集》卷七十，第2210页。
③ （宋）朱长文：《续书断》，《墨池编》卷三，四库全书本第812册，第730页。
④ （宋）苏轼：《荐朱长文札子》，《苏轼文集》卷二十七，第779页。

(一) 追求超尘去俗

苏轼对于"俗"是有着自觉的抵制意识与超越意识的。有诗云:"可使食无肉,不可居无竹。无肉令人瘦,无竹令人俗。人瘦尚可肥,士俗不可医。"① 黄庭坚也说:"士大夫处世可以百为,唯不可俗,俗便不可医也。"② 苏轼推赏脱俗之人,如云:"深沉似康乐,简远到安丰。一点无俗气,相期林下风。"③ 称林逋:"先生可是绝俗人,神清骨冷无由俗"④,而他本人也常被人以"不食人间烟火""无一点尘俗气"来形容之。苏轼于诗文书画,尤其推赏魏晋以来"高风绝尘",称钟繇、王羲之书法"萧散简远"⑤,称王维、李思训山水画"萧然有出尘之姿"⑥。苏轼不喜"轻俗""村俗"。评元稹、白居易诗"元轻白俗"⑦,评贯休、齐已的诗与亚栖(僧人)的书法"村俗之气,大率相似"⑧,评李建中、宋宣献二人书法"宋寒而李俗,殆是浪得名"⑨。在创作中,他主张"以故为新,以俗为雅"⑩,力求将故实翻出新意,将俗语用得雅致,走出一条求新求雅的路子。黄庭坚也提出:"盖以俗为雅,以故为新,百战百胜,如孙、吴之

---

① (宋)苏轼:《于潜僧绿筠轩》,《苏轼诗集》卷九,第448页。
② (宋)黄庭坚:《书缯卷后》,《山谷集》卷二十九,四库全书本第1113册,第305页。
③ (宋)苏轼:《答子勉三首》其二,《苏轼诗集》卷五十,第2750页。
④ (宋)苏轼:《书林逋诗后》,《苏轼诗集》卷二十五,第1343页。
⑤ (宋)苏轼:《书黄子思诗集后》,《苏轼文集》卷六十七,第2124页。
⑥ (宋)苏轼:《又跋汉杰画山二首》,《苏轼文集》卷七十,第2216页。
⑦ (宋)苏轼:《祭柳子玉文》,《苏轼文集》卷六十三,第1938页。
⑧ (宋)苏轼:《东坡志林》卷一,四库全书本863册,第23页。
⑨ (宋)苏轼:《东坡志林》卷八,四库全书本863册,第74页。
⑩ (宋)苏轼:《题柳子厚诗二首》其二,《苏轼文集》卷六十七,第2109页。

兵，棘端可以破镞，如甘蝇、飞卫之射，此诗人之奇也。"① "苏门六君子"的陈师道进而提出"宁僻毋俗"②，影响了此后的江西诗派。

严羽《诗法》，首标去俗："学诗先除五俗：一曰俗体，二曰俗意，三曰俗句，四曰俗字，五曰俗韵。"提出先要从文体、立意、语句、用字、押韵五个方面去俗，实已包括了学诗作诗的主要方面。明陶明濬《诗说杂记》卷九谓："俗体者何？当是所盛行如应酬诸诗，毫无意味，腴词靡靡""俗意者何？善颂善祷，能谀能谐，毫无超逸之志是也""俗句者何？沿袭剽窃，生吞活剥，似是而非，腐气满纸者是也""何谓俗字？风云月露，连类而及，毫无新意者是也""何谓俗韵？过于奇险，困而贪多，过于率易，虽二韵亦俗者是也"。陶氏的解释，未必完全合严羽之意，然"毫无意味""毫无超逸之志""腐气满纸""毫无新意""困而贪多"；无疑是严羽要力除的。严羽去俗求雅、去陈求新的审美取向，与苏、黄是一致的。

严羽对浅俗之语、庸俗之见，是据理力辩的。《考证》篇首条说：

> 少陵与太白，独厚于诸公。诗中凡言太白十四处，至谓"世人皆欲杀，吾意独怜才""醉眠秋共被，携手日同行""三夜频梦君，情亲见君意"，其情好可想。《遁斋闲览》谓二人名既相逼，不能无相忌，是以庸俗之见而度贤哲之心也。予故不

---

① （宋）黄庭坚：《再次韵并序》，《黄庭坚全集·宋黄文节公全集·正集》卷六，第126页。
② （宋）陈师道：《后山诗话》，历代诗话本，第311页。

得不辨。①

在某些人眼中，杜甫称许李白之诗多，而李白称许杜甫之诗少，且相互称许之语，似隐含讥讽，不无相忌之心。严羽举杜诗三韵，以证二人之"情好可想"，驳斥"相忌"之说"是以庸俗之见，而度贤哲之心也"，可谓言之凿凿，掷地有声。又说：

  《太白集》中《少年行》，只有数句类太白，其他皆浅近浮俗，决非太白所作，必至误人也。②

的确，如《少年行》（君不见淮南少年游侠客）十数韵，终以"看取富贵眼前者，何用悠悠身后名"收束，一派俗人俗腔，哪有半点儿李白之豪迈超逸？元代萧士赟也说："此篇末章上二句，辞意迫切，似非太白之作。具眼者必能辨之。"③ 严羽辨之，良有以也。

（二）推崇自然平淡

宋代由梅尧臣首倡平淡诗美，欧、苏大力推崇，苏轼又通过推举陶、韦、柳诗，发明其平淡美之内涵，对宋人尚"平淡"的诗美观，起到了引领与助推作用。严羽也表现出与之相同的审美取向。

苏轼兄弟于"既壮，将游宦四方"时，读韦苏州诗"安知风雨夜，复此对床眠"句，恻然感之，乃相约日后早退，为闲居之乐。④

---

① （宋）严羽：《考证》，《沧浪诗话校释》，第191页。
② 同上书，第210页。
③ （宋）杨齐贤集注，（元）萧士赟补注：《李太白集分类补注》卷六，四库全书本第1066册，第529页。
④ （宋）苏辙：《逍遥堂会宿二首并引》，《栾城集》卷七，陈宏天、高秀芳点校《苏辙集》，第128页。

其后苏轼作《观净观堂效韦苏州诗》说:"弱羽巢林在一枝,幽人蜗舍两相宜。乐天长短三千首,却爱韦郎五字诗。"① 诗中引白居易爱韦苏州五言诗之典,表达自己对韦诗之爱好。② 明人叶盛说:"韦苏州诗,他如……'上怀犬马恋,下有骨肉情'等句,讽咏反复,真能使人动心,此前辈大儒所以酷爱之。东坡诗意盖亦宁不足于乐天,而独归苏州……"③ 苏轼又有《送苏伯固》词,调寄《生查子》,自注"效韦苏州"。④ 又极推韦、柳诗,认为李杜之后,"独韦应物、柳宗元发纤秾于简古,寄至味于淡泊,非余子所及也"。⑤ 韦、柳诗风同中有异,韦诗"淡中含润",柳诗"淡中含峭"。苏轼于贬逐中对陶、柳诗体会尤深,称"柳子厚晚年诗极似渊明"⑥,"柳子厚诗在陶渊明下,韦苏州上。……所贵于枯淡者,谓外枯而中膏,似淡而实美,渊明、子厚之流是也"⑦。陆游说:"东坡在岭海期间,最喜读陶渊明、柳子厚二集,谓之南迁二友。"⑧

严羽亦推崇陶诗,以为"谢所以不及陶者,康乐之诗精工,渊明之诗质而自然"。称大历以后诗人,柳子厚诗是"吾所深取者"之一(《诗评》)。他肯定宋代诸公中"盛文肃学韦苏州,梅圣俞学唐人平淡处",并且也有拟韦苏州之作。其《沧浪吟卷》有《喜友

---

① (宋)苏轼:《观净观堂效韦苏州诗》,《苏轼诗集》卷十五,第753页。
② 白居易《与元九书》:"韦苏州歌行,清丽之外,颇近兴讽。其五言诗,又高雅闲澹,自成一家之体,今之秉笔,谁能及之。然当苏州在时,人亦未甚爱重,必待身后,然后人贵之。"(《白氏长庆集》卷四十五,四库全书本第1080册,第493页)
③ (明)叶盛:《韦苏州郡中与诸文士宴集诗,附东坡效韦苏州诗》,《水东日记》卷三十六,四库全书本第1041册,第216页。
④ (宋)苏轼:《生查子·送苏伯固》,薛瑞生《东坡词编年笺证》,三秦出版社1998年版,第614页。
⑤ (宋)苏轼:《书黄子思诗集后》,《苏轼文集》卷六十七,第2124页。
⑥ (宋)苏轼:《题柳子厚诗二首》其二,《苏轼文集》卷六十七,第2109页。
⑦ (宋)苏轼:《评韩柳诗》,《苏轼文集》卷六十七,第2109页。
⑧ (宋)陆游:《老学庵笔记》卷九,中华书局1979年版,第120页。

人相访拟韦苏州作》:"朝朝竹林院,闭户读残书。几阁晨风入,荒郊寒露余。故人步屦至,清坐每踌躇。辍卷还留兴,漱泉同饭蔬。"①又有《送友归山效韦应物体》:"送君归山谷,觉我荷衣尘。殷勤郡城别,衰泪欲沾巾。"②苏轼认为柳子厚诗在韦苏州上,严羽深为认同,说:"若柳子厚五言古诗,尚在韦苏州之上,岂元、白同时诸公所可望耶?"③郭绍虞说:"沧浪论诗虽反苏、黄,而颇多称引苏、黄之语,类此者非一。"④

有论者认为,严羽推崇平淡自然是受到了朱熹和包恢(理学和心学)的影响⑤,这倒也不假,因为朱熹的确尚平淡。他称"渊明诗平淡出于自然"⑥"渊明所以为高,正在其超然自得、不费安排处"⑦。《诗人玉屑》卷五"晦庵诲人学陶柳选诗韦苏州"条谓:"作诗须从陶柳门庭中来乃佳,不如是,无以发萧散冲澹之趣,不免于局促尘埃,无由到古人佳处也。如《选诗》及韦苏州诗,亦不可不熟读。"⑧包恢也主张诗应平淡自然。他说:"诗家者流,以汪洋澹泊为高。其体有似造化之未发者,有似造化之已发者,而皆归于自然,不知所以然而然也。……故观之虽若天下之至质,而实天下之至华;虽若天下之至枯,而实天下之至腴。如彭泽一派……"⑨"由

---

① (宋)严羽:《沧浪吟卷》卷一,陈定玉辑校《严羽集》,第75页。
② (宋)严羽:《沧浪吟卷·沧浪逸诗》,陈定玉辑校《严羽集》,第113页。
③ (宋)严羽:《答吴景仙书》,郭绍虞《沧浪诗话校释·附录》,第235页。
④ 郭绍虞:《答吴景仙书》校注[五],《沧浪诗话校释·附录》,第237页。
⑤ 刘万辉:《〈沧浪诗话〉诗学创新及其对宋元诗论的影响》,硕士学位论文,山东大学,2011年。
⑥ (宋)黎靖德编:《朱子语类》卷一百四十,中华书局本,第3324页。
⑦ (宋)朱熹:《答谢成之》,《晦庵文集》卷五十八,《朱子全书》本,第2755页。
⑧ (宋)魏庆之:《诗人玉屑》卷五,中华书局2007年版,第153页。
⑨ (宋)包恢:《答傅当可论诗》,《敝帚稿略》卷二,四库全书本第1178册,第716页。

韦、柳而入陶，必优为之"①。但我们不难发现，这些论述基本是在阐发苏轼的观点，所谓"前者唱导，后者和之"。包恢的"汪洋澹泊"来自苏轼答张耒信中评苏辙之文②；"归于自然，不知所以然而然也"，是苏轼"文理自然"的又一说法；"天下之至质，而实天下之至华；虽若天下之至枯，而实天下之至腴"，乃是对苏轼评陶诗"质而实绮，癯而实腴"的直白解释。而"由韦、柳而入陶"的学诗步骤，则体现了苏轼评韦、柳、陶诗的品级。包恢虽未明确提及苏轼，却在自然而然中接受了苏轼的观点。至于朱熹的说法，亦是对苏轼观点的申说。朱熹晚年在与后学巩仲至的书信中，反复讨论"闲澹""真澹""平淡"的问题。第三封信中说："张巨山乃学魏晋六朝之作，非宗江西者。其诗闲澹高远，恐亦未可谓不深于诗者也。坡公病李杜而推韦柳，盖亦自悔其平时之作而未能自拔者。其言似亦有味，不审明者视之，以为如何也？"③可见，朱熹并不认为张诗的"闲澹高远"是宗法江西诗派，而且关注到了东坡晚年的"病李杜而推韦柳"。说他"自悔其平时之作""其言似亦有味"，说明他赞许东坡晚年尚"平淡"的观点。只是他认为，东坡的和陶诗"已失其自然之趣矣……东坡亦自晓此，观其所作《黄子思诗序》论李、杜处，便自可见"④。显然，朱熹在平淡诗美观上是接受苏轼的，而对其创作有微词。可以说，严羽推崇自然平淡，近取朱熹、包恢，远绍苏轼。

---

① （宋）包恢：《书抚州吕通判开诗稿后》，《敝帚稿略》卷五，第716页。
② （宋）苏轼：《答张文潜县丞书》，《苏轼文集》卷四十九，第1427页。
③ （宋）朱熹：《答巩仲至》（三），《晦庵文集》卷六十四，《朱子全书》本，第3093页。
④ （宋）朱熹：《答谢成之》，《晦庵文集》卷五十八，第2755页。

（三）崇尚气节风骨

苏轼一生崇尚气节，他在《李太白碑阴记》中倡言"士以气为主"，称扬李白的"气盖天下"①。他所谓的"气"，是有独立不倚的人格精神，不取容权幸，不畏惧贵势，不以世间得失贫贱为忧喜，而能超脱于尘世之外。苏轼屡屡称道前代孔融、诸葛亮、阮籍、陶渊明等高气之士，并激赏诗文中所表现出的骨气，如云"要将百篇诗，一吐千丈气"②，"知君不向穷愁老，尚有清诗气吐虹"③。他尤其推扬欧阳修以其雄文，改变了宋初几十年"论卑气弱"的状况，使"风俗一变"，开辟了宋文的新风气。④ 因此，苏轼不喜孟郊、贾岛辈穷愁寒苦之音，曾作《读孟郊诗二首》说："人生如朝露，日夜火消膏。何苦将两耳，听此寒虫号。"⑤ 又有"郊寒岛瘦"之评⑥。韩愈文集中收有送贾岛诗《送无本师归范阳》⑦，苏轼予以考辨，说："如白乐天赠徐凝，退之赠贾岛之类，皆世俗无知者所托，此不足多怪"⑧。作为苏门后四君子的李格非尤发挥苏轼之意，提出了"文章以气为主"的命题⑨，在宋人中引起广泛响应。王十朋、陆游、林光朝、刘克庄等都对此发表了议论与阐释。

严羽处南宋乱离之世，亦重气节风骨，崇敬英雄豪侠。有诗云：

---

① （宋）苏轼：《李太白碑阴记》，《苏轼文集》卷十一，第348页。
② （宋）苏轼：《与顿起孙勉泛舟探韵得未字》，《苏轼诗集》卷十七，第865页。
③ （宋）苏轼：《次韵张琬》，《苏轼诗集》卷二十四，第1296页
④ （宋）苏轼：《六一居士集叙》，《苏轼文集》卷十，第316页。
⑤ （宋）苏轼：《读孟郊诗二首》其一，《苏轼诗集》卷十六，第796页。
⑥ （宋）苏轼《祭柳子玉文》，《苏轼文集》卷六十三，第1938页。
⑦ （宋）魏仲举编：《五百家注昌黎文集》卷五收韩愈《送无本师归范阳》诗，贾岛早年出家为僧，法号无本。
⑧ （宋）苏轼：《仇池笔记》卷上，四库全书本第863册，第5页。
⑨ （宋）惠洪：《冷斋夜话》卷三，中华书局1988年版，第26页。

"少小尚奇节,无意缚珪组。远游江湖间,登高屡怀古。前朝英雄事,约略皆可睹。将军策单马,谈笑有荆楚。高视蔑袁曹,气已盖寰宇。……"① 又云:"自古英雄重结交,樽酒相逢气相许""我亦摧藏江海客,重气轻生无所惜。"② 他结交的朋友,多充满豪侠之气:"十年剑气欲凌云,况复才华迥不群。投笔几回思出塞,赋诗此日去从军"③ "故人身披紫绮裘,腰佩宝玦骑骅骝。英风侠气横四海,辞我远向淮南游。"④ 所以,严羽的诗中(特别是歌行体),洋溢着李白的诗风气息。他在审美接受方面,推尚"建安风骨""盛唐风骨",⑤ 也与苏轼一样,不喜郊、岛诗。他说:"孟郊之诗,憔悴枯槁,其气局促不伸。……诗道本正大,孟郊自为之艰阻耳"(《诗法》),"高岑之诗悲壮,读之使人感慨;孟郊之诗刻苦,读之使人不欢"(《诗评》),"李杜数公,如金鸡擘海,香象渡河,下视郊、岛辈,直虫吟草间耳"(《诗评》),这些论说,可谓是苏说的延伸。严羽对南宋赵紫芝、翁灵舒辈"独喜贾岛、姚合之诗",及江湖诗人"多效其体",亦有微词。苏轼和严羽对孟郊、贾岛诗的看法,未必完全公正,却能说明其审美眼光的相似。

三 禅悟思维的相通

严羽在《沧浪诗话》与《答吴景仙书》中,以禅喻诗,强调了诗与禅在思维方式、语言表达及功夫修养方面的相通,与苏轼也是

---

① (宋)严羽:《梦中作》,《沧浪吟卷》卷一,陈定玉辑校《严羽集》,第87页。
② (宋)严羽:《剑歌行赠吴会卿》,《沧浪吟卷》卷二,同上书,第105页。
③ (宋)严羽:《送吴仪甫之合淝谒杜师》,《沧浪吟卷》卷一,同上书,第82页。
④ (宋)严羽:《送吴会卿再往淮南》,《沧浪吟卷》卷二,同上书,第108页。
⑤ (宋)严羽:《诗评》,郭绍虞《沧浪诗话校释》,第142、148页。

颇有关联的。

苏轼自倅杭以来,多与禅宗老宿往来,至贬逐黄州,洗心学佛。他在给苏辙的信中,以为"任性逍遥,随缘放旷",乃庄、禅所求之高境界,只能靠自己内心体悟,而非他人用言语教导,故祖师教人"到此便住"。① 此中已透露出他对庄、禅的思维方式有较深的领悟。在与禅师的交往中,往往启发他对禅与诗的思考。《风月堂诗话》载:辩才禅师无一语文章,一日忽和参寥子寄秦少游诗,末有"台阁山林本无异,想应文墨未离禅"之句,苏轼不觉有诗禅相通、自成文理的感悟。② 正是诗与禅的相互触发,使苏轼诗里常表现出诗有禅趣、用禅语入诗的特色。③ 刘熙载说:"东坡诗善于空诸所有,又善于无中生有,机栝实自禅悟中来。"④

元祐年间(1086—1093)苏轼在翰林院供职时,作《夜直玉堂携李之仪端叔诗百余首读至夜半书其后》诗云:"玉堂清冷不成眠,

---

① 苏轼《与子由弟十首》其三:"任性逍遥,随缘放旷,但尽凡心,无别胜解。以我观之,凡心尽处,胜解卓然。但此胜解,不属有无,不通言语,故祖师教人,到此便住。……世之昧者,便将颓然无知,认作佛地。若如此是佛,猫儿狗子,得饱熟睡,腹摇鼻息,与土木同,当恁么时,可谓无一毫思念,岂可谓猫儿狗子已入佛地?"(《苏轼文集》卷六十,第1834页)

② 朱弁《风月堂诗话》卷上:"辩才大师梵学精深,戒行圆洁,为二浙归重,当时无一语文章。一日忽和参寥寄秦少游诗,其末句云:'台阁山林本无异,想应文墨未离禅。'东坡见之,题其后云:'辩才生来未尝作诗,今年八十一岁矣,其落笔如风吹水,自成文理。我辈与参寥,如巧人织绣耳。'"(中华书局1988年版,第105页)

③ 苏轼《与彦正判官》:"若言琴上有琴声,放在匣中何不鸣?若言声在指头上,何不于君指上听?"(《苏轼文集》卷五十七,第1729页)又《西山诗和者三十余人再次前韵为谢》:"……石中无声水亦静,云何解转空山雷。欲就公评此句,要识忧喜何从来。愿求南宗一勺水,往与屈贾湔余哀。"(按,韦应物诗云:水性本云静,石中固无声。如何两相激,雷转空山惊。)(《苏轼诗集》卷二十七,第1459页)

④ (清)刘熙载:《艺概》卷二《诗概》,《刘熙载集》,华东师范大学出版社1993年版,第102页。

伴直难呼孟浩然。暂借好诗消永夜，每逢佳处辄参禅。"① 据说王维在朝廷值夜班时，曾唤孟浩然来论诗。苏轼说：我如今清冷，读到诗之佳处，辄用参禅的方法去体悟。这便道出了诗歌鉴赏与禅悟的相通。李之仪亦有类似的说法："得句如得仙，悟笔如悟禅。弹丸流转即轻举，龙蛇飞动真超然。"② 以为得诗句与悟书法，与禅悟同理。

在诗歌创作方面，苏轼也论及了诗法与佛法的相通。他在《送参寥师》诗中，先说参寥子学"苦空观"，仿佛百念灰冷，却不能忘情文字，新诗精美，出语清警；继引韩愈之说，提出不同意见。韩愈主不平之鸣，故推重张旭"忧愁不平气，一寓笔所骋"的变幻莫测的草书风格，而认为僧人高闲以"为心泊然""于世淡然"而作草书，必不能奇。③ 苏轼却不这样看。他说：

　　……欲令诗语妙，无厌空且静。
　　静故了群动，空故纳万境。阅世走人间，观身卧云岭。
　　咸酸杂众好，中有至味永。诗法不相妨，此语当更请。④

苏轼于此阐释了"诗"与"空静"的关系。"空"，是佛教各派普遍应用的基本范畴，指一切事物都没有常住不变的、独立永恒的

---

① （宋）苏轼：《夜直玉堂携李之仪端叔诗百余首读至夜半书其后》，《苏轼诗集》卷三十，第1616页。
② 李之仪：《兼江祥瑛上人能书自以为未工又能诗而求予诗甚勤予以为非所当病也为赋一首勉之使进于道云》，《姑溪居士后集》卷一，四库全书本第1120册，第632页。
③ 韩愈《送高闲上人序》："往时张旭善草书，不治他伎，喜怒窘穷，忧悲愉佚，怨恨思慕，酣醉无聊不平，有动于心，必于草书焉发之。……故旭之书，变动犹鬼神，不可端倪，以此终其身而名后世。……今闲之于草书，有旭之心哉？不得其心而逐其迹，未见其能旭也。……今闲师浮屠氏，一死生，解外胶，是其为心，必泊然无所起；其于世，必淡然无所嗜。泊与淡相遭，颓堕委靡，溃败不可收拾，则其于书得无象之然乎？然吾闻浮屠人善幻多技能，闲如通其术，则吾不能知矣。"（孙昌武选注《韩愈选集》，上海古籍出版社1996年版，第459页）
④ （宋）苏轼：《送参寥师》，《苏轼诗集》卷十七，第905页。

实体存在，大乘般若思想的中心内容是阐发一切现象"性空幻有"或"真空妙有"的道理。① "静"，即静定，要求习佛者心如止水，不起妄念，于一切法不染不著，不取不舍。大乘般若学于动静范畴取不落二边之态度，主张动静互即。② 故苏轼以为，能"静"，方能明了世上各种的动，从而排除一切既有观念的影响，此即"静故了群动"；能"空"，则能破除"我执"，以空明的心境，容纳宇宙万物于一怀，并使物象保持其本真的鲜活状态，此即"空故纳万境"。显然，"空静"是"欲令诗语妙"的必要的创作心理机制。苏轼认为，参寥师以平淡空静之心，"阅世走人间"，广泛体察人世间的种种艰难与烦恼，有丰富的生活积累；又能"观身卧云岭"，对这些生活经历取超然出世之态度。有了这种对人世间的透彻了悟，则自然能于诗中包含咸酸在内的各种滋味，也自然含有咸酸之外的深厚隽永之"至味"。因此，诗法与佛法是相通而不相妨的。这一见解，对后来以禅说诗者不无启发。郭绍虞先生在援引苏轼此诗（自"欲令诗语妙"以下）后说："此意差与透彻之悟相近。苏氏《次韵叶致远见赠》云：'一技文章何足道，要言摩诘是文殊。'（《东坡全集》卷十四）此与苏氏诗风虽不相近，但微旨所在，已逗沧浪先声。故知透彻之悟说，沧浪也是有所承受的。"③

　　严羽《沧浪诗话》中一个重要的思维方法就是"以禅喻诗"。他说："仆之《诗辨》……以禅喻诗，莫此亲切。"④ 既是以禅"喻

---

① 方立天：《佛教哲学》，中国人民大学出版社 1991 年版，第 222、294 页。
② 张晶：《从"虚静"到"空静"——禅与诗歌审美创造心理》，《云南教育学院学报》1994 年第 4 期。
③ 郭绍虞：《沧浪诗话校释·诗辨·释》，第 18 页。
④ （宋）严羽：《答吴景仙书》，郭绍虞《沧浪诗话校释·附录》，第 234 页。

诗",则喻体与本体之间有相似点,由此及彼,易联想体会,所以严羽说"莫此亲切",而非"莫此确切"。严羽"以禅喻诗",其要点大致有以下三点。

(一)诗之高下,亦如禅之高下,学诗须"从最上乘",悟"第一义"

严羽认为"学诗以识为主,入门须正,立志须高",辨识学习对象,树立师法典范,至关重要。诗之高下,亦如禅之高下?

> 禅家者流,乘有小大,宗有南北,道有邪正,学者须从最上乘,具正法眼,悟第一义。若小乘禅声闻、辟支果,皆非正也。论诗如论禅,汉魏晋与盛唐之诗则第一义也,大历以还之诗,则小乘禅也,已落第二义矣,晚唐之诗,则声闻、辟支果也。学汉魏晋与盛唐诗者,临济下也,学大历以还之诗者,曹洞下也。①

"乘有小大",指佛教传播发展中形成的两个重要派别:小乘、大乘。其主要区别在于小乘"修行的最高果位为阿罗汉,以自我解脱为目标",大乘"修行的最高果位为菩萨,以自利、利他为目标"。②"宗有南北",指菩提达摩入华传教所形成的禅宗,有"南能

---

① (宋)严羽:《诗辨》,郭绍虞《沧浪诗话校释》,第10页。
② 严羽撰,普慧、孙尚勇、杨遇青评注:《沧浪诗话》,中华书局2014年版,第14页。

北秀""南顿北渐"之称,又称"南宗北宗"。① 以严羽对佛教的认识,以为大乘与小乘在觉悟上有高下之分,故主张学禅要学"最上乘,具正法眼,悟第一义","正法眼"即佛所说的正法,"第一义"即真谛,"若小乘禅声闻、辟支果,皆非正也"②。严羽强调"论诗如论禅",学诗也要学第一流的诗,领悟为诗之真谛。与"乘有小大"相对应,他把诗也分作二类:"汉魏晋与盛唐之诗,则第一义也""大历以还之诗,则小乘禅也,已落第二义矣"(笔者按:严羽对大历之诗不是一刀切的,而是分有高下:"大历之诗,高者尚未失盛唐,下者渐入晚唐矣");"学汉魏晋与盛唐诗者,临济下也。学大历以还之诗者,曹洞下也"。冯班以临济、曹洞"并出南宗",讥严羽"误以二宗为南北",又言"临济、曹洞,机用不同,俱是最上一乘",而沧浪"以曹洞为小乘矣",其"倒谬如此""不已妄乎"!③ 曹东文章指出:

> 向来注家都不明白严羽何以把临济宗与曹洞宗分为二等。其实严羽说的"临济下"指临济宗下的宗杲主悟的看话禅,而"曹洞下"指曹洞宗下主静的默照禅。严羽以此二派为喻,正是从"妙悟"上肯定魏晋盛唐之诗,而贬大历以还之诗为更次一

---

① 释道原《景德传灯录》卷九《京兆大荐福寺弘辩禅师》:"唐宣宗问:禅宗何有南北之名?师对曰:禅门本无南北……暨第五祖弘忍大师,在蕲州东山开法,时有二弟子:一名慧能,受衣法居岭南为六祖;一名神秀,在北扬化,其后神秀门人普寂立本师为第六祖,而自称七祖。其所得法虽一,而开导发悟有顿渐之异,故曰南顿北渐,非禅宗本有南北之号也。"(《续修四库全书》第1282册,第462页)

② 郭绍虞《诗辨》注释九:"佛家有三乘,一菩萨乘;二,辟支乘;三,声闻乘。菩萨乘普济众生,故称大乘;辟支、声闻仅求自度,故称小乘。辟支,梵语独觉之义,谓并无师承,独自悟道也。声闻,谓由诵经听法而悟道者。"(《沧浪诗话校释》第12页)

③ (清)冯班:《严氏纠谬》,《钝吟杂录》卷五,四库全书本第886册,第552页。

等。这正可以看出严羽的诗论与宗杲禅宗思想之间的内在联系。①

严羽在《答吴景仙书》中说:"妙喜(严羽自注:是径山名僧宗杲也)自谓参禅精子,仆亦自谓参诗精子。"可见,严羽倾心崇拜宗杲禅宗,故以临济与曹洞喻诗之高下。严羽抑"大历以来之诗",特意指出"晚唐之诗,则声闻、辟支果也",这是针对南宋四灵、江湖诗派误以晚唐诗为唐宗之谬见而发的。严羽《诗辨》文尾指他们"不知止入声闻、辟支之果,岂盛唐诸公大乘正法眼者哉!"是知严羽揭橥"第一义"说,其宗旨是"以盛唐为法"。

(二)诗之道,亦如禅之道,须熟参、悟入而至妙悟

严羽说:"大抵禅道惟在妙悟,诗道亦在妙悟。"严羽认为,学习诗道与学习禅道是相通的,都在善于"妙悟"。他说,孟浩然的知识学问远不如韩愈,而其诗独出韩愈之上,"一味妙悟故也"。可见这种"妙悟",不是通过知识积累与理性思维得来的,而是一种直觉、体验式的感悟和体悟。"惟悟乃为当行,乃为本色",只有"悟",才能真正学得诗,创作出当行本色的诗来。严羽提出"悟有浅深":有"分限之悟",有"透彻之悟",有"一知半解之悟",还有"不假悟"和"终不悟"。他说"谢灵运至盛唐诸公,透彻之悟也。他虽有悟者,皆非第一义也"。如何达到妙悟?严羽提出熟读、熟参。他说须熟读楚词及古诗十九首、乐府四首、汉魏五言、李杜二集,然后博取盛唐名家,酝酿胸中,"久之自然悟

---

① 曹东:《试论严羽诗论与南宋理学的关系》,《洛阳师专学报》1998年第4期,第62页。

入"。又强调将汉、魏之诗至本朝苏、黄以下诸公之诗,依次而"熟参"之,必能自辨"其真是非"。可见,"熟参"是贴近对象本身,对其反复酝酿、涵泳乃至辨识、悟入的过程。由此看来,他说的"悟"是由"渐悟"而达"顿悟"。宋代吴可《学诗诗》说:"学诗浑似学参禅,竹榻蒲团不计年。直待自家都了得,等闲拈出便超然。"①"竹榻蒲团"句写"渐修"的过程,"直待自家"二句,描写"顿悟"的境界。包恢也说:"诗家者流,以汪洋澹泊为高。……此惟天才生知、不假作为,可以与此,其余皆须以学而入。学则须习,恐未易径造也。所以前辈尝有'学诗浑似学参禅'之语,彼参禅固有顿悟,亦须有渐修,始得顿悟。"②包恢阐发吴可诗意,与严羽说法符合。钱锺书说,当时跟《沧浪诗话》的主张最符合的是包恢《敝帚稿略》里几篇文章。③ 有学者讥严羽对南北宗的认知与说法有矛盾,顿悟与渐悟相混淆。其实,文人学佛,取其大概。严羽的"妙悟说",意在"主悟",不在顿渐;意在"喻诗",不在拘守宗派。

(三) 诗之妙处,亦如禅之妙处,空灵蕴藉,不可言说

严羽既称盛唐诸公为透彻之悟,其妙处何在?他说:"盛唐诸人,惟在兴趣,羚羊挂角,无迹可求。故其妙处,透彻玲珑,不可

---

① (宋)吴可:《学诗诗》(其一),郭绍虞《中国历代文论选》第二册,上海古籍出版社1979年版,第345页。
② (宋)包恢:《答傅当可论诗》,《敝帚稿略》卷二,四库全书本第1178册,第717页。
③ 钱锺书《宋诗选注》"严羽"诗注[四]:"《敝帚稿略》卷二《答傅当可论诗》《答曾子华论诗》、卷五《书徐致远〈无弦稿〉后》。马金编戴复古《石屏诗集》有包恢序,《敝帚稿略》漏收,里面的议论也可参证。"(人民文学出版社1958年版,第299页)

凑泊，如空中之音、相中之色、水中之月、镜中之象，言有尽而意无穷。"其中"羚羊挂角""凑泊""空中之音、相中之色""水中之月、镜中之象"等，皆是禅宗语言，在禅宗著作和文人诗论中常用。"羚羊挂角"①，传说羚羊夜宿防患，挂角于树，足不着地，无迹可寻。因以比喻意境超脱，不着形迹。"凑泊"②，拼凑。严羽认为盛唐诗兴象玲珑，不是补缀拼凑而成的。"空中之音"二句③，本自张舜民（字芸叟，自号浮休居士）评王安石之诗。包恢也曾引述："所谓造化之未发者，则冲漠有际，冥会无迹，空中之音、相中之色，欲有执着，曾不可得。"④"水中之月"二句⑤，乃禅宗对佛性佛法的比喻。此四句，严羽用来比喻盛唐诗之妙处，如空中音、相中色，可闻可见，难可着摸；亦如镜中花、水中月，可见而不可掇取。总之，严羽借禅宗语言，道出了盛唐诗歌情与境会，浑化无迹，其境象之空灵，韵味之无穷，往往难以用语言来解析、描述，亦如禅理之玄妙，不可言说。严羽的说法，与刘勰论文之精妙微纤，口弗

---

① 释道原《景德传灯录》卷十七："师谓众曰：如好猎狗，只解寻得有踪迹底，忽遇羚羊挂角，莫道迹，气亦不识。"《续修四库全书》本，第1282册，第530页，《五灯会元》卷二十"径山杲禅师法嗣"条："若论直指人心，见性成佛，大似羚羊挂角，猎犬寻踪，一意乖疏，万言无用。"（四库全书本第1053册，第868页）

② 晁迥《法藏碎金录》卷三："常患禅宗所说名相阶差，颇多繁细，卒难凑泊，一日忽自悟焉。"（四库全书本第1052册，第475页）《五灯会元》卷十八"圆通旻禅师法嗣"条："居士问圆通曰：是法非思量分别之所能解，当如何凑泊？"（四库全书本第1053册，第786页）

③ 胡仔《苕溪渔隐丛话》后集卷三十三"张芸叟"条："《复斋漫录》云：芸叟尝评诗云：……王介甫之诗，如空中之音，相中之色，人皆闻见，难可着摸。"（人民文学出版社本，第257页）

④ （宋）包恢：《答傅当可论诗》，《敝帚稿略》卷二，四库全书本第1178册，第716页。

⑤ 《五灯会元》卷三"马祖一禅师法嗣"条："师却举顺宗问尸利禅师，大地众生，如何得见性成佛？利曰：佛性犹如水中月，可见不可取。"（四库全书本第1053册，第122页）释惠洪《林间录》卷下："诸法同镜像，亦如水中月。"（四库全书本第1052册，第836页）

能言,"伊挚不能言鼎,轮扁不能语斤",颇有相通之处。虽不免玄虚,却得到诗坛大家的认同。清王士禛说:"严沧浪论诗特拈'妙悟'二字,及所云'不涉理路,不落言筌',又'镜中之象','水中之月','羚羊挂角,无迹可寻'云云,皆发前人未发之秘,而常熟冯班诋諆之不遗余力。……至敢詈沧浪为一窍不通,一字不识,则尤似醉人骂坐,闻之唯掩耳走避而已。"① 就连宗宋诗的翁方纲也说:"而盛唐诸公,全在境象超诣,所以司空表圣《二十四诗品》及严仪卿以禅喻诗之说,诚为后人读唐诗之准的。"②

严羽与苏轼的一致处,在于揭示"诗禅相通"的思维方式。葛兆光指出:

> 从直觉体验、瞬间顿悟、玄妙的表达到活参领悟,构成了禅宗独特的完整的思维方式……它对客观事物的考察方式是直觉观察而不是客观观察,它的联想是非理性的跳跃式的而不是逻辑的,它更突出了神秘主义的悟性,所以它又与中国传统的儒家的思维方式距离较远而与老庄的思维方式距离较近。③

严羽与苏轼皆涉及了诗禅的直觉体验、玄妙的表达与活参领悟,为中国诗学提供了不同于传统艺术思维的新的思维方式。关于苏、严之不同处,郁沅文章指出,在严羽之前有关诗禅说的两大派,苏轼一派的诗禅说重在内心修养,是谈创作过程中主观与客观、心与物的关系,主张二者倏然拍合、无意为文而不能不为的创作境界,

---

① (清)王士禛:《冯班诋諆严羽》,《分甘馀话》卷二,中华书局1989年版,第37页。
② (宋)翁方纲:《石洲诗话》卷四,人民文学出版社1981年版,第122页。
③ 葛兆光:《禅宗与中国文化》,上海人民出版社1986年版,第148页。

颇似禅宗的顿悟。江西派的诗禅说,主张通过学习前人的写作方法,勤学苦练,积久见功,从中开辟自己的创作途径,颇似禅宗的渐悟。严羽则把二者融合起来,由江西派走到苏轼派,但他的诗禅说在内容上与苏轼派与江西派均有不同。……苏轼说明的是自然的创作论,严羽探讨的是诗歌形象性和艺术规律问题。[①] 的确,严羽的诗禅说偏重于诗歌艺术性的探讨,而苏轼的诗禅说不但倡导自然的创作论,更关注于"禅"的精神。有人说,禅是一种直接进入事物内部,超越了物我的一种精神,是把握生命和生活真实的一种方式方法,同时又是一种澄明宁静、大彻大悟的心灵境界。苏轼"空静说",正是关注这样一种澄明宁静、大彻大悟的心灵境界,达此境界,对人生百味自有体悟,笔下诗句自然超妙。

四 诗学概念的相沿

仔细审度严羽几个重要的诗学概念,不能不说与苏轼的标举与倡导有密切关系。

严羽的"兴趣说"("盛唐诸人,惟在兴趣……言有尽而意无穷"一段文字),包含着对"趣""韵""味"的追求。在苏轼之前,诗文中不乏"趣""奇趣"的用语,如"落笔有奇趣""剖析元理,微妙有奇趣"等,但几乎无人对"趣"的内涵作出解释。苏轼生性活跃,风趣幽默,常以有趣之事之语入诗,正如刘熙载所说:"东坡长于趣。"[②] 且"趣"字屡见于诗文。在苏轼眼里,"趣"无处不有,却未必都能识得。他说:"自非陶靖节,谁识此闲趣""许侯何足

[①] 郁沅:《严羽诗禅说析辨》,《学术月刊》1980年第7期,第60页。
[②] (清)刘熙载:《艺概》卷二《诗概》,《刘熙载集》,华东师范大学出版社1993年版,第103页。

道，宁识此高趣"①"此间真趣岂容谈"②。……足见"趣"，不是人人一望而知的东西，而要有审美感知能力与鉴赏能力。宋人以"趣"论诗，始于苏轼。惠洪《冷斋夜话》卷五"柳诗有奇趣"条载："柳子厚诗曰：'渔翁夜傍西岩宿，晓汲清湘然楚竹。……'东坡云：'诗以奇趣为宗，反常合道为趣。熟味此诗有奇趣。'"③苏轼以"奇趣"论柳子厚《渔翁》诗，乃知"奇趣"，在于"反常"，不同于常情，有一种活泼泼的新鲜感；又"合道"，带有理性的色彩，所以出奇、幽默，有意思，有趣味，周裕锴称之为"机智与理性的魅力"④。苏轼评智永禅师的书法，如渊明之诗，乃于疏淡中见奇趣⑤，也是对"趣"的一个极好诠释。智永书"骨气深稳"，却于外在不显张力，"反造疏淡"，初若渊明诗的"散缓不收"，这与常情相反，却又合于诗书艺术含而不露的高品位，所以要"反覆不已，乃识其奇趣"。惠洪《冷斋夜话》记载了苏轼这段文字，并在其《石门文字禅》一书中多次引用"奇趣"一词，发挥苏轼之意用以说诗，引起了宋人的极大兴趣。宋人三大诗话总集阮阅《诗话总龟》卷四十八、胡仔《苕溪渔隐丛话》前集卷十九、魏庆之《诗人玉屑》卷十，均收录苏轼论"奇趣"条。"趣"也随之成为宋人对诗歌的一种审美期待。严羽提出"兴趣说"及"别材""别趣说"，并不反对读书穷理，而是强调诗歌要别具一种诗材、诗趣，即诗人的情感、

---

① （宋）苏轼：《和陶咏二疏》，《苏轼诗集》卷四十，第2183页。
② （宋）苏轼：《二乐榭》，《苏轼诗集》卷十四，第671页。
③ （宋）惠洪：《冷斋夜话》卷五，收入《苏轼文集·苏轼佚文汇编》卷五，第2552页。
④ 周裕锴：《宋代诗学通论》，巴蜀书社1997年版，第321页。
⑤ 苏轼《书唐氏六家书后》："永禅师书，骨气深稳，体兼众妙，精能之至，反造疏淡。如观陶彭泽诗，初若散缓不收，反覆不已，乃识其奇趣。"（《苏轼文集》卷六十九，第2206页）

精神与物象的自然触发,融合一体,有一种生动鲜活的情趣、趣味灌注其间,不可资书以为诗,陷于一味说理。显然,严羽接过了苏轼标举的"趣",又赋予它新的理解与阐释,并且又针对"苏黄习气"而发。这说明在"趣"所蕴含的"情"与"理"两个要素中,严羽看重的是抒情,是情趣,而苏诗中较多表现出的是说理,是理趣。二人求"趣",在指向上是同中而有异的。

严羽批评近代诸公以文字、才学、议论为诗,"盖于一唱三叹之音,有所歉焉",意谓苏、黄诸公诗的"韵味"不足。"一唱三叹",出自《荀子·礼论》:"清庙之歌,一倡而三叹也。"原指古帝王祭祀祖先的乐歌简单质朴,一人唱而三人(或多人)随着发出赞叹之声,予以应和。后转用来形容诗歌婉转而韵味悠长,即严羽说的"言有尽而意无穷"。

从创作层面来讲,苏轼诗不以"一唱三叹"而见长。然从审美追求来讲,苏轼恰是从晚唐到北宋,极力倡导"一唱三叹"之声的文坛盟主。元丰年间(1078—1085),他称道友人诗云:"吴兴有君子,淡如朱丝琴。一唱三太息,至今有遗音。"[①] 又云:"长篇小字远相寄,一唱三叹神凄楚。"[②] 又称道张耒诗文似苏辙:"其文如其为人,故汪洋澹泊,有一唱三叹之声,而其秀杰之气终不可没。"[③] 至岭海贬逐归来,作《书黄子思诗集后》,极推司空图(字表圣)的"诗味"(或称"韵味")说:

唐末司空图,崎岖兵乱之间,而诗文高雅,犹有承平之遗

[①] (宋)苏轼:《送俞节推》,《苏轼诗集》卷十九,第993页。
[②] (宋)苏轼:《和蔡景繁海州石室》,《苏轼诗集》卷二十二,第1178页。
[③] (宋)苏轼:《答张文潜县丞书》,《苏轼文集》卷四十九,第1427页。

风。其论诗曰：梅止于酸，盐止于咸；饮食不可无盐梅，而其美常在咸酸之外。盖自列其诗之有得于文字之表者二十四韵，恨当时不识其妙，予三复其言而悲之。……信乎表圣之言，美在咸酸之外，可以一唱而三叹也。①

苏轼这段文字，一是以"盐梅"之喻将司空图所谓"咸酸"之语作了简洁而诗意的概括②，以致后来论者直接援引苏轼之语，而置司空图文本于不顾；二是极为认同其说，"信乎表圣之言，美在咸酸之外，可以一唱而三叹"；三是遗憾司空图之说并未引起晚唐人的重视，"恨当时不识其妙，予三复其言而悲之"。苏轼通过对韦、柳诗风格的概括——"发纤秾于简古，寄至味于澹泊"，和对黄子思诗佳句妙语的解读——"反复数四，乃识其所谓"，揭橥"味"是一种辩证的统一体，是具有复合性质的"至味"，是需要反复涵泳才能"识"得的（之前论陶诗亦如是）。他又将司空图"韵外之致""味外之旨"的说法概括为"味外味"。③ 正是苏轼的慧眼独见与推举，从此司空图的"韵味说"大受关注和好评。苏轼还提出"意尽而言止者，天下之至言也。然言止而意不尽，尤为极致"④。姜夔《白石道人诗说》云："语贵含蓄。东坡云'言有尽而意无穷者，天下之

---

① （宋）苏轼：《书黄子思诗集后》，《苏轼文集》卷六十七，第2124页。
② （唐）司空图《与李生论诗书》："江岭之南，凡足资于适口者，若醯非不酸也，止于酸而已；若鹾非不咸也，止于咸而已。华之人所以充饥而遽辍者，知其咸酸之外，醇美者有所乏耳。"（《司空表圣诗文集笺校·司空表圣文集笺校》卷二，第193页）
③ 苏轼《书司空图诗》："司空图表圣自论其诗，以为得味于味外。"（《苏轼文集》卷六十七，第2119页）洪迈《容斋随笔》卷十："东坡称司空表圣诗文高雅，有承平之遗风，盖尝自列其诗之有得于文字之表者二十四韵，恨当时不识其妙。又云：'表圣论其诗，以为得味外味，如……予读表圣《一鸣集》有《与李生论诗》一书，乃正坡公所言者。'"（岳麓书社1994年版，第86页）
④ （清）潘永因：《宋稗类钞》卷二十四，四库全书本第1034册，第556页。

至言也.'山谷尤谨于此,清庙之瑟,一唱三叹,远矣哉!后之学诗者,可不务乎?"① 四库馆臣称"羽之持论,又源于图"②,殊不知是苏轼首推司空图的"韵味说",在图与羽之间架起了桥梁。自苏轼起,宋人对"韵味"的论述日渐多矣,且多与苏轼相关联。例如,苏门黄庭坚提出"凡书画当观其韵……此与文章同一关纽"③,师从黄庭坚学诗的范温第一个提出了"有余意之谓韵"的中心命题,并对"韵"作出多层次的阐释,指出"唐人言韵者,亦不多见,惟论书画者颇及之。至近代先达,始推尊之以为极致。凡事既尽其美,必有其韵,韵苟不胜,亦亡其美"④。道出了宋人对"韵"的重视。又说:"惟陶彭泽体兼众妙,不露锋芒,故曰:质而实绮,癯而实腴,初若散缓不收,反复观之,乃得其奇处;夫绮而腴、与其奇处,韵之所从生,行乎质与癯,而又若散缓不收者,韵于是乎成。……是以古今诗人,惟渊明最高,所谓出于有余者如此。"⑤ 这是阐发苏轼之语意,将"趣"与"韵"打并一体。又指出"至于书之韵,二王独尊。唐以来颜、杨为胜。……近时学高韵胜者,唯老坡"⑥。陈善提出"文章以气韵为主,气韵不足,虽有辞藻,要非佳作也。乍读渊明诗,颇似枯淡,久久有味。东坡晚年酷好之,谓李杜不及也。

---

① (宋)姜夔:《白石道人诗说》,何文焕辑《历代诗话》,中华书局1981年版,第681页。
② (清)永瑢等:《四库全书总目》卷一百六十三《沧浪集二卷提要》,中华书局1965年版,第1400页。
③ (宋)黄庭坚:《题摹燕郭尚父图》,《黄庭坚全集·宋黄文节公全集·正集》卷二十七,第729页。
④ (宋)范温:《潜溪诗眼》,郭绍虞辑《宋诗话辑佚》上册,第373页。
⑤ 同上书,第373—374页。
⑥ 同上。

此无他，韵胜而已"①。

"格"的概念，前代已用，一般指诗文的格律、体例、品格、风格。罗根泽先生指出："诗格有两个兴盛的时代，一在初、盛唐，一在晚唐五代以至宋代的初年。"② 这里的"格"，主要指对诗歌格律作法的探讨与实践。晚唐司空图说"作者为文为诗，格亦可见"③，"直致所得，以格自奇"④，则指的是诗的品格、风格。苏轼受司空图的启发，更加看重"格"，并以"格韵""格力"评骘高下，如评黄庭坚诗"格韵高绝"⑤，评杜甫诗"格力天纵，奄有汉魏晋宋以来风流"⑥，批评晚唐诗"五季文章堕劫灰，升平格力未全回"⑦。苏轼所说的"格韵""格力"，是体现在作品中的主客体精神品格与力量。黄庭坚外甥洪驹父记苏轼评郑谷、柳宗元诗：

> 洪驹父《诗话》云："东坡言郑谷诗：'江上晚来堪画处，渔人披得一蓑归'，此村学中诗也。子厚云：'千山鸟飞绝，万径人踪灭。孤舟蓑笠翁，独钓寒江雪。'信有格也哉，殆天所赋，不可及也。"⑧

---

① （宋）陈善：《扪虱新话》上集卷一，王云五主编《丛书集成初编》本（商务印书馆），第1页。
② 罗根泽：《中国文学批评史》（二），上海古籍出版社1984年版，第186页。
③ （唐）司空图：《题柳柳州集后》，《司空表圣诗文集笺校·司空表圣文集笺校》卷二，第196页。
④ （唐）司空图：《与李生论诗书》，《司空表圣诗文集笺校·司空表圣文集笺校》卷二，第193页。
⑤ （宋）苏轼：《书黄鲁直诗后二首》，《苏轼文集》卷六十七，第2122页。
⑥ （宋）苏轼：《书唐氏六家书后》，《苏轼文集》卷六十九，第2206页。
⑦ （宋）苏轼：《金门寺中见李西台与二钱唱和四绝句戏用其韵跋之》，《苏轼诗集》卷二十八，第1511页。
⑧ （宋）胡仔：《苕溪渔隐丛话》前集卷十九"柳柳州"条，人民文学出版社1984年版，第124页。

晚唐诗人郑谷诗写雪中渔人披蓑而归，直道眼前之景，虽真切堪画，而在苏轼眼中，只是"村学中诗"，无法与柳子厚笔下"独钓寒江雪"的渔父诗相比。关键在于前者纯属写景，不见作者襟抱，而后者则寄寓了诗人孤高耿介的人格情操，所以说"信有格也"，更具格韵，更见人格力量。苏轼批评石曼卿《红梅》诗"诗老不知梅格在"[①]，谓其只知摹形而不知表现梅之精神品格，亦与郑谷诗相类。朱熹评父亲朱松诗"其诗初亦不事雕饰，而天然秀发，格力闲暇，超然有出尘之趣，远近传诵"[②]，评南上人诗"南诗清丽有余，格力闲暇，绝无蔬笋气"[③]，不但"格力"一词，内涵与苏轼同义，且"有出尘之趣""无蔬笋气"之句，[④] 亦袭用苏轼常用之语。

　　严羽在《诗辨》中把"格力"列入诗之五法："曰体制，曰格力，曰气象，曰兴趣，曰音节"，对"格力"亦为看重。在诗评中虽再未用"格力"一词，实则已把这种理念融于他的具体批评之中，如对阮籍、左思等人的嘉评和对晚唐陈陶、薛逢等人诗的差评。

　　周裕锴《宋代诗学通论》中将"格""韵""味""趣"作为宋代诗学概念最具特色的审美范畴，指出：

---

① 苏轼《红梅三首》其一："诗老不知梅格在，更看绿叶与青枝。"苏轼自注：石曼卿《红梅》诗云："认桃无绿叶，辨杏有青枝。"（《苏轼诗集》卷二十一，第1107页）
② （宋）朱熹：《皇考左承议郎守尚书吏部员外郎兼史馆校勘累赠通议大夫朱公行状》，《晦庵文集》卷九十七，第4506页。
③ （宋）朱熹：《跋南上人诗》，《晦庵文集》卷八十一，第3852页。
④ 苏轼《上韩魏公一首》称董传"其文字萧然有出尘之姿"。（《苏轼文集》卷五十，第1443页）又《赠诗僧道通》："气含蔬笋到公无。"（苏轼自注：谓无酸馅气也）（《苏轼诗集》卷四十五，第2451页）

在考察宋人的诗论时，我们一方面会发觉，唐诗学最常见的"风骨""兴寄""境象"等术语逐渐为宋诗学的"气格""气韵""余味""奇趣"等所替代；另一方面会注意到，宋诗学中的"格""韵""味""趣"等概念，已与传统的审美范畴有很大的差异，具有不同于唐诗学的全新内容。①

可以说，在宋诗学术语对唐诗学术语的"替代"及其赋予的"全新内容"中，苏轼往往是提供新的思想观点与批评实践的先行者。他标举的"格""韵""味""趣"等诗学概念，几乎全都为严羽所沿用。

由以上四个维度的观照，不难发现，严羽诗学的思想宗旨、审美取向、思维方式与诗学概念，与苏轼有颇多的一致处。只是须仔细寻绎，方能发觉其中的相通与关联。可以说，严羽对苏、黄诗的批评，主要是在创作层面，并不妨碍其理论层面的自觉或不自觉、直接或间接的接受。尤其是在南宋普遍"好苏"的文化氛围中，这种接受是顺乎其然的。苏轼的诗学追求与他的诗歌创作有不一致处，李清照的词学主张与她的创作也有不一致处，说明理论与创作之间并不是一个简单的对等关系，往往会受到多种因素的影响，呈现出比较复杂的情况。所以，诗学接受也必然不是单一的，批评不等于排斥接受。朱熹对苏轼的接受过程就是一个很好的例子。严羽亦复如是。

---

① 周裕锴：《宋代诗学通论》，巴蜀书社1997年版，第286页。

第三节　严羽对苏轼接受的文学史意义

严羽的"苏轼接受",在文学史上有着不一般的意义。其一,严羽对苏轼文艺思想的接受与融通,促成其诗学理论得以提升,从而达到有宋一代诗学批评著作的一个高峰。其二,严羽对苏、黄诗的批评,助推了长达七八百年的"唐宋诗之争",极大地影响了元明清文艺思想的走向,也激荡着苏轼接受史的波澜起伏。

一　促成严羽诗学理论的提升

(一)严羽对前代诗学理论的接受

严羽诗论,注重抒情美、形象美、含蓄美、雄浑美,传统诗论中,如《毛诗序》的"吟咏情性",陆机的"诗缘情"说,刘勰的"风骨说""隐秀说",殷璠的"兴象说",刘禹锡的"境生于象外"……都是他诗学的思想来源。而于钟嵘、皎然、司空图三家最为显著,这使他比较偏于审美批评。

严羽对钟嵘诗学的接受,突出体现在以下三点:其一,倡导树立学诗的典范。钟嵘针对当时诗坛"庸音杂体,人各为容""喧议竞起,准的无依"的现状,以上、中、下三品论诗,为学诗者树立真正的典范。严羽也强调学诗要取其上、走正路,提出"以汉魏晋盛唐诗为师,不作天宝以下人物"。其二,强调诗的本质是吟咏情性。钟嵘为了纠正当时诗坛过分讲求用事和声律的弊端,提出诗者"吟咏情性,亦何贵于用事",主张"自然""直寻",谓"文多拘忌,伤其真美";提出"诗有三义焉:一曰兴,二曰比,三曰赋",强调兴比赋"酌而用之""干之以风力,润之以丹彩""使味之者无极,闻之者动心,是诗之至也。"① 情性、自然、风骨、辞采、比兴、滋味,这些元素建构了钟嵘的诗歌理想与评诗标准。严羽汲取了钟嵘诗学的要义,指出"诗者,吟咏情性也",推赏盛唐诗的"兴趣""意兴"及"风骨",要求"言有尽而意无穷",反对过分讲究用事、押韵及一味说理。其三,淡化儒家诗教,偏重于艺术审美。钟嵘将两汉的"诗六义"简化为"诗三义",已有淡化汉人重视教化讽喻的倾向。严羽则将"诗六义"转而为"禅悟",更看重诗的直觉体验与神秘空灵,亦显示了淡化儒家诗教的倾向。

中唐诗僧皎然作《诗式》,极推重谢灵运,在《文章宗旨》中称他"性颖神彻,及通内典,心地更精,故所作诗,发皆造极,得非空王之道助耶?"② 已将其精通佛典与诗歌造诣相联系。认为谢诗是"真于情性,尚于作用,不顾词彩,而风流自然"③。又在《重意诗例》中称"两重意已上,皆文外之旨,若遇高手如康乐公,览而察之,但见情性,不睹文字,盖诗道之极也"④。对谢诗作了极高的评价。严羽受皎然之影响,认为"谢灵运之诗,无一篇不佳"(《诗评》),在六朝诗人中,独推谢灵运为"透彻之悟"

---

① 钟嵘《诗品序》:"故诗有三义焉:一曰兴,二曰比,三曰赋。文已尽而义有余,兴也;因物喻志,比也;直书其事,寓言写物,赋也。宏斯三义,酌而用之,干之以风力,润之以丹彩,使味之者无极,闻之者动心,是诗之至也。"(《历代诗话》本,第3页)
② (唐)皎然:《文章宗旨》,李壮鹰《诗式校注》卷一,第118页。
③ 同上。
④ (唐)皎然:《重意诗例》,李壮鹰《诗式校注》卷一,第42页。

者，以致论者以为不公。皎然提出的"气高而不怒，怒则失于风流，力劲而不露，露则伤于斤斧"（《诗有四不》），"要力全而不苦涩，要气足而不怒张"（《诗有二要》），也于严羽诗学中得以贯彻。

晚唐司空图进一步提出"辨于味而后可以言诗"，提倡诗歌要追求"咸酸之外醇美者"，即"韵外之致""味外之旨"①，并推赏戴叔伦所说的"象外之象""景外之景"②，这些尤为严羽所接受。四库馆臣即言："考《困学纪闻》载，唐戴叔伦诗谓'诗家之景，如蓝田日暖，良玉生烟，可望而不可即。'司空图《诗品》有'不着一字，尽得风流'语。其《与李秀才书》又有'梅止于酸，盐止于咸，而味在酸咸之外'语。盖推阐叔伦之意。羽之持论，又源于图。"③

严羽对前代诗学的接受，成为其推尊盛唐诗的重要思想来源。

（二）严羽对苏轼诗学理论的接受

严羽对传统诗学的接受，是其坚实的理论根柢，而对苏轼诗学思想的接受，使得他的诗学思想更具有时代性、包容性与创新性。

第一，严羽的"妙悟"说，承接苏轼及其追随者的观点，加以整合与创新。

清人刘彬华《岭南群雅》有诗云"喻诗以禅始严氏"，钱锺书

---

① （唐）司空图：《与李生论诗书》，《司空表圣文集》卷二，祖保泉、陶礼天笺校《司空表圣诗文集笺校》，安徽大学出版社 2002 年版，第 193—194 页。
② （唐）司空图：《与极浦书》，《司空表圣文集》卷三，《司空表圣诗文集笺校》，第 215 页。
③ （清）四库馆臣：《沧浪集提要》，四库全书本第 1179 册，第 27 页。

第四章　严羽与苏轼

《谈艺录》正其说云：

> 宋人多好比学诗于学禅。如东坡《夜直玉堂携李之仪端叔诗百余首读至夜半书其后》云："每逢佳处辄参禅。"《诗人玉屑》卷十五引范元实《潜溪诗眼》论柳子厚诗有云："识文章当如禅家有悟门。夫法门百千差别，要须自一转语悟入。如古人文章直须先悟得一处，乃可通于他处。"又《渔隐丛话》前集卷五亦引《潜溪诗眼》云："学者先以识为主，禅家所谓正法眼藏。"韩子苍《陵阳先生诗》卷一《赠赵伯鱼》七古末四句云："学诗当如初学禅，未悟且遍参诸方，一朝悟罢正法眼，信手拈出皆成章。"《诗人玉屑》卷五引子苍《陵阳室中语》云："诗道如佛法，当分大乘、小乘、邪魔、外道。"《沧浪诗话》开首："禅家者流，乘有小大，宗有南北，道有邪正"等数语，与此正同。《诗人玉屑》卷一又载赵章泉、吴思道、龚圣任三人"学诗浑似学参禅"七绝九首，陆放翁《赠王伯长主簿》诗云："学诗大略似参禅，且下功夫二十年。"葛天民《寄杨诚斋》云："参禅学诗无两法，死蛇解弄活鱍鱍。……"戴石屏《题邹登龙梅屋稿》云："邹郎雅意耽诗句，多似参禅有悟无。"吴可《藏海诗话》云："凡作诗如参禅，须有悟门。"盖比诗于禅，乃宋人常谈。①

郭绍虞论吴可《学诗诗》时指出：

> 吴可少时以诗为苏轼所赏识，其所著《藏海诗话》，往往

---

① 钱锺书：《谈艺录》八四，中华书局1984年版，第257—258页。

阐述苏氏诗论,揭橥了"凡作诗如参禅,须有悟门"的宗旨。……吴可的《学诗诗》在当时引起了诗人们的注意。龚相、赵蕃都有过和作。江西派诗人曾几《读吕居仁旧诗有怀》也说"学诗如参禅",杨万里也往往在七绝中用禅喻诗,葛天民《寄杨诚斋》诗也说"参禅学诗无两法"。戴复古《论诗七绝》也说:"欲参诗律似参禅,妙趣不由文字传。"诗禅之说几乎成为南宋流行的口头禅。至严羽《沧浪诗话》出,以禅喻诗又发展到一个新的阶段。①

由钱、郭二先生所论可知,诗禅说在宋代已成风气。此由苏轼发端,经吴可承前启后,至严羽发展到一个新的阶段。以上两则中所举范温(字元实,苏门四学士秦观之婿)、韩驹(字子苍,少时以诗为苏辙所赏,后因被指为苏轼之党谪降)、陆游(字放翁,诗学苏、黄)、戴复古(字石屏,景仰苏轼)、赵蕃(号章泉,颇好苏诗)②、吴可(字思道,为苏轼所赏识,阐发苏轼诗论)、曾几(对苏轼心慕手追)③、杨万里(颇好苏诗)④ 等,还有之前提到的李之仪等,都受到苏轼其人其诗学的影响。

---

① 郭绍虞主编:《中国历代文论选》第二册,上海古籍出版社1979年版,第345—347页。

② 赵蕃《读东坡和陶诗》:"食已无余事,坡诗信手翻。飘零落蛮蜑,收拾重玙璠。未易穷关键,才能味语言。向来陶谢并,今日要重论。"(《乾道稿—淳熙稿》卷八,《四库全书》本,集部1155册,第129页)

③ 曾几《沈明远教授用东坡仇池石韵赋予所蓄英石次其韵》:"东坡韵险艰,句句巧追逐。"(《茶山集》卷一,四库全书本1136册,第477页)又《次绿字韵》:"赏音无东坡,尤物多跧伏。"(同上)

④ 杨万里《谢福建茶使吴德华送东坡新集》:"东坡文集侬亦有,未及终篇已停手。印墨模糊纸不佳,亦非鱼网非科斗。……只逢书册佳且新,把玩崇朝那肯去。东坡痴绝过于侬,不将一褐易三公。……故人怜我老愈拙,不寄金丹扶病骨,却寄此书来恼人,挑落青灯搔白发。"(辛更儒《杨万里集笺校》卷十六,第800页)又《与长孺共读东坡诗……》:"问来却是东坡集,久别相逢味胜初。"(同上书卷二十七,第1409页)

严羽选择"以禅喻诗",是对苏轼及其追随者"学诗如参禅""诗法不相妨"说法的"接着说"。他把上述论者提到的"以识为主""正法眼藏""分大乘小乘""须有悟门""遍参诸方"等说法,加以整合,提出了"妙悟说",包括"以识为主",悟"第一义",诗禅相通"惟在妙悟""悟有浅深",由"熟参"而妙悟,等等。其特点是以禅之思维、乘之小大,来论诗之创作与诗之高下,推崇具有"透彻之悟"的盛唐诗,力矫宋诗之弊。明人和春作跋曰:"《诗辨》等作,其识精,其论奇,其语峻,其旨远,断自一心,议定千古。至于指妙悟为入门,取上乘为准则,陋余子为声闻,评辨考证,种种诣极,故谈者尚焉。……噫,识诗者宋季以来无逾沧浪!"[①] 此论虽嫌过誉,而沧浪注重从艺术思维来谈论诗,构成如此系统的诗禅之论,未之有也。

第二,严羽的"别趣说""兴趣说",吸收苏轼倡导的诗学概念与前代诗学加以熔铸提炼。如前所说,苏轼提出"诗以奇趣为宗"的说法,严羽以"趣"为基调,构成了他的"别趣说"与"兴趣说"。"诗有别趣",是以"趣"(情趣)作为诗歌审美的核心要素,以区别它与说理、做学问的不同。"惟在兴趣",是用以概括盛唐诗所具有的审美特征,以区别它与中晚唐诗的不同。钟嵘说"文已尽而意有余,兴也",唐人有"兴寄""兴象"之说,而严羽的"兴趣说",更注重诗歌"兴发感动"的质素与诗中蕴含的"趣味""韵味"和"余味"。我们不妨这样说,严羽的"别趣说"与"兴趣说",是在吸收佛学思想与前代诗学思想的基础上,将苏轼推举的"趣""韵味""味外味""至味"以及"一唱三叹""言止而意不

---

① 陈定玉辑校:《严羽集·附录·序跋》,中州古籍出版社1997年版,第430页。

尽"等概念和说法，加以熔铸而成的重要的诗论观点。

第三，严羽崇尚自然平淡与格力气象，主要来自对苏轼与朱熹的接受。

严羽的《沧浪诗话》与《答吴景仙书》虽"以禅喻诗"，体现了佛教禅宗的思想内涵与思维方式，但就其《诗话》的整体来看，其中论诗评诗，也渗透着道家尚"自然"，儒家尚"气节"与理学家重"气象"的情怀。严羽崇尚"自然平淡"与"气节风骨"，不同程度地接受了苏轼的影响，已见前述。而严羽注重"气象"，可能来自朱熹。

理学家所言"气象"，大抵指做人的胸襟气度、做学问的风格造诣等，如程子有"尧舜气象""曾点气象""冲漠气象"之说。"气象"在朱熹文章中出现频率极高，如"圣贤气象""孔孟气象"[①]"儒者气象"[②]"气象高远"[③]"气象从容""浅迫气象"[④]等，不可遍举。从朱熹所谓"大率议论要得气象宽宏，而其中自有精密透漏不得处，方有余味"[⑤]"大抵上蔡气象宏阔，所见高明，微有不屑卑近之意"[⑥]"大抵二苏议论皆失之太快，无先儒惇实气象，不奈咀嚼。所长固不可废，然亦不可不知其失也"[⑦]，"大抵庄重沉密气象有所

---

① （宋）朱熹：《论孟精义·纲领》，《朱子全书》第7册，第20页。
② （宋）朱熹：《记疑》，《晦庵文集》卷七十，第3403页。
③ （宋）朱熹：《答敬夫孟子说疑义》，《晦庵文集》卷三十一，第1352页。
④ 朱熹《答或人》："前贤之说虽或烦冗，反晦经旨，然其源深流远，气象从容，实与圣贤微意泯然默契，今虽务为简洁，然细观之，觉得却有浅迫气象。"（《晦庵文集》卷六十四，第3140页）
⑤ （宋）朱熹：《答张敬夫》，《晦庵文集》卷三十一，第1339页。
⑥ （宋）朱熹：《记谢上蔡论语疑义》，《晦庵文集》卷七十，第3395页。
⑦ （宋）朱熹：《答范伯崇》，《晦庵文集》卷三十九，第1768页。

未足，以故所发多暴露而少含蓄"①，"气象浅迫无涵畜矣"，② 可知朱熹推重的"气象"，是宽宏、宏阔、庄重、沉密、惇实，含蓄而耐人咀嚼。这样的"气象"，乃是一种宏阔而又浑厚的审美境界。严羽很有可能从包扬师那里接受朱熹这种"气象论"的浸润，将其引入诗学批评，他推重的"汉魏古诗，气象混沌，难以句摘""建安之作，全在气象，不可寻枝摘叶"，有着浑然天成之气象。而盛唐诸公之诗，"既笔力雄壮，又气象浑厚"，与朱熹推重的"气象"颇为一致。从严羽批评苏黄诗"终有子路事夫子时气象"，不及盛唐诗之"气象浑厚"，即可发见这种思想的一脉传承。

苏轼曾说："知者创物，能者述焉。非一人而成也。"③ 这是对艺术发展规律的精准概括。苏轼乃"知者创物"，宋代的重屈、崇陶、尊杜、推柳、好韦、尚颜，以及尚平淡、宗趣味、好禅悟……的风尚，都与他的推举、倡导和开创风气密不可分。严羽的"苏轼接受"，汲取了这些方面，对其诗学理论有极大的提升，并因此而富有包容性和鲜明的时代特征。严羽同时也是"创物者"，他熔铸古今，自成一家，以"妙悟说"揭示了诗歌艺术独特的思维方式（直觉体验式思维，而非逻辑思维）；以"别才、别趣说"，提出了诗人应具备的独特素质（诗才、诗趣）；以"兴趣""气象说"概括了盛唐诗歌的审美特征，以作为诗歌鉴赏与创作的师法对象；以论"文人之诗"为主体（区别与《诗经》、汉乐府等），总结了历代诗歌的体制与流变；他还以自然平淡、格力气象为重要审美标准，评述了历代诗歌的特色与得失……构成了一个以审美为核心的相对完整的

---

① （宋）朱熹：《答张敬夫书》，《晦庵文集》卷二十五，第1109页。
② （宋）朱熹：《答何叔京》，《晦庵文集》卷四十，第1843页。
③ （宋）苏轼：《书吴道子画后》，《苏轼文集》卷七十，第2210页。

理论体系，在诗话著作中独树一帜。南宋许顗《彦周诗话》说："诗话者，辨句法，备古今，纪盛德，录异事，正讹误。"① 严羽的《沧浪诗话》显然不止于此，而远高于此。因而《沧浪诗话》一出，即被诗论家魏庆之所编《诗人玉屑》收录，并列为卷一之首。② 是知见重于当时，推仰于后世。明末清初毛晋说："诸家诗话，不过月旦前人，或拈警句，或拈瑕句，聊复了一段公案耳。惟沧浪先生《诗辨》《诗体》《诗法》《诗评》《诗证》五则，精切简妙，不袭牙后。其《与临安表叔吴景仙》一书，尤诗家金针也。"③

从另一角度看，严羽用"以文字为诗，以才学为诗，以议论为诗"批评以苏、黄及江西诗派为代表的宋诗，被后人引以为对宋诗特征的概括。严羽看到了宋诗与唐诗的"气象不同"，却看不到宋诗新变的必然性与合理性，看不到宋诗独具的长处，一味尊唐抑宋，偏于以禅说诗，因而招致非议，在唐宋诗之争中成为聚焦之点。

二 助推七八百年的唐宋诗之争

唐宋诗之争，是宋以来诗坛一大公案。这一公案，缘于诗坛推尊以杜诗为代表的"唐音"，和批评以欧阳、苏、黄诗为代表的"宋调"，而严羽在这场唐宋诗之争中，扮演了极为重要的角色。

---

① （宋）许顗：《彦周诗话》，《历代诗话》本，第 378 页。
② 黄昇《诗人玉屑·原序》落款："淳祐甲辰长至日，玉林黄昇叔旸序。""淳祐甲辰"为公元 1244 年，严羽的《沧浪诗话》当作于此前。严羽约生于 1192 年，由此推算，严羽作《沧浪诗话》在 50 岁前。
③ 陈定玉辑校：《严羽集·附录·序跋》，中州古籍出版社 1997 年版，第 436 页。

（一）严羽尊盛唐而抑苏、黄使唐宋诗之争正戏上演

关于唐宋诗之争的发轫，论者不乏探究。[①] 李金慧《唐宋诗之争的萌芽和滥觞》一文中，引魏泰《临汉隐居诗话》中记载北宋人对韩愈诗风格的争议[②]，又引吴坰《五总志》中记载北宋人对杜甫"以诗为文"和韩愈"以文为诗"的评议[③]，指出当时"人们对唐宋以来诗格的变化非常敏感，给予了高度关注。作唐音还是倡宋调，几乎成了诗歌领域乃至文人争论的热门话题"[④]。杜诗无疑代表了唐音，而欧阳修倡导诗文革新，尤喜好韩愈之"笔力"[⑤]，遂将韩愈以散文题材入诗，以古文章法句法和字法入诗，以议论为诗的作风，带进了诗里。至苏轼更得以彰显。苏、黄也力推学杜，然好翻用古人事、古人语，好用古人未押之韵，力图求奇而创新，一个有别于唐音的宋调随之形成。至江西诗风盛行而趋于极端化。魏泰、陈师

[①] 秦良、贺丹君：《唐宋之辨与唐宋诗之争的发轫》，《江西社会科学》2003年第12期；李金慧：《唐宋诗之争的萌芽和滥觞》，《学习与探索》2008年第5期。

[②] 魏泰《临汉隐居诗话》："沈括存中、吕惠卿吉甫、王存正仲、李常公择，治平中，同在馆下谈诗。存中曰：'韩退之诗乃押韵之文尔，虽健美富赡，而格不近诗。'吉甫曰：'诗正当如是，我谓诗人以来未有如退之者。'正仲是存中，公择是吉甫，四人交相诘难，久而不决。……予每评诗，多与存中合。"（中华书局《历代诗话》本，第323页）

[③] 吴坰《五总志》："馆中会茶，自秘监至正字毕集。或以谓少陵拙于为文，退之窘于作诗，申难纷然，卒无归宿。独陈无己默默无语。众乃诘之，无己曰：'二子得名，自古未易定价。若以谓拙于文，窘于诗，或以谓诗文初无优劣，则皆不可。就其已分言之，少陵不合以文章似吟诗样吟，退之不合以诗句似做文样做。'于是议论始定，众乃服膺。"（四库全书本第863册，第809页）

[④] 李金慧：《唐宋诗之争的萌芽和滥觞》，《学习与探索》2008年第5期。

[⑤] 欧阳修《六一诗话》："退之笔力，无施不可。而尝以诗为文章末事，故其诗曰'多情怀酒伴，余事作诗人'也。然其资谈笑，助谐谑，叙人情，状物态，一寓于诗，而曲尽其妙。此在雄文大手，固不足论。而予独爱其工于用韵也。盖得其韵宽，则波澜横溢，泛入傍韵，乍还乍离，出入回合，殆不可拘以常格，如《此日足可惜》之类是也。得韵窄，则不复傍出，而因难见巧，愈险愈奇，如《病中赠张十八》之类是也。余尝与圣俞论此，以谓譬如善驭良马者，通衢广陌，纵横驰逐，惟意所之。至于水曲蚁封，疾徐中节，而不少蹉跌，乃天下之至工也。"（《历代诗话》本，第272页）

道、叶梦得等人追求诗的"浑厚""余味"和"本色",均对这种宋调表示过不满。魏泰批评黄庭坚"专求古人未使之事,又一二奇字,缀葺而成诗""故句虽新奇,而气乏浑厚",批评欧阳修诗"才力敏迈,句亦清健,但恨其少余味耳"。① 陈师道批评"退之以文为诗……虽极天下之工,要非本色",表示出对受韩诗影响的宋调不予认同。叶梦得欣赏"老杜变化开阖,出奇无穷",批评江西诗人一味模仿老杜用字:"今人多取其已用字,模效用之,偃蹇狭陋,尽成死法。不知意与境会,言其中节,凡字皆可用也。"② 与这些批评持不同意见的是吕本中,他作《江西宗派图序》,推黄庭坚为始师,"取近世以诗知名者二十五人,谓皆本于山谷,图为江西宗派"③,还将苏、黄诗推为古今极致,说:"古来语文章之妙,广备众体,出奇无穷者,惟东坡一人;极风雅之变,尽比兴之体,包括众作,本以新意者,惟豫章一人。此二者,当永以为法。"④ 杨万里作《江西宗派诗序》,将苏黄、李杜相提并论:"唐云李杜,宋言苏黄""苏似李,黄似杜",提出了苏黄、李杜之同异论。⑤ 一时间,以苏、黄为代表的"宋调"被大为推扬。陈岩肖也认为,"本朝诗人与唐世相亢,其所得各不同,而俱自有妙处,不必相蹈袭也。至山谷之诗,清新奇峭,颇造前人未尝道处,自为一家,此其妙也"。但他也批评江西诗派学黄诗带来的弊病:"然近时学其诗者,或未得其妙处,每有所

---

① (宋)魏泰:《东轩笔录》卷十二,四库全书本第1037册,第489页。
② (宋)叶梦得:《石林诗话》卷中,《历代诗话》本,第420页。
③ (宋)吴曾:《江西宗派》,《能改斋漫录》卷十,四库全书本第850册,第685页。
④ (宋)吕本中:《童蒙诗训·苏黄文字之妙》,蒋述卓等编《宋代文艺理论集成》,中国社会科学出版社2000年版,第636页。
⑤ (宋)杨万里:《江西宗派诗序》,辛更儒《杨万里集笺校》卷七十九,第3230页。

作,必使声韵拗捩,词语艰涩,曰江西格也。"① 至南宋初张戒,第一个严厉批评"苏黄习气",将唐诗与宋诗视为两等,唐宋诗之争自此拉开序幕!

严羽出,推崇"汉魏晋与盛唐之诗",而批评"本朝苏黄以下诸家之诗",尊唐抑宋,旗帜鲜明。而其尊唐抑宋的宗旨,又是以禅悟思维方式将其统摄,有比较完整的理论体系。就其主体而言,严羽有其"宣言",自称"予不自量度,辄定诗之宗旨,且借禅以为喻,推原汉魏以来,而截然谓当以盛唐为法,虽获罪于世之君子,不辞也",表现出挑战世人的无比勇气,"故为此一家之言,以救一时之弊"。② 可以说,"对唐诗美典的推崇和对宋诗弊端的批判,至严羽达到一个新的理论高度"③,标志着唐宋诗之争正戏上演!

(二) 严羽尊盛唐而抑苏、黄成唐宋诗之争的焦点

在唐宋诗之争中,严羽的影响远远盖过了张戒。他对盛唐诗的尊崇,对苏黄诗的批评,以及"妙悟""兴趣""别材""别趣""羚羊挂角,无迹可求""空中之音,相中之色……""以文字为诗,以才学为诗,以议论为诗"诸语,历来是唐宋诗之争中的争议焦点,或被宗唐派作为理论依据,或被宗宋派作为批驳的靶子。严羽的"尊唐抑宋"进一步引发人们对诗歌审美特质的重新审视与认知厘清。

在南宋后期的唐宋诗之争中,唐宋兼宗的刘克庄是宋诗最得力

---

① (宋)陈岩肖:《庚溪诗话》卷下,《历代诗话续编》本,第182页。
② (清)永瑢等:《四库全书总目》卷一百九十五《沧浪诗话一卷》,中华书局本,第1788页。
③ 张毅《唐诗接受史》,人民文学出版社2012年版,第125页。

的辩护者之一。他说:"或曰本朝理学、古文高出前代,惟诗视唐似有愧色。余曰此谓不能言者也。其能言者,岂惟不愧于唐,盖过之矣。"①他又据吕本中《江西诗社宗派图》而作《江西诗派序》,分述图中之人,称黄山谷"荟萃百家句律之长,究极历代体制之变""遂为本朝诗家宗祖"②,俨然与严羽之论分庭抗礼。

  元明诗坛经历了由唐宋诗并举到回归唐诗的过程。元人方回的《瀛奎律髓》选唐、宋两代五七言律诗,而侧重宋代,"方回评论入选作品,基本以江西诗派之法为法,吸取了江西派作家所总结的一套格律句法之学"③,对宋诗人梅、欧、苏、黄诗之品评亦高。元杨士弘编选《唐音》,专选唐诗,分唐诗为始音、正音、遗响,特别推重盛唐诗歌。其《正音》卷首序说:"专取乎盛唐者,欲以见音律之纯,系乎世道之盛。"④《唐音》成书后,选家纷纷效法。明初唐诗专家高棅编选《唐诗品汇》,以初唐为正始,盛唐为正宗,为大家、名家、羽翼,中唐为接武,晚唐为正变,为余响……增选李、杜、韩三家诗,对《唐音》选诗作了完善。⑤明林俊推许严羽"力祖盛唐,追逸踪而还风响……决择精严,新宁高漫士《唐诗品汇》引为断案,以诏进来哲"⑥。清朱彝尊说:"顾正(德)、嘉(靖)以后言诗者,本严羽、杨士弘、高棅之说,一主乎唐。"⑦从诗学理论

---

① (宋)刘克庄:《本朝五七言绝句序》,《后村先生大全集》卷九十四,第2444页。
② (宋)刘克庄:《江西诗派序》,《后村先生大全集》卷九十五,第2456页。
③ (元)方回选评,李庆甲集评校点:《瀛奎律髓汇评·前言》,上海古籍出版社1986年版,第3页。
④ (元)杨士弘编选,(明)张震辑注,(明)顾璘评点,陶文鹏、魏祖钦整理点校:《唐音评注》,河北大学出版社、贵州大学出版社2010年版,第71页。
⑤ 同上书,第10页。
⑥ (明)林俊:《严沧浪诗集序》,《见素集》卷六,四库全书本第1257册,第53页。
⑦ (清)朱彝尊:《王先生言远诗序》,《曝书亭集》卷三十八,四库全书本第1317册,第82页。

看，明人诗话中，引用、推崇严羽诗论者比比皆是。例如，李东阳批评宋人谈诗法"其高者失之捕风捉影，而卑者坐于粘皮带骨""惟严沧浪所论超离尘俗，真若有所自得，反复譬说，未尝有失"①。胡应麟说："诗话最盛于宋，当未渡南日不啻数十家，而知诗者曾弗一二。至南渡末而刘会孟、严羽卿出，遂以谭艺雄古。"② 刘世伟撰《过庭诗话》二卷，"其大旨谓后学看诗话，当以严沧浪为准"③。从诗歌流派看，从明初以李东阳为首的茶陵派主张"宗唐法杜"，到中期前、后七子的"诗必盛唐"④，宗唐复古已是潮流所向、大势所趋。四库馆臣称："自李梦阳、何景明崛起，宏（弘）、正之间，倡复古学，于是文必秦汉、诗必盛唐，其才学足以笼罩一世，天下亦响然从之。"⑤ 形成了唐宋诗之争发展中"宗唐"的顶峰。

　　反对的声音相对较弱。至明末公安派的代表人物袁宏道不满前、后七子的"剿袭模拟，影响步趋"，主张"独抒性灵，不拘格套"，"各极其变，各穷其趣"⑥，指出宋之"陈、欧、苏、黄诸人，有一字袭唐者乎？……既以不唐病宋，何不以不《选》病唐，不汉、魏

----

① （清）李东阳：《麓堂诗话》，（清）何文焕、丁福保编《历代诗话统编》，北京图书馆出版社2003年版，第868页。
② （明）胡应麟：《题庚溪诗话后》，《少室山房集》卷一百六，上海古籍出版社1993年版。
③ （清）永瑢等：《四库全书总目》卷一百九十七《过庭诗话二卷》，中华书局本，第1801页。
④ 张廷玉等《明史》卷二百八十六《李梦阳传》："进士梦阳才思雄鸷，卓然以复古自命。弘治时，宰相李东阳主文柄，雄鸷翕然宗之。梦阳独讥其萎弱，倡言文必秦汉，诗必盛唐，非是者弗道"；《明史》卷二百八十七《王世贞传》："王世贞字元美……其持论，文必西汉，诗必盛唐，大历以后书勿读，而藻饰太甚。"（中华书局1974年版，第7348页、7381页）
⑤ （清）永瑢等：《四库全书总目》卷一百七十《怀麓堂集一百卷》，第1490页。
⑥ （明）袁宏道：《叙小修诗》，钱伯城笺校《袁宏道集笺校》卷四《锦帆集》之二，上海古籍出版社1981年版，第188页。

病《选》……"①"有宋欧、苏辈出,大变晚习,于物无所不收,于法无所不有,于情无所不畅,于境无所不取,滔滔莽莽,有若江河。今之人,徒见宋之不唐法,而不知宋因唐而有法者也"②"世人卑宋黜元,仆则曰诗文在宋元诸大家"③。袁宏道充分肯定了以陈、欧、苏、黄为代表的宋诗之"变",及其"情"与"法"。此后为宋诗正名的声音越来越高。④

进入清代,"唐宋诗之争"情势复杂。从王英志主编的《清代唐宋诗之争流变史》描述的情况看⑤,唐宋诗之争基本呈拉锯战态势,而以宋诗接受的不断深入为总体演进之趋势。严羽的观点依然是争议之焦点。以下论述以此书为基础。

明清之际有王夫之、顾炎武的宗唐抑宋倾向。顺治至康熙前期,吴伟业与云间派陈子龙,宋征舆、宋征璧兄弟等继续宗唐,钱谦益兼宗唐宋实为宋诗张目,他批评"世皆遵守严仪卿、刘辰翁、高廷礼(高棅)之瞽说,限隔时代,支离格律,如痴蝇穴窗,不见世界,斯则良可怜愍者"⑥,开清代宗宋之先河。继而有黄宗羲等人提倡宋诗。吴之振等编选《宋诗钞》流传甚广,宋荦说:"明自嘉、隆以后,称诗家皆讳言宋,至举以相訾;故宋人诗集,庋阁不行。近二十年来,乃专尚宋诗。至余友吴孟举《宋诗钞》出,几于家有其书

---

① (明)袁宏道:《丘长孺》,同上书卷六《锦帆集》之四,第284页。
② (明)袁宏道:《雪涛阁集序》,同上书卷十八《瓶花斋集》之六,第710页。
③ (明)袁宏道:《张幼于》,同上书卷十一《解脱集》之四,第501页。
④ 沙先一、叶平:《明代唐宋诗高下之争的重新考察》,《徐州师范大学学报》(哲学社会版)2012年第5期。
⑤ 王英志主编:《清代唐宋诗之争流变史》,人民文学出版社2012年版。
⑥ (清)钱谦益:《题徐季白诗卷后》,《牧斋有学集》卷四十七,《钱牧斋全集》第六册,第1563页。

矣。"① 王士禛、汪琬、田雯、宋荦等人由学唐而逐渐接受宋诗，大力推扬，对欧、苏、黄、陆之诗皆有很高评价，唐宋诗之争历史上第一个"宋诗热"兴起。叶燮的《原诗》以发展的眼光，力主"变"，他力推以"大变"而称盛的唐宋三大家杜甫、韩愈、苏轼，表现出唐宋兼宗的鲜明态度。又痛批"尊唐抑宋"之倡导者："而最厌于听闻，锢蔽学者耳目心思者，则严羽、高棅、刘辰翁及李攀龙诸人是也。……夫羽言学诗须识，是矣。既有识，则当以汉、魏、六朝、全唐及宋之诗，悉陈于前，彼必自能知所抉择，知所依归……羽之言，何其谬戾而意且矛盾也？……诗道之不振，此三人与有过焉。"② 康熙中后期，因康熙帝力倡盛世唐音，王士禛由宗唐至宗宋，转而宗盛唐。晚年编选《唐贤三昧集》，序引严羽、司空图之语，明示以"隽永超诣"为选诗标准。然宗唐之风虽兴而未盛。雍正年间，以厉鹗、杭世骏、全祖望为代表的浙派崛起。厉鹗编有《宋诗纪事》，诗法宋人，重学问，好用典，求创新，杭、全二人论"诗人之诗"与"学人之诗"，而力倡后者。浙江秀水派诗人，群起而师法黄庭坚诗风，宗宋之风盛行一时，而浙地亦成为宗宋之重镇。

乾嘉初期，"江南老名士"沈德潜中进士后，以诗受乾隆帝之优宠。沈氏批评王士禛编选的《唐贤三昧集》取司空图、严羽之说，专选风流蕴藉之作，而未及杜甫、韩愈诗③。他迎合时代要求，以"格调"标榜唐诗，兼取"神韵"，以"中正和平"为指归。所选

---

① （清）宋荦：《漫堂说诗》，《清诗话》本，第416页。
② （清）叶燮：《原诗》卷三外篇上，《清诗话》本，第599页。
③ 沈德潜《重订唐诗别裁集序》："新城王阮亭尚书选《唐贤三昧集》，取司空表圣'不着一字，尽得风流'，严沧浪'羚羊挂角，无迹可求'之意，盖味在咸酸外也。而于杜少陵所云'鲸鱼碧海'，韩昌黎所云'巨刃摩天'者，或未之及。"（《唐诗别裁集》，上海古籍出版社1979年版，第3页）

《唐诗别裁集》，家有其书，天下翕然宗之，诗坛上继明七子之后出现了第二次宗唐高潮。① 不过他并不贬抑苏诗，称"其笔之超旷，等于天马脱羁，飞仙游戏，穷极变幻……正不必以唐人律之"。他不满谈艺家对严羽"别才"说的曲解，说"严仪卿有'诗有别才，非关学也'之说，谓神明妙悟，不专学问，非教人废学也"②。故而融通唐宋的思想在逐步升温，如袁枚、赵翼皆反对争唐论宋，主张以"性情"和"新意"作为衡量诗歌价值的主要标准，无疑融合了唐宋诗之所长。但袁枚对唐诗的评价明显高于宋诗，对宋诗的特点持有微词。③ 乾嘉后期，宗宋热再起，由浙江"秀水派"肇开其端，翁方纲为首的"肌理派"推衍其后，并有姚鼐为代表的"桐城派"与岭南诗群为助力，还有蒋士铨等著名诗人及一批早年宗唐者加盟，可称作清代第三次宗宋热潮。④ 作为学者型诗论家，翁方纲注重学问，极推杜、韩、苏、黄诗，充分肯定以学为诗："士生此日，宜博精经史考订，而后其诗大醇。诗必精研杜、韩、苏、黄以厚其根柢，而后其词不囿于一偏。"⑤ 亦肯定宋诗的长处与成就："谈理至宋人而精，说部至宋人而富，诗则至宋而益加细密，盖刻抉入里，实非唐人所能囿也。"⑥ 这是对严羽批评苏黄诸公以才学、议论为诗的有力辩驳，为时人走宗宋道路提供了理论支撑。

---

① 王英志主编：《清代唐宋诗之争流变史》，第231页。
② （清）沈德潜：《说诗晬语》卷下，《清诗话》本，第544、550页。
③ （清）袁枚《随园诗话》卷三称苏轼近体诗："少蕴酿烹炼之功，故言尽而意亦止，绝无弦外之音、味外之味。阮亭以为非其所长，后人不可为法，此言是也。"（人民文学出版社1998年版，第71页）《随园诗话·补遗》卷三："余道：两人（指黄庭坚、梅尧臣）诗俱无可爱，一粗硬，一平浅。"（同上书，第630页）
④ 王英志主编《清代唐宋诗之争流变史》，第399页。
⑤ （宋）翁方纲：《粤东三子诗序》，《复初斋集外文》卷一，清李彦章校刻本。
⑥ （宋）翁方纲：《石洲诗话》卷四，人民文学本，第119页。

道咸同时期，宗唐派处于低迷态势，他们对"格调""性灵"之说带来的弊端深为不满，如张际亮提出"今欲救海内为诗之弊，宜寻沧浪'读书'、'穷理'之说主之，然后所谓'别才'者不流于粗才，'别趣'者不流于恶趣也"①。以王闿运为代表的"湖湘派"崛起，尊汉魏六朝与盛唐诗，对宋诗派加以反拨。他说："苏诗不成章，学苏诗者愈不成章。"②此时主张融通唐宋的倾向渐长。潘德舆认为唐宋诗各有所长，倡导以宋诗之质实、厚重，救学唐诗者之浅率、滑易。他服膺严羽、张戒，说："吾于宋人诗话，严羽之外，只服张戒《岁寒堂诗话》为中的。"称其对苏、黄诗之批评"伟哉论乎！前此所未有也"。③到光绪中叶，郑孝胥、陈衍在北京宣传和弘扬同光体诗派，"兴起了新一轮宗宋学宋诗潮，并成为清末民国诗学主流"④。陈衍"不墨守盛唐"，而推尚宋诗的求真求实、求新求变，以适应时代变化的要求。他反对司空图、严羽、王士禛等人论唐诗的虚语、含糊语⑤，又力图厘清"诗才"与"学问"之关系这一原则问题，为宗宋正名。他说："严仪卿有言：'诗有别才，非关学也'，余甚疑之。……素未尝学问，猥曰吾有别才也，能之乎？"⑥"余平生论诗，以为必具学人之根柢，诗人之性情，而后才力与怀抱

---

① （清）张际亮：《答朱秦洲书》，《思伯子堂诗文集》，上海古籍出版社2007年版，第1292页。
② （清）王闿运：《湘绮老人论诗册子》，《湘绮楼诗文集》，岳麓书社1996年版，第2378页。
③ （清）潘德舆：《养一斋诗话》，《清诗话续编》本，第2017页。
④ 王英志主编《清代唐宋诗之争流变史》下编第四章，第592页。
⑤ （清）陈衍《石遗室诗话》："……表圣之'不着一字，尽得风流'，已在可解不可解之间，'羚羊挂角'，是底言乎？至如禅家所云两头明，中间暗……且将作谜语索隐书而后已乎？渔洋更有华严楼阁，弹指即现之喻，直是梦魇，不止大言不惭也。"（钱仲联编校《陈衍诗论合集》，福建人民出版社1999年版，第134页）
⑥ （清）陈衍《瘿庵诗叙》，《陈衍诗论合集》，1057页。

相发越。"① 晚年他发现自己对严羽观点的理解有偏差，重新考察其上下文义，趋同于严羽的"别才说"。② 远在云南的许印芳（1852—1901）与"同光体"诗派相呼应，强调诗与学之关系，强调诗之新变，认为严羽是主妙悟而不废学。许氏说："严氏辨诗明晳……其借禅喻诗，道贵妙悟，因言'诗有别材，非关书也；诗有别趣，非关理也'，此正从妙悟，指示学者，非教人废学，故又云'然非多读书，多穷理，则不能极其至'。学人胸中书理既多，因疑而悟，愈疑愈悟，妙绪旋抽，别材别趣，缘此而有。浅人误会其旨，竟欲废书，以幸弋获，谬矣妄矣。"许氏此论合于严羽本意，非教人废学，而是不陷入说理的泥沼，尚意兴而理在其中。但许氏认为，"严氏虽知以识为主，犹病识量不足"，不能充分认识宋诗对于唐诗的变革："又复拘守唐格，訾议苏、黄变唐人风""苏、黄竟能自出己意，一变唐风，故能成家，与唐人并传于世。若不能变，必至描头画脚，如明七子之学盛唐"。他批评王士禛"拘守唐格，不知通变"，认为"学者读严氏书，当知学诗以多读书、多穷理为根柢，而取法汉唐，更当上溯雅颂风骚，以养其源；下揽宋金元明，以参其变。凡有撰著，以务去陈言，辞必己出，为第一义"。③ 许印芳对严羽诗论的解读与批评，肯定了诗与学的关系，高度评价了苏、黄一变唐人之风的历史功绩，与叶燮的观点相呼应，而更加有力，皆为宋诗争得了地位。

---

① （清）陈衍《聆风簃诗叙》，《陈衍诗论合集》，第1076页。
② 参见王英志主编《清代唐宋诗之争流变史》下编第四章，第605页。
③ （清）许印芳：《诗法萃编·沧浪诗话跋》，张国庆选编《云南古代诗文论著辑要》，中华书局2001年版，第178—181页。

（三）严羽尊盛唐而抑苏、黄在唐宋诗之争中的积极意义

在唐宋诗之争过程中，出现过以高棅、明七子、王士禛、沈德潜、王闿运（湖湘派）等为代表的几次"宗唐热"，和以袁宏道（公安派）、钱谦益、厉鹗、翁方纲、陈衍（同光体诗派）等为代表的几次"宗宋热"，以及叶燮、袁枚、潘德舆、许印芳等融通唐宋的思潮。总体来看，元、明两代，宗唐之风占据主导地位，至清代，宗宋之风不断上扬，最终形成强劲之势力。严羽对唐宋诗的论断，始终是两派争议的焦点。通过对严羽观点的论争与阐释，"先前成功作品的读者经验"犹未过时，而"新期待视野已经达到了更为普遍的交流"①，从而获得了以下两个方面的积极意义。

第一，唐宋诗各自的长处与价值进一步被发掘。一方面，严羽推崇的盛唐诗"兴象玲珑""气象浑厚"的审美特质，以及长于"妙悟"的思维方式，被人们广泛认知与推重，盛唐各家诗的风格被进一步研究发掘，同时矫正严羽独尊盛唐之偏，提出"三唐诗""四唐诗"等说法，对唐诗整体的发展流变作了更为深细的梳理。又出现了"神韵说""格调说""性灵说"等诗学理论主张，进一步丰富了唐诗学。另一方面，通过对严羽的"别材说""别趣说"的不断辩驳与阐释，厘清了此说的含义在于不专学问亦不废学，充分肯定了诗与学的关系，肯定了宋诗长于说理议论深入、内容厚实不为

---

① ［德］姚斯《走向接受美学》："作品在其诞生之初，并不是指向任何特定读者，而是彻底打破文学期待的熟悉的视野，读者只有逐渐发展去适应作品。因而当先前成功作品的读者经验已经过时，失去了可欣赏性，新期待视野已经达到了更为普遍的交流时，才具备了改变审美标准的力量。"（《接受美学与接受理论》，辽宁人民出版社1987年版，第33页）

浮言的长处。由此，宋诗变唐风的价值愈来愈被肯定，唐宋诗各有所长也愈来愈被接受。刘熙载说："唐诗以情韵气格胜，宋苏、黄诗皆以意胜。"① 钱锺书说："唐诗多以丰神情韵擅长，宋诗多以筋骨思理见胜。"② 人们对于诗歌审美特质的审视与认知，由原先的专于主情（"吟咏情性"），进而情理兼重，从而推进了诗学的发展。

第二，推动了苏、黄诗特别是苏诗的接受与研究。唐宋诗之争，明代以尊唐派占据优势，宋诗大受冷落，苏、黄诗之薪火也几近熄灭。到了清代，宋诗热几度兴起，宗宋派占据优势，苏、黄诗的接受情势向好。尤其是苏诗接受呈"复炽"局面。王友胜将苏诗研究史作了四个分期：两宋——形成期；金元——过渡期；明代——低落期；清代——高峰期。③ 曾枣庄先生总括说："清人对苏诗进行了系统整理，不仅继续整理刊刻历代广泛流传的《王注苏诗》（旧题《王状元集百家注分类东坡先生诗》），而且整理出版了不绝如缕的《施顾注苏诗》（南宋施元之、顾禧、顾宿《注东坡先生诗》42卷，康熙朝邵长蘅等补注）。清人自己也注释苏诗成风，先后有查慎行的《补注东坡先生编年诗》、翁方纲的《苏诗补注》、冯应榴的《苏文忠公诗合注》、王文诰的《苏文忠公诗编注集成》、沈钦韩的《苏诗查注补正》等。明代的评点多评苏文，特别是苏轼的小品文，清代却评苏诗成风，代表作有查慎行《初白庵诗评》中的苏诗评、汪师韩《苏诗选评笺释》、纪昀《评苏文忠公诗》、赵克宜《角山楼苏诗评注汇钞》、温汝能《和陶诗笺》等，清人诗文集、总集、诗话、

---

① （清）刘熙载《艺概》卷二《诗概》，《刘熙载集》，第104页。
② 钱锺书：《诗分唐宋》，《谈艺录》一，中华书局1984年版，第2页。
③ 王友胜：《苏诗研究史稿·引论》（修订版），中华书局2004年版，第9页。

笔记评及苏诗者也很多,其数量超过清以前的总和。"① 在这种氛围下,有更多的诗人和读者深入领略苏诗之魅力,曾枣庄先生用"家诵户习皆东坡"来形容当时的盛况。宗宋诗者如宋荦,规仿苏诗,所作诗歌,古体主奔放,近体主生新,"时宗之者,非苏不学矣"。②而不好宋诗者如李调元,亦独爱坡诗。他说:"余雅不好宋诗而独爱东坡,以其诗声如钟吕,气若江河,不失于腐,亦不流于郛。由其天分高,学力厚,故纵笔所之,无不精警动人,不特在宋无此一家手笔,即置之唐人中,亦无此一家手笔也。"③ 赵翼《瓯北诗话》对苏轼诗作了详切透辟的论述,指出:"以文为诗,自昌黎始;至东坡益大放厥词,别开生面,成一代之大观。今试平心读之,大概才思横溢,触处生春,胸中书卷繁富,又足以供其左旋右抽,无不如志。其尤不可及者,天生健笔一枝,爽如哀梨,快为并剪,有必达之隐,无难显之情,此所以继李、杜后为一大家也。而其不如李、杜处,亦在此。"又云:"坡诗不尚雄杰一派,其绝人处在乎议论英爽,笔锋精锐,举重若轻,读之似不甚用力,而力已透十分,此天才也。"又云:"坡诗实不以锻炼为工,其妙处在乎心地空明,自然流出,一似全不着力,而自然沁入心脾,此其独绝也。"又云:"东坡大气旋转,虽不屑屑于句法、字法中别求新奇,而笔力所到,自称创格。"④ 赵翼充分揭橥苏轼诗的绝处、妙处及不如李杜处,堪称论苏诗之巨擘雄文。以上这些对苏诗的整理、注释、鉴赏、评论以及仿

---

① 曾枣庄:《苏轼研究史》第五章,江苏教育出版社2001年版,第263页。
② (清)沈德潜:《国朝诗别裁集》卷十三"宋荦"条,《四库禁毁书丛刊》第158册,北京出版社1997年版,第365页。
③ (清)李调元:《雨村诗话》卷下,《清诗话续编》本,第1532页。
④ (清)赵翼:《瓯北诗话》卷五《苏东坡诗》,《赵翼全集》(5),第47页。

效创作，在苏诗接受史上矗立起了一座巍峨的丰碑。

　　严羽对苏、黄诸公的批评及对苏轼诗学思想的接受，提升了他的诗学理论，也助推了诗学的发展。童庆炳《严羽诗论诸说》一文中说："在南宋金元时期，倾向于苏轼的诗学路线，强调'自得''天成'等创作思想，并批评江西诗派的理论和作法的有好几家，如……但真正发挥了苏轼的创作思想，同时又别开生面，从禅家学理上进行有力论争，并在其后引起广泛争议的是严羽。"① 此言值得玩味。惜童文未作仔细求证，而着力于对严羽诸说的解读。多年来亦未见有这方面的专论，本章算是一篇比较全面的探究吧。

---

① 童庆炳：《严羽诗论诸说》，《北京师范大学学报》1997年第2期，第82—83页。

第五章　刘克庄与苏轼

刘克庄（1187—1269），初名灼，字潜夫，号后村，莆田（今属福建）人。他一生经历了孝宗、光宗、宁宗、理宗、度宗五朝。刘克庄秉性刚直，仕途坎坷，多次被弹劾贬谪，或闲废，或奉祠，或任地方官，又多次任朝官，最后官至工部尚书，特授龙图阁学士，卒年83岁，谥文定。然《宋史》无传，事迹主要见于挚友林希逸所撰《行状》与门人洪天锡所撰《墓志铭》。①

刘克庄于诗、词、文、赋兼善，在文学创作上取得了很高的成就。他是南宋江湖诗派的代表诗人，也是南宋后期成就最高的辛派词人。"他的文章'文体雅洁'，更胜其诗词。"② 他又是一位优秀的文艺批评家，有"诗话"14卷（其中前集2卷、后集2卷、续集4卷、新集6卷），诗文集"序"5卷，诗词书画"题跋"13卷，多

---

① （宋）刘克庄著，王蓉贵、向以鲜校点：《后村先生大全集》卷一百九十四、一百九十五，四川大学出版社2008年版，第4879—4906页。（以下《后村先生大全集》引文均自此版本）

② 王秀梅：《后村诗话·点校说明》，中华书局1983年版，第1页。（以下《后村诗话》引文均自此版本）

有独到之见解。他学识渊博,"史学尤精"。可以说,刘克庄是南宋后期少有的全才。他生前曾自编文集,林希逸作序,继有后、续、新三集。后由其季子山甫汇编为《后村先生大全集》200卷,今存196卷。①"卷帙之多在唐宋人的别集中少见,其作品种类之全也与大家相侔。"②

侯体健指出刘克庄之文化性格主要表现为"疏狂""旷达""自适""真率"四个方面,③ 这些方面与苏轼非常相近。因此,刘克庄极推崇苏轼。刘克庄对苏轼及其诗学的接受,之前还未见有专门研究。本章爬梳剔抉,参互考寻,庶几可见刘克庄的"苏轼接受",是可以大书一笔的。

第一节 刘克庄与苏轼之仕履比较

刘克庄生活在南宋后期,与苏轼生活的北宋中后期相距一个半世纪,但从他的人生仕履及文学成就来看,与苏轼多有可比较之处。

一 刘克庄与苏轼之仕履相似处

刘克庄与苏轼之仕履相似处有以下六点。

---

① (宋)刘克庄《后村先生大全集·前言》:"今观一百九十六卷之中,克庄自撰者为一百九十三卷,其余三卷则他人所行状、墓志、谥议之属……《大全集》必有散佚,只是为数不多而已。"(第1—2页)

② 王明见:《刘克庄与中国诗学》,巴蜀书社2004年版,第2页。

③ 侯体健:《刘克庄的文化性格与其文学精神的塑造》,《文学遗产》2011年第4期。

第一，二人都任过起居舍人、中书舍人、侍读，授龙图阁学士，官至尚书。起居舍人记载天子言行及国家大事。中书舍人撰述王命，参政议政，元丰改制后的中书舍人甚至可以用"缴还词头"的方式直接驳回君王的命令，故中书舍人历来选任有文名、有政治能力者为之。侍读为帝王、皇子讲学之官，"掌进读书史，讲释经义，顾问应对"。① 苏轼、刘克庄皆任过起居舍人、中书舍人、侍读，乃集文章、学术、政事于一身。苏、刘任中书舍人时，文章皆四方传之。《宋史》载哲宗亲政，章惇为相。哲宗言："元祐初，司马光作相，用苏轼掌制，所以能鼓动四方，安得斯人而用之？"② 刘克庄三兼中书舍人，《行状》载，淳祐六年（1246），"公在省八十日，草七十制，学士大夫争相传写，以为前无古人"③。苏、刘二人都多次"缴还词头"，驳回君王之命。④ "龙图阁学士"为别加职名，"得之为荣，选择尤精""系一时恩旨，非有必得之理"。⑤ 苏轼先后以龙图阁学士知杭州、颍州、扬州；刘克庄曾以龙图阁直学士主明道宫，在他78岁致仕后，又于度宗咸淳四年（1268，82岁）特除龙图阁学士。苏轼官至礼部尚书，刘克庄官至工部尚书。

第二，二人都因诗而得祸。苏轼有"乌台诗案"，刘克庄则有"梅花诗案"。嘉定十四年（1221）冬，刘作《落梅》诗，尾联云"东风谬掌花权柄，却忌孤高不主张"⑥，以抒发入李珏幕僚期间遭

---

① （元）脱脱等：《宋史》卷一百六十二《职官二》，中华书局本第12册，第3815页。
② （元）脱脱等：《宋史》卷三百四十三《林希传》，中华书局本第31册，第10913页。
③ （宋）林希逸：《行状》，刘克庄《后村先生大全集》卷一百九十四，第4886页。
④ 苏轼：《苏轼文集》卷二十七收录苏轼元祐元年任中书舍人所作《缴进沈起词头状》《缴进李定词头状》等七篇。刘克庄：《后村先生大全集》卷八十、八十一收录刘克庄所作《缴龚基先淮东运判奏状》《缴秦九韶知临江军奏状》等十数篇。
⑤ （元）脱脱等：《宋史》卷一百六十二《职官二》，中华书局本第12册，第3818页。
⑥ （宋）刘克庄：《落梅》，《后村先生大全集》卷三，第82页。

受嫉妒排挤的愤懑情绪。两年后此诗与其《南岳稿》收入《中兴江湖集》刊行。刘克庄知建阳（今属福建）任满时，言官李知孝、梁成大从《中兴江湖集》中搜得刘克庄《落梅》等诗句，加以牵强性笺释，送与时相史弥远，史以"谤讪当国"罪名，欲罢刘克庄的官。幸有郑清之在朝廷"力为辨释以免"。① 但此后"谤讪"之事一再被提及，仕途深受影响。罗大经《鹤林玉露》乙编卷四"诗祸"条："东坡文章，妙绝古今，而其病在于好讥刺。文与可戒以诗云：'北客若来休问事，西湖虽好莫吟诗。'盖深恐其贾祸也。乌台之勘、赤壁之贬，卒于不免……渡江以来，诗祸殆绝，惟宝绍间《中兴江湖集》出，刘潜夫诗云：'不是朱三能跋扈，只缘郑五欠经纶。'又云：'东风谬掌花权柄，却忌孤高不主张。'敖器之诗云：'梧桐秋雨何王府，杨柳春风彼相桥。'曾景建诗云：'九十日春晴景少，一千年事乱时多。'当国者见而恶之，并行贬斥。"② 是知东坡与后村的"诗祸"，在两宋是出名的。

第三，二人都以刚直之风立朝，敢于仗义执言，抨击时弊，却为舆论和台谏所攻，多放外任。苏轼外任21年，贬谪12年，在朝仅七载。《资治通鉴后编》说他："自为举子至出入侍从，必以爱君为本，忠规谠论，挺挺大节，但为小人忌恶，不得久居朝廷。"③ 刘克庄"前后四立朝，共不盈五考"④，外任达40年之久，其中奉祠就有9次之多（监南岳庙、主仙都观、主玉局观、主云台观、主崇

---

① （宋）林希逸：《行状》，刘克庄《后村先生大全集》卷一百九十四，第4880—4881页。
② （宋）罗大经：《鹤林玉露》乙编卷四，中华书局本，第188页。
③ （清）徐乾学：《资治通鉴后编》卷九十三，四库全书本第342册，第718页。
④ （宋）林希逸：《行状》，《后村先生大全集》卷一百九十四，第4892页。

禧观2次、主明道宫3次)。《墓志铭》中有段文字最能见出刘克庄的仗义执言:

"史岩之、李曾伯密图起废,公言罪大罚轻。丁大全贬死,公乞斥其奥主内诇者,指巨珰也。身兼两制,词头填委,而论事不休。……每奏动数千言,恳切至到,异乎以文字发身者。"① 苏、刘二公因言获谴,屡仆屡起,虽也常存出处矛盾,却无所怨悔,不改其度。苏轼贬逐归来,作《自题金山画像》云:"问汝平生功业,黄州惠州儋州。"② 刘克庄也是"梅花数联,以诗得谤也,而略不以为悔;巴陵一疏,以言获谴也,而不自以为高"③。

第四,二人都在外任期间,有突出的政绩。苏轼在密州捕蝗抗旱,徐州抗洪筑堤,杭州疏浚西湖,颍州建造二桥,定州赈救灾民……即使贬逐岭海,仍引水入广,助修两桥,收葬暴骨,施舍药材,垦荒种植,发展农业,惠民一方,深受爱戴。刘克庄在外,兴学昌教,关注民生,口碑甚好。知建阳县,"庭无留讼,邑用有余,增籴赈籴仓二千斛……西山真公(真德秀)记之"④;知袁州(今江西宜春),"崇风化、肃纪纲、访故家、礼名贤为先务,因宽得众,郡以最闻"⑤;留粤两年,"更摄帅、舶,俸给例卷皆却不受,买田二百亩以赡仕于南而以丧归者,南人刻石纪之"⑥。

第五,二人都有帝王的知遇器重。刘克庄说:"至本朝列圣好文

---

① (宋)林希逸:《行状》,《后村先生大全集》卷一百九十四,第4904页。
② (宋)苏轼:《自题金山画像》,《苏轼诗集》卷四十八,第2641页。
③ (宋)林希逸:《行状》,《后村先生大全集》卷一百九十四,第4892页。
④ 同上书,第4880页。
⑤ 同上书,第4882页。
⑥ 同上书,第4883页。

怜才，骚人雅士往往以文墨受知。"① 此言不虚。陈岩肖《庚溪诗话》云："东坡先生学术文章，忠言直节，不特士大夫所钦仰，而累朝圣主，宠遇皆厚。"② 遂历举仁宗、英宗、神宗、哲宗朝对苏轼的拔擢、庇护与进用，及徽宗、高宗、孝宗朝对苏轼文章的爱重。其中，神宗与其母宣仁高太后是最赏识器重苏轼的。《宋史·苏轼传》载，哲宗即位，垂帘听政的高太后破格提拔苏轼为翰林学士，并召他入殿，细说根由。③ 刘克庄则尤为理宗所器重，如亲擢、劝留、赐匾、复出、御制批文诸事，感人至深。林希逸《行状》载，淳祐六年（1246）四月，令赴行在奏事。理宗御笔亲批："'刘某文名久著，史学尤精，可特赐同进士出身……'次日兼国史院编修官，实录院检讨官。又三日，御笔兼崇政殿说书。公四辞锡第，再辞史事、晚讲，皆不许。"④ 淳祐十一年（1251）五月，克庄论时事及大臣去就，"其语颇讽当国，于是愈落落矣。公已决意赋归，而上眷甚隆，相亦勉谕。凡六上祠请，再乞挂冠，皆不许"⑤。淳祐十二年（1252）六月，奉祠居里，御笔赐"樗庵""后村"二匾，克庄曰："吾得此足矣。"⑥ 景定元年（1260）八月，召刘克庄复出，以74岁除起居郎，再辞不许。理宗曰："知卿爱君忧国，至老不衰，所以欲

---

① （宋）刘克庄：《朦庵敖先生墓志铭》，《后村先生大全集》卷一百四十八，第3803页。
② （宋）陈岩肖：《庚溪诗话》卷上，《历代诗话续编》本，第170—171页。
③ 《宋史》卷三百三十八《苏轼传》："宣仁后问曰：'卿前年为何官？'曰：'臣为常州团练副使。'曰：'今为何官？'曰：'臣今待罪翰林学士。'曰：'何以遽至此？'曰：'遭遇太皇太后、皇帝陛下。'曰：'非也。'曰：'岂大臣论荐乎？'曰：'亦非也。'轼惊曰：'臣虽无状，不敢自他途以进。'曰：'此先帝（指神宗）意也。先帝每诵卿文章，必叹曰：奇才！奇才！但未及进用卿耳。'轼不觉哭失声，宣仁后与哲宗亦泣，左右皆感涕。"（中华书局本，第10811页）
④ （宋）林希逸《行状》，《后村先生大全集》卷一百九十四，第4883—4885页。
⑤ 同上书，第4887页。
⑥ 同上书，第4889页。

得相见。"除兵部侍郎，兼中书舍人，兼直学士院。同年十二月兼史馆同修撰。① 理宗又传谕克庄进呈著述。"越数月，以古赋、古律诗、记序、题跋、诗话共二十六卷奏进。"翌日，理宗御制批文曰："卿风姿沉邃，天韵崇竑。今观所进近作，赋典丽而诗清新，记腴赡而序简古，片言只字，据经按史，谓非有裨于缉熙顾问，可乎？先儒有言：'学富醇儒雅，辞华哲匠能'，非卿不足以语此。"真儒臣希阔之遇也。②

第六，二人都号称一代文宗。苏轼为北宋中期的文坛领袖，孝宗称苏轼"可谓一代文章之宗也欤！"③影响所及，千载以下。刘克庄为南宋后期的文坛领袖。《行状》称"自少至老，言诗者宗焉，言文者宗焉，言四六者宗焉……水心（叶适）评公诗，曰：'是当建大将旗鼓者。'……西山（真德秀）诸老既没，公独岿然为大宗工"④。洪天锡《墓志铭》亦称："前后续新四集二百卷，流布海内，岿然为一代宗工。"⑤欧阳守道为白鹭洲书院山长方善夫诗文集作序云："斯文固有师友渊源，一后村先生居莆中，莆士如君出入其门，沾被膏馥者不知其几。"又云："君今年甫四十有一，而先生垂八十矣，一世文宗待后进若敌，已然君得所依归，真如欧苏门下士，文气安得不日壮乎！"⑥可见在"庐陵之醇儒"欧阳守道眼里，出入"后村其门"者，即如"欧苏门下士"，刘之于欧、苏，在时人眼里

---

① （宋）林希逸《行状》，《后村先生大全集》卷一百九十四，第4889页。
② 同上书，第4889—4890页。
③ （宋）赵眘：《苏轼文集序》，《苏轼文集·附录》，第2385页。
④ （宋）林希逸：《行状》，《后村先生大全集》卷一百九十四，第4880、4892页。
⑤ （宋）洪天锡：《墓志铭》，《后村先生大全集》卷一百九十五，第4905页。
⑥ （宋）欧阳守道：《题方山长鄱能小稿》，《巽斋文集》卷二十二，四库全书本第1183册，第686页。

是有可比性的。

二 刘克庄与苏轼之身后名节

刘克庄与苏轼之仕履多有相似，而二人之身后名节判然不同。苏轼以"气节"为人称颂，宋孝宗称"忠言谠论，立朝大节，一时廷臣无出其右"①，《宋史》本传亦称"挺挺大节，群臣无出其右"。而刘克庄却因"晚节有污"，为人所讥，以致《宋史》不为其立传。

所谓"晚节"问题，指克庄晚年于贾似道入相之年，再度出山，且有贺启诗文多篇，不乏"谀词谄语"②。贾误国误民，《宋史》列于《奸臣传》，故刘、贾之关系，成为对刘"气节""品格"评判之焦点。对此，论者大致分为两派。

一派认为，刘克庄晚节有污。元代方回评刘克庄诗文多有微词，如《瀛奎律髓》卷二十七《老将》诗后评："后村初学晚唐，既知名，丞相郑清之奏赐进士出身。贾似道当国，仕至尚书端明，诗文谀郑及贾已甚。"③清王士禛《跋刘后村集》举其致贾相贺启，谓"谀辞谄语，连章累牍，岂真以似道为伊周武乡之比哉！抑蹈（扬）雄、（蔡）邕之覆辙而不自觉耶？按，后村作此时年已八十，惜哉！"④此说附和者不少。赵翼《读史》亦云："后村刘潜夫，学殖最渊懿。弹劾史嵩之，鲠直无所避。晚为贾相出，亦遂滋

---

① （宋）赵夔：《苏轼文集序》，孔凡礼点校本《苏轼文集·附录》，第2385页。
② 此书出自《四库全书总目》卷一百六十三。
③ （元）方回：《瀛奎律髓》卷二十七，上海古籍出版社1986年版，第1211页。
④ （清）王士禛：《跋刘后村集》，《蚕尾集》卷八，收入《带经堂集》卷七十二，《续修四库全书》第1414册，第694页。

物议。……然此事后观,当时见则未。不觉一念移,遂为终身累。"① 而以《四库全书总目》提要最为直截:"克庄初受业真德秀,而晚节不终,年八十,乃失身于贾似道。"②

另一派则为刘克庄辩污。辩污的思路又有二种。

思路一是撇清刘克庄与贾似道的关系。论者认为理由有四:其一,刘克庄晚年之出,"的确是理宗本人极器重的结果,绝非贾相举荐的"③,"克庄晚年之出,实有君命难违、君恩深重、情不忍弃之苦衷"④。其二,刘克庄对贾的误国行径并不知情,所作贺启与祷颂诗文未可厚非。陈祥耀认为,"贾当时以出师欺骗朝廷,隐匿乞和(和)襄阳、樊城被蒙军包围之事,刘克庄未必知情";"贾的误国真相大白,则是在他死后了"。⑤ 程章灿认为,"开庆元年似道纳币乞和,克庄僻处闽南,真相未悉。献诗颂捷,不宜苛责";"克庄与似道既早相交,则似道荐其复出不无爱重文才用其所长之意。其后似道势位日隆,权倾朝野,克庄则已致仕里居。《集》中所见诸贺启及祷颂诗文,皆囿于官场礼仪、社交习俗,未足厚非"。⑥ 其三,刘无"谀贾"之意图。王明见认为,"刘、贾之交,源于两家特殊的世交关系,并且终止于贾似道公开专横之前。刘克庄未因贾似道而得到任何提拔"⑦。其四,刘克庄早有闲退之心。李国庭指出,刘在四入朝的头年(景定元年,1260)就非常恳切地递《庚申乞休致

---

① (清)赵翼:《读史二十一首》之二十,《赵翼全集》第四册《瓯北诗钞》,凤凰出版社2009年版,第8页。
② (清)永瑢等:《四库全书总目》卷一百六十三《后村集》,中华书局本,第1400页。
③ 李国庭:《刘克庄生平三考》,《福建论坛》1991年第4期。
④ 王蓉贵、向以鲜点校:《后村先生大全集·前言》,第9页。
⑤ 陈祥耀:《福建历代名人传略·刘克庄》,福建人民出版社1987年版,第88页。
⑥ 程章灿:《刘克庄年谱》,贵州人民出版社1993年版,第319页
⑦ 王明见:《刘克庄与贾似道》,《西南师范大学学报》1998年第1期。

申省状》云:"……然某本以铅椠受知于明主……今犬马之齿七十有四……欲望公朝兴怜遗老,检会辛亥二疏,特赐敷奏,令某生前致仕,庶几保全晚节……"绝意仕途决无攀龙附凤之意。结论是:仅凭一般交往和几篇失误文字,就说他和贾结交"晚节有污",实在是表浅之论,冤枉了作古数百年的爱国学者刘克庄。① 王蓉贵、向以鲜也说:"仅凭应酬之骈语,未对看书信,且未考察其立朝之实迹,即加诬诋,实为文人肤浅之见,而非史家公允之评也。"②

思路二是重新评价贾似道功过是非。王述尧认为"所谓污点的本质,在于刘克庄结交权奸贾似道。倘若肯定贾似道的功绩,或者肯定其有功有过,则污点便不洗自去,何须辩污呢"?王文肯定了贾似道带领南宋人民抗元的历史功绩,指出"由于贾似道所谓的擅权,扣押蒙古使者郝经,实行公田法,丁家洲之战的溃败……南宋灭亡之后,人们把怨气都发泄在贾似道身上……从而留下了中国历史上最大的冤案"③。

总括以上两派观点,笔者以为,"有污派"观点的提出,注重的是"贾还朝、荐刘,刘复出、谀贾"之间的关联,这个思维逻辑合于常理。但正如李国庭所言:"再联系刘克庄全部思想,全部行为,一生秉性来看",其说法"实在是表浅之论",④ 笔者深为赞同。所以"辩污派"的析论,更体现了"知人论世",观其全人的批评方法。以下笔者将用三点作进一步的补充论述。至于"翻贾案"的思

---

① 李国庭:《刘克庄生平三考》,《福建论坛》1991 年第 4 期。
② (宋)刘克庄:《后村先生大全集·前言》,第 15 页。
③ 王述尧:《历史的天空——略论贾似道及其与刘克庄的关系》,《兰州学刊》2004 年第 3 期。
④ 李国庭:《刘克庄生平三考》,《福建论坛》1991 年第 4 期。

第五章　刘克庄与苏轼

路,侯体健已在其著作中予以反驳,甚为精要①,此不赘述。

首先,就其思想品性来说,刘克庄是很注重气节的。《行状》说克庄"无书不读,发为诗文,持论尚气节,下笔关伦教,一篇一咏,脱稿争传"②。对"晚节"问题尤为重视。他的《江西诗派序·三洪》,是论黄庭坚的三个外甥。其中说:"驹父诗尤工,初与龟父游梅仙观,龟父有诗,卒章云:'愿为龙鳞婴,勿学蝉骨蜕。'是以直节期乃弟矣。驹父后居上坡,晚节不终,不特有愧于舅氏,亦有愧于长君也。"③可见,克庄对洪驹父的"晚节不终"责之甚切。而对自己的晚节尤为爱惜。《与郑丞相书》云:"昔出翘材,今垂暮齿,独有晚节,尤当爱惜。"④

刘克庄爱惜晚节,他对晚年复出及与贾相结交,抱有比较理性的态度可从三点分析。

其一,刘与贾是世交关系。《行状》说:"公早受知忠肃贾公,辨章尤相亲敬。"⑤可知,刘早年受贾的父亲贾涉之知遇,长期友好,刘比贾年长26岁,贾对刘亦很亲敬。刘深知贾相荐他晚出,是念旧之谊高,怜才之意切,所谓"念当世操觚之人,皆我公夹袋之客",⑥而他对贾之才具亦比较看好。

---

① 侯体健《刘克庄的文学世界——晚宋文学生态的一种考察·绪言》:"王(述尧)文试图证明贾似道并非奸臣,而汲汲于野史之钩沉,看似釜底抽薪,实则大可不必。贾之奸恶,非为虚词,史料凿凿,不容翻案。……贾似道作为奸臣,却并非毫无是处。只是在功过之间,历史自有取舍,将贾似道列入奸臣是公正的,并没有冤枉他,更不是'中国历史上最大的冤案'(王述尧语)。"(复旦大学出版社2013年版,第4页)
② (宋)林希逸:《行状》,《后村先生大全集》卷一百九十四,第4891页。
③ (宋)刘克庄:《江西诗派序·三洪》,《后村先生大全集》卷九十五,第2457页。
④ (宋)刘克庄:《与郑丞相》,《后村先生大全集》卷一百二十九,第3373页。
⑤ (宋)林希逸:《行状》,《后村先生大全集》卷一百九十四,第4891页。
⑥ "夹袋",即"夹袋人物",旧指当权者的亲信或存记备用的人。(宋)刘克庄:《又别幅》,《后村先生大全集》卷一百二十,第3141页。

其二，刘深知贾出面荐他，而决定他复出的乃是理宗，他难却理宗对他的赏识眷念，所谓"恩不敢忘，礼不容废"。① 所以，他打算等贾相战事平定安坐朝堂时，即请求休致。他给贾相的三封书信中，屡及此事："某耄矣，无它望，有一休致状，俟吾相坐政事堂，即专仆持诣光范，前书固尝预致此请矣"②。又说："某两年来奏记丞史，预言俟公当笔，即请挂冠。今前言果验，谨课启事一通贺厦，及申省状一封告老。"③ 又说："骤加殊擢，深骇危衷。伏念某曩自朝行，斥还民伍，于荣途固已绝念，虽祠廪亦不敢求。近者自觉疲癃，力求休致……欲望矜怜，特为敷奏……庶佚余生，稍全晚节。"④ 这些文字，情辞恳切。又，《回林中书》中也说过"坚凝晚节""可止则止"的话。⑤ 这种心态，是精于史学的刘克庄从历史的经验中得出的。他在景定三年（1262）八月乞休致，特除宝章阁学士知建宁府时说："窃以大年遇景德之主，返阳翟而居；坡公当元祐之朝，辞禁林而出。观诸老先生之勇退，虽圣君贤相而莫留。"⑥ 可知，他要向"性耿介、尚气节"的杨亿和苏轼看齐，急流勇退，这是他的愿求。

其三，刘写给贾的贺启诗文，总体是依着"帝以其有再造功"

---

① "夹袋"，即"夹袋人物"，旧指当权者的亲信或存记备用的人。（宋）刘克庄：《又别幅》，《后村先生大全集》卷一百二十，第3141页。
② （宋）刘克庄：《与贾丞相书》（一），《后村先生大全集》卷一百三十二，第3429页。
③ （宋）刘克庄：《与贾丞相书》（二），《后村先生大全集》卷一百三十二，第3432页。
④ （宋）刘克庄：《与贾丞相书》（三），《后村先生大全集》卷一百三十二，第3433页。
⑤ （宋）刘克庄：《回林中书》，《后村先生大全集》卷一百二十，第3135页。
⑥ （宋）刘克庄：《除宝学知建宁谢丞相》，《后村先生大全集》卷一百二十，第3129页。

而定基调的①，所谓"玉音喜甚，却虏皆右相之功""妖氛一空，皇图再造"云云。② 至于"伊尹""周公"之比，确赞誉过当，然"当时朝臣们甚至皇上都是这样赞颂贾似道的""这与贾似道奸情败露之前的'高明'欺骗手段有关"。③ 退一步说，以刘与贾的年辈而论，刘之初心在肯定、鼓励，而不在阿谀、趋奉。

其次，就其一生行事来看，刘克庄并非趋奉之人。他对游似、郑清之这些赏识提携他的宰相，亦敢直言，去留不能动其心。洪天锡《墓志铭》云："公前后四立朝，惟景定及二年，端平一年有半，余仅数月。游相最笃旧，不能久其留；郑相最怜才，竟不合而去。退之所谓谤与名随，公殆似之。"④ 在晚年复出后，他依旧未改这种秉性。景定二年（1261）八月克庄再兼中书，几次三番缴奏，不予书行，乞请理宗终止其命。克庄曾缴奏厉文翁之"作俑误国"，不足以委任"江阃之命"⑤；缴奏李桂其人"嵬琐污浊"，不足以"擢察院，侍经筵"。⑥ 他不避诛谴，为的是朝廷拔擢用人得当，"以戒不揆分量，干求速化之人"。（同上）他连皇帝的亲擢都敢驳回，还有必要去阿谀贾相么？

---

① 脱脱等《宋史》卷四百七十四《贾似道传》："帝以其有再造功，以少傅、右丞相召入朝，百官郊劳如文彦博故事。"（中华书局本，第39册，第13781页）
② （宋）刘克庄：《贺贾丞相》，《后村先生大全集》卷一百二十，第3128页。
③ 王明见：《刘克庄与贾似道》，《西南师范大学学报》1998年第1期。
④ （宋）洪天锡：《墓志铭》，《后村先生大全集》卷一百九十五，第4904页。
⑤ 刘克庄《缴厉文翁依前资政殿学士知建康府沿江制置使江东安抚使兼行宫留守暨兼淮西总领奏状》（《后村先生大全集》卷八十一，第2145页）。《行状》载："九月厉文翁除沿江制阃，公不待黄至，与给事徐公缴奏。酉时黄至，又奏。是夕一更，御笔至逼趣书行，公又缴奏，其言甚苦，命遂寝。"（《后村先生大全集》卷一百九十四，第4890页）
⑥ 刘克庄《缴李桂监察御史兼崇政殿说书奏状》（《后村先生大全集》卷八十一，第2144页）。《行状》载："李桂除察，公力排之。桂已入台，次日疏出，全台待罪，朝绅皆谓与艾轩（林光朝）畴昔缴奏谢某同。今上在东宫，亦语宫端徐公曰：'刘中书此举甚高'。"（《后村先生大全集》卷一百九十四，第4890页）

最后，就其一生交游来看，刘克庄所交之师友，"亦多为有才学、有气节之士，如朱熹之子孙、弟子，以及真德秀、魏了翁、叶适、洪咨夔、王遂……洪天赐、江万里、文天祥等，皆为南宋中后期第一流人物。其他将相、侍从、台谏稍正直者，多与克庄为友"[①]。尤其是刘克庄师事真德秀，真德秀早年从学于朱熹弟子詹体仁，为朱熹的再传弟子。真德秀在理宗朝亦担任过中书舍人兼侍读。《宋史》称其"立朝不满十年，奏疏无虑数十万言，皆切当世要务，直声震朝廷，四方人士诵其文，想见其风采"，[②] 刘克庄明显受其影响，称其"名节当世三十年间，天下莫不以为社稷之耆臣、道德之宿老"。刘克庄推重的本朝名臣大家，如欧阳修、苏轼、朱熹等，无一不是以气节为高的。

所以，仅从表象来看刘、贾之关系，来论刘克庄之"晚节有污"，而不顾及其全人，实令这位忠清鲠亮之士蒙冤千载！

第二节 刘克庄对苏诗与宋诗的批评

刘克庄的耿直敢言，亦表现在他对苏轼诗的批评与宋诗的批评上。

郭绍虞先生说："后村与沧浪同时，而论诗宗旨颇不相同""沧浪论诗，尚兴趣，重气象，而后村论诗重内容，讲品德。其《诗话》中论诗之语往往以此为标准……"[③] 刘克庄与严羽论诗的确有很大

---

① （宋）刘克庄：《后村先生大全集·前言》，第15页。
② （元）脱脱等：《宋史》卷四百三十七《真德秀传》，中华书局本，第12964页。
③ 郭绍虞：《中国文学批评史》（下），百花文艺出版社1999年版，第75页。

不同，他们相同的一点是于诗都尊尚唐诗，刘克庄与严羽一样，也是从"辨体"出发，对苏诗与宋诗提出了尖锐的批评。但他与严羽不一样的是，他对苏诗与宋诗皆有充分的肯定。

一 对苏诗的批评——"以其气魄力量为之，然非本色也"

北宋前期，欧阳修倡导诗文革新运动，以学韩愈诗文为旗帜。到了北宋中期，黄庭坚、陈师道等从诗的文体特征着眼，对韩愈诗提出批评。黄庭坚说："诗文各有体，韩以文为诗，杜以诗为文，故不工尔。"[①] 陈师道说："退之于诗，本无解处，以才高而好尔。"[②] 又说："退之以文为诗……虽极天下之工，要非本色。"[③] 黄、陈二人皆认为韩诗是"以文为诗"，不甚符合诗歌的文体审美规范，"故不工""要非本色"。

刘克庄承继了黄、陈的说法，也认为"韩尚非本色"。[④] 以韩、柳相较，他认为柳宗元是"本色诗人"。他说：

> 柳宗元五言云："岂知千仞坠，止为一毫差？"又云：……《咏荆轲》云（诗略）。咏荆轲者多矣，此篇"勇且愚"之评与渊明"惜我剑术疏"之语同一意脉。陶、柳诗率多含蓄不尽。……韩、柳齐名，然柳乃本色诗人，自渊明没，雅道几熄，当一世竞作唐诗之时，独为古体以矫之，未尝学陶和陶，集中五言凡十数篇，杂之陶集，有未易辨者。其幽微者可玩而味，其感慨者可悲

---

① （宋）陈师道：《后山诗话》，《历代诗话》本，第303页。
② 同上书，第304页。
③ 同上书，第309页。
④ （宋）刘克庄：《竹溪诗序》，《后村先生大全集》卷九十四，第2438页。

而泣也。其七言五十六字尤工，五七言绝句已别选。①

依刘克庄之见，柳诗的"本色"有四：其一，意深词婉，含蓄不尽。其二，保持古诗的风雅比兴传统，当世人竞相作唐人近体诗时，他能独为古体诗以矫之。其三，柳诗风格与陶诗最为接近，属于自然平淡而又深含骨气与绮丽的一类。其四，有真性情，能感发人心，其幽微者令人"玩而味"，感慨者令人"悲而泣"。这几点，也正是以诗、骚、苏、李、曹、阮、陶、谢诸家为代表的传统诗歌的精华所在，故刘克庄视之为"本色"。严国荣文章指出，后村的本色标准，主要包括这样几点：有情性、尚比兴、益世教、重声律。②这个结论，大致符合刘克庄的本意。

刘克庄认为，欧、苏力倡学习韩愈，其诗与韩愈诗大略可归为"非本色"一类。他说：

> 欧公诗如昌黎，不当以诗论。③
>
> 坡诗略如昌黎，有汗漫者，有谨严者，有丽缛者，有简淡者，翕张开合，千变万态。盖自以其气魄力量为之，然非本色也。他人无许大气魄力量，恐不可学。和陶之作，如海东青、西极马，一瞬千里，了不为韵束缚。④

刘克庄指出，欧诗如韩愈，已不是纯粹的诗的语言（有取于韩的"以文为诗"），故不当纯粹以诗而论。苏诗略如韩诗：其一，富

---

① （宋）刘克庄：《后村诗话·新集》卷五，王秀梅点校，中华书局1983年版，第223—226页。（以下引《后村诗话》文字均据此版本）
② 严国荣：《刘克庄"本色"诗论》，《陕西师范大学学报》2004年第3期。
③ （宋）刘克庄：《后村诗话·前集》卷二，中华书局1983年版，第22页。
④ 同上书，第25页。

有多种风格,"有汗漫者,有谨严者,有丽缛者,有简淡者,翕张开合,千变万态"。其二,苏是以学人的"气魄力量"而为诗,而不仅仅是以诗人的诗材、诗情为诗。其三,苏诗"了不为韵束缚",如神鹰骏马,自由翱翔,纵横驰骋,而非规规然于诗法韵律者也。其四,无这般大气魄力量的人,恐不可学他为诗。总之,刘克庄认为苏诗"非本色也",即不同于以兴象、含蓄、合律为传统的"本色"诗。这段文字,概括了苏轼诗的特点,不可谓不精准。

但这并不影响刘克庄对欧、苏诗"处于高峰地位"的评价。① 相反,他对苏轼的"盖代之材"和欧、苏在诗坛的"大家数"地位是极为推尊的。他说:

> 渊明……人物高胜,其诗遂独步千古。唐诗人最多,惟韦、柳得其遗意,李、杜虽大家数,使为陶体则不近矣。本朝名公或追和其作,极不过一二篇。坡公以盖代之材,乃遍用其韵。②
>
> 陶公如天地间之有醴泉庆云,是惟无出,出则为祥瑞。且饶坡公一人和陶可也。③

在刘克庄眼里,陶渊明"人物高胜",其诗"独步千古",在唐

---

① 王明见《刘克庄与中国诗学》第一章第一节高峰诗人:"刘克庄在定位高峰诗人时,还对诗学史上有关一些诗人的高峰定位提出异议,这在唐代有韩愈,在宋代有欧阳修和苏轼。……刘克庄认为,韩、苏诗在当代的影响处于高峰地位,但其成就不一定处于高峰地位,因为他们的诗'不合本色',其实是指韩诗的怪异、苏诗的粗豪。这也正反映了江湖派的诗学观点,江湖派主张学唐体,所以反对宋诗,而韩愈开宋诗之端,苏轼是宋诗的突出代表。……宋代另一位大诗人是欧阳修……刘克庄对此也提出异议……其一,和韩愈一样,欧阳修只能算古文领域的高峰作家,而不能算诗歌领域里的高峰作家。其二,不管是诗文革新中的开创之先还是自身的诗歌成就,其高峰地位都应归梅尧臣而不是欧阳修……"(巴蜀书社2004年版,第23—24页)
② (宋)刘克庄:《赵寺丞和陶诗序》,《后村先生大全集》卷九十四,第2441页。
③ (宋)刘克庄:《后村诗话·前集》卷一,中华书局1983年版,第5页。

宋诗人中,能遍和陶诗者,唯坡公一人!这是少有的宏论。历来论者对东坡和陶诗存有异议,"或谓其终不近,或以为实过之"①。刘克庄则看到的是苏、陶二公精神的超逸与心灵的相通,看到的是苏公无与伦比的才能,而意不在较其胜劣,非具眼不能尔!

刘克庄充分肯定苏轼的诗,对论者质疑苏诗之用韵处,亦为之辩驳。他在《二苏公中秋月诗跋》中说:

> 二苏公彭城中秋月倡和,七言可拍谪仙之肩。坡五言清丽者似鲍、庾,闲雅者似韦、柳。前人中秋之作多矣,至此一洗万古而空之。诗既高妙,行书又绝妙一世……吴才老犹以二公所用韵平仄反切为疑,前人亦以此议昌黎公。才老以字学名家,未免为沈约四声束缚。余谓韩、苏大儒也,语出流传,入人肝脾,万世珍诵,岂若场屋主人规规然检《礼部韵略》,唯恐其不合格乎?②

在刘克庄看来,二苏公彭城(今江苏徐州)中秋月唱和诗,想象独特,变化无穷,七言可与李太白比肩。③而坡公之五

---

① (宋)王若虚:《滹南诗话》卷二,《历代诗话续编》本,第515页。
② (宋)刘克庄:《二苏公中秋月诗跋》,《后村先生大全集》卷一百一十,第2856页。
③ 苏轼《中秋见月和子由》:"明月未出群山高,瑞光千丈生白毫。一杯未尽银阙涌,乱云脱坏如崩涛。谁为天公洗眸子,应费明河千斛水。遂令冷看世间人,照我湛然心不起。西南火星如弹丸,角尾奕奕苍龙蟠。今宵注眼看不见,更许萤火争清寒。何人舣舟临古汴,千灯夜作鱼龙变。曲折无心逐浪花,低昂赴节随歌板。青荧灭没转山前,浪飐风回岂复坚。明月易低人易散,归来呼酒更重看。堂前月色愈清好,咽咽寒螀鸣露草。卷帘推户寂无人,窗下咿哑唯楚老。南都从事莫羞贫,对月题诗有几人。明朝人事随日出,恍然一梦瑶台客。"附苏辙《中秋见月寄子瞻》:"西风吹暑天益高,明月耿耿分秋毫。彭城闭门青嶂合,坐听百步鸣飞涛。使君携客登燕子,月色著人如著袍。筵前不设鼓与钟,处处笛声相应起。浮云卷尽流金丸,戏马台西山郁蟠。杯中绿酒一时尽,衣上白露三更寒。扁舟明月浮古汴,回首邈巡陵谷变。河吞巨野入长淮,城没黄流只三板。明月筑城城似山,伐木为堤堤更坚。黄楼未成河已退,空有遗迹令人看。城头看月应更好,河流深处今生草。子孙免被鱼鳖食,歌舞聊频使君老。南都从事老更贫,羞见青天月照人。飞鹤投笼不能出,曾是彭城坐中客。"(《苏轼诗集》卷十七,第862页)

言①,"清丽者似鲍、庾,闲雅者似韦、柳",中秋诗"至此一洗万古而空之"(杜甫诗句"一洗万古凡马空")。他指出,吴才老以二苏公诗用韵平仄交错为疑,前人亦以此指议韩诗,皆是受沈约"四声"之说的束缚。他认为韩、苏乃"大儒",其诗其文,精彩透辟,"语出流传,入人肝脾",能得到"万世珍诵",与那些恪守音韵规矩、唯恐考试不合格的科考举子不可同日而语。刘克庄肯定了苏轼的自由创作精神,是深得苏轼之心的。

苏轼一贯追求创作的自由舒展,不愿为韵所束缚。这不但体现在他的诗歌创作中,也体现在他的诗歌评论中。他在《辨杜子美杜鹃诗》中说,南都(今河南商丘)王谊伯曾对杜甫《杜鹃》诗起首"西川有杜鹃,东川无杜鹃。涪万无杜鹃,云安有杜鹃"四句提出质疑,以为是"题下注",当断自"我昔游锦城"为首句。苏轼谓:

> 谊伯误矣。且子美诗,备诸家体,非必牵合程度俦俦者然也。……原子美之意,类有所感,托物以发者也,亦六义之比兴,离骚之法欤。……又云子美不应叠用韵,何耶?子美自我作古,叠用韵,无害于诗。仆所见如此。②

在苏轼眼里,杜甫诗集古今诗歌之大成,善于熔炼前代诗歌中各种精华性的东西,为我所用,不必定要牵合他人。杜诗以"六义之比兴,离骚之法",托物兴感,语词方面,"自我作古",不沿袭前人,具有独创精神,即使"叠用韵,无害于诗"。苏轼为杜诗的辩驳,反映出苏轼的善解杜诗,亦表明了他尚"意"而不为"韵"所

---

① 当指苏轼同时所作《中秋月寄子由三首》(《苏轼诗集》卷十七,第859页)
② 苏轼:《辨杜子美杜鹃诗》,《苏轼文集》卷六十七,第2100页。

缚的创作态度。刘克庄亦可谓善解苏诗。他高度评价了苏轼的"大儒"地位及其诗歌在社会传播中的巨大影响,这是对苏轼学术思想和诗歌创作的总体认定。

正是出于这种识见,刘克庄论诗人有"大家数""大宗""宗祖""小家数"等说法。① 他推欧、苏为宋诗之"大家数",而以黄庭坚为"自成一家",为"本朝诗家宗祖"。他说:

> 国初诗人如潘阆、魏野,规规晚唐格调,寸步不敢走作,杨、刘则又专为昆体,故优人有挦扯义山之诮。苏、梅二子稍变,以平淡、豪俊,而和之者尚寡。至六一、坡公,巍然大家数,学者宗焉。然二公亦各极其天才笔力之所至而已,非必锻炼勤苦而成也。豫章稍后出,会萃百家句律之长,究极历代体制之变,搜猎奇书,穿穴异闻,作为古诗,自成一家,虽只言半字不轻出,遂为本朝诗家宗祖,在禅学中比得达摩,不易之论也。②

刘克庄分析宋初诗歌的演进之路,以为宋初诗人如潘阆、魏野之流,基本是摹袭晚唐格调,不敢越规寸步。杨亿、刘筠之辈,宗尚义山,效其雕章丽句,不过是挦扯其衣表,为人讥笑。③ 苏、梅稍

---

① 刘克庄《后村诗话·后集》卷二:"前人谓杜诗冠古今,而无韵者不可读。又谓太白律诗殊少,此论施之小家数可也。……李杜是甚气魄,岂但工于有韵者及古体乎!"据此,"小家数"似指气魄不够大而在诗律方面"铢铢而较者"。(中华书局本,第60页)
② (宋)刘克庄:《江西诗派序·黄山谷》,《后村先生大全集》卷九十五,第2455页。
③ 刘攽《中山诗话》:"祥符、天禧中,杨大年、钱文僖、晏元献、刘子仪,以文章立朝,为诗皆宗尚李义山,号'西昆体'。后进多窃义山语句。赐宴,优人有为义山者,衣服败敝,告人曰:'吾为诸馆职挦撦至此。'闻者欢笑。"(《历代诗话》本,第287页)又《韵语阳秋》卷二:"小说载优人有以义山为戏者,义山服蓝缕之衣而出。或问曰:'先辈之衣何在?'曰:'为馆中诸学士挦扯去矣。'人以为笑。"(《历代诗话》本,第499页)

有所变，树"平淡""豪俊"诗风，但响应者尚寡。对于梅诗，刘克庄素来推许，曾说："本朝诗，惟宛陵为开山祖师。宛陵出，然后桑濮之淫哇稍息，风雅之气脉复续，其功不在欧、尹下。"① 但他也认为梅之为诗"盖逐字逐句铢铢而较者，决不足为大家数"②。所以宋诗至欧、苏二公，才"巍然大家数"，为学者宗之。他认为欧、苏二公是出于"天才笔力"，而成于"勤苦锻炼"之功的黄庭坚，可为"本朝诗家宗祖"。顾易生等认为，刘克庄对"欧阳修、苏轼称'大家'，而作为宋诗宗祖的黄庭坚，则仅称其'自成一家'，地位高低有别，态度客观允当"③。

元祐（1086—1093）以来，诗坛以"苏黄"齐名，学者指出："苏黄并称，由来已久，晁说之《题鲁直尝新柑帖》载元祐末年即'有苏黄之称'，然两者的诗学思想与创作实践均有较大差异，兼之他们有时彼此讥诮，因而苏黄优劣之争遂成为评价宋诗时无法回避的热门话题"④。而在刘克庄看来，"杨、刘是一格，欧、苏是一格，黄、陈是一格"⑤。欧、苏走的是韩愈的路子，尚才学；黄、陈走的是老杜的路子，重锻炼。这便决定了苏、黄诗代表了两种诗体。

  元祐后诗人迭起，一种则波澜富而句律疏，一种则煅炼精而情性远，要之不出苏黄二体而已。⑥

---

① （宋）刘克庄：《后村诗话·前集》卷二，中华书局1983年版，第22页。
② 同上书，第23页。
③ 顾易生、蒋凡、刘明今：《宋金元文学批评史》（下），上海古籍出版社1996年版，第501页。
④ 王友胜：《苏轼研究史稿》（修订版），中华书局2010年版，第319页。
⑤ （宋）刘克庄：《本朝五七言绝句序》，《后村先生大全集》卷九十四，第2444页。
⑥ （宋）刘克庄：《后村诗话·前集》卷二，中华书局本，第26页。

刘克庄以"不出苏黄二体"概括了元祐之后诗坛形成的风尚。指出苏诗的长处是"波澜富",短处是"句律疏"。"波澜富"来自其才华横溢,学殖富有;"句律疏"缘于其性格放旷,卓荦不羁。岑参有诗云:"平生好疏旷,何事就羁束!"① 移于苏轼,颇为恰切。然刘克庄对句律不可谓不重视,他说过:"前辈号大家数者,亦未尝不留意于句律也。"② 所以,他将"句律疏"视为苏诗之一短。黄诗的长处是"煅炼精",短处是"情性远"。"煅炼精"在于他学杜甫而能日锻月炼精益求精;"情性远",与他"以治心修性为宗本"③,追求超尘脱俗,又吸取苏轼教训,情感的抒发比较节制,于诗中取淡化政治之态度有关。

对于"苏、黄二体",刘克庄知其长而晓其短。作为一种可资规模借鉴的诗学范式,刘克庄推宗黄庭坚。正如他在《江西诗派序》中所说,黄庭坚荟萃百家句律之长,究极历代体制之变,搜异猎奇,有迹可循,注重锻炼,句不轻发,示人以法,故学之者众,可为本朝诗家宗祖。又称道陈师道以黄为师:"后山……文师南丰,诗师豫章,二师皆极天下之本色,故后山诗文高妙一世。"④ 刘克庄充分肯定黄、陈之诗,集百家之长,保持了传统诗歌的"本色",这与江西诗派多数诗人的宗尚是一致的。

而作为诗坛之"大家数",刘克庄一再推重苏轼。他说:

古今诗人如麻粟,惟唐李、杜,本朝欧、梅、半山、玉局,

---

① (唐)岑参:《郡斋闲坐》,《全唐诗》卷一百九十八,第2047页。
② (宋)刘克庄:《后村诗话·前集》卷二,中华书局本,第23页。
③ (宋)洪炎:《豫章黄先生退听堂录序》,《黄庭坚全集》附录三,第2380页。
④ (宋)刘克庄:《江西诗派·后山》,《后村先生大全集》卷九十五,第2456页。

南渡放翁、诚斋号为大家数……此诸老先生耳目口鼻与人同，而气魄力量与人异，以其大足以容之也。①

刘克庄以"气魄力量"作为判定"大家数"的标准。他列举的古今诗人号称"大家数"者，唐唯李白、杜甫，宋有欧阳修、梅尧臣、王安石、苏轼、陆游和杨万里。刘克庄认为他们外在形体"与人同"，而气魄力量"与人异"，以其"大"，足以容纳百家，以成为具有超常大气的"大家数"。黄庭坚未在其列，可知在刘克庄心目中，黄的诗歌法度可供后学瞻仰取法，而黄的"气魄力量"还不够"大"，不够"与人异"。这"气魄力量"，当指诗人的学养与人格力量。有其大，方能波澜阔大，境界高远。吕本中说得好：

> 楚词、杜、黄，固法度所在，然不若遍考精取，悉为吾用，则姿态横出，不窘一律矣。如东坡、太白诗，虽规摹广大，学者难依，然读之使人敢道，澡雪滞思，无穷苦艰难之状，亦一助也。②

他以为，从楚词、杜、黄处学习"法度"固然重要，然不若"遍考精取"，广为吸纳，获得一种"姿态横出"的自由创造精神，而不为"一律"所窘，更为上者。即如东坡、太白之诗，虽规模法度"学者难依"，然其精神的清净与大胆的超越，对于写作是尤有助益的。又说：

> 欲波澜之阔，必须于规摹令大，涵养吾气而后可。规摹既大，波澜自阔，少加治择，功已倍于古矣。试取东坡黄州已后

---

① （宋）刘克庄：《黄有容字说》，《后村先生大全集》卷一百一十二，第2917页。
② （宋）吕本中：《与曾吉甫论诗第一帖》，胡仔《苕溪渔隐丛话·前集》卷四十九引，人民文学本，第332页。

诗，如《种松》《医眼》之类，及杜子美歌行及长韵近体诗看，便可见。若未如此，而事治择，恐易就而难远也。……近世江西之学者，虽左规右矩，不遗余力，而往往不知出此，故百尺竿头，不能更进一步，亦失山谷之旨也。①

吕本中强调"涵养吾气"而后规模大，规模大而后波澜阔，重视主体精神气度的修养，以为囿于"左规右矩"，虽不遗余力，终难更进一步。因此他推尚东坡、子美，同时将黄庭坚的创立法度与江西后学的一味规模法度作了区别对待。吕本中说："自古以来，语文章之妙，广备众体，出奇无穷者，惟东坡一人。极风雅之变，尽比兴之体，包括众作，本以新意者，惟豫章一人。此二者当永以为法。"②将苏、黄之体，作为了两种不同的诗学范式。杨万里《江西宗派诗序》中对唐宋四家诗也有精彩的论述。他说："唐云李、杜，宋言苏、黄……今夫四家者流，苏似李，黄似杜。李、苏之诗，子列子之御风也；杜、黄之诗，灵均之乘桂舟驾玉车也。无待者，神于诗者欤！有待而未尝有待者，圣于诗者欤！"③ 李、苏之"无待"，是不受常规之约束，达到了创作的自由境界——"神于诗者"；杜、黄之"有待而未尝有待者"，是遵循法度而又力图超越法度——"圣于诗者"。吕本中、杨万里对李、杜、苏、黄诗的异同论，在诗坛是极有影响的，刘克庄无疑受其启发。可以说，正是在这个意义上，刘克庄将李、杜、欧、苏等奉为古今诗人之"大家数"，以推仰

---

① （宋）吕本中：《与曾吉甫论诗第二帖》，胡仔《苕溪渔隐丛话·前集》卷四十九引，人民文学本，第333页。
② （宋）吕本中：《童蒙诗训》，引自《苏轼资料汇编》，中华书局1994年版，第255页。
③ （宋）杨万里：《江西宗派诗序》，《杨万里集笺校》卷七十九，第3230页。

其引领作用。所以，郭绍虞先生说刘克庄论诗重内容，讲品德，注重"诗人修养的问题"①，是颇为中肯的。

综上所述，刘克庄提出了诗歌"本色论"，将其作为一个重要的评诗标准。从"本色论"出发，他指出苏诗"非本色"，无大力量者恐不可学；但他又以"气魄力量""盖代之材"作为衡量标准，将苏轼列入宋代诗坛上的"大家数"行列，从而凸显了苏诗的特点与地位。从中使我们看到，刘克庄的评诗标准并非单一的维度，而是多元维度的，具有相当的包容性。与吕本中、杨万里不同的是，吕、杨对苏诗多颂扬其文字，几乎不作负面评价，唯吕本中《童蒙诗训》有云："学古人文字须得其短处……东坡诗有汗漫处，鲁直诗有太尖新、太巧处，皆不可不知。"而刘克庄则指出苏诗"非本色""句律疏""有汗漫者""了不为韵束缚"等，直言不讳，胆识可嘉。与张戒、严羽不同的是，张、严推崇唐诗，对苏诗以负面评价为多，而刘克庄则唐宋兼宗，在直言苏诗短处的同时，又积极肯定其长处，并尊为宋诗之"大家数"，这样的一种接受态度，在苏轼诗学接受史上，是指不多屈的。

二 对宋诗的批评——"要皆经义策论之有韵者尔，非诗也"

入宋以来，宋诗人在对唐诗的学习和变革中，逐渐形成了宋诗的特质。杨子怡文章说："总之，主理尚气，驰骋才情，议论风生，刻抉入微是宋诗的基本特质。"② 这个概括大致是准确的。杨文指出，"宋诗特质之形成，原因多样""代表宋代文化主流的理学思潮

---

① 郭绍虞：《中国文学批评史》（下），百花文艺出版社1999年版，第78页。
② 杨子怡：《也谈宋诗特质形成的原因》，《娄底师专学报》1989年第1期。

是宋诗嬗变的主要原因"。① 笔者以为影响宋诗特质形成的原因，主要有三：一是北宋的诗文革新运动，反对以西昆体为代表的浮靡文风，欧、苏作为领袖人物，推崇韩愈，注重才学气节。二是宋代科举的改革，注重经义策论的考试，以选拔经世致用之人才。三是理学的兴起，崇尚发明性理之学，富有思辨的品格。这三点，为宋诗特质的形成起了重大作用，从而带来了宋诗的散文化、议论化、说理化等特质。刘克庄对宋诗的批评，便是针对其中的负面影响而展开的。

（一）要皆"经义策论"与"语录讲义"之押韵者

刘克庄在《竹溪诗序》中说：

> 唐文人皆能诗，柳尤高，韩尚非本色。迨本朝则文人多，诗人少。三百年间，虽人各有集，集各有诗，诗各自为体：或尚理致，或负材力，或逞辨博。少者千篇，多至万首。要皆经义策论之有韵者尔，非诗也。自二三巨儒及十数大作家，俱未免此病。②

他指出"唐文人皆能诗"，其中柳诗尤高，韩诗尚非本色。这一观点，刘克庄不止一次提过，前文已有引述。与唐文人诗相比，他认为宋朝"文人多，诗人少"，虽然诗作众多，而作者各自为体，皆以尚理致、负材力、逞辨博等科举作文之能事为诗，故所作篇什，"要皆经义策论之有韵者尔，非诗也"。即使几位大儒者和数十位大

---

① 杨子怡：《也谈宋诗特质形成的原因》，《娄底师专学报》1989年第1期。
② （宋）刘克庄：《竹溪诗序》，《后村先生大全集》卷九十四，第2438页。

作家，亦未免此病。苏轼也说过："昔祖宗之朝，崇尚辞律，则诗赋之工，曲尽其巧。自嘉祐以来，以古文为贵，则策论盛行于世，而诗赋几至于熄。"① 刘克庄与苏公所论意思接近，都认为科举考试经义策论的盛行，影响到诗的创作。

他在《林子显诗序》与《恕斋诗存稿》中说：

> 近世理学兴而诗律坏②。
> 近世贵理学而贱诗，间有篇咏，率是语录讲义之押韵者耳。③

刘克庄又指出，宋代"理学兴""贵理学"，使诗的创作也受到破坏。理学者看重心性义理，而看轻诗之情感与艺术手段，所作之诗，往往简明阐释义理，而缺少诗之兴象韵味。例如，邵雍诗《好勇吟》："好勇能过我，当仁岂让师？勇须仁以济，仁必勇为资。"又，《事体吟》："语言须中节，义理贵从宜。可革仍三就，当行必再思。"还有《曝书吟》《人鬼吟》《仁圣吟》《日月吟》《善处吟》《思友吟》《岁寒吟》《岁俭吟》《能怀天下心》……大致如此。所以刘克庄说"率是语录讲义之押韵者耳"，不是空穴来风。清代袁枚也说："刘后村为吴恕斋作《诗序》云：'近世贵理学而贱诗赋，间有篇章，不过押韵之语录、讲章耳。'余谓此风，至今犹存。虽不入理障，而但贪序事、毫无音节者，皆非诗之正宗。韩、苏两大家，往往不免。故余《自讼》云：'落笔不经意，动乃成苏、韩。'"④

---

① （宋）苏轼：《拟进士对御试策》，《苏轼文集》卷九，第301页。
② （宋）刘克庄：《林子显诗序》，《后村先生大全集》卷九十八，第2540页。
③ （宋）刘克庄：《恕斋诗存稿》，《后村先生大全集》卷一百一十一，第2878页。
④ （清）袁枚：《随园诗话》卷二，人民文学出版社1998年版，第48页。

故刘克庄力辨"诗"与"经义策论"及"语录讲义"之不同。这从他对林光朝、林希逸与吴恕斋等人诗歌风格的评析中能得以充分体现。他说:

> 乾、淳间,艾轩先生(林光朝)始好深湛之思,加煅炼之功,有经岁累月缮一章未就者。……然以约敌繁,密胜疏,精掩粗,同时惟吕太史重之,不知者以为迟晦。盖先生一传为网山林氏……再传为乐轩陈氏……三传为竹溪(林希逸),诗比其师,槁干中含华滋,萧散中藏严密,窘狭中见纡余。当其拈须搔首也,搜索如象罔之求珠,斫削如巨灵之施凿,及乎得手应心也,简者如虫鱼小篆之古,协者如韶钧广乐之奏,偶者如雌雄二剑之合。天下后世诵之曰:"诗也,非经义策论之有韵者也。"①

> 恕斋吴公,深于理学者,其诗皆关系伦纪教化,而高风远韵,尤于佳风月、好山水,大放厥辞,清拔骏壮。……非今诗人之诗也。②

他称道林光朝好以"深湛之思"与"煅炼之功"为诗,不急于求成,能反复锤炼,努力纠正诗坛普遍存在的弊病,以"约敌繁、密胜疏、精掩粗",并以这种精神,影响了几代诗人弟子。林希逸诗比之其师,"槁干中含华滋,萧散中藏严密,窘狭中见纡余",更注重诗歌语言的多样性与辩证统一,同时竭力搜求意象、锤炼语言、协调声韵,"及乎得手应心",因而诗的艺术性更强。天下后世诵之,

---

① (宋)刘克庄:《竹溪诗序》,《后村先生大全集》卷九十四,第2438页。
② (宋)刘克庄:《恕斋诗存稿》,《后村先生大全集》卷一百一十一,第2878页。

认可这是"诗也，非经义策论之有韵者也"。刘克庄又称赏理学者吴恕斋的诗，既关系伦理教化，又能放开手笔，极力描绘佳风月、好山水，具有"高风远韵"的品格与"清拔骏壮"的风格，这正是苏轼极为推赏的。故刘克庄称其"非今诗人之诗也"。这说明刘克庄认为，"诗"比"经义策论"和"语录讲义"更讲究艺术构思，更偏爱风月山水，更注重审美意象的选择与摄取，更注重语言文辞的优美协韵、曲折有致。因此，他对宋人之诗虽然从整体上作了批评，但对于那些与"诗"之审美规范既符且优者，是给予认可的。

刘克庄指出了宋代重科举、贵理学，给宋诗创作带来的负面影响。不难见出，刘克庄批评宋代文人诗"或尚理致，或负材力，或逞辨博"，与严羽批评宋代诸公诗"以文字为诗，以议论为诗，以才学为诗"，其认知与思路极其相似！刘克庄与严羽不曾有过交集，但对宋诗的总体特征所见略同。戴复古与刘、严二人都有较为密切的交往①，或有可能在其中作过间接的沟通。

(二)"风人之诗"与"文人之诗"

刘克庄对宋诗的批评，来自他对"诗人"与"诗"的认知。他在《何谦诗跋》中说："自四灵后，天下皆诗人""然诗人多而佳句少。"② 为什么呢？他提出诗有"风人之诗""文人之诗"之别。

> 以情性礼义为本，以鸟兽草木为料，风人之诗也；以书为

---

① 刘克庄《后村诗话·后集》卷二："天台戴复古字式之，能诗，常自诵其先人诗云：'惜树不磨修月斧，爱花须筑避风台。'精丽不减昆体。又云：'人行蹊蹊红边路，日落稀归啼处山。'亦佳句。"(中华书局1983年版，第74页)
② 刘克庄：《何谦诗跋》，《后村先生大全集》卷一百丹六，第2736页。

本，以事为料，文人之诗也。世有幽人羁士，饥饿而鸣，语出妙一世，亦有硕师、鸿儒宗主斯文而于诗无分者，信此事之不可勉强欤！①

"风人之诗"，即诗人之诗；"文人之诗"，即文人学者之诗。刘克庄认为，"风人之诗"，以发乎情性、止乎礼义为根本，以自然界的鸟兽草木为材料；"文人之诗"，以传达书中的思想与学问为根本，以借用前人的事迹和言论为材料。从他所举两者的不同，大致说来，一抒情，一说理；一比兴，一用事。他说，有幽人羁士于穷饿之际能作出妙绝一世的好诗，也有硕师、鸿儒为文章之宗而于诗无分，此事不可勉强。显然，在刘克庄心目中，文章学问不足以成就"诗"与"诗人"，而"情性"的抒发与"鸟兽草木"的意象创造，才能成为真正的高妙之诗。所以，他指出何谦虽以诗名，然其诗"质实而饱足，坐胸中书融化未尽，所欠高简""近于余所谓'以书为本，以事为料'者"。他希望何谦能"稍变体"（由"文人之诗"向"诗人之诗"靠拢），"以意为匠"，以"情性"融化书料，"借虚以发实，造新以易腐，因难以出奇"，创作出富有诗情、富有创意的佳作。

刘克庄"风人之诗"与"文人之诗"的说法，已隐寓轩轾之意。刘辰翁说："后村谓文人之诗与诗人之诗不同，味其言外，似多有所不满……"② 是的，刘克庄是对"文人之诗"有不甚满意之处。他认为"迨本朝则文人多，诗人少"，文人好读书，其突出的特点，就是"资书以为诗"。他对此谈了自己的思考与困惑。

---

① 刘克庄：《何谦诗跋》，《后村先生大全集》卷一百丹六，第2736页。
② （元）刘辰翁：《赵仲仁诗序》，《须溪集》卷六，四库全书本第1186册，第521页。

古人不及见后世书，而偶然比兴、讽刺之作至列于经；后人尽读古人书，而下语终不能仿佛风人之万一，余窃惑焉。或古诗出于情性，发必善；今诗出于记问，博而已。自杜子美未免此病。于是张籍、王建稍束起书袋，划（同铲）去繁缛，趋于切近。世喜其简便，竞起效颦，遂为晚唐体，益下，去古益远。岂非资书以为诗，失之腐；捐书以为诗，失之野欤！①

刘克庄说，古人不及后人读书多，他们的诗作，以比兴、讽刺的手法偶然而为，随性而发，竟至列于"六经"；后人尽读古人之书，而下语立意终不能仿佛（比似）古诗于万一，这是令他困惑不解的。他分析指出，"或古诗出于情性，发必善；今诗出于记问，博而已"。显然，"情性"与"记问"，是他辨析古今诗歌优劣的关键。今诗出于学问，追求博富，连杜甫亦不免"以书为诗"之病（"读书破万卷，下笔如有神"）。张籍、王建等中唐诗人"稍束起书袋"，划（同铲）去繁缛，使诗风趋于简易切近，世人喜好并仿效，遂开了后来的晚唐体。然诗益下，离古诗之风味品格益远。刘克庄在评析唐以来对"诗"与"书"的不同态度后，指出"资书以为诗，失之腐""捐书以为诗，失之野"。可见，他反对执"资书"与"捐书"两端，而希望诗以性情为本，以记问为辅。

（三）推重南宋诗人陈与义、陆游与杨万里

刘克庄在批评宋诗的同时，也对于在纠正诗坛流弊中脱颖而出的诗人加以由衷的赞赏。在南宋诗人中，刘克庄最为推重的是陈与

---

① （宋）刘克庄：《跋韩隐君诗》，《后村先生大全集》卷九十六，第2472页。

义、陆游与杨万里。他称道陈与义（字去非，号简斋）：

> 及简斋出，始以老杜为师。《墨梅》之类，尚是少作。建炎以后避地湖峤，行路万里，诗益奇壮。……造次不忘忧爱，以简严扫繁缛，以雄浑代尖巧，第其品格，故当在诸家之上。①

指出苏、黄之后，有陈与义出，始以老杜为师。这里一个"始"字，尤当引起我们注意。在简斋之前，学老杜者不在少数，苏、黄皆以老杜为师，但在刘克庄眼里，似乎简斋真得老杜之衣钵。其行万里路，阅人间事，在颠沛流离中不忘爱君忧国，又取老杜诗之简严、雄浑，以纠正南宋诗坛上繁缛、尖巧之弊病，品格在诸家之上。被刘克庄推为"真南渡巨擘"的张嵲（字巨山）亦称"公尤邃于诗，体物寓兴，清邃超特，纡余闳肆，高举横厉，上下陶、谢、韦、柳之间"②。此语载入《宋史·陈与义传》。

又以陆游（字务观，号放翁）比杜甫，推为南宋诗人一大宗。《宋诗钞》载："孝宗尝问周必大曰：'今诗人亦有如唐李白者乎？'必大以（陆）游对，人因呼为'小太白'。"③刘克庄则以陆游比杜甫。他说：

> 放翁，学力也，似杜甫；诚斋，天分也，似李白。④
> 近岁诗人，杂博者堆队仗，空疏者窘材料，出奇者费搜索，

---

① （宋）刘克庄：《后村诗话·前集》卷二，中华书局1983年版，第26页。
② （宋）张嵲：《陈公资政墓志铭》，《紫微集》卷三十五，四库全书本第1131册，第647页。
③ （清）吴之振编：《宋诗钞》卷六十四《陆游剑南诗钞》，四库全书本第1461册，第229页。
④ （宋）刘克庄：《后村诗话·前集》卷二，中华书局1983年版，第33页。

缚律者少变化。惟放翁记问足以贯通，力量足以驱使，才思足以发越，气魄足以陵暴。南渡而后，故当为一大宗。末年云："客从谢事归时散，诗到无人爱处工。"又云："外物不移方是学，俗人犹爱未为诗。"则皮毛落尽矣。①

他批评南宋诗人醉心于以书本学问为诗，好杂博者堆砌对仗，议论空疏者缺乏材料，爱出奇者费心搜索，拘束于格律者缺少变化，存在明显的弊端。唯有陆游的诗，不拘缚于书内与诗内，而能发学问为力量，"才思发越"，放笔而歌，故而诗歌气魄宏大，足以压倒所有的诗人。当为南渡以来一大宗。"足以陵暴"一语，取自韩愈诗"勃兴得李杜，万类困陵暴"②，刘克庄借韩愈推李杜之语来推重陆游，足见评价之高。末尾引陆游晚年两联诗句，表达对陆游创作思想的认同。意谓只有繁华落尽，归于平淡，不为外物所移，不为世俗所好，全然一个真实的自我时，才有可能写出真正的好诗。"皮毛落尽矣"，语出黄庭坚《别杨明叔》诗："皮毛剥落尽，唯有真实在。"《宋诗钞》编者吴之振则将刘克庄之意进一步发挥，其云："吾谓岂惟南渡，虽全宋不多得也。宋诗大半从少陵分支，故山谷云：'天下几人学杜甫，谁得其皮与其骨。'若放翁者，不宁皮骨，盖得其心矣。所谓爱君忧国之诚，见乎辞者，每饭不忘，故其诗浩瀚崒崋，自有神合。呜呼，此其所以为大宗也欤。"③

刘克庄还非常推崇杨万里（字廷秀，号诚斋）之诗。他说：

---

① （宋）刘克庄：《后村诗话·前集》卷二，中华书局1983年版，第31页。
② （唐）韩愈：《荐士》，孙昌武选注《韩愈选集》，上海古籍出版社1996年版，第88页。
③ （清）吴之振编：《宋诗钞》卷六十四《陆游剑南诗钞》，四库全书本第1462册，第230页。

"南渡放翁、诚斋号为大家数"①,"诚斋,天分也,似李白"②。"今人不能道语被诚斋道尽"③。又自述其学诗经历说:"初余由放翁入,复喜诚斋,又兼取东都、南渡、江西诸老,上及于唐人大小家数,手抄口诵。"④ 又《病起十首》其九:"变风而下世无诗,幼学西昆壮耻为。老去仅名小家数,向来曾识大宗师。百年不觉皤双鬓,一字谁能断数髭。诚叟放翁几曾死,著鞭万一许肩随。"⑤ 郭绍虞先生说,他对诚斋、放翁的"倾倒之忱,于此可见"。⑥

由以上可见,刘克庄对宋诗中存在的弊病有尖锐的批评,亦对积极纠正弊病并取得较高成就的宋代诗人,从创作实践与创作思想方面予以高度肯定。这构成了他对宋诗的基本态度,也影响了后世论者。

第三节 刘克庄对苏轼诗学的接受

刘克庄对苏轼"盖代之材"与"大家数"地位的认定,使他在多方面接受了苏轼诗学思想的影响。他用自己丰富的批评实践,阐释并发挥了苏轼的那些精到的诗学观点,有时也对苏轼的观点作不同的理解和议论,呈现出极有个性色彩的苏轼诗学接受。

---

① (宋)刘克庄:《黄有容字说》,《后村先生大全集》卷一百一十二,第2917页。
② (宋)刘克庄:《后村诗话·前集》卷二,第33页。
③ 同上书,第32页。
④ (宋)刘克庄:《刻楮集序》,《后村先生大全集》卷九十六,第2485页。
⑤ (宋)刘克庄:《病起十首》其九,《后村先生大全集》卷三十五,第927页。
⑥ 郭绍虞:《中国文学批评史》(下),百花文艺出版社1999年版,第77页。

一 强调"切于世教""有用之言"

苏轼论文艺以儒家文艺思想为基点,十分重视文艺对个人思想品德修养的作用,重视文艺对社会政治的作用。因此,他提出"诗须要有为而作"①,言语文章应"有益于当世"②。他在《凫绎先生诗集叙》一文中指出:

> （凫绎）先生之诗文,皆有为而作,精悍确苦,言必中当世之过,凿凿乎如五谷必可以疗饥,断断乎如药石必可以伐病。其游谈以为高,枝词以为观美者,先生无一言焉。③

刘克庄认同苏轼的这一思想,指出"古诗皆切于世教",由此高度评价王子文（名埜,字子文,号潜斋）之诗符合"诗六义"的讽喻颂美精神:

> 古诗皆切于世教。……潜斋年未四十……言议风旨闻天下,不以诗自名。余得其诗读之,本学术,隆师友,扶忠贤,黜邪佞,爱君如爱亲,忧民如忧己,合于诗人之所谓六义者。④

他在为友人翁定（字应叟,号瓜圃）撰写的诗序中,指出其诗内容丰富,或隐逸,或伤时,或怀友,或处穷,均表达出深邃的思想感情,"多有益世教"。他说:

---

① （宋）苏轼:《题柳子厚诗二首》,《苏轼文集》卷六十七,中华书局1986年版,第2109页。
② （宋）苏轼:《策总叙》,《苏轼文集》卷八,第225页。
③ （宋）苏轼:《凫绎先生诗集叙》,《苏轼文集》卷十,第313页。
④ （宋）刘克庄:《王子文诗序》,《后村先生大全集》卷九十四,第2439—2440页。

> 亡友翁应叟尤工律诗，集中古体不一二见……然观其送人去国之章，有山人处士疏直之气；伤时闻警之作，有忠臣孝子微婉之义；感知怀友之什，有侠客节士生死不相背负之意；处穷而耻势利之合，无责而任善类之忧，其言多有益世教。凡傲慢亵狎、闺情春思之类，无一字一句及之……盖应叟晚为洛学，客游所至，必交其善士，尤为西山真公（真德秀）所知，其诗有自来矣。①

他认为翁应叟的诗得到理学家真德秀的赏识，是有原因的。在《张尚书集序》中，他指出傃斋张公（据笔者考证，可能是张抑，其祖张守，谥文靖）仕当"乾淳之治"，其诗其文其言"冲淡和平"，皆有益于朝廷安治天下，发为"有用之言"，既非（孟）郊、（贾）岛的穷愁之言，亦非陈（琳）、阮（瑀）的讨檄之词：

> 乾、淳间，天子益厌拘挛，稍于科举之外擢士。……故户部尚书傃斋张公，盖当时亲擢之一也。公之学授于家庭，又所交皆天下贤俊，而仕当朝廷极盛之时。故其诗冲淡和平，可荐之郊庙，非如孟郊、贾岛鸣其穷愁而已。笺奏温润丽缛，可施之典册，非如陈琳、阮瑀工于书檄而已。在上前议论，或累牍，或数语，详而贯于理，简而周于事，凿凿乎有用之言也。②

末句"凿凿乎有用之言"，完全是套用苏轼之语。这是典型的文学世教观、文学功用论。应该说，刘克庄的这一思想不仅来自苏轼，也明显受到理学思想的深刻影响。譬如，刘克庄敬重的西山先生真

---

① （宋）刘克庄：《瓜圃集序》，《后村先生大全集》卷九十四，第2427页。
② （宋）刘克庄：《张尚书集序》，《后村先生大全集》卷九十四，第2434页。

德秀，为朱熹的再传弟子，其论文要求诗文"发挥理义，有补世教"，以为"国朝文治猬兴，欧、王、曾、苏，以大手笔追还古作，高处不减二子（作者按：指董仲舒、韩愈）"①。刘克庄作为真德秀的门生，自是受其濡染。

二 反对"损自然""华过实"

受老庄思想的影响，苏轼在强调诗文"有为而作"的同时，又主张"无意为文"，即缘情而发，取其自然，反对刻意与雕琢。他青年时期曾提出"非能为之为工，乃不能不为之为工"的观点②，而作于晚年的《答谢民师推官书》一文，糅合老庄与孔子思想，表达了他对诗文创作的审美追求。他说：

> 所示书教及诗赋杂文，观之熟矣。大略如行云流水，初无定质，但常行于所当行，常止于不可不止，文理自然，姿态横生。孔子曰："言之不文，行而不远。"又曰："辞达而已矣。"……辞至于能达，则文不可胜用矣。③

苏轼评价谢民师的诗文不刻意为之，当行则行，当止则止，文理自然，姿态横生，如行云流水。这显然是以老庄思想论文艺。苏轼又引孔子"言之不文""辞达"二语，旨在说明，语言文字不能没有文采，能做到"辞达"就够了。然做到"辞达"并不容易，要了然于心，还要了然于手与口。"辞至于能达，则文不可胜用"。这

---

① （宋）真德秀：《跋彭忠肃文集》，《西山文集》卷三十六，四库全书本第1174册，第576页。
② （宋）苏轼：《南行前集叙》，《苏轼文集》卷十，第323页。
③ （宋）苏轼：《答谢民师推官书》，《苏轼文集》卷四十九，第1418页。

段文字，典型地表达了苏轼对诗文语言的要求，要自然畅达，而不要刻意雕琢，追求华美。

刘克庄认同这一观点，他回顾宋初诗歌的发展，批评西昆体过于雕琢，而远离真情性。他说：

> 余尝评本朝诗，昆体过于雕琢，去情性寖远，至欧、梅始以开拓变拘狭，平淡易纤巧。子曰"辞达而已矣"，岂必得挦扯义山入社乎？①

他赞同欧、梅诗对西昆体的开拓与变革，以为不必学李商隐刻意追求辞藻的秾丽华美。这与苏轼《答谢民师推官书》一文提倡"自然"不但观点一致，而且他以孔子"辞达而已矣"的说法为理论依据，也与苏轼的思路完全一致。

他在《退庵集序》中，批评文字日趋于工，有失自然之美。

> 自先朝设词科而文字日趋于工，譬锦工之机锦，玉人之攻玉，极天下之组丽瑰美，国家大典册必属笔于其人焉。然杂博伤正气，缔绘损自然，其病乃在于太工。惟番易三洪，笔力浩大，不窘于记问，不缚于体式，士之得其门者寡矣。……退庵居士陈公某，文安公之婿，著名淳熙中。某生晚不及识公，得其遗文十五卷读之，叹曰：是提孤军与三洪对垒者。②

刘克庄认为，自唐朝设词科以来，文字日趋于工。文人士大夫越来越追求文辞的典雅华美，国家大典册也必属笔于这些人。然

---

① （宋）刘克庄：《刁通判诗卷》，《后村先生大全集》卷一百一十，第2849页。
② （宋）刘克庄：《退庵集序》，《后村先生大全集》卷九十四，第2428页。

"然杂博伤正气,缔绘损自然",文字太工,有伤诗文之正气与自然之美质。他称道唯"三洪"(洪适、洪遵、洪迈)兄弟先后中博学鸿词科,"笔力浩大,不窘于记问,不缚于体式",能有自然为文的笔力与气度,更感叹退庵居士能以孤军与"三洪"相匹敌。退庵居士何人?据笔者考,其名陈炳,字宜之,号退庵。乃苏轼之挚友陈襄(字述古)之子。刘克庄说他"年才五十,仕止提辖文思院,世未知公""密学公(陈襄)闽人……公之父也"。① 陈振孙对《退庵集》有记载。② 刘克庄推重自然为文,所以,他大胆直言:

> 某常恨古今词人,往往词胜理,华过实。③

他斩截有力的批评,实则是期望诗人们能做到词理相兼,华实相副,文理自然!因而他在褒扬诗人的精彩语句时,亦非常看重这一点。

> 前辈记朱新仲舍人"天气未佳宜且住,风涛如此亦安归"之联,取其自然,不烦斫削。然新仲此等句尚多,如……若不经思而俱出人意表。④

"前辈",指南宋陈鹄(号西塘),其《耆旧续闻》卷一载:"苏(仁仲)言南渡之初,朱新仲寓居严陵时,汪彦章南迁,便道过新仲。适值清明,朱《送行》诗云:'天气未佳宜且住,风波如此欲

---

① (宋)刘克庄:《退庵集序》,《后村先生大全集》卷九十四,第2429页。
② (宋)陈振孙:《直斋书录解题》卷十八:"《退庵集》十五卷,提辖文思院龙泉陈炳撰。"四库全书本,第674册。
③ (宋)刘克庄:《退庵集序》,《后村先生大全集》卷九十四,第2429页。
④ (宋)刘克庄:《后村诗话·前集》卷二,中华书局本,第28页。

安之。'盖用颜鲁公帖及谢安事。语意浑成,全不觉用事。"① 刘克庄赞同陈鹄的评语,且以"取其自然,不烦斫削"作了更为精彩的表述。他认为,新仲似此等句尚多,皆"若不经思,而俱出人意表"。由此可以体会刘克庄对"自然"的理解与激赏。

三 推尚"穷而始工""锻炼始精"

前文提到刘克庄推重欧、苏、陆游等人诗的"气魄力量",并成为论诗的一个重要标准,在他看来,诗的气魄力量,主要来自作者身心的磨炼与诗艺的锤炼。因而他提出:"诗必穷始工,必老始就,必思索始高深,必锻炼始精粹。"②

继韩愈提出"不平则鸣""欢愉之辞难工,而穷苦之言易好",欧阳修提出"非诗之能穷人,殆穷者而后工"之后,苏轼对此作了更多的阐释。如云:"非诗能穷人,穷者诗乃工。此语信不妄,吾闻诸醉翁"(《僧惠勤初罢僧职》),"诗人例穷苦,天意遣奔驰"(《次韵张安道读杜诗》),"秀语出寒饿,身穷诗乃亨"(《次韵仲殊雪中西湖》),值得关注的是,苏轼在历经贬谪后,对"穷而后工"有了深一层的理解,那就是处穷而能超然对待,其诗自好,境界自高。他在《王定国诗集叙》中称道贬逐岭外的王巩(字定国):"定国诗益工,饮酒不衰,所至穷山水之胜,不以厄穷衰老改其度,今而后余之所畏服于定国者,不独其诗也。"③ 他推尚雄健的诗风,推重老境美。这些在宋人中影响甚巨。

刘克庄接受了苏轼的上述观点,认为"诗必穷始工,必老始

---

① (宋)陈鹄:《耆旧续闻》卷一,四库全书本第1039册,第591页。
② (宋)刘克庄:《跋赵孟侒诗》,《后村先生大全集》卷一百丹六,第2750页。
③ 参看张惠民、张进《士气文心:苏轼文化人格与文艺思想》,第392—399页。

就"，赞赏处穷益励，老而能健。他感叹苏门黄庭坚、秦观在贬所或不久丧命，或自作挽歌，唯有坡公笔力、气魄不同。

> 山谷以崇宁甲申谪宜州道……至宜明年乙酉九月卒，年六十一……岂年高地恶而然耶？其别元明犹云"术者谓吾兄弟寿俱八十"，盖亦不自料大期止此。少游在藤自作挽歌之属，比之尤悲哀。惟坡公海外笔力，益老健宏放，无忧患迁谪之态，黄、秦皆不能及，李文饶亦不能及。①

李文饶即李德裕，晚唐二度为相，宣宗时被贬为潮州司马，再贬崖州司户参军，次年死于贬所，年六十三。刘克庄推赏苏轼贬逐岭海后的文字，笔力"老健宏放"，无颓丧、衰惫、悲哀之态，非但黄、秦不及，连晚唐名相李德裕亦不能及。他推南宋初李纲丞相能与坡公相伯仲。

> 李伯纪丞相《过海》绝句云"假使黑风漂荡去，不妨乘兴访蓬莱"，与坡公"九死南荒吾不恨，兹游奇绝冠平生"之句殆相伯仲，异乎李文饶、卢多逊穷愁无聊之作矣。②

卢多逊为宋初宰相，后因罪流放至崖州，雍熙二年（985）在流所去世，终年52岁。刘克庄扬苏轼、李纲诗之放达老健，而抑李德裕、卢多逊之穷愁无聊之作，其鉴赏态度已是十分明确。又评唐庚（字子西）诗文云：

> 唐子西诸文皆高，不独诗也。其出稍晚，使及坡门，当不

---

① （宋）刘克庄：《后村诗话·后集》卷一，中华书局本，第45页。
② （宋）刘克庄：《后村诗话·前集》卷二，中华书局本，第33页。

在秦、晁之下。集中有《闻坡贬惠州》诗云:"元气脱形数,运动天地内。东坡未离人,岂比元气大? 天地不能容,伸舒辄有碍。低头不能仰,闭口焉敢欸? 东坡坦率老,局促应难耐。何当与道俱,逍遥天地外。"此诗甚佳,状得出。①

刘克庄对唐子西其人其诗文的首肯,对于东坡"元气"的推仰,溢于言表。刘克庄在《刘圻父诗序》中,亦强调了"文以气为主"的观点。

> 文以气为主,少锐老惰,人莫不然。世谓鲍照、江淹晚节才尽,余独以为气有惰而才无尽。子美夔州、介甫钟山以后所作,岂以老而惰哉?……圻父幸在世故胶扰之外,为事物忧患之所恕,养气益充,下语益妙,它日余将求续集而观老笔焉。②

"文以气为主"最先由曹丕提出。曹丕所谓"气",指作家的才性、气质或个性而言,以为文章的风格主要由作家的才性气质来决定。苏轼提出"士以气为主",强调士大夫的人格理想是一种独立不惧的"雄节""高气",是"出不休显,贱不忧戚"的旷达胸襟与坦然心境,③尤其推崇"志气之豪健"。④宋人重申"文以气为主",实质是在曹丕的话语中又注入了苏轼的精神内涵。例如,陆游在他的诗文批评中,强调了"文气"的重要,尤以苏轼为楷模。

> (苏)轼死且九十年,学士大夫徒知尊诵其文,而未有知其

---

① (宋)刘克庄:《后村诗话·前集》卷二,中华书局本,第25页。
② (宋)刘克庄:《刘圻父诗序》,《后村先生大全集》卷九十四,第2424页。
③ (宋)苏轼:《李太白碑阴记》,《苏轼文集》卷十一,第348页。
④ (宋)苏轼:《祭欧阳仲纯父文》,《苏轼文集》卷六十三,第1940页。

第五章 刘克庄与苏轼

文之妙在于气高天下者。……然臣窃谓天下万事皆当以气为主,轼特用之于文尔。①

某闻文以气为主,出处无愧,气乃不挠。②

陆游最能领会苏轼的高气,他有诗赞曰:"苏公本天人,谪堕为世用。……气力倒犀象,律吕谐鸾凤。天骥西极来,矫矫不受鞚。……心空物莫挠,气老笔愈纵。……我生虽后公,妙句得吟讽。整衣拜遗像,千古尊正统。"③刘克庄接受并发扬苏、陆之论,力主"文气"说。他认为,人之"气",少锐老惰,是通常之态。但是如杜甫、王安石晚岁之作,并未因老因处境困顿而气惰。因此,他强调只要能超脱于世故胶扰、忧患所累,充养志气,必能有老健之笔。由宋入元的卫宗武承续刘克庄之论,他说:"文以气为主,诗亦然。……故少陵之间关转徙而蜀中之咏益工,老坡之摈斥寥落而海外之篇愈伟,其他未易枚举,莫不以是得之。"④

在《黄恺诗序》中,刘克庄进一步论说了"气全"与"功专"之重要。他说:

诗比他文最难工,非功专气全者不能名家。余观他人诗,及以身验之,良然。……子实诗多在淮、蜀时所作,时边事益急,子实内笔严君机密,外参主公计谋,乃有余力及此事,固已奇矣。出蜀未几,横遭口语,子实一不惩艾,益放于诗,机

---

① (宋)陆游:《上殿札子》之二,《陆游集·渭南文集》卷四,第2002页。
② (宋)陆游:《傅给事外制集序》,《陆游集·渭南文集》卷十五,第2112页。
③ (宋)陆游:《玉局观拜东坡先生海外画像》,《陆游集·剑南诗稿》卷九,第244页。
④ (元)卫宗武:《赵帅幹在莒吟集序》,《秋声集》卷五,四库全书本第1187册,第702页。

轴老成，音节顿挫。处烦碎而功专，经忧患而气全，岂非名公之才子、吾辈之畏友者欤！①

笔者省略的一段，是刘克庄讲述自己的切身体验。"年壮气盛""诗料满目"时，为"书檄所困留"，十多年间，仅得诗二十余首。及出幕奉南岳祠，不到两年，得诗三百，"身闲而功专尔"。再后来积累愈多，然已"避谤持戒"，十余年间一句一字不敢出吻，"胆薄而气索矣"。由此，刘克庄感佩黄愷（字子实）"处烦碎而功专，经忧患而气全"，故其诗能达到"机轴老成，音节顿挫"的高水平。可见，"气全"（作者的身心磨炼与境界）与"功专"（诗艺的专攻与锤炼）是何等重要！

在"功专"方面，刘克庄注重"锻炼"，所谓"必思索始高深，必锻炼始精粹"，这也是与苏轼的观点声气相通。苏轼注重诗书学问，一方面认为好诗出于积学所得自然而成，"左抽右取谈笑足""信手拈得俱天成"；另一方面又强调好诗出于加工锻炼。他说："清诗要锻炼，乃得铅中银"（《崔文学甲携文见过，萧然有出尘之姿……》，《苏轼诗集》卷四十五）。……铅中之银如此难得，苏轼以此喻诗之"锻炼"，正见好诗须经反复磨揉千锤百炼方能获得，绝非谈笑玩戏轻而易举。② 刘克庄深谙此理，故而在他的诗学批评中，颇注重"锻炼"之功。例如，前引他对艾轩先生（林光朝）之诗的好评："好深湛之思，加锻炼之功。"（《竹溪诗序》）又如，他称道江湖派诗人赵汝鐩（字明翁）之诗精于锻炼，不自炫鬻。

---

① （宋）刘克庄：《黄愷诗序》，《后村先生大全集》卷九十九，第2568页。
② 参看张惠民、张进《士气文心：苏轼文化人格与文艺思想》，第404页。

明翁诗兼众体，而又遍行吴楚、百粤之地，眼力益高，笔力益放。卷中歌行跌宕顿挫，剸蛟缚虎手也。及敛为五七言，则又妥帖丽密，若唐人锻炼之作。……余幼交明翁，白首始见其诗。盖其深厚不自炫鬻，立身行己皆然，不独于诗然也。①

可见，诗的锻炼与人的游历见闻是相一致的。以下再录几则刘克庄有关"锻炼"的文字。

《南溪诗序》：窃以为先生诗兼众体，歌行布置起结仿佛少陵。……古体若槁而泽，若质而绮。……幽闲微婉，有无穷之味……唐律属辞如谐乐，用事如破的，一字不可易置。②

《退庵集序》：公俪语高妙，殆天昇不可学，诗简而远，近而深，有味外之味，古文锻炼精粹，一字不可增损。在人其礼法之士，在兵其节制之师欤。③

《跋何谦近诗》：前编犹有轻而疏者，此编则斤量加重，经纬加密，如《南岳篇》之押韵，《采蜜谕》之命意，《瓦瓶作》至炼句，比旧大有力量功夫。④

评崔德符诗：崔德符诗幽丽高远，了不蹈袭，盖用功最深者。《观鱼》云……《桃花》云……《过湖》云……皆精诣可吟讽。⑤

关于"锻炼"，第一则、第二则中，他涉及诗的布置起结、风格

---

① （宋）刘克庄：《野谷集序·赵漕汝鐩》，《后村先生大全集》卷九十四，第2431页。
② （宋）刘克庄：《南溪诗序》，《后村先生大全集》卷一百，第2592页。
③ （宋）刘克庄：《退庵集序》，《后村先生大全集》卷九十四，第2429页。
④ （宋）刘克庄：《跋何谦近诗》，《后村先生大全集》卷一百丹六，第2750页。
⑤ （宋）刘克庄：《后村诗话·前集》卷二，第27页。

韵味、声律用事等，第三则中涉及诗的押韵、命意、炼句等，第四则涉及诗的创意、创新，不蹈袭前人。显然刘克庄是从创作的多个方面来注重诗的锻炼。由第一则、第二则中他说的"一字不可易置""一字不可增损"，尤见刘克庄看重"锻炼"过程中的精打细磨、精准到位。在第三则中，他说通过这种锻炼，之前"轻而疏者""斤量加重，经纬加密""比旧大有力量功夫"。至此，我们明白了刘克庄看重的"气魄力量"，一方面在作者的精神力量与作品的内涵力量；另一方面在文字的功夫力量，两者是互为表里的。所以刘克庄也强调"不以锻炼雕琢累气骨"[1]，这是值得充分注意的。

四 主张"各极其态""不主一体"

在诗歌风格方面，刘克庄也明显接受了苏轼辩证审美观的影响。苏轼评陶、韩、韦、柳诗，指出陶诗"质而实绮，癯而实腴"[2]，陶柳诗"外枯而中膏，似淡而实美"[3]，韦、柳诗"发纤秾于简古，寄至味于淡泊"[4] 以及"退之豪放奇险则过之，而温丽靖深不及"[5]。苏轼追求诗歌内涵的丰厚与风格的多样，尤其注重两种不同审美元素的对立统一，如"质"与"绮"，"癯"与"腴"，"枯"与"膏"，"纤秾"与"简古"，"至味"与"淡泊"等不同审美元素的和谐统一，即美在矛盾与和谐的统一。刘克庄深得其意，他的诗评中每每显示出追求风格多样、追求辩证统一的审美观。

---

[1] （宋）刘克庄：《周孟云诗文跋》，《后村先生大全集》卷一百丹六，第2751页。
[2] （宋）苏辙：《子瞻和陶渊明诗集引》引苏轼语，陈宏天、高秀芳点校《苏辙集·栾城后集》卷二十一，中华书局1990年版，第1110页。
[3] （宋）苏轼：《评韩柳诗》，《苏轼文集》卷六十七，第2109页。
[4] （宋）苏轼：《书黄子思集后》，《苏轼文集》卷六十七，第2124页。
[5] （宋）苏轼：《评韩柳诗》，《苏轼文集》卷六十七，第2109页。

他在《陈敬叟集序》中说：

> 尝评诸人之作，圻父得之夷淡而失之槁干；季仙得之深密而失之迟晦；惟敬叟才气清拔，力量宏放，险夷浓淡、深浅疏密，各极其态，不主一体。①

他批评刘子寰（字圻父）、游郴（字季仙）的诗在风格上有所偏失，褒扬陈以庄（字敬叟）的诗"才气清拔，力量宏放"，又能将对立的风格元素和谐融合，形成不同的风格，典型地体现了他的辩证审美观。而他在《刘圻父诗序》中，又对刘圻父的诗风作了充分的肯定。

> 余尝病世之为唐律者胶挛浅易，窘局才思，千篇一体，而为派家者则又驰骛广远，荡弃幅尺，一嗅味尽。麻沙刘君圻父融液众格，自为一家，短章有孔鸾之丽，大篇有鲲鹏之壮，枯槁之中含腴泽，舒肆之中寓掔敛，非深于诗者不能也。②

刘子寰早登朱熹之门。工诗词，与刘克庄唱和。文中刘克庄称刘诗"枯槁之中含腴泽，舒肆之中寓掔敛"，与前篇中的批评（"得之夷淡而失之槁干"）似有出入。这有两种可能：一是前篇中指出他的不足，以便突出陈诗；二是刘诗后来的创作有所改变，弥补了先前的不足。不论是哪种情况，刘克庄的这种辩证审美眼光是反复体现着的。又如：

> 评林希逸诗：诗比其师，槁干中含华滋，萧散中藏严密，

---

① （宋）刘克庄：《陈敬叟集序》，《后村先生大全集》卷九十四，第 2426 页。
② （宋）刘克庄：《刘圻父诗序》，《后村先生大全集》卷九十四，第 2424 页。

窘狭中见纡余。①

　　评赵松轩诗：见其擎敛之中有开拓，简淡之内出奇伟，藏大巧于朴，寄大辩于讷……可谓善学渊明者矣。②

　　评刁通判诗：监郡以后诸篇，条畅而不缚律，放纵而不逾矩，真老笔也。③

　　评竹溪集：藏妙巧于质素，寓高远于切近，宜乎备众体而为作者之宗……④

这里强调艺术对立元素的相济相融，使诗歌避免单一、简单，增强内涵的丰厚与语言的韵味，是诗歌老到成熟的体现。刘克庄在《表弟方遇诗序》中说：

　　南昌徐君德夫为方遇时父作诗评，其论甚高。盖今之为诗者尚语而德夫尚志，尚巧而德夫尚拙。以德夫之论考时父之诗，往往意胜于语，拙多于巧，时父可谓善为诗而德夫可谓善评诗矣。……时父勉之，使语意俱到，巧拙相参，它日必为大作者而不为小家数矣。⑤

德夫评诗，与当日为诗者表现出不同的审美倾向。时人"尚语"，而德夫"尚志"；时人"尚巧"，而德夫"尚拙"。因此德夫评方遇之诗，往往重其"意"胜过"语"，重其"拙"多于"巧"。刘克庄认为这是"善评"，是弥补时人之缺的好事。方遇倘能"语意

---

①　（宋）刘克庄：《竹溪诗序》，《后村先生大全集》卷九十四，第2438页。
②　（宋）刘克庄：《赵寺丞和陶诗》，《后村先生大全集》卷九十四，第2441页。
③　（宋）刘克庄：《刁通判诗卷》，《后村先生大全集》卷一百一十，第2487页。
④　（宋）刘克庄：《竹溪集序》，《后村先生大全集》卷九十六，第2849页。
⑤　（宋）刘克庄：《表弟方遇诗序》，《后村先生大全集》卷一百，第2576页。

俱到，巧拙相参"，日后必为"大作者"而不为"小家数"。

在刘克庄的诗评中，常常出现"大家数"与"小家数"的评语，总体来看，"气魄力量"宏大，意胜而语工，兼备众体融液众格，才可能成为"大家数"；而仅工语者，风格比较单一，气魄力量不够大，只能为"小家数"。

刘克庄的苏轼诗学接受，既与苏轼保持了相当的一致性，同时也对苏轼的一些观点表示出了不同的意见，尤体现出刘克庄的个性色彩。如云：

> 曼卿《红梅》诗云："认桃无绿叶，辨杏有青枝。"坡公以为村学堂中语。然卒章云："未应娇意急，发赤怒春迟。"不害为佳作也。①

北宋号称"三豪"之一的石延年（字曼卿）作《红梅》诗，苏轼以为其"认桃"二句，是村夫子语。只是写枝枝叶叶，而缺乏对红梅品格的描写。② 而刘克庄则认为卒章"未应娇意急，发赤怒春迟"二句，"不害为佳作也"。这显然有替石曼卿回护之意，不愿因苏轼之语而将石曼卿此诗抹杀。刘克庄又说：

> 唐诗人以岛配郊，又有"郊寒岛瘦"之评。余谓不然。郊集中忽作老苍苦硬语，禅家所谓一句撞倒墙者。退之倔强，亦

---

① （宋）刘克庄：《后村诗话·续集》卷一，第89页。
② 苏轼《东坡志林》卷十："诗人有写物之功。……林逋《梅花》诗云：'疏影横斜水清浅，暗香浮动月黄昏。'决非桃李诗。……石曼卿《红梅》诗云：'认桃无绿叶，辨杏有青枝。'此全陋语，盖村学究体也。"（四库全书本，第863册，第88页）又苏轼《红梅三首》其一："诗老不知梅格在，更看绿叶与青枝。"（《苏轼诗集》卷二十一，第1107页）

推让之。岛尤敬畏,有"自来东野先生死,侧近云山得散行"之句。以贾配孟,是师与弟子并行也。贾五言有晚唐诗人不能道者。①

"郊寒岛瘦"之评,出自苏轼。其《祭柳子玉文》谓:"元轻白俗,郊寒岛瘦,嘹然一吟,众作卑陋。"②刘克庄认为,孟郊集中有"老苍苦硬语",不全是"寒苦"语。且韩愈与贾岛皆对孟郊有"推让""敬畏"之意。又,贾岛五言诗不乏独到之处,"有晚唐诗人不能道者"。所以,他不能赞同苏轼之评。

又,刘克庄虽然认同韩、欧、苏提出的"穷而后工"的观点(前文已述),但他认为不可以此来衡量所有作者。在《王子文诗序》中,他说"古诗皆切于世教",《诗经》里有"大臣之言也""谏臣之言也""宗臣之言也""君国子民之言也",又说:

> 禹之训、皋陶之歌、周公之诗,大率达而在上者之作也;谓穷乃工诗自唐始,而李、杜为尤穷而最工者。然甫旧谏官,白亦词臣,岂必皆蹇生寒人,饥饿而鸣哉!③

他指出,"达而上者"也有好作品。李、杜为"穷而最工者",然杜甫是谏官,李白是词臣,并非穷饿之人。所以他认为,好诗不必都出自寒苦之人,不必都是为饥寒而作。"穷乃工诗",不必一概而论。

刘克庄发表的这些不同于苏轼的意见,表现出他的学术胆量。

---

① (宋)刘克庄:《后村诗话·新集》卷四,第204页。
② (宋)苏轼:《祭柳子玉文》,《苏轼文集》卷六十三,第1938页。
③ (宋)刘克庄:《王子文诗序》,《后村先生大全集》卷九十四,第2439—2440页。

他有一篇《严某和坡诗》，写得颇有意思。说：

> 自欧公有"放子出一头"之论，至今二百年无敢以文字敌坡公者。岂真不可敌耶？往往为盛名所压，望风屈膝尔。三山严君尽和坡诗，不少歉下，其真可敌者耶！孟子曰："舍（孟施舍）岂能为必胜哉，能无惧而已矣。"（我哪能一定打胜仗呢？不过是能够无所畏惧罢了——杨伯峻译注《孟子译注》，中华书局1960年版，第64页）窃意严君之才气亦然。①

刘克庄欣赏严某敢于"尽和坡诗"，以为有孟施舍的无所畏惧。克庄敢于批评苏轼，敢于发表不同的意见，私意以为亦不乏孟施舍之勇。

刘克庄的确是苏轼接受史上一位不可多得的人物。

---

① （宋）刘克庄：《严某和坡诗》，《后村先生大全集》卷一百，第2586页。

第六章　元好问与苏、黄

元好问（1190—1257），字裕之，号遗山，太原秀容（今山西忻州）人。金宣宗兴定五年（1221）进士及第，哀宗正大元年（1224）中博学宏词科，授儒林郎，权国史院编修，历镇平、内乡、南阳县令。八年（1231）秋，受诏入都，除尚书省掾、左司都事，转员外郎，官至翰林知制诰。金亡不仕，隐居故里，交友游历，潜心编纂著述。元宪宗七年（1257）卒，年六十八。

遗山是金元之际著名的诗人、词人、文学批评家和史学家。论者对遗山的诗文乐府及著述多有好评，称"遗山诗祖李、杜，律切精深而有豪放迈往之气；文宗韩、欧，正大明达而无奇纤晦涩之语；乐府则清雄顿挫，闲婉浏亮，体制最备，又能用俗为雅，变故作新，得前辈不传之妙，东坡、稼轩而下不论也"[①]"遗山著述甚富，其所作金史，纤悉不爽，蔚为一代鸿笔"[②]。同时给予遗山很高的文学地

[①] （元）徐世隆序，姚奠中主编：《元好问全集》卷五十三《附录一》，山西出版传媒集团、三晋出版社 2015 年版，第 1054 页。（以下引用元好问文字均自此版本）

[②] （明）余谦序：《元好问全集》卷五十三《附录一》，第 1057 页。

位。《金史》本传称其"为文有绳尺,备众体""蔚为一代宗工"①,亦有人称"敢以东坡之后请元子继,其可乎?"② 金末元初的政治家、思想家与学者文人郝经称遗山:"汴梁亡,故老皆尽,先生遂为一代宗匠,以文章伯独步几三十年,铭天下功德者尽趋其门。"③ 清初文坛领袖沈德潜在他虚岁九十七时,选东坡、放翁、遗山三家诗合为《宋金三家诗选》,以为可"尽诗之正轨矣"。④

遗山有《论诗三十首》,是继杜甫之后用绝句形式论诗的力作,最为后人称道。他评论了自汉魏至宋代的许多著名作家和流派,其中也批评了东坡、山谷以及江西诗派,这在文学批评史上影响甚大。但关于元遗山对苏、黄的态度问题,因论者对其论诗绝句的解释不同而一直存有分歧。例如,清代翁方纲在《石洲诗话》卷七里专解遗山《论诗三十首》,而著有《养一斋诗话》的潘德舆则指摘翁氏说:"独《石洲诗话》……偏爱苏诗,并以遗山《论诗绝句》中攻苏之作,亦傅会为爱苏之论也。……凡石洲所解,皆与遗山本诗义理迥不入,脉络绝不贯,不知何以下笔?……遂使人览之茫然耳。且遗山贬苏如此,而石洲犹以为'程学盛于南,苏学盛于北',屡屡举此语以教人,古人有知,岂不为遗山所笑!"⑤ 的确,翁氏所解有些不免"使人览之茫然"之感,郭绍虞先生亦言其"于元氏论诗微

---

① (元)脱脱等:《金史》卷一百二十六《文艺传下·元德明子好问》,中华书局1975年版,第2742页。
② (元)杜仁杰序,(清)施国祁:《元遗山诗集笺注》,人民文学出版社《元好问全集》卷五十三"附录一",第1055页。
③ (元)郝经:《遗山先生墓铭》,《陵川集》卷三十五,四库全书本第1192册,第393页。
④ (清)沈德潜:《宋金三家诗选》卷首顾宗泰序,齐鲁书社1983年版。
⑤ (宋)潘德舆:《养一斋诗话》卷一,《清诗话续编》本,上海古籍出版社1983年版,第2012页。

· 283 ·

恉，终觉犹隔一尘"。① 然潘德舆说"遗山贬苏如此"，却有些言不副实。对于黄庭坚，也有两种截然不同的意见。复旦大学中文系古典文学教研组编写的《中国文学批评史》指出："一种意见认为元好问对黄庭坚还有所崇敬，把黄与江西诗派区别开来，一种则认为他对黄庭坚也一概否定。两说都言之成理。"② 这种评判未免给人调和的感觉。笔者认为遗山对苏、黄的批评不仅极有分寸，其批评锋芒主要对准江西诗派之流弊，而且多方面接受和继承了苏、黄论诗之精神，从而丰富了他的诗学理论。

第一节　元好问对苏、黄诗的批评

一　宋金人对苏、黄诗的批评

诗到北宋，人们学李、学杜、学昌黎、学义山，力图模范唐风，延续唐音。然而诗至苏、黄，尽管仍打着宗唐的旗号，却"更出新意，一洗唐调"③ "唐人之风变矣"④。对于苏、黄的出新意、变唐风，进而影响元祐以来的诗坛创作，诗论家多有非议。张戒《岁寒堂诗话》云："自汉魏以来，诗妙于子建，成于李、杜，而坏于苏、

---

① 郭绍虞：《中国文学批评史》下卷，百花文艺出版社1999年版，第91页。
② 复旦大学中文系古典文学教研组：《中国文学批评史》中册，上海古籍出版社1981年版，第175页。
③ （清）宗廷辅：《古今论诗绝句辑注》，《宗月锄先生遗著》第3册，民国六年徐兆玮重印本。
④ （宋）严羽：《诗辨》，郭绍虞《沧浪诗话校释》，第24页。

黄。……子瞻以议论作诗，鲁直又专以补缀奇字，学者未得其所长，而先得其所短，诗人之意扫地矣。"① 严羽《沧浪诗话》亦云："近代诸公……遂以文字为诗，以议论为诗，以才学为诗……诗而至此，可谓一厄也，可谓不幸也。"② 金人"在诗学取向上整体呈现出崇苏贬黄和祧宋祖唐的特征。他们对苏学广为吸纳，对江西诗风极为贬抑"③。王若虚是其代表。他推崇东坡而贬斥山谷，谓："东坡，文中龙也，理妙万物，气吞九州，纵横奔放，若游戏然，莫可测其端倪。鲁直区区持斤斧准绳之说，随其后而与之争……鲁直欲为东坡之迈往而不能，于是高谈句律，旁出样度，务以自立而相抗，然不免居其下也。"④ 指斥山谷之诗："有奇而无妙，有斩绝而无横放，铺张学问以为富，点化陈腐以为新，而浑然天成，如肺肝中流出者，不足也。"⑤ 又说："鲁直论诗，有夺胎换骨、点铁成金之喻，世以为名言，以予观之，特剽窃之黠者耳。"⑥ 其不喜山谷，言辞激烈，在众多的批评家中可谓甚者。当然，王若虚也有批评苏诗之处，如指出其"集中次韵者几三之一。虽穷极技巧，倾动一时，而害于天全多矣"⑦。至元遗山，他对苏、黄诗的态度，既不像张戒严羽那样基本否定，亦不像王若虚那样扬苏抑黄，而是持敬重的态度，对苏、黄既有批评，又有回护。譬如，遗山在《木庵诗集序》批评东坡说："东坡读参寥子诗，爱其无蔬笋气，参寥用是得名。宣

---

① （宋）张戒：《岁寒堂诗话》，《历代诗话续编》本，第 455 页。
② （宋）严羽：《诗辨》，郭绍虞《沧浪诗话校释》，第 24 页。
③ 陈伯海主编：《唐诗学史稿》第二编，河北人民出版社 2004 年版，第 190 页。
④ （宋）王若虚：《滹南诗话》卷二，《历代诗话续编》本，第 517 页。
⑤ （宋）王若虚：《滹南诗话》卷二，第 518 页。
⑥ （宋）王若虚：《滹南诗话》卷三，第 523 页。
⑦ （宋）王若虚：《滹南诗话》卷二，第 515 页。

政以来，无复异议。予独谓此特坡一时语，非定论也。诗僧之诗所以自别于诗人者，正以蔬笋气在耳。假使参寥子能作柳州《超师院晨起读禅经》五言，深入理窟，高出言外，坡又当以蔬笋气少之邪？"① 这样的批评，其语气是和婉的。遗山批评的锋芒主要指向谁？下面我们将细加辨析。

二　元好问对苏、黄诗的批评

《论诗三十首》（丁丑岁三乡作）是遗山28岁自秀容避乱河南，至是岁寓居三乡所作。遗山在《论诗三十首》里涉及批评苏、黄及江西诗派的主要有以下五首。

其二十二

奇外无奇更出奇，一波才动万波随。

只知诗到苏黄尽，沧海横流却是谁？

其二十六

金入洪炉不厌频，精真那计受纤尘。

苏门果有忠臣在，肯放坡诗百态新？

其二十七

百年才觉古风回，元祐诸人次第来。

讳学金陵犹有说，竟将何罪废欧梅？

其二十八

古雅难将子美亲，精纯全失义山真。

论诗宁下涪翁拜，未作江西社里人。

---

① （元）元好问：《木庵诗集序》，《元好问全集》卷三十七，第660页。

其二十九

池塘春草谢家春，万古千秋五字新。

传语闭门陈正字，可怜无补费精神。①

在第二十二首里，遗山对苏、黄诗刻意求奇的作法提出了批评。但他认为，人们"只知诗到苏黄尽"（诗歌的各种技巧特长利用殆尽，诗歌的各种弊端也暴露殆尽），却不追究，是"谁"造成了"沧海横流"的局面？这个"谁"显然不是指苏、黄，而是指那些学苏学黄，亦步亦趋，甚至推波助澜，变本加厉，如同"歪嘴和尚念歪了经"的江西诗派！潘德舆《养一斋诗话》言"此首明以'沧海横流'责苏"②；清人宗廷辅《古今论诗绝句辑注》云："自苏、黄更出新意，一洗唐调，后遂随风而靡，生硬放佚，靡恶不臻，变本加厉，咎在作俑，先生（指遗山）慨之，故责之如此。"③潘、宗皆以为遗山将后来的"沧海横流"局面归咎于苏、黄作俑，其实遗山的锋芒所向在江西诗派而不在苏、黄，已是十分明确。细加玩味"只知"句，不难辨出遗山隐然有力排众议，替苏、黄辩解之意味。

在第二十六首里，遗山一方面赞扬东坡诗如真金不怕火炼，不受纤尘所染，另一方面又惋惜苏门无忠诚直谏之士，致使坡诗花样翻新，百态竞出。这里对东坡的批评是委婉的，而对门人的指责则是直切的。

第二十七首，肯定了北宋初期欧阳修、苏舜钦、梅尧臣诸人革除浮艳，恢复古风的功绩，而对元祐以来江西诗派讳学金陵、废弃

---

① （元）元好问：《论诗三十首》，《元好问全集》卷十一，第231页。
② （清）潘德舆：《养一斋诗话》卷一，《清诗话续编》本，第2012页。
③ （清）宗廷辅：《古今论诗绝句辑注》，《宗月锄先生遗著》第3册。

欧梅的风气表示不满。有论者谓此诗"指斥以苏、黄为首的元祐诗人不能承续欧阳修、梅尧臣学唐诗风"[①]。笔者以为，遗山批评的重心不在苏轼，因为苏轼是不"废欧梅"的。故其"元祐诸人次第来"，当指元祐（1086）以来诗坛上形成的江西诗派。在遗山看来，讳学金陵（王安石）还有可说之理由，因王安石是"新党"，而"元祐党人"为"旧党"，政治上的宗派斗争不免转为诗歌界的门户之见，但废弃欧、梅说不过去，欧、梅又有何罪呢？故遗山俨然为欧、梅抱不平。清代潘德舆《养一斋诗话》也认为："学元祐者，废金陵犹可，废欧、梅则必不可。"[②]关于"废欧梅"，宋人刘攽的《中山诗话》和陈师道的《后山诗话》或许能为我们提供一点儿线索。刘攽云："杨大年不喜杜工部诗，谓为村夫子。……欧公亦不甚喜杜诗，谓韩吏部绝伦。"[③]陈师道云："欧阳永叔不好杜诗，苏子瞻不好司马《史记》，余每与黄鲁直怪叹，以为异事。"[④]若此言可靠，则废欧阳者或因其"不好杜诗"之故。江西诗派以杜甫为祖，以黄庭坚、陈师道、陈与义为宗，他们学杜诗，自然不去学欧、梅。然"废欧梅"（梅自属牵连）仍不外乎门户之见。遗山的不满当缘此而发。

第二十八首是争议最大的一首。前两句"古雅难将子美亲，精纯全失义山真"，宗廷辅《古今论诗绝句辑注》云"诋山谷，上二句直举山谷之疵"，又解释第三句"宁下"非"宁可"之意，而为

[①] 狄宝心：《元好问与严羽弃宋宗唐诗学比较》，《江苏大学学报》（社会科学版）2010年第3期。
[②] （清）潘德舆：《养一斋诗话》卷一，《清诗话续编》本，第2012页。
[③] （宋）刘攽：《中山诗话》，《历代诗话》本，第288页。
[④] （宋）陈师道：《后山诗话》，《历代诗话》本，第303页。

"岂下也"。① 按宗氏解释，此诗完全是针对山谷的。故遗山自谓既不肯向山谷下拜，也不作江西社里之人。郭绍虞主编《中国历代文论选》该诗注中附和此说，列举《石林诗话》《风月堂诗话》之语，谓"是宋人有以为山谷学杜从昆体与义山入手者。遗山此论，却谓山谷失义山之真，未得其精纯"；又解释后二句说："涪翁既是江西派宗祖，遗山不愿入江西社，岂有向涪翁下拜之理?"② 这就是持"一概否定"说者的主要理由。单从字面来解释，似乎言之成理，但如果联系前几首遗山对山谷委婉批评的态度，则此首口吻严厉，似不相一致。再联系遗山诗文中对山谷的一贯态度，则不免有所抵牾。遗山《又解嘲二首》曾有"袖中新句知多少？坡谷前头敢道无"之句③，比之杨万里《读张文潜诗》中的"山谷前头敢说诗"④，态度显然更为仰慕和谦恭。僧人法秀曾呵责山谷的艳词，遗山在《题山谷小艳诗》中却为之辩护道："法秀无端会热谩，笑谈真作劝淫看。只消一句修修利，李下何妨也整冠。"⑤ 遗山意谓，山谷的艳词不过是以资笑谈的，不必真作劝淫来看。当然，瓜田李下，注意一下，免涉嫌疑也是好的，这里遗山婉曲回护的态度是显而易见的。遗山还在《杜诗学引》中称引先父之言曰"近世唯山谷最知子美"；又说"山谷之不注杜诗，试取《大雅堂记》读之，则知此公注杜诗已竟，可为知者道，难为俗人言也"。⑥ 其推仰山谷之意无须言表。综

---

① （清）宗廷辅：《古今论诗绝句辑注》，《宗月锄先生遗著》第 3 册。
② 郭绍虞：《中国历代文论选》第二册元好问《论诗三十首》注 [56] [57]，上海古籍出版社 1979 年版，第 459 页。
③ （元）元好问：《又解嘲二首》，《元好问全集》卷十三，第 273 页。
④ （唐）杨万里：《读张文潜诗》，《杨万里集笺校》卷四十，第 2111 页。
⑤ （元）元好问：《题山谷小艳诗》，《元好问全集》卷十一，第 245 页。
⑥ （元）元好问：《杜诗学引》，《元好问全集》卷三十六，第 641 页。

合遗山对山谷的一贯态度,说他"对于以黄庭坚为代表的江西诗派几乎是全盘否定"①,是难以成立的。这里关键的问题在于遗山是把山谷与江西诗派作区别对待,而非等量齐观。钱锺书先生认为此诗"是欲抬山谷高出于其弟子""意谓山谷乃江西派中之出类拔萃"。但他仍承袭宗说,认为前两句是摘山谷之病的,全诗意谓"涪翁虽难亲少陵之古雅,全失玉溪之精纯,然较之其门下江西派作者,则吾宁推涪翁,而未屑为江西派也"。② 然问题是,遗山既用"难将""全失"此种表示非常程度之词语贬责山谷,则"宁可下拜"之语岂非成无源之水无本之木?故笔者以为,将此诗理解为正面批评江西诗派而非专指山谷更为圆通。其意是说,江西诗派仿效山谷从李学杜,结果既没有学到杜诗的古雅沉郁,也完全丧失了李商隐的精美纯真,因此吾论诗宁可向涪翁下拜,以他为师,也决不作江西社里之人。这是尊涪翁而贬江西的,与他的一贯态度正相一致。今人缪钺先生也说:"江西派诸人,名为宗山谷,亦实不能知山谷。然山谷之真价,并不因末流之弊而贬损。故先生诗曰:'古雅难将子美亲'云云,意谓江西派诸人之诗,既无子美之古雅,又无义山之精纯,而山谷之诗,即由义山以上接子美,精神实与两家相通。今既不能得两家之妙,亦自不能得山谷之妙矣。故吾宁推崇山谷而不愿附于江西诗派中也。当先生时,南宋则江西派之势犹盛,金朝如王若虚等又痛诋山谷,皆不若先生之见为精卓而持平也。"③ 缪钺先生之论,甚为精湛赅恰。

---

① 韩进廉:《元好问〈论诗绝句三十首〉的审美评判》,《河北师范大学学报》1990年第4期。
② 钱锺书:《谈艺录》,中华书局1984年版,第153页。
③ 缪钺:《元遗山年谱汇纂》,《元好问全集》卷五十七"附录五",第1147页。

最后在第二十九首里，遗山对陈师道"闭门觅句"而不从现实生活中寻求素材、获取灵感作了直截了当的批评，这对江西诗派创作中的弊病是击中要害的。此外，他在《论诗三首》之二中亦有"诗肠搜苦白头生，故纸尘昏枉乞灵"之句①，对江西诗派故纸堆里讨生活的做法极为反对。《自题中州集后五首》之二中"北人不拾江西唾，未要曾郎借齿牙"之句②，更表现了对江西诗派后学的鄙夷。

通过以上粗略分析，不难见出，元遗山对苏、黄与江西诗派的态度是判然有别的。对苏、黄既有肯定又有批评，批评的口吻又极为委婉，往往带有回护之意。而锋芒所向，直指江西后学。不独如此，遗山论诗亦多取自苏、黄。

第二节　元好问对苏、黄诗学的接受

遗山诗学的核心是崇尚雅正，主张自然，讲求韵味，这些皆于苏、黄诗学有所取焉。

一　提倡正体、风雅，反对怨怼、怒骂

遗山论诗继承儒家诗学传统，提倡正体、风雅，反对怨怼、怒骂。在这一点上，他与苏有同有异，而与黄更为接近。

---

① （元）元好问：《论诗三首》，《元好问全集》卷十四，第305页。
② （元）元好问：《自题中州集后五首》，《元好问全集》卷十三，第280页。

众所周知，东坡诗文有"好骂"之病。《宋史》本传言他："虽嘻笑怒骂之辞，皆可书而诵之。"① 山谷对此有过批评，在《答洪驹父书》中说："东坡文章妙天下，其短处在好骂，慎勿袭其轨也。"② 遗山也说："曲学虚荒小说欺，俳谐怒骂岂诗宜？"③ 他认为嬉笑怒骂是有失风雅之旨的，并不适宜于诗。所以在这一点上，遗山与东坡是略有分歧的。其实，嬉笑怒骂只是东坡的一个方面，从另一方面看，东坡推崇孔孟之学、韩欧之文④，所尊尚的仍然是儒家传统诗歌的"诗之正"。东坡在《王定国诗集叙》中提出，"诗之正"，乃是"发于情，止于忠孝"，是"清平丰融"，无怨愤之言。他称"古今诗人众矣，而杜子美为首，岂非以其流落饥寒终身不用，而一饭未尝忘君也欤"。称王定国因自己牵连获罪，谪贬岭南宾州（今广西宾阳）五年，二子丧命，本人亦病几死，而"其岭外所作诗数百首寄余，皆清平丰融，蔼然有治世之音"，不怨天，不尤人，令他震惊、感动和慨叹。不独称赏其诗，进而畏服其人格。⑤ 他还称道梅尧臣"位不过五品，其容色温然不怒，其文章宽厚敦朴而无怨言"⑥。由是乃知东坡于人于诗皆崇尚一种不怨不怒、敦朴清平的超然境界。然而，由于东坡又多少受到道家思想的影响，喜好任真自得，因而

---

① （元）脱脱等：《宋史》卷三百三十八《苏轼传》，中华书局本，第10817页。
② （宋）黄庭坚：《答洪驹父书》，《黄庭坚全集·宋黄文节公全集·正集》卷十八，第474页。
③ （宋）元好问：《论诗三十首》第二十三首，《元好问全集》卷十一，第231页。
④ 苏轼《六一居士集叙》："孟子曰：'禹抑洪水。孔子作《春秋》。而予距杨、墨。'……由此言之，虽以孟子配禹可也。"又："晋以老庄亡，梁以佛亡，莫或正之，五百余年而后得韩愈，学者以愈配孟子，盖庶几焉。愈之后三百有余年而后得欧阳子，其学推韩愈、孟子以达于孔氏，著礼乐仁义之实，以合于大道。……故天下翕然师尊之。"（《苏轼文集》卷十，第315—316页）
⑤ （宋）苏轼：《王定国诗集叙》，《苏轼文集》卷十，第318页。
⑥ （宋）苏轼：《上梅直讲书》，《苏轼文集》卷四十八，第1385页。

在创作实践中不免更多地顺其情性,不避怒骂,以致取疾于人,坐废累年。山谷则由于一从政便面临党争的激烈旋涡,故而采取了一种避祸远害的态度;加之他的故乡江西深受禅宗思想的熏染,故在山谷援佛入儒,尤倡导"忍、默、平、直"(即"百战百胜不如一忍,万言万当不如一默,无可简择眼界平,不藏秋毫心地直")的处世原则①,反映在诗歌理论与创作上也更能与温柔敦厚的诗学传统相合拍。他在《书王知载朐山杂咏后》一文中说:"诗者,人之情性也,非强谏争于廷,怨忿诟于道,怒邻骂坐之为也。"主张诗歌要抒发情性,但不能强谏、怨忿和怒骂。他认为"诗之美",就在于它既可以抒发情性,使人胸次释然,又使闻者亦有所劝勉,且可歌可舞,富有美感。如果过于直切,发为讪谤,则虽然发泄了一时之怨忿,"人皆以为诗之祸,是失诗之旨,非诗之过也"②。这是山谷对诗歌抒情特性及作诗之宗旨的认识,显然是《毛诗序》中"发乎情,止乎礼义""言之者无罪,闻之者足以戒"的具体阐发。由此他称道王知载的"不怒",胡宗元的"寡怨",与东坡称道王定国、梅尧臣极为一致。

遗山于诗歌主张风雅,反对怨怼,固然与金代文坛领袖赵秉文等人的影响有关,但恐怕与他推仰东坡、山谷,受他们思想的影响不无关系。他在《东坡诗雅引》中说:

> 五言以来,六朝之谢、陶,唐之陈子昂、韦应物、柳子厚

---

① (宋)黄庭坚:《赠送张叔和》,《黄庭坚全集·宋黄文节公集·正集》卷四,第95页。
② (宋)黄庭坚:《书王知载朐山杂咏后》,《黄庭坚全集·宋黄文节公集·正集》卷二十五,第666页。

最为近风雅,自余多以杂体为之,诗之亡久矣。杂体愈备,则去风雅愈远,其理然也。近世苏子瞻绝爱陶、柳二家,极其诗之所至,诚亦陶、柳之亚。然评者尚以其能似陶、柳,而不能不为风俗所移为可恨耳。夫诗至于子瞻,而且有不能近古之恨,后人无所望矣。乃作《东坡诗雅目录》一篇。①

从这段文字我们可以看出,遗山于诗崇尚"风雅",推重陶、谢、陈、韦、柳诸人,且认为东坡诗仅亚于陶、柳,也是"风雅"的典范。有论者认为,东坡诗虽能似陶、柳,遗憾的是"不能不为风俗所移",即沾染了宋诗的风气。遗山指出,如果诗至苏轼,尚且"有不能近古之恨,后人无所望矣",后来之人更是没有希望了!由此可见遗山对东坡诗的总体评判。遗山在《杨叔能小亨集引》一文中论辛敬之、杨叔能"以唐人为指归",而重在论后者。他说叔能"名重天下……而其穷亦极矣。叔能天资淡泊,寡于言笑,俭素自守,诗文似其为人,其穷虽极,其以诗为业者不变也,其以唐人为指归者亦不变也"。这颇似上述苏轼论王定国其人其诗。遗山认为,唐人之诗,之所以成为学诗者之指归,就在于"知本"。他说:"何谓本?诚是也,古圣贤道德言语布在方册者多矣。"其所谓"诚",含义有二:一谓之"真",有真情实感;二谓之"正",是人心经过古圣贤道德言语教化熏陶而形成的思想感情。"故由心而诚,由诚而言,由言而诗也,三者相为一。情动于中而形于言,言发乎迩而见乎远。同声相应,同气相求。虽小夫贱妇、孤臣孽子之感讽,皆可以厚人伦、美教化,无它道也。"他认为,唐人之诗知本,故温柔敦

---

① (元)元好问:《东坡诗雅引》,《元好问全集》卷三十六,第642页。

厚，穷而不怨，怨而不怒，辞旨深婉。他说：

> 唐人之诗，其知本乎？何温柔敦厚、蔼然仁义之言之多也！幽忧憔悴，寒饥困惫，一寓于诗，而其厄穷而不悯、遗佚而不怨者，故在也。至于伤逸疾恶，不平之气不能自掩，责之愈深，其旨愈婉；怨之愈深，其辞愈缓。优柔餍饫，使人涵泳于先王之泽，情性之外，不知有文字。幸矣！学者之得唐人为指归也。①

遗山所谓"厚人伦、美教化""使人涵泳于先王之泽"，无疑是对《毛诗序》"发乎情，民之性也；止乎礼义，先王之泽也"的最好推演，而"幽忧憔悴，寒饥困惫，一寓于诗，而厄穷而不悯，遗佚而不怨"诸语，与东坡、山谷的论述何其相似。正基于此，他曾为自己学诗定下十数条以自警，其第一条便是"无怨怼"，另有"无谑浪，无鸷狠，无崖异，无狡讦"云云。可以说，遗山倡导温柔敦厚之诗教，在一定程度上既融进了苏、黄的诗学观念，也融进了苏、黄的经验教训。

二 主张自然天成，反对有意为文

遗山论诗主张自然天成，不刻意求工，师古而不泥古，学至于无学，这些亦可见出苏、黄之影响。

东坡论诗文强调非有意为之，乃不能不为之为工。其《江行唱和集叙》云："夫昔之为文者，非能为之为工，乃不能不为之为工也。……自闻家君之论文，以为古之圣人有所不能自己而作者；故

---

① （元）元好问：《杨叔能小亨集引》，《元好问全集》卷三十六，第652页。

轼与弟辙为文至多,而未尝敢有作文之意。"①东坡此论显然受到乃父苏洵的启发和熏陶,苏洵《仲兄字文甫说》中说:"无意乎相求,不期而相遭,而文生焉","刻镂组绣,非不文矣,而不可与论乎自然。②"故而东坡于文讲求有感而发,自然天成,"大略如行云流水,初无定质,但常行于所当行,常止于所不可不止。文理自然,姿态横生"③。山谷于诗文,也反对有意为文,反对雕琢过甚。他说:"子美诗妙处乃在无意为文,夫无意而意已至。"④又说:"文章惟不构空强作,诗遇境而生,便自工耳"⑤,"宁律不谐不使句弱,用字不工不使句俗,此庾开府之所长也,然有意于为诗也"⑥。他评王观复诗说:"所寄诗多佳句,犹恨雕琢功多耳。但熟观杜子美至夔州后古律诗,便得句法简易,而大巧出焉,平淡而山高水深,似欲不可企及。文章成就,更无斧凿痕,乃为佳耳。"⑦遗山深得东坡、山谷此意,他说:"东坡圣处,非有意于文字之为工,不得不然之为工也。坡以来,山谷、晁无咎、陈去非、辛幼安诸公,俱以歌词取称,吟咏情性,留连光景,清壮顿挫,能起人妙思;亦有语意拙直,不自缘饰,因病成妍者。皆自坡发之。"⑧遗山充分肯定了东坡等人吟

---

①(宋)苏轼:《南行前集叙》,《苏轼文集》卷十,第323页。
②(宋)苏洵:《仲兄字文甫说》,《嘉祐集笺注》卷十五,上海古籍出版社1993年版,第412—413页。
③(宋)苏轼:《答谢民师推官书》,《苏轼文集》卷四十九,第1418页。
④(宋)黄庭坚:《大雅堂记》,《黄庭坚全集·宋黄文节公全集·正集》卷十六,第437页。
⑤(宋)黄庭坚:《论作诗文》其二,《黄庭坚全集·宋黄文节公全集·别集》卷十一,第1684页。
⑥(宋)黄庭坚:《题意可诗后》,《黄庭坚全集·宋黄文节公全集·正集》卷二十五,第665页。
⑦(宋)黄庭坚:《与王观复书》其二,《黄庭坚全集·宋黄文节公全集·正集》卷十八,第470页。
⑧(元)元好问:《新轩乐府引》,《元好问全集》卷三十六,第653页。

咏情性,非刻意求工之特点,并将其"语意拙直,不自缘饰"之处也以"因病成妍"予以肯定。此语当取自山谷为东坡书法的辩护之辞:"或云东坡作戈多成病笔……殊不知西施捧心而颦,虽其病处,乃自成妍。"①

不过,山谷虽反对有意为文,雕琢过甚,但更注重师法古人,锻炼技巧,尤以杜甫为楷模。在这一点上,遗山也与山谷更为接近。山谷在《论作诗文》中说:"作文字须摹古人,百工之技亦无有不法而成者。"② 在《与秦少章觐书》里他以锦机喻作文:"如世巧女,文绣妙一世,设欲作锦,当学锦机,乃能成锦。"③ 遗山于此心会,所作《锦机引》即称引此语,并明确指出:"文章天下之难事,其法度杂见于百家之书,学者不遍考三,则无以知古人之渊源。……山谷与黄直方书云:'欲作楚辞,须熟读楚辞,观古人用意曲折处,然后下笔。喻如世之巧女,文绣妙一世,如欲织锦,必得锦机,乃能成锦。'"④ 然山谷并非一味师古,他既讲求合乎"古人绳墨",又主张"不可守绳墨令俭陋也"。⑤ 他在《与王观复书》中说:"观杜子美到夔州后诗,韩退之自潮州还朝后文章,皆不烦绳削而自合矣。"⑥ 可见,山谷是主张学古而不泥古,取法而不拘法,从而达到

---

① (宋)黄庭坚:《跋东坡水陆赞》,《黄庭坚全集·宋黄文节公全集·正集》卷二十八,第772页。
② (宋)黄庭坚:《论作诗文》其一,《黄庭坚全集·宋黄文节公全集·别集》卷十一,第1684页。
③ (宋)黄庭坚:《与秦少章觐书》,《黄庭坚全集·宋黄文节公全集·正集》卷十九,第483页。
④ (元)元好问:《锦机引》,《元好问全集》卷三十六,第643页。
⑤ (宋)黄庭坚:《答洪驹父书》其三,《黄庭坚全集·宋黄文节公全集·正集》卷十八,第475页。
⑥ (宋)黄庭坚:《与王观复书》其一,《黄庭坚全集·宋黄文节公全集·正集》卷十八,第470页。

一种高层次的自由创作境界。遗山亦如此。他在《陶然集序》里，既强调诗歌要达到动天地感鬼神之极致，非真积力久，苦心追琢，追配古人而不能至；又强调诗之高境在于不烦绳削，不在文字。以下录该文两段精彩文字。

> 故文字以来，诗为难；魏晋以来，复古为难；唐以来，合规矩准绳尤难。夫因事以陈辞，辞不迫切而意独至，初不为难，后世以不得不难为难耳。古律、歌行、篇章、操引、吟咏、讴谣、词调、怨叹，诗之目既广，而诗评、诗品、诗说、诗式，亦不可胜读。大概以脱弃凡近、澡雪尘翳、驱驾声势、破碎阵敌、囚锁怪变、轩豁幽秘、笼络今古、移夺造化为工；钝滞、僻涩、浅露、浮躁、狂纵、淫靡、诡诞、琐碎、陈腐为病。
>
> 今就子美而下论之，后世果以诗为专门之学，求追配古人，欲不死生于诗，其可已乎？虽然方外之学，有"为道日损"之说，又有"学至于无学"之说，诗家亦有之。子美夔州以后，乐天香山以后，东坡海南以后，皆不烦绳削而自合，非技进于道者能之乎？诗家所以异于方外者，渠辈谈道不在文字，不离文字。诗家圣处不离文字，不在文字。唐贤所谓"情性之外，不知有文字"云耳。①

第一段文字，提出作诗越来越难，要求越来越高。虽然各种诗论很多，然元好问以他的判断标准，分辨何以为工，何以为病，观点明确到位。第二段文字，提出释家的"学至于无学"，与诗家的"不烦绳削而自合"是同一境界，能达到庄子说的"技进于道"，才

---

① （元）元好问：《陶然集序》，《元好问全集》卷三十七，第658—659页。

有可能达到这一境界。在《杜诗学引》中，他进一步与释家"学至于无学"联系起来，高度评价了杜诗之造诣。他说：

> 窃尝谓子美之妙，释氏所谓"学至于无学"者耳。今观其诗，如元气淋漓，随物赋形；如三江五湖，合而为海，浩浩瀚瀚，无有涯涘；如祥光庆云，千变万化，不可名状。固学者之所以动心而骇目。及读之熟，求之深，含咀之久，则九经、百氏、古人之精华所以膏润其笔端者，犹可仿佛其余韵也。夫金屑、丹砂、芝术、参桂，识者例能指名之。至于合而为剂，其君臣佐使之互用，甘苦酸咸之相入，有不可复以金屑、丹砂、芝术、参桂而名之者矣。故谓杜诗为无一字无来处亦可也，谓不从古人中来亦可也。①

遗山在这里形象地阐述了"师古不泥古""学至于无学"的辩证关系，可以说不仅是对杜诗的深入理解与确评，也是对山谷诗学思想的最好继承和发挥。

三 追求言外韵味，反对败絮满口

遗山论诗还注重韵味，追求"不传之妙"，这也多少与苏黄求韵、求味、求趣的审美追求有关。遗山曾说："邺下曹刘气尽豪，江东诸谢韵尤高。"② 对北方诗人曹、刘的"豪气"与南方诗人诸谢的"韵高"，都表示欣赏。在《遗山自题乐府引》中说：

> 世所传乐府多矣，如山谷《渔父词》："青箬笠前无限事，

---

① （元）元好问：《杜诗学引》，《元好问全集》卷三十六，第641页。
② （元）元好问：《自题中州集后五首》，《元好问全集》卷十三，第280页。

绿蓑衣底一时休。斜风细雨转船头。"陈去非《怀旧》曰："……杏花疏影里,吹笛到天明。……古今多少事,渔唱起三更。"又云:"高咏楚辞酬午日,天涯节序匆匆。……"如此等类,诗家谓之言外句。含咀之久,不传之妙,隐然眉睫间,惟具眼者乃能赏之。古有之:人莫不饮食,鲜能知味。譬之赢牸老羝,千煮百炼,椒桂之香逆于人鼻,然一吮之后,败絮满口,或厌而吐之矣。必若金头大鹅,盐荠之再宿,使一老奚知火候烹之,肤黄肪白,愈嚼而味愈出,乃可言其隽永耳。[①]

这里,遗山举山谷、去非(陈与义)之词,认为其正是诗家所谓有言外之意的词句,即富有诗味,它可以使人"含咀之久",得"不传之妙"。遗山此处关于"诗味"的论述有三点值得注意。其一,要"知味"。人莫不饮食,鲜能知味,诗词亦同理。"惟具眼者乃能赏之",这就要求读者要具有一定的审美眼光和鉴赏能力。其二,要"有味"。如"金头大鹅""肤黄肪白""愈嚼而味愈出",这又要求诗作本身具有隽永深长、耐人咀嚼之韵味。而不是那种少韵寡味,"败絮满口"。其三,这种诗味,能使人意会,而难以言传,正如"伊挚不能言鼎,轮扁不能语斤"[②],乃是一种"不传之妙"。遗山此论基本揭示了诗味的内涵和艺术魅力,比之司空图论诗味,更具体而明确。遗山注重诗味,恐怕与东坡的标举不无关系。东坡《书黄子思诗集后》云:"唐末司空图崎岖兵乱之间,而诗文高雅,犹有承平之遗风,其论诗曰:'梅止于酸,盐止于咸,饮食不可无盐

[①] (元)元好问:《遗山自题乐府引》,《元好问全集》卷四十二,第821页。
[②] (南朝梁)刘勰:《文心雕龙·神思》,范文澜《文心雕龙注》卷六,第495页。

梅，而其美常在咸酸之外.'……恨当时不识其妙，予三复其言而悲之。"①东坡极推崇司空图的"诗味说"，称之为"味外味"，②又《送参寥师》诗云："咸酸杂众好，中有至味永。诗法不相妨，此语更当请。"③山谷也谈及"味"，如言"子美诗妙处……非广之以《国风》《雅》《颂》，深之以《离骚》《九歌》，安能咀嚼其意味，阒然入其门耶"④？但他更多地是以"韵""趣"二字作为品评诗书画等艺术作品的审美标准。他说："凡书画当观韵。……余因此深悟画格，此与文章同一关纽，但难得入入神会耳。"⑤北宋范温认为，至苏、黄等"近代先达"，更重视"韵"，"始推尊之以为极致；凡事既尽其美，必有其韵，韵苟不胜，亦亡其美"⑥。山谷还强调："凡作一文，皆须有宗有趣。"⑦山谷所论"韵""趣"与"味"相仿，都是指艺术作品在字句、形象之外所包含的一种含蓄隽永之意味，它能引起读者的想象和联想，通过"神会"，获得美感。它的精微奥妙之处，往往难以言传。因此，山谷也极看重所谓"不传之妙"，说："书虽棋鞠等技，非得不传之妙，未易工也。"⑧并屡以"不传之妙"品评艺术作品。可以说，东坡注重诗味，山谷于宗法之

---

① （宋）苏轼：《书黄子思诗集后》，《苏轼文集》卷六十七，第2124页。
② 苏轼《书司空图诗》："司空图表圣自论其诗，以为得味于味外。"（《苏轼文集》卷六十七，第2119页）
③ （宋）苏轼：《送参寥师》，《苏轼诗集》卷十七，第905页。
④ （宋）黄庭坚：《大雅堂记》，《黄庭坚全集·宋黄文节公全集·正集》卷十六，第437页。
⑤ （宋）黄庭坚：《题摹燕郭尚父图》，《黄庭坚全集·宋黄文节公全集·正集》卷二十七，第729页。
⑥ （宋）范温：《潜溪诗眼》，《宋诗话辑佚》上册，第373页。
⑦ （宋）黄庭坚：《答洪驹父书》（其一），《黄庭坚全集·宋黄文节公全集·正集》卷十八，第474页。
⑧ （宋）黄庭坚：《题乐毅论后》，《黄庭坚全集·宋黄文节公全集·正集》卷二十七，第712页。

外又求"韵"、求"趣"、求"妙",这种审美标准和审美追求,都多少对遗山产生了一些影响。深知遗山的郝经就曾说遗山诗文"有例有法,有宗有趣"①。

除上述三点外,遗山论诗,多有与东坡的意思相同或相通处。郭绍虞先生就曾列举说:"他不满孟郊的诗——'东野穷愁死不休,高天厚地一诗囚。江山万古潮阳笔,合卧(一本作在)元龙百尺楼。'推尊退之而鄙薄东野,这即是东坡诗所谓:'要当斗僧清,未足当韩豪'之旨。他不满意秦观的诗——'有情芍药含春泪,无力蔷薇卧晚枝。拈出退之山石句,始知渠是女郎诗。'称秦少游诗为女郎风格,这也同于东坡责少游学柳屯田词之旨。他称赞李白的诗——'笔底银河落九天,何曾憔悴饭山前!世间东抹西涂手,枉著书生待鲁连。'尚迈往,尚自然,这即是东坡所谓'好诗冲口谁能择'之意。所谓'遗山接眉山'者,于此等处最容易看出。"②又东坡、山谷每以禅论诗,这对遗山亦有所熏染。遗山曾称引屏山之语谓"山谷为祖师禅,东坡为文字禅"③。并有诗云:"诗为禅客添花锦,禅是诗家切玉刀。心地待渠明白了,百篇吾不惜眉毛。"④

总之,遗山论诗多有对东坡、山谷的接受与继承。故郝经说:"先生雅言之高古,杂言之豪宕,足以继坡、谷"⑤,"其才清以新,

---

① (元)郝经:《遗山先生墓铭》,《陵川集》卷三十五,四库全书本第1192册,第393页。
② (元)郭绍虞:《中国文学批评史》(下卷),百花文艺出版社1999年版,第94页。
③ (元)元好问:《嵩和尚颂序》,《元好问全集》卷三十七,第667页。
④ (元)元好问:《答俊书记学诗》,《万首论诗绝句》第一册,第157页。
⑤ (元)郝经:《祭遗山先生文》,《陵川集》卷二十一,四库全书本第1192册,第231页。

其气夷以春，其中和以仁，其志忠以勤，不啻蔡、辛，与坡、谷为邻"①，"先生卓荦有异识，振笔便入苏黄室"②。台湾学者林明德在《裕之的文学批评理论》一文中曾提出"裕之诗学兼含东坡、山谷"的见解③，惜未能展开论证，本章正聊补斯文之所未足。

还须指出的是：其一，遗山诗学虽兼含苏、黄，但不像江西诗派那样，片面发挥苏、黄诗论及创作中的某些倾向，以致变本加厉，流而为弊，而是能把握苏、黄论诗之精神，予以发挥。其中倡导风雅、温柔敦厚是儒家诗学的核心；主张自然、求不传之妙显然来自老庄思想；"学至于无学"又是释家做学问之高境。遗山能以宽广的胸襟兼收各家之要义，故而能使自己的诗学理论趋于精深、博大，而避免了偏仄。其二，遗山诗学虽多取自苏、黄，但并非依傍前辈，随人作计。遗山一生适逢战乱遭遇国变，特定的经历与阅历，以及北方文化的熏陶，使他能在熔铸前辈的基础上，形成了许多精辟的诗学见解。如他在《论诗三十首》中，系统品评了自汉魏迄于宋代的众多诗人流派及其作品，其中推崇雄浑、高古、刚健、豪迈、自然、醇雅之诗风，对六朝唐初宋初的竞尚声律藻丽，唐代卢仝、孟郊的怪僻寒苦，宋代西昆派的内容单薄、感情虚假，江西诗派的一味模拟都进行了尖锐的批评。遗山主张作诗要着眼现实，放眼江山广闻博见。遗山之论，解决了借鉴古人与观照现实的关系问题，纠正了山谷之偏。人们通常批

---

① （元）郝经：《元遗山真赞》，《陵川集》卷二十二，四库全书本第1192册，第242页。

② （元）郝经：《遗山先生墓铭》，《陵川集》卷三十五，四库全书本第1192册，第394页。

③ 林明德：《裕之的文学批评理论》，《台湾学者中国文学批评论文选》，人民文学出版社1986年版。

评山谷学杜未得其髓，须知学问可学，而经历不可学。"国家不幸诗家幸，赋到沧桑句便工。"① 这也许正是遗山优于山谷更接近杜甫之处，他的诗亦有"诗史"之称。正是由于遗山诗学兼含苏、黄，又融入了自己的许多精辟见解，故而成为文学批评史上的一大家。

---

① （清）赵翼：《题元遗山集》，《赵翼全集》第四册《瓯北诗钞》，凤凰出版社2009年版，第349页。

第七章　宋人文论二题

第一节　宋人的"常""变"论

"常"与"变"是中国古代哲学的一对范畴，讨论的是自然界及社会固有的法则、规律及其变化。荀子《天论》指出："天行有常，不为尧存，不为桀亡。应之以治则吉，应之以乱则凶"，"天有常道矣，地有常数矣，君子有常体矣"，"夫星之坠，木之鸣，是天地之变，阴阳之化，物之罕至者也。怪之可也，而畏之非也"，"理贯不乱，不知贯，不知应变"。[①] 是说天地万物皆有其发生发展的自然规律。天地发生怪异变化并不可怕，只有顺其自然之理，才能应对其变，不受其乱。《易传》中则突出强调运动变化是事物的普遍规

[①] （战国）荀况：《荀子》卷十一《天论篇第十七》，王先谦《荀子集解》，《诸子集成》本，上海书店影印出版1986年，第205—212页。

律。所谓"生生之谓易"①,"易,穷则变,变则通"②。同时又指出:"天地之道,恒久而不已也。"③ 强调事物虽在变化,却有恒常不变之道。其后,汉代的董仲舒,北宋的司马光、王安石,南宋的朱熹等,都结合社会变革,对"常""变"关系作了精辟的论述。宋人文论的中"常""变"之论,正是在这样的哲学背景与社会背景下展开的。所谓"常",就是文学要坚守的根本准则、优良传统;所谓"变",就是不拘格套的自由创造精神。宋人要求文学传承常道、表现常理、遵循常法,又要与时相偕,变化无穷,极尽其妙,有着非常自觉的、清醒的认识。宋人尤其尚变,以"变"的眼光来考察各个时期文学发展的特点及其规律,是宋人文学批评的一个亮点。宋人对"常""变"问题的关注,议论广泛而深入,在中国文论史上是前所未有的。这与宋代的学术思想、社会政治、文学创作以及文论发展等有密切的联系;对有宋一代文学的繁荣发展以及元明清文论中复古与变古的论争有着重大的影响。特别是宋人尚变而不废常的精神,对当代文学理论的建设和文学创作的提升也有积极的意义。

一 宋人对"常""变"的论述

宋人文论中最先论述"常"与"变"的是宋初的田锡。他在《贻陈季和书》中,首先描述了"天之常理"与"天之变","水之常性"与"水之变"后,继而论述了"文之常态"与"文之变"。他说:

---

① 周振甫:《周易译注·系辞上传》,中华书局1991年版,第235页。
② 同上书,第258页。
③ 同上书,第115页。

夫人之有文，经纬大道。得其道，则持政于教化；失其道，则忘返于靡漫。孟轲荀卿得大道者也，其文雅正，其理渊奥。厥后扬雄秉笔，乃撰《法言》；马卿同时，徒有丽藻。迩来文士，颂美箴阙，铭功赞图，皆文之常态也。若豪气抑扬，逸词飞动，声律不能拘于步骤，鬼神不能秘其幽深，放为狂歌，目为古风，此所谓文之变也。李太白天付俊才，豪侠吾道。观其乐府，得非专变于文欤！①

　　在田锡看来，"文之常"是能得治国安民的"经纬大道"，有利于社会教化，如孟轲、荀卿之文风雅正，道理渊博深奥。或如唐以来韩、柳等文士之作，能起到颂扬美善、规箴阙失的作用。而"文之变"，则是豪气抑扬，逸词飞动，不受观念之牢笼，不受声律之拘束，而放为狂歌的作品。如李白之乐府，李贺之艳歌，能充分表现诗人的逸怀壮采。田锡高瞻远瞩，看到了自然界运动和文学发展的壮观，以"常""变"之说，来把握文学发展的脉搏，既强调文学要关注社会，合于儒家教化美刺的规范，又肯定了文学自由放旷不受拘束的创造变化精神。田锡在《贻宋小著书》中也说："若使援毫之际，属思之时，以情合于性，以性合于道……随其运用而得性，任其方圆而寓理，亦犹微风动水，了无定文；太虚浮云，莫有常态，则文章之有声气也，不亦宜哉！"② 他强调创作之时，要使人之"情""性"，合于"道"，寓于"理"，这正是他所说的"文之常"。而创作中的自由变化，"莫有常态"，则正是"文之变"。显然，田锡论"常""变"，既包含了儒家的社会伦理之道，亦包含了佛、道

---

① （宋）田锡：《贻陈季和书》，《咸平集》卷二，四库全书本第1085册，第381页。
② 同上书，第382页。

两家的随其运用的自然之理。所以，他对不同内容不同精神的文学作品皆予以包纳认同，希望诗文能发挥其不同的作用与功能。

张耒和楼钥也以水为喻来论文之"常""变"。张耒以为"捐去文字常体，力为瑰奇险怪"之文字，固无不善者，然真正能文者并不在其能奇。他认为"学文之端，急于明理"，故"理"是文之常，"奇"是文之变。正如涟漪、波涛、风飙、雷霆，"是水之奇变也"，而"江河淮海之水，理达之文也，不求奇而奇至矣"。①楼钥认为，水之常性本平，"彼遇风而纹，遇壑而奔，浙江之涛，蜀川之险，皆非有意于奇变，所谓湛然而平者固自若也"。所以，作文论文"不必惑于奇，而先求其平"。②足见张耒和楼钥都强调为文之变不悖常理，终归于平。

欧阳修、苏轼除了从诗文的内容与精神来论"常""变"外，尤从艺术表现入手，既注重"常法""常理"，又提倡变态无穷，将二者辩证统一。欧阳修以为艺术既要变古又要尊常法："书虽末事，而当从常法，不可以为怪""今虽隶字已变于古……然其点画曲直，犹有准则。"③苏轼论诗文书画常以"追配古人"为高，又以"不践古人"为佳，充分体现了他既尊重传统，努力传承艺术法则，而又积极求变创新的精神。譬如《跋王荆公书》云："荆公书得无法之法，然不可学，学之则无法。"④强调学书必由有法而至无法。他称

---

① （宋）张耒：《答李推官书》，《柯山集》卷四十六，四库全书本第 1115 册，第 389 页。
② （宋）楼钥：《答綦君更生论文书》，《攻愧集》卷六十六，四库全书本第 1152 册，第 115 页。
③ （宋）欧阳修：《与石推官第二书》，《欧阳修全集》卷六十八，中华书局 2001 年版，第 993 页。
④ （宋）苏轼：《跋王荆公书》，《苏轼文集》卷六十九，第 2179 页。

道"颜鲁公书雄秀独出,一变古法",①称"独蔡君谟书,天资既高,积学深至,心手相应,变态无穷,遂为本朝第一"②。他论绘画强调表现"常理",即符合事物的自然之理、恒常之理,认为常理比常形更重要:"至于山石竹水,水波烟云,虽无常形,而又常理,常形之失,人皆知之,常理之不当,虽晓画者有不知。……常形之失,止于所失,而不能病其全,若常理之不当,则举废之矣。"③但又提倡绘画不拘格套,变化无穷。他称王维画山"自成变态……而唐人之典刑尽矣"④,指出"山水以清雄奇富,变态无穷为难。燕公之笔,浑然天成,已离画工之度数,而得诗人之清丽也"。⑤他评谢民师文曰:"大略如行云流水,初无定质,但常行于所当行,常止于不可不止。"⑥这些均可见出欧、苏求变而不废常的创作理念。

黄裳则从美学风格的角度来论"常"与"无常"。他认为,诗人的才识不同,所学诗体不同,自然会形成不同的风格,"趣古淡则为陶潜,趣飘逸则为李白,何可以为常哉!"即不可以"常"态(恒定的风格)来论诗人的短长。"夫诗之为道,要在吟咏情性,发于自然",不可有意牵合为之,"善鸣其情性"者,自然"华淡无常"⑦,风格多样。这就揭示了主体的吟咏情性与风格的变化多样之间的必然联系。黄庭坚、张耒、范开等人也是在这个意义上来评论诗词风格的多彩多姿。如范开《稼轩词序》指出,稼轩意不在于作

---

① (宋)苏轼:《书唐氏六家书后》,《苏轼文集》卷六十九,第2206页。
② (宋)苏轼:《评杨氏所藏欧蔡书》,《苏轼文集》卷六十九,第2187页。
③ (宋)苏轼:《净因院画记》,《苏轼文集》卷十一,第367页。
④ (宋)苏轼:《跋宋汉杰画山》,《苏轼文集》卷七十,第2215页。
⑤ (宋)苏轼:《跋蒲传正燕公山水》,《苏轼文集》卷七十,第2212页。
⑥ (宋)苏轼:《与谢民师推官书》,《苏轼文集》卷四十九,第1418页。
⑦ (宋)黄裳:《书子虚诗集后》,《演山集》卷三十五,四库全书本1120册,第237页。

词,直在"陶写"真情,"故其词之为体,如张乐洞庭之野,无首无尾,不主故常,又如春云浮空,卷舒起灭,随所变态"①,于豪迈清旷之中含清丽婉媚之风格,呈现多种风格特征。

与"常""变"相联系的是"通变"(或曰"复变")的命题,这在《易经》《文心雕龙·通变》以及皎然的《诗式》等著作中都有论述。如皎然要求"作者须知复变之道,反古曰复,不滞曰变",以为"复变二门,复忌太过""夫变若造微,不忌太过,苟不失正,亦何咎哉"?因此他批评"陈子昂复多而变少"。② 宋人接过文论史上"通变"的命题,又作了进一步的论述。如柳开《上王学士第三书》指出:"通能变,变能复,通之所以开,复之所以阖,开阖也者,经三材而极万物也,运之于心而符于道矣……故圣人通之以尽其奥,变之以极其妙,复之以全其道。"③ 其《上王学士第四书》指出:"文籍之生于今久也矣。天下有道则用而为常法,无道则存而为具物,与时偕者也。"④ 强调文学既要"通",继承"常法",以尽显其深邃幽微之奥秘;又要"变",以达其变化无穷之妙境。通能变,变能通,才能全文学之道。

总的来看,宋人主要从文学的思想内容、艺术表现、美学风格论等方面来论"常变",要求文学传承常道、表现常理、遵循常法,又要与时相偕,变化无穷,极尽其妙,从而获得巨大的艺术魅力,发挥其巨大的社会作用。无疑,宋人对文学中的"常"与"变",

---

① (宋)范开:《稼轩词序》,邓广铭笺注《稼轩词编年笺注》(增订本)附录二,上海古籍出版社1993年版,第596页。
② (宋)皎然:《复古通变体》,李壮鹰《诗式校注》卷五,第330页。
③ (宋)柳开:《上王学士第三书》,《河东集》卷五,四库全书本第1085册,第268页。
④ 同上书,第269页。

有着非常自觉的、清醒的认识。

二 宋人重在论"变"

在"常"与"变"的关系中，宋人重在论"变"。宋初，面对五代以来流行的骈俪之文，和北宋杨亿、刘筠、钱惟演等人"专事藻饰"的"时文"与"西昆体"，改革家范仲淹呼吁"变"，他指出，尧舜以后，"文章之作，醇醨迭变，代无穷乎？"他充分肯定了宋有柳开、穆修、尹洙、欧阳修等相继不懈的努力，"由是天下之文一变"。[①] 又指出："唯圣人质文相救，变而无穷。前代之季，不能自救，则有来者，起而救之。"[②] 要求拯救文胜于质的不良文风，使文章为政教服务。同时，号称"三先生"的儒学之士胡瑗、孙复、石介也立足于儒学而力图改变文风。欧阳修称道梅尧臣诗文"英华雅正，变态百出"[③]，拔擢出于西川不为世知的苏轼，正是从行动上响应这种呼声，变革新奇险怪的文风。

文论家们在理论上强调"变"的同时，更以唐诗文与宋诗文的发展为例，指出诗文是在不断变化之中。

> 宋祁《新唐书·文艺传序》论唐文三变曰：唐有天下三百年，文章无虑三变：高祖、太宗，大难始夷，沿江左馀风，缔句绘章……玄宗好经术，群臣稍厌雕琢，索理致，崇雅黜浮……大历、贞元间，美才辈出，擩哜道真，涵泳圣涯，于是韩愈倡之，

[①]（宋）范仲淹：《尹师鲁河南集序》，《范文正集》卷六，四库全书本第1089册，第617页。

[②]（宋）范仲淹：《上时相议制举书》，《范文正集》卷九，四库全书本第1089册，第648页。

[③]（宋）欧阳修：《书梅圣俞稿后》，《欧阳修全集》卷七十二，第1049页。

柳宗元、李翱、皇甫湜等和之，排逐百家，法度森严，抵轹晋魏，上轧汉周，唐之文完然为一王法，此其极也。①

刘克庄《本朝五七言绝句序》论唐诗三变曰：昔人有言，唐文三变，诗然，亦故有盛唐、中唐、晚唐之体。②

周必大《苏魏公集后序》论本朝文章四变曰：至和嘉祐中，文章尔雅，议论平正，本朝极盛时也。一变而至熙宁元丰，以经术相高，以才能相尚，回视前日，不无醇疵之辨也。再变而至元祐，虽辟专门之学，开众正之路，然议论不齐，由兹而起。又一变为绍圣、元符，则势有所激矣。盖五六十年间，士风学术，凡虑四变……③

周密《癸辛杂识·后集》论南宋文章之四变曰：南渡以来，太学文体之变，乾、淳之文，师淳厚，时谓之"乾淳体"，人材淳古，亦如其文。至端平江万里习《易》，自成一家，文体几于中复。淳祐甲辰（1244），徐霖以书学魁南省，全尚性理，时竞趋之，即可以钓致科第功名。自此非《四书》《东西铭》《太极图》《通书》《语录》不复道矣。至咸淳之末，江东李谨思、熊瑞诸人倡为变体，奇诡浮艳，精神焕发，多用庄、列之语，时人谓之换字文章，对策中有"光景不露""大雅不浇"等语，以至于亡，可谓文妖矣。④

---

① （宋）宋祁：《新唐书》卷二百一《文艺传序》，四库全书本第276册，第54页。
② （宋）刘克庄：《本朝五七言绝句序》，《后村先生大全集》卷九十四，第2444页。
③ （宋）周必大：《苏魏公集后序》，《文忠集》卷二十，四库全书本第1147册，第211页。
④ （元）周密：《太学文变》，吴企明点校《癸辛杂识·后集》，中华书局1988年版，第65页。

此外，姚铉的《唐文粹序》、汪藻的《苏魏公集序》、孙觌的《送删定侄俟越序》、楼钥的《答綦君更生论文书》、元好问的《闲闲公墓铭》等，也有类似的论述。无论是"三变说"还是"四变说"，皆在于指出诗文随政治、随学术、随风气、随科举而"变"的事实。因此，以"变"的眼光来考察各个时期文学发展的特点及其规律，是宋人文学批评的一个亮点。

但是在如何看待和评价文学之变的问题上产生了很大的分歧。以张戒、严羽、朱熹为代表的文论家，认为诗文之变后不如前、今不如古，呈下滑趋势。张戒《岁寒堂诗话》谓："苏黄习气净尽，始可以论唐人诗，唐人声律习气净尽，始可以论六朝诗。镂刻之习气净尽，始可以论曹、刘、李、杜诗。"[①] 严羽《沧浪诗话》说："大历以前分明别是一副言语，晚唐分明别是一副言语，本朝诸公分明别是一副言语。如此见，方许具一只眼。"[②] 朱熹《答巩仲至》第四书说：

> 因知古今之诗，凡有三变：盖自书传所记，虞夏以来，下及魏晋，自为一等；自晋宋间颜谢以后，下及唐初，自为一等；自沈宋以后，定著律诗，下及今日，又为一等。……至律诗出，而后诗之与法，始皆大变。以至今日，益巧益密，而无复古人之风矣。故尝妄欲抄取经史诸书所载韵语，下及《文选》、汉魏古诗，以尽乎郭景纯、陶渊明之所作，自为一编。而附于《三百篇》《楚辞》之后，以为诗之根本准则。[③]

[①] （宋）张戒：《岁寒堂诗话》卷上，《历代诗话续编》本，第455页。
[②] （宋）严羽：《诗评》，《沧浪诗话校释》，第129页。
[③] （宋）朱熹：《答巩仲至》（四），《晦庵文集》卷六十四，第3095页。

张戒、严羽和朱熹推尊汉魏晋古诗与盛唐之诗，崇尚气象浑厚与意韵深远，探究"诗之根本准则"，是对文学之"常"的守护，自有其不可低估的价值和意义。但过于崇尚古人，以致一味求合于古人，所谓"吾取其合于古人者而已"（严羽），"其不合者，则悉去之"（朱熹），而不能充分肯定"变"之精神，则带有明显的复古倾向。

对于"变唐""变古"，更多的文论家持通达、肯定的态度。他们有以下三种看法。

第一，"变"是必然趋势。因为天地万物都在变。且天下之事不可能皆善，既有不善，则有弊端，就要以"变"矫之。如杨万里《诗论》曰："天下皆善乎？天下不能皆善；则不善亦可导乎？圣人之徐，于是变而为迫。非乐于迫也，欲不变而不得也。迫之者，矫之也，是故有诗焉。"① 陈亮《变文法》曰："然则文之弊终不可变乎？均是变也。"② 赵秉文《竹溪先生文集引》曰："千变万化，不可殚穷，此天下之至文也。"③ 均强调有变化才能矫弊扬善，才有天下之至文。

第二，既"变"，则"不必相蹈袭"。唐人与宋人各有所长。陈岩肖《庚溪诗话》谓："本朝诗人与唐世相亢，其所得各不同，而俱自有妙处，不必相蹈袭也。"④ 王若虚在《文辨》中也指出"变"要做到"不主故常，不专蹈袭可也"。⑤ 陆九渊《与沈宰书》："后世

---

① （宋）杨万里：《诗论》，《杨万里集笺校》卷八十四，第3372页。
② （宋）陈亮：《变文法》，《龙川集》卷十一，四库全书本第1171册，第598页。
③ （金）赵秉文：《竹溪先生文集引》，《滏水集》卷十五，四库全书本第1190册，第236页。
④ （宋）陈岩肖：《庚溪诗话》卷下，《历代诗话续编》本，第182页。
⑤ （宋）王若虚：《文辨》，《滹南集》卷三十四，四库全书本第1190册，第447页。

之诗,则亦有当代之英,气秉识趣,不同凡流。故其模写物态,陶冶情性……而皆条然,各成一家。"① 刘克庄《本朝五七言绝句序》:"或曰:'本朝理学古文高出前代,惟诗视唐似有愧色。'余曰:'此谓不能言者也。其能言者,岂惟不愧于唐,盖过之矣。'"② 明确指出宋诗并不愧于唐诗。金王若虚亦指出:"近岁诸公,以作诗自名者甚众……至宋人殆不齿矣。……然世间万变,皆与古不同,何独文章而可以一律限之乎?……宋人之诗,虽大体衰于前古,要亦有以自立,不必尽居其后也。"③

第三,"变"贵在"合于理"。在"变"的过程中不可能"齐一",只要"变"得合理,皆是有益而无害。李石说:"子美诗固多变,其变者必有说。善说诗者,固不患其变,而患其不合于理。理苟在焉,虽其变无害也。"④ 王若虚说:"东坡之文具万变而以一贯之也。"⑤ "一贯"与"万变"即"常"与"变"的关系。所以,他们不像严羽、朱熹求合于古人,而是求与古人既合且异。如姜夔《白石道人诗集自叙》说:"作者求与古人合,不若求与古人异;求与古人异,不若不求与古人合而不能不合,不求与古人异而不能不异。……故不求与古人合而不能不合,不求与古人异而不能不异。"⑥ "合"体现的是传承,"异"反映的是变革,正是守常而能变。

---

① (宋)陆九渊:《与沈宰书》,《象山集》卷十七,四库全书本第1156册,第414页。
② (宋)刘克庄:《本朝五七言绝句序》,《后村先生大全集》卷九十四,第2444页。
③ (宋)王若虚:《滹南诗话》卷三,《历代诗话续编》本,第529页。
④ (宋)李石:《何南仲分类杜诗叙》,《方舟集》卷十,四库全书本第1149册,第645页。
⑤ (宋)王若虚:《文辨》,《滹南集》卷三十六,四库全书本第1190册,第459页。
⑥ (宋)姜夔:《白石道人诗集自叙》二,《白石道人诗集》,四部丛刊本第272册,第11页。

可以说，看到文学的随时而"变"，论争诗文"变"之高下，倡导诗文守"常"而求"变"，是宋人文论的一项重要内容。

三 宋人关注"常""变"问题探因

宋人对文学"常""变"问题的关注，300多年间贯穿始终，且名家领军，论者众多，议论广泛而深入，可以说，在中国文论史上是前所未有的。这与宋代的学术思想、社会政治、文学创作以及文论发展等有密切的关系。略述以下四点。

第一，受学术思想的影响。宋学有一个突出的特点，就是要重振儒学，以承续文化传统，整饬伦理纲常。反映在文学上，则是要继承前代的优秀传统，如韩柳之文、李杜之诗，革除晚唐五代以来的浮艳之风，使文学能臻于道理，反映现实，发挥以言化人的作用。所以田锡等人的论"常""变"，柳开、穆修等人倡古文，正是基于此。此其一。其二，宋人在治学之时，既尊重前贤的成果，又表现出了大胆的怀疑精神，譬如对《毛诗序》，就有欧阳修、郑樵等人的疑序、攻序、弃序、废序。"敢于怀疑，敢于否定，敢于创造，无疑体现了宋人颇有魄力的思想作风。"[①] 这与文论上守常而求变的精神是一致的。其三，宋学又有重《易》之风气。宋代一些重要的文论家如范仲淹、欧阳修、孙复、石介、李觏、王安石、张载、苏洵、苏轼、苏辙、程颐、邵雍、杨万里、朱熹、陆九渊、吕祖谦、叶适、魏了翁等，或注易解易，或对易学有深入的研究。《易》之"常""变"观，为文论家们提供了看问题的角度与思维方法，所以他们对天地万物的生长变化以及文学的发展变化自然有一个自觉的认识与

[①] 韩经太：《宋诗与宋学》，《文学遗产》1993年第4期。

把握。如张载《礼乐》谓:"盖穷本知变,乐之情也。"①

第二,受社会政治、时代变迁的影响。靖康之变,将宋代裁为两段,世风人心,诗文风貌,都产生了巨大的差异,这对文论家把握文学的发展变化提供了现实基础。方岳《深雪偶谈》说:"诗无不本于性情,自诗之体随代变更。……当其代殊体变,性与情之隐见存亡浅深,虽其一时之名能诗者,亦不能自必其所至之然也。"② 刘祁《论历代文风》说:"自古士风之变,系国家长短存亡。"③ 陈著《史景正诗集序》说:"尝谓文与世变升降,而诗为甚。三代以上,四诗(《风》《大雅》《小雅》《颂》)一惟真实正大而已。尔后,其深浅厚薄,随时不同,然时也。"④ 何梦桂《永嘉林霁山诗序》说:"相望十年间,而士大夫声诗率一变而为穷苦愁怨之语。……吾是以重有感于诗之变也。"⑤ 政局的变化、社会的动荡以及诗风的转变,使文论家们深有所悟,感慨良多。

第三,天才的创造与文学自身的发展提供了认识的可能。康德认为:"天才就是给艺术提供规则的才能(禀赋)。"他认为,它不是一种能够按照任何法规来学习的才能,因而"独创性就必须是它的第一特性";天才的作品必须是典范,具有示范作用的,"它们本身不是通过模仿而产生的,但却必须被别人用来模仿,即用作评判

---

① (宋)张载:《礼乐》,《张子全书》卷五,四库全书本第697册,第157页。
② (宋)方岳:《深雪偶谈》,《丛书集成初编》本,第6—7页。
③ (金)刘祁:《论历代文风》,《归潜志》卷十三,四库全书本第1040册,第315页。
④ (宋)陈著:《史景正诗集序》,《本堂集》卷三十八,四库全书本第1185册,第180页。
⑤ (宋)何梦桂:《永嘉林霁山诗序》,《潜斋集》卷五,四库全书本第1188册,第445页。

的准绳或规则"。① 宋代的欧、王、苏、黄等人，都是极富创造性的天才，他们虽宗唐人与前人之法，却并不甘于随人作计。欧阳修学韩柳文而去其古奥艰深、成平易流畅之文，苏、黄学杜诗而开创与"唐音"有别的"宋调"，柳永在唐教坊乐歌的基础上大量作慢词，苏轼开豪放旷达词派，王安石则最长于集句之体……这些都为宋人认识文之"常""变"提供了范本和个案。牟巘《厉瑞甫唐宋百衲集序》曰："诗雅四言，汉以来遂为五七言，唐开元之际，又始俪偶，为律诗，论者谓诗之道至是略尽，殆不可复变。宋百余年间，乃有集句者出，其不变之变欤?"② 赵孟坚《赵竹潭诗集序》曰："诗之体备而诗亦变矣。"③ 这是从诗体的新变来认识文学之变化。也有从文章内容的改变、创作手法的改变来认识文之变化。兹不赘述。

第四，文论本身的发展，也使文论家在这方面有了更多的关注和论述。先秦两汉是古代文论的萌芽期、发展期，到魏晋南北朝，《文心雕龙》《诗品》等大著的问世，标志着文论进入了成熟期，刘勰以"执正驭奇、华实相扶"的思路来纠正文坛不良之风，其通变的思想贯穿其中。沈约《谢灵运传论》中提到："自汉至魏，四百余年，辞人才子，文体三变。……"④ 惜论者有限。隋文帝时李谔上书革六朝文华；唐初，令狐德棻提出"时运推移，质文屡变"

---

① 〔德〕康德：《判断力批判》第46节，邓晓芒译，人民出版社2002年版，第150—151页。
② （宋）牟巘：《厉瑞甫唐宋百衲集序》，《陵阳集》卷十二，四库全书本第1188册，第107页。
③ （宋）赵孟坚：《赵竹潭诗集序》，《彝斋文编》卷三，王云五主持《四库全书珍本》三集247册，第3页。
④ （南朝梁）沈约：《宋书》卷六十七《谢灵运传论》，中华书局1974年版，第1778页。

"文质因其宜，繁约适其变"①，陈子昂要求继承"汉魏风骨"和"兴寄"传统，变革五百年来的诗风。而后理论的探讨，则主要集中在诗境、诗格、诗律、诗法、辞章、体势以及讽喻比兴方面，对文学常变问题的论述者指不多屈。到宋代，实行右文政策，文人多兼学者，文论著作空前繁富，对文学发展趋势与规律的探讨，也随之广泛而深入。特别是面对唐代艺术创作的辉煌与其弊端，宋人是宗唐还是变唐？实关乎宋代文学的"存亡"问题。宋人的"常""变"之论，正是由此而发端而纵深。

四 宋人"常变"论的意义与影响

宋人文论中的"常变"论，"器大而声闳"。其意义与影响主要在于以下几点。

第一，促进了宋代文学继承传统又大胆革新，在难乎为继的情势下，自开生面，形成了与唐不同的风貌，具有创新求变、繁荣发展的特点。宋诗或古淡或苍莽，或富于理趣，或以故化新，成为"中国古代诗史上继唐诗之后的又一座艺术高峰。前人所谓'唐宋皆伟人，各成一代诗'，正说明了宋诗堪与唐诗并肩而立的历史地位"②。宋文平易畅达、徐纡委婉，名家辈出，"取得了比唐文辉煌的成就"③。宋词则变旧声为新声，扩大了词的体制和功能，提高了词的文化品位，丰富词了的艺术表现，如柳、周之铺叙展衍，秦、

---

① （唐）令狐德棻：《周书》卷四十一《王褒庾信传论》，中华书局1971年版，第743、745页。

② 傅璇琮、蒋寅总主编：《中国古代文学通论》，刘扬忠主编宋代卷，辽宁人民出版社2005年版，第7页。

③ 同上书，第11页。

李之婉丽细腻，苏、辛之豪放阔大，姜、张之清空骚雅，多姿多彩，魅力无穷，被誉为一代之文学。他如话本小说、诸宫调、宋杂剧、南戏，也都在继承与求变的过程中得以发展。

第二，影响了元明清文论中复古与变古的论争。一方面是朱熹、严羽等对宋诗之变的尖锐批评和主张回归汉魏晋、盛唐传统的观点对元明清复古派产生了重大影响。元人多袭唐诗之法，清田同之《西圃诗说》说："大抵宋人务离唐人以为高，而元人求合唐人以为法。"① 明"前七子"之一李梦阳提出"汉后无文，唐后无诗"的说法，积极为曹植、阮籍、陶渊明诗集作序，以复古求诗文之真淳古淡、浑厚自然。"后七子"之一李攀龙有《古今诗删》，推崇古调，不取宋元诗，与严羽观点相近。此外，明初的唐诗专家高棅，茶陵派的李东阳，清代的王士禛、沈德潜等，都极推严羽之说。另一方面是反复古派继承了宋人主"变"的思想而进一步发挥。明代公安派袁宏道指出：（一）"文之不能不古而今也，时使之也"②，强调时变引起文变；（二）"代有升降，而法不相沿，各极其变，各穷其趣，所以可贵。"③ 这就深刻地揭示了文学须变的外在原因与内在原因。他不但提倡"穷新极变"，还作骇俗之论："世人喜唐，仆则曰唐无诗；世人喜秦、汉，仆则曰秦、汉无文；世人卑宋黜元，仆则曰诗文在宋元诸大家。"④ 清代以"变"的思想论述诗歌发展的突出人物是叶燮。他在《原诗》中说："古云：'天道十年一变。'此理

---

① （清）田同之：《西圃诗说》，《清诗话续编》本，第755页。
② （明）袁宏道：《雪涛阁集序》，钱伯城笺校《袁宏道集笺校》卷十八《瓶花斋集》之六，第710页。
③ （明）袁宏道：《序小修诗》，同上书卷四《锦帆集》之二，上海古籍出版社1981年版，第188页。
④ （明）袁宏道：《张幼于》，同上书卷十一《解脱集》之四，第501页。

也，亦势也，无事无物不然，宁独诗之一道胶固而不变乎？"① 他以"源流说"论诗之正变，并指出："唐诗为八代以来一大变，韩愈为唐诗之一大变，其力大，其思维，崛起特为鼻祖。"苏轼之诗"其境界皆开辟古今之所未有，天地万物，嬉笑怒骂，无不鼓舞于笔端，而适如其意之所欲出，此韩愈后一大变也，而盛极矣"，"自后或数十年而一变，或百余年而一变，或一人独自为变，或数人而共为变，皆变之小者也"。② 叶燮充分肯定了"变"乃必然之趋势，是很有眼光的。经过复古与变古的论争，推动了明清文学的发展，到近代基本达成了共识，即如王韬强调："时势不同，文章亦因之而变。"③ 林纾强调：师法而变化，能入而能出。他说："文之入手，不能无法；必终身束缚于成法之中，不自变化，纵使能成篇幅，然神木而形索，直是枯木朽株而已，不谓文也。"④

第三，宋人尚变而不废常的文学精神，对当代文学理论的建设和文学创作的繁荣也有积极意义。"文革"过后，百废待兴，创新求变成了社会的必然趋势和主流思潮。文学和文论结束了苏联文学理论牢笼的局面，西方世界五花八门的文学理论和文艺作品纷至沓来。在这种情势下，宋人尚变而不废常的文学精神，更给我们极大的启示和借鉴。在当下来说，"变"已成为主动态势。我们不反对文学的多元化、大众化、快捷化，也不全盘否定文学的"祛魅"，但是，中国文论中所强调的那些优良传统，如文学家的道德修养与社会责任，

---

① （清）叶燮：《原诗》，《清诗话》本，第566页。
② 同上书，第570页。
③ 王韬：《三岛中州文集序》，引自贾文昭编《中国近代文论类编》，黄山书社1991年版，第419页。
④ 林纾：《春觉斋论文·忌牵拘》，引自贾文昭编《中国近代文论类编》，第466—467页。

文学"颂美箴阙"的社会作用,文学表现人的至情至性、天地境界,表现人与自然的谐和共存,追求艺术的真善美、高水准、高品位等,都应当作为"文之常",在我们的当代文学创作和文学理论批评中得以传承与高扬!

第二节 宋人的"自得说"

宋人的文章书信里常用"自得"一词,而这"自得",原本与人的生命形态相联系。如李之仪在书信中常说"念之常不自得""老境极不自得",苏轼说"放怀自得""一味适其自得"等,都与人的身体、心理、精神等生命形态相关联。宋人又常以"自得"一词来论为学、论诗文,故"自得说"的内涵很值得探讨。

20世纪末以来,学术界始对"自得说"陆续作了深入的探讨,最具代表性的文章是:李春青《论"自得"——兼谈宋学对宋代诗学的影响》,张毅《"万物静观皆自得"——儒家心学与诗学片论》,张晶《"自得":创造性的审美思维命题》,欧宗启《禅宗悟论"自得观"与宋代诗学"自得"范畴的建构》等,以及左健的专著《中国古代文学鉴赏自得论》。这些文章和专著着重从"自得说"的哲学基础、美学意义、诗学内涵和接受鉴赏等方面作了精辟的解析和挖掘。在阐释"自得说"的哲学基础思想渊源方面,主要指出以下三个结论。

第一,儒学(新儒学)对宋代诗学"自得说"的影响。如李春青文中说:"'自得'一词之所以在宋学中获得重要意义,无论从语源学上还是从思想史上说,都是由于孟子的一段话:'君子深造之以道,欲其自得之也自得之,则居之安居之安,则资之深资之深,则取之左右逢其源,故君子欲其自得之也。'"① 张毅指出:"在宋明新儒家看来,宇宙人生是不可分的,仁者'静观'万物时的浑然与物同体,与其生命精神的内省体验相关联。……在反观心体的直觉活动中,能获得自适、自得之乐,体验到自然和谐之美与生趣盎然的诗意,融会贯通心学与诗学。"②

第二,禅宗悟论对宋代诗学"自得"范畴建构的影响。欧宗启指出,宋人的"自得说","以禅宗悟论'自得'观为依托,广泛地参与到了诗学创作活动中去,并因此而获得了三个新的诗学内涵"③。

第三,各家思想对宋代诗学"自得说"的影响。张晶指出:"从中国哲学史上看,'自得'思想有深远的渊源,儒家、道家、玄学、理学等不同的思想支派都在不断明晰、丰富着'自得'这个命题的内涵。"④

这些研究成果,在论证儒学、理学及禅宗思想对"自得说"的影响方面,扎实而有力。但论及道家思想的影响时,或材料不足,或语焉不详。故本节着重探讨以《文子》《庄子》《淮南子》《抱朴子》为代表的道家学说与宋人"自得说"的内在联系,以弥补研究中的薄弱,并从生命形态入手,对"自得说"作独到的诠释。

---

① 李春青:《论自得——兼谈宋学对宋代诗学的影响》,《中国文化研究》1998年第2期。
② 张毅:《"万物静观皆自得"——儒家心学与诗学片论》,《中国文化研究》2002年第4期。
③ 欧宗启:《禅宗悟论"自得观"与宋代诗学"自得"范畴的建构》,《广西社会科学》2007年第5期。
④ 张晶:《"自得":创造性的审美思维命题》,《哲学研究》2003年第1期。

一 道家经典中的"自得说"

对于个体生命来说，追求的最高境界便是生命的自由和快乐。孔子赞同曾点"暮春者，春服既成，冠者五六人，童子六七人，浴乎沂，风乎舞雩，咏而归"的人生志向，说"吾与点也！"[1] 无疑包含着对生命之自由洒脱、调畅适意的向往与追求。禅宗讲求"去来自由，无滞无碍""游戏三昧，是名见性""自由自在，纵横尽得""自性自悟，顿悟顿修"[2]，中心意思也是讲人对生命的自觉体悟，若开悟了自我本性，便获得了解脱，达到一种不受外物束缚的自由状态。而以老、庄为代表的道家对个体生命的自由和快乐最为关注，突出地体现在"自得"与"逍遥"之说。宋人龚士卨作《老子道德经序》，称老、庄之学，"葛玄谓其为天地立根，盖体道之自然。郭象谓其明内圣外王之道，皆旷然自得，兹岂浅浅造道者所能至哉！"又说："老氏自然之天，庄生自得之境，若夫欲观其书，当观其心。"[3] 其两用"自得"一词，可见"自得"是老庄学说的关键词之一。

老子的弟子文子，是着力理解和发挥老子思想的。老子讲"道"和"德"，但不讲"理"，文子则均有论述。[4] 他认为，道生万物，万物又各有其理，"故阴阳四时，金木水火土，同道而异理"。《文子》中说：

---

[1] 杨伯峻：《论语译注·先进篇第十一》，中华书局1980年版，第119页。
[2] 尚荣译注：《坛经·顿渐品第八》，中华书局2010年版，第151页。
[3] （宋）龚士卨：《老子道德经原序》，河上公注《老子道德经》，四库全书本第1055册，第47页。
[4] 李定生、徐慧君：《文子校释·论文子（代前言）》，上海古籍出版社2004年版，第35页。

老子［文子］曰：圣人忘乎治人，而在乎自理；贵忘乎势位，而在乎自得。自得，即天下得我矣。①

这是说特别有智慧、有道德的人，并不关注外在的东西，他可以忘乎如何去"治人"，而在乎如何把握事物自身的道理，他贵在忘乎"势位"，而在乎关注自我的存在，个体生命的状态。因为能关注个体生命，才能够关注天下人，所以"能得人心者，必自得者也"。

《庄子》开篇即讲《逍遥游》，目的是让自我从功名利禄、是非善恶乃至形骸和观念的限制中解脱出来，达到与天地精神独往来的境界，以获得精神的绝对自由。郭象《庄子注》卷一《逍遥游》题解曰："夫小大虽殊，而放于自得之场，则物任其性，事称其能，各当其分，逍遥一也。"② 又注"其鸟为鹏"曰："鹏鲲之实，吾所未详也。夫庄子之大意，在乎逍遥游，放无为而自得，故极小大之致，以明性分之适……"③ 郭庆藩《庄子集释》引唐陆德明释"游"曰："逍遥游者，篇名义取闲放不拘，怡适自得。"④ 可见，不以外物束缚内心，能明乎自然性分，虚静无为，才可怡适自得，有精神的自由逍遥。"逍遥游"的精髓即是"自得"。庄子在《骈拇》一文中说：

吾所谓臧者，非所谓仁义之谓也，任其性命之情而已矣；吾所谓聪者，非谓其闻彼也，自闻而已矣；吾所谓明者，非谓

---

① （战国）文子：《文子》卷一，《文子校释》，上海古籍出版社 2004 年版，第 17 页。
② （晋）郭象：《庄子注》卷一《内篇逍遥游第一》，四库全书本第 1056 册，第 4 页。
③ 同上。
④ （清）郭庆藩：《庄子集释·逍遥游第一》，《诸子集成》（3），上海书店 1986 年版，第 1 页。

其见彼也，自见而已矣。夫不自见而见彼，不自得而得彼者，是得人之得而不自得其得者也，适人之适而不自适其适者也。①

庄子认为，做到完善，不在于能施行仁义，而在于能"任其性命之情"，也就是使生命得到自由舒展。耳聪目明，不在于能听到和看到外在的东西，而在于能"自闻""自见"，即有自己的感受和见地，使之合于性命之情。因此，庄子强调追求"自得""自适"，而不是"得人之得""适人之适"。

这一思想在《淮南子·原道训》中得到了进一步的发挥。

吾所谓有天下者，非谓此也，自得而已。自得则天下亦得我矣。吾与天下相得，则常相有已，又焉有不得容其间者乎？所谓自得者，全其身者也。全其身则与道为一矣。……吾所谓得者，性命之情，处其所安也。……是故不以康为乐，不以贵为安，不以贱为危，形神气志，各居其宜，以随天地之所为。②

在淮南子看来，"自得"就是顺应自然之道，顺乎生命之情，处其所安，不因康乐、富贵、贫贱而改变其性，保持自己精神（形神气志）的完满。能如此，则能自得其乐。

吾所谓乐者，人得其得者也。夫得其得者，不以奢为荣，不以廉为悲……是故有以自得之也，乔木之下，空穴之中，足以适情；无以自得也，虽以天下为家，万民为臣妾，不足以养

---

① （清）郭庆藩：《庄子集释·骈拇第八》，《诸子集成》(3)，第148页。
② 《淮南子》卷一《原道训》，马庆洲《淮南子今注》，凤凰出版社2013年版，第19—20页。

生也。能至于无乐者，则无不乐；无不乐，则至极乐矣！①

这是说能"自得"，则身处简陋之地，足以"适情"；反之，虽位居九五之尊，不足以"养生"。故能"自得"者足以"自乐"。苏辙《黄州快哉亭记》说的也是这个道理："士生于世，使其中不自得，将何往而非病？使其中坦然，不以物伤性，将何适而非快？"②他说，士人生于世上，假使内心不能感受"自得"之乐，往哪里去都会遇到忧愁；假使心里坦然，不因为外界的影响而损伤性情，则往哪里能不畅快呢？

葛洪《抱朴子》外篇中便是从"外物"的角度来论述"自得"的，如：

> 聊且优游以自得，安能苦形于外物哉！③

> 若夫伟人巨器量，逸韵远，高蹈独往，萧然自得，身寄波流之间，神跻九玄之表，道足于内，遗物于外……何肯与俗人竞干佐之便僻，修佞幸之媚容。④

> 如夫栖重渊以颐灵，外万物而自得，遗纷埃于险途，澄精神于玄默。⑤

葛洪把"外物"与"自得"并举，以为能"外物"，即摆脱外

---

① 《淮南子》卷一《原道训》，马庆洲《淮南子今注》，凤凰出版社2013年版，第17页。
② （宋）苏辙：《黄州快哉亭记》，《栾城集》卷二十四，《苏辙集》（第二册），中华书局1990年版，第409页。
③ （晋）葛洪著，杨明照校笺：《抱朴子外篇校笺》（上）卷一《嘉遁第一》，中华书局1991年版，第27页。
④ （晋）葛洪著，杨明照校笺：《抱朴子外篇校笺》（下）卷三《刺骄第二十七》，第24页。
⑤ 同上书，卷三《安贫第三十六》，第311页。

物对个体生命的诱惑和拘役,即可"高蹈独往,萧然自得",获得身体和精神的自由("身寄波流之间,神跻九玄之表"),从而顺乎自然之道,脱离世间之"险途"。

  道家这种以"适性"和"外物"为基点的"自得"思想,从根本上说,就是教人以超然的态度对待功名利禄,对待得丧穷通,追求一切合于性命自然,任真自得,充分体验生命的可贵可乐,使生命得以自由释放。这正是道家思想的精妙所在,也是宋儒们暗中吸收道家思想的重要方面。李春青文中说:"宋儒于'自得'之中还注入了一种其于孟子处所没有的含义——从容不迫、优游闲适、超然远引的精神状态。"① 可以说,这恰是宋人在儒家思想的基础上,又吸收道家学说,儒道互补的结果。所以,在宋人的诗文中,诸如"怡然自得""陶然自得""超然自得""泊然自得""卓然自得""坦然自得""释然自得""泰然自得""从容自得"等语,俯拾即是。"自得说"无疑是宋人融合儒道、兼取佛禅而用于人生、用于文艺批评的一个突出范例。

  陶渊明崇尚道家思想,因此宋人推崇"自得",也与普遍的崇陶是相一致的。屈原《远游》云:"漠虚静以恬愉,澹无为而自得。"可是他太爱楚国了,终于没有做到"澹无为而自得"。李白说:"客心不自得,浩漫将何之?"② 他的傲岸,使内心不自得,于是产生了无尽的漂泊感、茫然感。而陶渊明以自然真率之笔抒写自我情性,故萧统《陶渊明传》说:"渊明少有高趣,博学,善属文,颖脱不

---

  ① 李春青:《论自得——兼谈宋学对宋代诗学的影响》,《中国文化研究》1998 年第 2 期。
  ② (唐)李白:《寻鲁城北范居士失道落苍耳中见范置酒摘苍耳作》,《全唐诗》卷一百七十九,中华书局 1960 年版,第 1822 页。

群,任真自得。"① 宋初的欧阳修、梅尧臣已对陶诗的平淡之美作了肯定。到苏轼,几次被贬逐僻壤,开荒种地、造屋凿井,思想感情与陶渊明进一步靠近,所以他能高度评价曹、刘、陶、谢之诗超然自得、高风绝尘之品格,这对宋人的艺术思想与美学追求有着重要的影响。后来的朱熹、姜夔、严羽、刘克庄、元好问、王若虚等人,都对陶诗的超然自得与平淡之美极为推赏,因此而成为宋代文艺美学思想的一大特色。

二 生命的体验与创造的自由

宋人的"自得说",涉及的范围从人生到艺术,从为学到为文,从创作到接受,内涵非常丰富。而其要者,皆在注重生命的体验,感受生命的自由与创造的自由。分三方面略述如下。

第一,由为人为学之"自得",推及为诗为文之"自得",重在生命的自我体验。如:

> 君子之学也,至于自得而已耳。②
> 古之学者为己,孟子称君子欲其自得之,自得之,则取诸左右逢其原,岂汲汲于外哉!③

孟子主张以道义培养君子的理想人格,但君子用以深造的这个"道",要靠"自得",即有自己的体用。宋人推重《孟子》,故刘敞《公是集》、曾巩《元丰类稿》、苏辙《栾城集》、黄庭坚《山谷集》、

---

① (南朝梁)萧统:《陶渊明传》,《陶渊明集笺注》,中华书局2003年版,第611页。
② (宋)刘敞:《送焦千之序》,《公是集》卷三十五,四库全书本第1095册,第703页。
③ (宋)曾巩:《说苑目录序》,《元丰类稿》卷十一,中华书局1984年版,第191页。

秦观《淮海集》等众多文集中，都从"为学"的角度对孟子"自得说"有深刻的理解和论述，而上引曾巩的论述最有代表性。他认为，"自得"不是来自外授，或表现于外者。这与孔子所谓"古之学者为己，今之学者为人"(《论语·宪问》)的思路是一致的。"为己"，意在修身，故重在生命体验，得乎内，用于内；"为人"，则意在示人，故得乎外，炫于外。程颐也强调：

> 学莫贵乎自得，得非外也，故曰自得。①

何以自得？魏了翁说："……不外乎一心，于是澄思静虑，而求其自得者。"② 二程说："学者须敬守此心，不可急迫，当栽培深厚，涵泳于其间，然后可以自得。"③ 李之仪说："当以深造而自得之矣。"④ 他们强调通过澄思、涵泳、深造，重在求得自己独到的体验和理解。

王安石将"自得说"由为人为学推及作文。他说：

> 孟子曰："君子深造之以道，欲其自得之也。自得之则居之安，居之安则资之深，资之深则取诸左右逢其原。孟子之云尔，非直施于文而已，然亦可托以为作文之本意。"⑤

---

① (宋)程颢、程颐：《伊川先生语十一》，《二程遗书》上海古籍出版社2000年版，第374页。
② (宋)魏了翁：《坐忘居士房公文集序》，《鹤山集》卷五十一，四库全书本第1172册，第579页。
③ (宋)程颢、程颐：《二先生语二上》，《二程遗书》卷二上，上海古籍出版社2000年版，第64页。
④ (宋)李之仪：《答李几重司户书》，《姑溪居士前集》卷十六，四库全书本第1120册，第461页。
⑤ (宋)王安石：《上人书》，《临川文集》卷七十七，四库全书本第1105册，第641页。

他认为孟子的"自得说"可以托之于作文,作文章也应有"自得"之见,有独到之本意。朱熹论"自得",反对只注重外在的"言辞"。他说:

> 学之道非汲汲乎辞也,必其心有以自得之,则其见乎辞者,非得已也。是以古之立言者其辞粹然,不期以异于世俗,而后之读之者,知其卓然非世俗之士也。①

强调为学立言并不表现于"辞",而是得之于"心";有自我的体验和领会,不求语出惊人,不期异于世俗,而自成超脱世俗的特立之士。刘克庄也重申了这一观点。他论乐轩文说:

> 今读其文,阐学明理浩乎自得,不汲汲于希世求合。②

以为好文章自有浩然自得之见,而无须汲汲迎合于世俗。姜夔在作《诗说》之后感慨地说:

> 以我之说为尽,而不造乎自得,是足以为能诗哉?③

他认为,为诗如果只停留在了解他人之说的层面上,而达不到对诗的切身体验和自我感悟,又怎能为诗呢?

以上论"自得",由为人为学而移于为文为诗,由作者而推及创作,都十分重视个体生命的体验和感悟。舍之,是不可能有独自的感受与创作,即"自得"者也。

第二,与"超然""闲远""萧散""豪放"等词语相联系,指

---

① (宋)朱熹:《答林峦》,《晦庵文集》卷三十九,第1726页。
② (宋)刘克庄:《乐轩集序》,《后村先生大全集》卷九十五,第2454页。
③ (宋)姜夔:《白石道人诗说》,《历代诗话》本,第683页。

创作者能超脱精神的羁绊，获得一种心灵的自由创造。

苏轼《书黄子思诗集叙》云：

> 苏、李之天成，曹、刘之自得，陶、谢之超然，盖已至矣；而李太白、杜子美以英玮绝世之姿，凌跨百代，古今诗人尽废；然魏晋以来高风绝尘，亦少衰矣。……①

罗根泽先生说苏轼"文主辞达，所以诗主自得"，"在苏轼看来，一个诗人有一个诗人的作风，这种作风是'天成'的，'自得'的，'超然'的；混合古今诗人的作风而一之，自然是集大成之作，但独特的作风，却也因之泯灭，所以作诗者应当发展自得的作风，不必追寻他人的方法。止要是自得的作风，都有一种独特的味道"。② 以"自得"说解苏轼诗论，自是一种独到的阐释。苏轼晚年极推赏魏晋人的"超然""自得"，实则就是推赏一种超脱世俗的人生态度，一种不受约束的自由创造精神。这种自得，又常与萧散、闲远、悠然、豪放相联系。

第1则，唐子西语录云：……今取灵运、惠连、元晖诗合六十四篇，为三谢诗。是三人者，诗至元晖语益工，然萧散自得之趣，亦复少减，渐有唐风矣。③

第2则，"采菊东篱下，悠然见南山"，此其闲远自得之意，直若超然邈出宇宙之外。④

---

① （宋）苏轼：《书黄子思诗集后》，《苏轼文集》卷六十七，第2124页。
② 罗根泽：《中国文学批评史》（三）第六章"苏轼及其他议论派的述意达辞说"，上海古籍出版社1984年新1版，第111页。
③ （宋）魏庆之：《三谢》，《诗人玉屑》卷十三，中华书局2007年版，第401页。
④ （宋）蔡启：《蔡宽夫诗话》，《宋诗话辑佚》，中华书局1980年版，第380页。

第3则，曼卿自少以诗酒豪放自得，其气貌伟然，诗格奇峭，又工于草书，笔画遒劲，体兼颜柳，为世所好。①

第4则，今时为文者至多，可喜者亦众。然求如足下闲暇自得，清美可口者，实少也。②

第5则，近世僧学诗者极多，皆无超然自得之气。往往反拾掇摹效士大夫所残弃，又自作一种僧体，格律尤凡俗，世谓之"酸馅气"。③

唐庚（字子西）论"三谢"诗，以为诗至谢朓（字元晖）语词益工，"然萧散自得之趣，亦复少减"，此承东坡之意而来。正因自由、超脱实在难得，所以苏轼称赏毛滂之"闲暇自得""清美可口"之佳作"实少也"。而陶诗的"闲远自得"、石曼卿的"豪放自得"，之所以被论者推重，无不显示出作者具有一种精神自由的生命形态。自然，那些学诗僧人，因多受拘检，皆无"超然自得之气"，故往往拾人残弃，不免有"酸馅气"，而难以有超拔之气象。

第三，与观物、体物相联系，能从自然万物中体验生命，才能获得艺术的创造。

陈师道说：

> 万物者才之助，有助而无才，虽久且近，不能得其情状。……若其自得于心，不借美于外，无视听之助，而尽万物之变者，

---

① （宋）欧阳修：《六一诗话》，《历代诗话》本，第272页。
② （宋）苏轼：《答毛泽民书》，《苏轼文集》卷五十三，第1571页。
③ （宋）叶梦得：《石林诗话》，《历代诗话》本，第426页。

其天下之奇才乎?①

他认为，不借助于外在的力量，而能尽得自然万物纷繁变化之情状，从而抒发诗人的情感，这就是自得，就是天下之奇才。程颢《秋日偶成》中说：

> 万物静观皆自得，四时佳兴与人同。
> ……
> 道通天地有形外，思入风云变态中。②

庄子讲过"梓庆削木为鐻"的故事，主张"斋以静心"，以人的自由、自然的心灵状态，创造出"惊犹鬼神"的艺术之作。程夫子强调了以闲适从容的心态"静观"万物，便能通其道，致其思，感受万物之美与万物之变化，与道家思想暗合。能摒弃荣利之考虑，静观万物，这便是艺术创造的心灵。南宋理学家魏了翁借评论陶诗，也表达了同样的意思，他说：

> 其称美陶公者曰：荣利不足以易其守也，声味不足以累其真也，文词不足以溺其志也，然是亦近之，而公之所以悠然自得之趣，则未之深识也。……以物观物而不牵于物，吟咏情性而不累于情，孰有能如公者乎？……先儒所谓经道之余，因闲观时，因静照物，因时起志，因物寓言，因志发咏，因言成诗，因咏成声，因诗成音者，陶公有焉。③

---

① （宋）陈师道：《颜长道诗序》，《后山集》卷十一，四库全书本第1114册，第620页。
② （宋）程颢：《秋日偶成》，《宋文鉴》卷二十五，四库全书本第1350册，第257页。
③ （宋）魏了翁：《费元甫注陶靖节诗序》，《鹤山集》卷五十二，四库全书本第1172册，第587页。

他强调陶公的悠然自得，来自超然物外，"以物观物而不牵于物，吟咏情性而不累于情"，因此才有"采菊东篱下，悠然见南山""山气日夕佳，飞鸟相与还"之"自得之趣"。宗白华在《论文艺的空灵与充实》一文中说："艺术心灵的诞生，在人生忘我的一刹那，即美学上所谓'静照'。静照的起点在于空诸一切，心无挂碍，和世务暂时绝缘。这时一点觉心，静观万象，万象如在镜中，光明莹洁，而各得其所，呈现着它们各自的、充实的、内在的、自由的生命，所谓万物静观皆自得。这自得的自由的各个生命在静默里吐露光辉。"① 与世务暂时绝缘，从万物中体会生命的自由，这便是"自得"的精妙！所以，宋人蔡絛在《西清诗话》中说：

> 作诗者，陶冶物情，体会光景，必贵乎自得。②

指出作诗之自得，在于对境物、景象的陶冶体会，激发诗意充溢的情思意趣，在心与境、情与景、意与象的偶然凑泊之间，便可能成为"自得"之佳构。

第四，与诗歌创作的法则、规范相联系，指有法而不受法的约束，达到自然天成，自由创造的境界。如：

> 第1则，足下真自得之者邪！所寄诗醇淡而有句法，所论史事不随世许，可取明于己者，而论古人语约而意深，文章之法度盖当如此。③

---

① 宗白华：《艺境·论文艺的空灵与充实》，北京大学出版社1987年版，第176页。
② （宋）魏庆之：《诗人玉屑》引蔡絛《西清诗话》，上海古籍出版社1978年版，第253页。
③ （宋）黄庭坚：《答何静翁书》，《黄庭坚全集·宋黄文节公全集·正集》卷十八，第464页。

第2则，少陵诗，宪章汉魏，而取材于六朝。至其自得之妙，则前辈所谓集大成者也。①

第3则，若但以诗言之，则渊明所以为高，正在其超然自得，不费安排处。②

第4则，（赵湘诗）……其悠扬之趣，从容乐易之风神，昭然在人目前，竟无毫发近于模拟而非自得者。③

第5则，要到自得处方是诗　诗吟函得到自有得处，如化工生物，千花万草，不名一物一态。若摸勒前人，无自得，只如世间剪裁诸花，见一件样，只做得一件也。④

第6则，文章之妙，在有自得处，而诗其尤者也。舍此一法，虽穷工极思，直可欺不知者，有识者一观，百败并出矣。⑤

第7则，古之诗人，虽趣尚不同，体制不一，要皆出于自得。至其辞达理顺，皆足以名家。何尝有以句法绳人者。⑥

第8则，文章自得方为贵，衣钵相传岂是真。⑦

第1—2则中，黄庭坚推许的"自得"，是诗文创作皆"有句法"，却又能出"己见""不随世许"，这便是自我创造之得，便是"文章之法度"。严羽推许的"自得"，是老杜的读书万卷，博

---

① （宋）严羽：《诗评》，《沧浪诗话校释》，第157页。
② （宋）朱熹：《答谢成之》，《晦庵文集》卷五十八，《朱子全书》本，第2755页。
③ （宋）吴俦：《南阳集后跋》，（宋）赵湘《南阳集》卷末，四库全书本第1086册，第347页。
④ （宋）魏庆之：《诗人玉屑》卷十引《漫斋语录》，中华书局2007年版，第304页。
⑤ （宋）陆游：《颐庵居士集序》，《陆游集·陆游佚著辑存·丙》，中华书局1976年版，第2527页。
⑥ （宋）王若虚：《滹南诗话》卷三，《历代诗话续编》本，第523页。
⑦ （宋）王若虚：《山谷于诗每与东坡相抗门人亲党遂谓过之而今之作者亦多以为然予尝戏作四绝云》其四，《滹南集》卷四十五，四库全书本第1190册，第514页。

采众长，将作诗之法烂熟于心，故而能集其大成，有"自得之妙"。第3—5则中，朱熹论渊明之超然自得，在其不受创作之法的约束，不费力安排而自然天成。吴俦论赵湘诗之自得，在其意趣、风神完全自得于己，毫无模拟之迹。《漫斋语录》的作者以为"要到自得处方是诗"，就如同自然界的千花万草，各有形态，生机盎然。若一味模拟他人，而无自得，只能是照样剪裁。第6—8则中，陆游也强调诗文之妙，在于有自我的体验与自然的创造，舍此，"虽穷工极思"，只可欺不知者。故王若虚反对以句法绳人，陷于技术的约束之中，反对陈陈相因，虚假剽窃，而主张自我创造，以自得为贵。

可见，"自得说"追求的是自我的、个体生命的体验，是自由的、自然的创造；是精神上的自由境界与技术上的自由境界相一致。一个作者能在精神上超然自得，不计较名利之得失，不受世俗成规之拘束，表现在艺术上则必然是充满生动之气韵，如鸢飞鱼跃，得自然流行之妙，才能真正获得艺术创造的自由与快乐。这恰是生命的一种鲜活状态，一种大自在，一种酣畅淋漓的体现。

三 从苏轼兄弟看自得之趣

苏轼、苏辙兄弟兼容儒、道、佛三家思想，他们的艺术创作正是"放怀自得"的体现。[①] 有人说"蜀之锦绮妙绝天下"，故苏轼"文章如锦绮"。秦观不同意此论，他给傅彬老的回信说："阁下谓蜀之锦绮妙绝天下，苏氏蜀人，其于组丽也，独得之于天，故其文章如锦绮焉，其说信美矣，然非所以称苏氏也。苏氏之道，最深于

---

① （宋）苏轼：《与潘彦明十首》其八，《苏轼文集》卷五十三，第1585页。

性命自得之际；其次则器足以任重，识足以致远；至于议论文章，乃其与世周旋，至粗者也。"① 在秦观看来，苏轼的最大特点是能适性自得，坦然面对生死穷达毁誉，材器学识为其次，而文章不过是其"自得"之体现。苏轼也说自己虽遭贬逐，"胸中亦超然自得，不改其度"②。苏轼的"自得"，突出体现于精神的自由旷达，和对创作法度的娴熟与超越。借用他的话说，就是"出新意于法度之中，寄妙理于豪放之外"③"以无所得故而得"④，所以他的诗文书画，皆有一种自由放旷、横竖烂漫的气息。宋人黄震说他有"自得之趣也"⑤。苏轼自评文亦云："吾文如万斛泉源，不择地皆可出，在平地滔滔汩汩，虽一日千里无难。……常行于所当行，常止于不可不止，如是而已矣。"⑥ 他论书法说："自言此中有至乐，适意不异逍遥游。……兴来一挥百纸尽，骏马倏忽踏九州。我书意造本无法，点画信手烦推求。"⑦ 这正是一种充分自由的艺术创造境界，是无拘无束元气淋漓的主体创造，兴来挥洒，骏马星驰，正可与大鹏扶摇于九天相比美，适主体之情意，销尘世之忧愁。这种艺术的自由境界，也正是人生的自由境界，是生命形态的至高境界，所以能体验到人之为人的"至乐"。苏辙《栾城集》中多处谈及自己创作的"自得"之趣。如云：

---

① （宋）秦观：《答傅彬老简》，《淮海集笺注》卷三十，上海古籍出版社2000年版，第981页。
② （宋）苏轼：《与侄孙元老四首》，《苏轼文集》卷六十，第1841页。
③ （宋）苏轼：《书吴道子画后》，《苏轼文集》卷七十，第2210—2211页。
④ （宋）苏轼：《虔州崇庆禅院新经藏记》，《苏轼文集》卷十二，第390页。
⑤ （宋）黄震：《苏文·杂文》，《苏轼资料汇编》，中华书局1994年版，第765页。
⑥ （宋）苏轼：《自评文》，《苏轼文集》卷六十六，第2069页。
⑦ （宋）苏轼：《石苍舒醉墨堂》，《苏轼诗集》卷六，第235页。

酒肠天予浑无敌，诗律家传便出人。拥鼻高吟方自得，折腰奔走渐劳神。①

夜永庵中诗自得，日高门外客来稀。②

心开忽自得，语意竟非背。③

遗弃忧患，超然自得。④

及其循理以求道，落其华而收其实，从容自得，不知夫天地之为大与死生之为变……故其乐也，足以易穷饿而不怨……⑤

这正是精神上的超然自得与艺术上的娴熟融通相一致，所以能体验艺术创造的自由与快乐。

总之，宋人的"自得说"，关注人的生命形态，涉及的范围从人生到艺术，从为学到为文，从创作到接受，其核心是追求个体生命的自我体验、自由舒展和自由创造，从而达到生命与艺术的至高境界——至乐。这是儒释道思想合流的产物，是中国古代哲学、美学和文艺批评发展到宋代的重要特色之一。"自得说"对明清文艺创作和接受产生了积极的影响。如陈祚明提出作者创作要"一纵一横，畅达淋漓，俯仰自得"⑥。王夫之提出"读者自得"："作者用一致之思，读者各以其情而自得。"⑦ 何焯则论及创作与接受两个方面，如：评欧阳修文《代人上王枢密求先集序书》曰：

---

① （宋）苏辙：《送毛滂斋郎》，《栾城集》卷十一，《苏辙集》，中华书局1990年版，第209页。

② （宋）苏辙：《次韵毛君上书求归未报》，《栾城集》卷十一，《苏辙集》，第213页。

③ （宋）苏辙：《次韵子瞻行至奉新见寄》，《栾城集》卷十三，《苏辙集》，第246页。

④ （宋）苏辙：《黄楼赋并叙》，《栾城集》卷十七，《苏辙集》，第419页。

⑤ （宋）苏辙：《东轩记》，《栾城集》卷二十四，《苏辙集》，第405页。

⑥ （清）陈祚明：《采菽堂古诗选》，贾文昭主编《中国古代文论类编》，海峡文艺出版社1990年版，第619页。

⑦ （清）王夫之：《姜斋诗话》，人民文学出版社1961年版，第140页。

"模拟而无自得,此公早岁文尔。大抵欧自夷陵,苏自黄州以后,皆以谪处穷僻,有余闲致力于经史,乃弥深厚也。"① 评《刘伯伦酒德颂》曰:"撮庄生之旨,为有韵之文,仍不失潇洒自得之趣,真逸才也。"② 是从作者创作而论;评《王平甫文集序》之"欲千载而下读者自得之言外也"③,评《哀江头》之"如闻比兴,在可解不可解之间,欲人思而自得之耳"④,则是从读者接受而论。无疑,"自得说"对当今的文艺创作与研究鉴赏依然具有极大的启迪与借鉴意义。

---

① (清)何焯:《欧阳文忠公文上》,《义门读书记》卷三十八,中华书局1987年版,第680页。
② (清)何焯:《文选·杂文》,《义门读书记》,卷四十九,第964页。
③ (清)何焯:《元丰类稿·文》,《义门读书记》,卷四十一,第758页。
④ (清)何焯:《杜工部集·古诗》,《义门读书记》,卷五十一,第1005页。

附录一　苏轼的《前赤壁赋》与阮籍的《达庄论》

苏轼（1036—1101）于贬谪黄州期间（1082）所作的《前赤壁赋》，潇洒神奇，出尘绝俗，是一篇脍炙人口的杰作。明归有光指出："如陶渊明《归去来辞》……潇洒夷旷，无一点风尘俗态，两晋文章，此其杰然者。苏子瞻《赤壁赋》之趣，脱自是篇。"① 此言不无道理。不过在陶之前，阮籍著有《达庄论》一文，苏轼的《前赤壁赋》或与此文更有妙合之处。

阮籍（210—263）早年"好书诗"，有"济世志"，但处于魏晋易代之际，统治集团内部斗争激烈倾轧残酷，他不仅抱负无由施展，自身安全也受到威胁，于是佯狂放诞，"口不臧否人物""携酒长啸"，抒发内心之愤懑压抑。他和嵇康提倡"越名教而任自然"，说"老子、庄周是吾师也"。苏轼生性本有几分狂气，青年时期就学庄好庄，故对阮籍颇有认同。其《阮籍啸台》诗云："阮生古狂

---

① （明）归有光：《文章指南》仁集，彭国忠等主编《归有光全集》，上海人民出版社2015年版。

达，遁世默无言。犹余胸中气，长啸独轩轩。高情遗万物，不与世俗论。……谁能与之较，乱世足自存。"① 阮籍的狂是越名教，达是任自然，遁世则是不得已的自存方式。因此在苏轼看来，阮籍的"狂达""无言"不掩其高情与轩昂雄奇之气，超然世俗而莫能与之相较。不过，由于时代与经历学养的不同，苏轼虽然亦狂亦达，但与阮籍终有所别。

阮籍的文章以《达庄论》《大人先生传》等最为著名。《达庄论》虽是一篇说理散文，却是魏晋时期注庄、论庄著作中少有的一篇颇具文学色彩的文字。它的中心思想是阐发庄子"齐祸福一死生""无为""逍遥"的人生哲学。其总体构思是，以"先生"为文章的中心人物，先写他的天地遨游，继写"客"的"发其所疑"，再写"先生"的"言其所见"，最后写"客"的态度感受。从文章四个部分的安排看，苏轼之《前赤壁赋》与它可谓不谋而合。苏赋先写苏子与客泛舟游于赤壁之情景，次写"客"之由乐而悲，即景发问，再写苏子之答，最后写客喜而笑。两文整个大结构关系基本是一致的，都吸收了汉赋主客问答的形式。

阮文虽以议论为主，却也不乏描写之文字。文章一开始就是一段描写："伊单阏之辰，执徐之岁，万物权舆之时，季秋遥夜之月，先生徘徊翱翔，迎风而游。往遵乎赤水之上，来登乎隐坌之丘，临乎曲辕之道，顾乎泱漭之洲。恍然而止，忽然而休；不识曩之所以行，今之所以留。怅然而无乐，愀然而归白素焉。"② 这里描写了先生遨游之时令景物，形踪所至，以及神态情状。其中"风""月"

---

① （宋）苏轼：《阮籍啸台》，《苏轼诗集》卷二，第 84 页。
② （三国魏）阮籍：《达庄论》，《阮籍集校注》，中华书局 1987 年版，第 134 页。

附录一　苏轼的《前赤壁赋》与阮籍的《达庄论》

"水"等景物,成了苏赋中描写的主要对象:"清风徐来,水波不兴""月出于东山之上,徘徊于斗牛之间。白露横江,水光接天。"而"恍然而止,忽然而休"变成了苏赋中的"浩浩乎如冯虚御风,而不知其所止",至于"愀然"一词,在苏赋中也有"苏子愀然,正襟危坐"云云。

最值得关注的是阮文与苏赋中对庄子思想的阐述发明。阮文中借"客"之口,对庄子"齐祸福而一死生,以天地为一物,以万类为一指"的说法提出疑问。而"先生"则从"天地""自然"与"万物"之关系入手予以阐释,中心在于阐明庄子"自其异者视之,则肝胆楚、越也;自其同者视之,则万物一体也"的道理。在他看来,"以生言之,则物无不寿;推之以死,则物无不夭。自小视之,则万物莫不小,由大观之,则万物莫不大。殇子为寿,彭祖为夭;秋毫为大,太山为小。故以死生为一贯,是非为一条也。别而言之,则须眉异名;合而说之,则体之一毛也"[1]。这是强调事物的相对性,指出事物的差异不在其本身,而在观物的角度。如果从"自然一体"即"道"的观点来观物,则事物之间绝对的差异是不存在的。他批评"后世之好异者,不顾其本,各言我而已矣",因而"心奔欲而不适性之所安"。他教人学习圣人"恬于生而静于死",消除"我"对"名分""成败"的区别与纷争,"心气平治,不消不亏"。因而,他概括庄周之说为:"述道德之妙,叙无为之本,寓言以广之,假物以延之,聊以娱无为之心,而逍遥于一世"[2]。可以说,阮文对庄子万物齐一及其清静无为的人生境界作了极好的阐发。

---

[1] (三国魏)阮籍:《达庄论》,《阮籍集校注》第 141 页。
[2] 同上书,第 155 页。

这一点在苏赋中表现得更为完美。当"客"由眼前赤壁之景联想到功盖一世的曹孟德如今安在,于是自怜混迹于江渚,功业之未成,又慨叹长江之无穷,人生之短暂,不禁悲从中来。苏子则引眼前之水与月为喻,作了精辟的解答:

> 客亦知夫水与月乎?逝者如斯,而未尝往也;盈虚者如彼,而卒莫消长也。盖将自其变者而观之,则天地曾不能以一瞬;自其不变者而观之,则物与我皆无尽也,而又何羡乎!

苏子以为,从"变"的角度看,天地万物每一瞬都在"变";从"不变"的角度看,则物与我皆无尽也,不必羡慕江水之不息与明月之长存。苏子于此强调的亦是观物的角度,从而以"变"与"不变""物我无尽"的道理完成自己对人的生命悲剧性的超越。这种达观的态度,无疑取自庄子。宋吴子良《荆溪林下偶谈》中《坡赋祖庄子》条云:"《庄子·内篇·德充符》云:'自其异者视之,肝胆楚越也;自其同者视之,万物皆一也。'东坡《赤壁赋》云:'盖将自其变者而观之,虽天地曾不能以一瞬;自其不变者观之;则物与我皆无尽也,而又何羡乎',盖用《庄子》语意。"[①] 显然,阮文与苏赋都对庄子的辩证的"观物"角度与"道通为一"的观点十分关注,并作了精彩的发挥。既然如阮文所言"至道之极,混一不分……善恶莫之分,是非无所争",则在苏子看来,眼前之是非、得失、成败皆是常理,皆不足论,故曰:"且夫天地之间,物各有主;苟非吾之所有,虽一毫而莫取。"此又有取于孟子"非其有而取之非

---

① (宋)吴子良:《坡赋祖庄子》,《荆溪林下偶谈》卷二,四库全书本第1481册,第495页。

附录一 苏轼的《前赤壁赋》与阮籍的《达庄论》

义也"之论(《孟子·尽心上》)。苏子由是达乎一种恬静无为的审美的人生追求:"惟江上之清风,与山间之明月,耳得之而为声,目遇之而成色,取之无禁,用之不竭,是造物者之无尽藏也,而吾与子所共适。"这正是阮文所谓的"适性之所安""聊以娱无为之心,而逍遥于一世"之意。清人余诚谓:"起首一段,就风月上写游赤壁情景,原自含共适之意。入后从渺渺予怀,引出客箫,复从客箫借吊古意,发出物我皆无尽的大道理。说到这个地位,自然可以共适,而平日一肚皮不合时宜都消归乌有,那复有人世兴衰成败在其意中。尤妙在江上数语,回应起首,始终总是一个意思。游览一小事耳,发出这等大道理,遂堪不朽。"[1]

可以说,苏轼的《前赤壁赋》虽未必直接脱胎于阮籍的《达庄论》,但其精神实质与表现形式多有妙合神似之处。当然,苏赋在立意与艺术表现方面更胜一等。表现在:其一,阮文以议论为主,中间"先生"释疑的文字比较冗长,文学性相对减弱;而苏赋则将说理与写景抒情融为一体,笔墨之潇洒,机趣之活泼,如行云流水,舒卷自如,充满诗情画意、至理奇趣,引人入胜。其二,阮文主客关系处于一种对峙的不和谐状态。客为一帮"缙绅好事之徒",他们"推年蹑踵,相随俱进",发问者"是其中雄桀也""乃怒目击势而大言",似乎要难倒先生。而先生答毕,"二三子风摇波荡,相视膈脉(原义是把骨头之间的肉挑起来。脉,帘幕的意思。'膈脉'是指挑起帘幕。指二三子听完先生之言,一起挑帘而出——作者注)乱次而退,跌踢失迹""丧气而惭愧于衰僻也"[2],是以主胜客败而告

---

[1] (清)余诚:《重订古文释义新编》卷八,清光绪十年(1884)善成堂刻本,第45页。
[2] (三国魏)阮籍:《达庄论》,《阮籍集校注》,第159页。

终。苏赋则主客相谐。先是主客"乐甚",既而客生悲情,至苏子答对后,"客喜而笑,洗盏更酌。肴核既尽,杯盘狼藉。相与枕藉乎舟中,不知东方之既白",一副主客融融,释然、坦然、悠然之情状,入于人生之高境界。全篇以悲乐作转换,波澜迭起,扣人心弦。其三,阮文以达庄为主,出入辨析,左右逢源。苏赋学庄而不拘泥于庄。宋人谢枋得评点曰:"此赋学庄骚文法,无一句与庄骚相似,非超然之才,绝伦之识,不能为也。潇洒神奇,出尘绝俗,如乘云御风而立乎九霄之上,俯视六合,何物茫茫,非惟不挂之齿牙,亦不足入其灵台丹府也。"[1] 又苏赋引"水""月"为喻,其意蕴丰厚,启人遐思。朱熹说:"东坡之说,便是肇法师'四不迁'之说也。"[2] 明董其昌《画禅室随笔》也指出:"东坡水月之喻,盖自《肇论》得之,所谓不迁义也。"[3] 所谓《肇论》,指僧肇《物不迁论》:"不迁,故虽往而常静,不住,故虽静而常往。"董氏意谓东坡水月之喻,与佛家追求生命之"虽往而常静""虽静而常往"的思想相吻合。这就是说,东坡巧妙的设喻,兼及庄、佛二家之旨趣。庄、佛思想历来被人们视为多含消极因素,而苏子却于处穷之际,以其非凡的智慧,汲取儒、释、道三家精华,融会贯通,从而获得一种达观、快乐的人生观。以上所论,正是苏子《前赤壁赋》成为千古名篇之魅力所在。

(原载《文史知识》2005年第3期)

---

[1] (宋)谢枋得:《文章轨范》卷七,四库全书本第1359册。
[2] (宋)黎靖德编:《朱子语类》卷一百三十《本朝四》,第3115页。
[3] (明)董其昌:《画禅室随笔》卷三,江苏教育出版社2005年版,第211页。

附录二 朱熹父子与苏轼的《昆阳城赋》

朱熹（1130—1200）自幼受学于父亲朱松，非常喜欢苏轼之学。31 岁拜理学家李侗为师后，以维护儒学的纯正为己任，对苏轼其人、其学、其文进行了激烈的批评。但在经历了错综复杂的政治斗争，特别是庆元党禁的白色恐怖后，晚年的朱熹对苏轼获得了深刻的理解和认识，对其书画及诗文词赋多有称道，如称"东坡老人英秀后凋之操，坚确不移之姿，竹君石友，庶几似之"①，"东坡笔力雄健，不能居人后"②，"文字到欧曾苏，道理到二程，方是畅"③。朱熹父子与苏轼的《昆阳城赋》曾有一段铭心刻骨的情结，千载之下，令人感动、感慨与感佩。

一

庆元四年（1198）四月，69 岁的朱熹于病中览苏轼集，回想 11

---

① （宋）朱熹：《跋陈光泽家藏东坡竹石》，《晦庵先生朱文公文集》卷八十四，第 3973 页。（以下简称《晦庵文集》）
② （宋）朱熹：《跋东坡帖》，《晦庵文集》卷八十四，第 3964 页。
③ （宋）黎靖德编：《朱子语类》卷一百三十九卷，第 3309 页。

岁时父亲朱松（号韦斋）为自己讲授苏轼《昆阳赋》的情景，因作《跋韦斋书昆阳赋》曰：

> 绍兴庚申，熹年十一岁，先君罢官行朝，来寓建阳，登高丘氏之居。暇日手书此赋以授熹，为说古今成败兴亡大致，慨然久之。于今匆匆，五十有九年矣。病中因览苏集，追念畴昔，如昨日事，而孤露之余，霜露永感，为之泫然流涕，不能自已。复书此以示儿辈云。庆元戊午四月朔旦。①

朱熹的父亲朱松时为吏部员外郎，以不附秦桧和议，出知饶州（今江西景德镇），请祠（祠官只领半禄），居于家。饱读诗书文章的朱松对11岁的儿子开始了严格的训蒙教育，"他竭尽心力用儒家的忠孝气节、道德文章熏陶启迪沈郎（朱熹的小名），但是在这种浸透为臣尽忠为子尽孝古老圣训的封建道德家教中，却包含着尊王攘夷、抗金复国的现实内容"②。一次他为儿甥读《光武纪》，朱熹感而发问，父亲扼要讲解后，儿子竟欣然领悟，因记之曰：

> 为儿甥读《光武纪》，至昆阳之战，熹问："何以能若是？"为道梗概，欣然领解，故书苏子瞻《昆阳赋》畀之。子瞻作此赋时方二十一二岁耳，笔力豪壮，不减司马相如也。③

光武帝刘秀开中兴大业，以昆阳之战扭转乾坤，司马光有诗曰：

---

① （宋）朱熹：《跋韦斋书昆阳赋》，《晦庵文集》续集卷八，第4794页。
② 束景南：《朱子大传》，商务印书馆2003年版，第27页。
③ （宋）朱熹：《跋韦斋书昆阳赋》，《晦庵文集》续集卷八，第4794页。

附录二　朱熹父子与苏轼的《昆阳城赋》

"赤伏开兴运，昆阳定壮图。"① 苏轼的《昆阳城赋》作于嘉祐五年（1060）。是年正月，苏轼举家自荆州陆行赴京，路经河南作。昆阳，古县名，即今河南叶县一带。公元 23 年，刘秀起义兵据昆阳城，时唯有八九千人。王莽派大司徒王寻、大司空王邑领兵数十万围攻昆阳城。刘秀留王凤等守城，自率兵骑勇敢迎击，以极少兵力战胜了王莽的主力部队，王莽的新朝就此转向崩溃。《昆阳城赋》即是凭吊东汉中兴之主刘秀与王莽军作战之古战场。父亲"手书此赋以授熹，为说古今成败兴亡大致"，乃至于 58 年后，朱熹仍记忆犹新，"如昨日事"。那么，苏轼此赋是怎样铺陈昆阳之战的？又何以具有如此强烈的感染力？以下将抄录原文，作具体分析。

二

昆阳城赋

淡平野之霭霭，忽孤城之如块。风吹沙以苍莽，怅楼橹之安在？横门豁以四达，故道宛其未改。彼野人之何知，方佝偻而畦菜。嗟夫，昆阳一战，屠百万于斯须，旷千古而一快。想寻、邑之来阵，兀若驱云而拥海。猛士扶轮以蒙茸，虎豹杂沓而横溃。馨天下于一战，谓此举之不再。方其乞降而未获，固已变色而惊悔。忽千骑之独出，犯初锋于未艾。始凭轼而大笑，旋弃鼓而投械。纷纷藉藉死于沟壑者，不知其何人，或金章而玉佩。彼狂童之僭窃，盖已旋踵而将败。岂豪杰之能得，尽市井之无赖。贡符献瑞一朝而成群兮，纷就死之何怪？独悲伤于

---

① （宋）司马光：《迩英阁读毕〈后汉书〉蒙恩赐御筵》，《传家集》卷六，四库全书本第 1094 册，第 56 页。

严生兮,怀长才而自浼。岂不知其必丧,独徘徊其安待?过故城而一吊,增志士之永慨。①

文章开篇八句,写作者眼中看到的昆阳城的景象。霭霭,暗淡貌。块,孤独貌。楼橹,古代瞭望的岗楼。横门,代指昆阳城门。这几句谓:平阔的原野上浓云暗淡,一座孤城隐然浮现。狂风吹沙一片苍莽,那古代的岗楼今在哪里?城门豁然大开,道路依旧未改,而当地的人们哪里知道这儿曾经是古战场,他们正在弯腰种菜。② 寥寥几笔,勾画出昆阳城的萧条之景,也流露出作者的兴亡之感。元人王恽《昆阳怀古》中"野人无所知,城边事春耕"③,明人何乔新《吊昆阳城赋》中"顾楼橹之安在兮,雉堞怅其已圮……耕夫岂识兴亡兮,方肆垦而未已"之句④,皆从苏赋中夺胎而出。

接下来,重笔写昆阳之战。起笔"屠百万于斯须,旷千古而一快"二句,总写昆阳一战所取得的辉煌战绩:须臾之间屠戮了敌军百万,为千百年来一大快事,抒发了作者的颂美之情。然后用前后对比手法,先写王寻、王邑之"来阵",再写刘秀之"迎击"。写"来阵",以"驱云而拥海",比喻王莽军人数之众,来势之猛;而"猛士扶轮"四句,描绘出王莽军作战之阵势与必胜之气焰。猛士们推进车轮冲过草丛,又驱赶着虎豹等猛兽来助长军威,他们已罄尽全国的兵力做最后的较量,以为从此胜败已定,不须再战。而守城的汉军,面对强敌,乞求投降,未被应允,大惊失色而又后悔不迭。

---

① (宋)苏轼:《昆阳城赋》,《苏轼文集》卷一,第3页。
② 参考孙民《东坡赋译注》,巴蜀书社1995年版,第12页。
③ (元)王恽:《昆阳怀古》,《秋涧集》卷三,四库全书本第1200册,第24页。
④ (明)何乔新:《吊昆阳城赋》,《椒邱文集》卷十五,四库全书本第1249册,第253页。

至此，王莽军的凶猛强悍与气焰嚣张已达到顶峰。《后汉书·光武帝纪》亦载："王凤等乞降，不许。寻、邑以为功在漏刻，意气甚逸。"[1] 漏刻，顷刻，极言时间短暂。然而作者笔锋一转，"忽千骑之独出，犯初锋于未艾"，写刘秀率千骑冲入敌阵勇敢迎击，虽初次交锋，士气却丝毫不弱。据《后汉书·光武帝纪》载："光武乃与敢死者三千人，从城西水上冲其中坚，寻、邑陈乱，乘锐崩之，遂杀王寻。城中亦鼓噪而出，中外合势，震呼动天地，莽兵大溃……会大雷风，屋瓦皆飞，雨下如注……"[2] 作者接下来正是描绘了敌军惨败的过程，先是将领傲慢地"凭轼而大笑"，旋即是将士们"弃鼓而投械"，再后是"纷纷藉藉死于沟壑"。作者又进一步分析了死者中那些挂着金印、佩着玉饰的人，他们应当都是"市井之无赖"，王莽谋篡得位，这些人"贡符献瑞一朝而成群"，如今纷纷就死，不足为怪，表现了作者无比的义愤与蔑视！更为豪杰之士而鸣不平！

文章最后抒发了作者的感慨。"独悲伤于严生兮，怀长才而自浼。岂不知其必丧，独徘徊其安待？"严生，即严尤，自浼（měi），自我污损。《汉书》载，严尤精通历史和兵法，论战无不精妙。班固赞之："若乃征伐之功，秦汉行事，严尤论之当矣。"[3]《后汉书》载，严尤曾劝王邑说，"昆阳城小而坚"，不如先攻刘玄所据守的宛城，"宛败，昆阳自服"[4]，的确深有谋略。《读画斋丛书》本元刘壎

---

[1] （南朝宋）范晔：《后汉书》卷一《光武帝纪》，中华书局1965年版，第7页。
[2] 同上书，第8页。
[3] （汉）班固：《汉书》卷九十四下《匈奴传》第六十四下，中华书局1962年版，第3833页。
[4] （南朝宋）范晔：《后汉书》卷一《光武帝纪》，中华书局本，第7页。

《隐居通议》卷五录有此文全文,末句有注文,云:"严尤最晓兵法,为莽谋主,昆阳之败,乘轻骑,践死人而逃。"当为苏轼自注。① 苏轼所悲者,如此有才之人竟甘愿为王莽助力,难道不知王莽新朝必然灭亡?孟子说:"非其有而取之,非义也。"(《孟子·尽心上》)王莽谋篡,古人皆视之为"不义",严尤甘事不义,在苏轼看来,是不能自用其才。苏轼一生,以才学、气节取称。《宋史》称他"挺挺大节,群臣无出其右"②,因此他对严生的自浼,表示了极大的悲哀与惋惜!"过故城而一吊,增志士之永慨"二句,总结上文,突出了"永慨"之主旨。

观苏轼此赋,其"感慨""叹息"者大略有三:

其一,借故城抒发古今成败兴亡之感;

其二,颂扬刘秀的英勇抗击,以寡敌众;

其三,悲哀才士缺乏节义,不能自用其才。

此三者,表现出青年时期的苏轼,熟读书史,关注古今成败兴亡大事,关注才士的节义气概,既有卓越的文学才能,又有清醒的政治头脑,借咏古对现实政治提供可鉴之资,表现出非凡的才学、胆识与气节。这正是朱熹的父亲朱松所激赏的。他说:"子瞻作此赋时方二十一二岁耳,笔力豪壮,不减司马相如也。"其"笔力豪壮",不仅表现在写景、抒情、议论的阔大豪壮,开阖自如,在其胸襟和胆识的特立过人,更在其具有现实的针对性。

靖康之变,宋室成了半壁江山。有识之士,力主抗金复国。昆阳之战与刘秀之中兴,成为奏议、书论中的典型范例。如爱国将领

---

① (宋)苏轼:《昆阳城赋》,《苏轼文集》卷一,第3页。
② (元)脱脱等:《宋史》卷三百三十八《苏轼传》,中华书局本,第10817页。

附录二　朱熹父子与苏轼的《昆阳城赋》

李纲《论光武太宗身致太平》中说："自古拨乱之主，身致太平，未有若光武太宗者也。"① 在《论用兵》中，以昆阳之战、淝水之战作为"以少击众"的典型战例②。王之道的《上都督张丞相书》（《相山集》卷二十五）、胡寅的《寄赵相》（《斐然集》卷十七）等，都以昆阳之役为例来论证主战之可能。在此背景下，朱松的《试馆职策一道》也指出："方新莽之盗汉也，汉之遗臣屈首屏息以听命之不暇，一时英豪不胜其愤，投袂而起，举恢复之师者，曾未及有为，而奔走折北，一败涂地。光武与南阳故人因下江之众，屠寻、邑百万之师于昆阳之下，遂夷大憨，不失旧物而汉中兴。"③ 所以，他给儿甥读《光武纪》，说古今成败兴亡之理，手书苏轼《昆阳城赋》赠子，其寄意殷切，用心良苦也。朱熹不辜父望，出仕后，历官同安主簿、知南康军、提举浙东常平茶盐公事、知漳州、知潭州、焕章阁待制兼侍讲等。虽多数时间为祠官，然其始终关心朝政，用他的话说，"身伏衡茅，心驰魏阙，窃不胜其爱君忧国之诚"④。他多次上封事、奏札，反复劝谏皇帝正心术、立纲纪、亲贤臣、远小人、内修外攘，以图恢复。然而因他"急于致君，知无不言，言无不切，颇见严惮"⑤。他入侍经筵46天就被逐出都门。朱子一腔悲愤，在病中览苏轼集，追念往事，历历在目，眼见恢复无望，"而孤露之余，霜露永感，为之泫然流涕，不能自已。复书此以示儿辈云"。其传赋之意不言自明。

---

　　①　（宋）李纲：《论光武太宗身致太平》，《梁溪集》卷一百五十二，四库全书本第1125册，第657页。
　　②　同上。
　　③　（宋）朱松：《试馆职策一道》，《韦斋集》卷八，四库全书本第1133册，第503页。
　　④　（宋）朱熹：《戊申封事》，《晦庵文集》卷十一，第613页。
　　⑤　（清）王懋竑：《朱熹年谱》，中华书局1998年版，第251页。

三

　　苏轼的《昆阳城赋》既被朱熹父子爱重，对后世也产生了显著的影响。在苏轼之前，诗文中涉及昆阳的文字泰半是借用其典故，如"熊罴驱逐鹿，犀象走昆阳""东汉重晞日，昆阳屋瓦飞"等。苏轼之后，专写昆阳城的作品渐多，如宋李廌《过昆阳城》（《济南集》卷四）、宋刘弇《过昆阳城》（《龙云集》卷六）、元郝经《晓登昆阳故城》（《陵川集》卷十）、元王恽《昆阳怀古》（《秋涧集》卷三）、元张宪《昆阳行》（《玉笥集》卷一）、明薛瑄《昆阳行》（《敬轩文集》卷三）、明孙承恩《使郢昆阳城吊古》（《文简集》卷二十一）、明何乔新《吊昆阳城赋》（《椒邱文集》卷十五）等，无不受到苏赋之影响。其中孙承恩《使郢昆阳城吊古》中云："抚事吊古增慨伤，高情独有坡翁赋。严尤小竖非英才，委身篡逆胡为哉。留芳不能乃遗臭，千年唾骂谁为哀。"[①] 对苏赋给予很高的评价，而对严尤，则表示了极大的不满与愤慨，比苏轼的"悲伤"有过之而无不及。

　　清代《御定历代赋汇》共184卷，计赋4161篇。康熙帝作《御制历代赋汇序》指出："为叙其源流兴罢之，故以示天下，使凡为学者知朕意云。"[②] 其中，第31—40卷为都邑类赋，凡59篇，苏轼《昆阳城赋》，收入卷三十九。此赋由写都邑而发怀古讽今之思。宋吴子良《荆溪林下偶谈》卷三"词人怀古思旧"条云："词人即事

[①]（明）孙承恩：《使郢昆阳城吊古》，《文简集》卷二十一，四库全书本第1271册，第269页。
[②]（清）爱新觉罗·玄烨：《御制历代赋汇序》，陈元龙编《御定历代赋汇》，四库全书本第1419册，第2页。

睹景，怀古思旧，感慨悲吟，情不能已。今举其最工者，如刘禹锡《金陵》诗：'山围故国周遭在……夜深还过女墙来。'《愚溪》诗：'溪水悠悠春自来……残阳寂历出樵车。'窦巩《南游》诗：'伤心欲向前朝事……鹧鸪飞上越王台。'东坡《昆阳城赋》'横门豁以四达，故道宛其未改。彼野人之何知，方佝偻而畦菜。'……而近世仿效尤多，遂成尘腐，亦不足贵矣。"[①] 可见，此赋虽不及《前赤壁赋》《后赤壁赋》更为人知晓和称赏，却也是同类作品中的佼佼者。

（原载《名作欣赏》2011 年第 31 期）

[①] （宋）吴子良：《荆溪林下偶谈》卷三，四库全书本第 1481 册，第 505 页。

主要参考文献

（汉）河上公注：《老子道德经》，文渊阁四库全书本，台湾商务印书馆股份有限公司 1986 年版。

李定生、徐慧君校释：《文子校释》，上海古籍出版社 2004 年版。

杨伯峻译注：《论语译注》，中华书局 1980 年版。

杨伯峻译注：《孟子译注》，中华书局 1960 年版。

（晋）郭象注：《庄子注》，文渊阁四库全书本。

（清）郭庆藩集释：《庄子集释》，《诸子集成》本，上海书店 1986 年版。

王先谦集解：《荀子集解》，《诸子集成》本。

韩非撰：《韩非子》，四部丛刊初编本。

周振甫译注：《周易译注》，中华书局 1991 年版。

王文锦译解：《礼记译解》，中华书局 2001 年版。

（西汉）刘安等撰，马庆洲注：《淮南子今注》，凤凰出版社 2013 年版。

（东汉）王充：《论衡》，《诸子集成》本。

（东汉）班固：《汉书》，中华书局 1962 年版。

（三国）刘劭：《人物志》，文渊阁四库全书本。

（三国）阮籍：《阮籍集校注》，陈伯君校注，中华书局1987年版。

（东晋）葛洪：《抱朴子外篇校笺》，杨明照校笺，中华书局1991年版。

（东晋）陶渊明：《陶渊明集笺注》，袁行霈笺注，中华书局2003年版。

（南朝）范晔：《后汉书》，中华书局1965年版。

（南朝）萧统：《文选》，（唐）李善注，上海古籍出版社1986年版。

（南朝）沈约：《宋书》，中华书局1974年版。

（南朝）刘勰：《〈文心雕龙〉注》，范文澜注，人民文学出版社1958年版。

（南朝）钟嵘：《诗品》，何文焕辑《历代诗话》本，中华书局1981年版。

（唐）令狐德棻：《周书》，中华书局1971年版。

（唐）李白：《李太白集分类补注》，（宋）杨齐贤集注，（元）萧士赟补注，文渊阁四库全书本。

（唐）杜甫：《杜诗详注》，（清）仇兆鳌注，中华书局2015年版。

（唐）皎然：《诗式校注》，李壮鹰校注，人民文学出版社2003年版。

（唐）白居易：《白氏长庆集》，文渊阁四库全书本。

（唐）韩愈：《韩愈选集》，孙昌武选注，上海古籍出版社1996年版。

（唐）柳宗元：《柳宗元集》，中华书局1979年版。

（唐）韦应物：《韦应物集校注》，陶敏校注，上海古籍出版社1988年版。

（唐）李商隐：《李义山文集笺注》，徐树谷笺、徐炯注，文渊阁四库全书本。

（唐）司空图：《司空表圣诗文集笺校》，祖保泉、陶礼天笺校，安徽大学出版社2002年版。

（唐）司空图：《诗品集解》，郭绍虞集解，人民文学出版社1963年版。

（宋）释道原：《景德传灯录》，《续修四库全书》本。

（宋）晁迥：《法藏碎金录》，文渊阁四库全书本。

慧能：《坛经》，尚荣译注，中华书局2010年版。

（宋）田锡：《咸平集》，文渊阁四库全书本。

（宋）范仲淹：《范文正集》，文渊阁四库全书本。

（宋）梅尧臣：《宛陵先生集》，张元济等辑《四部丛刊》本，民国八年上海商务印书馆景印十八年重印本。

（宋）宋祁、欧阳修等撰：《新唐书》，文渊阁四库全书本。

（宋）欧阳修：《欧阳修全集》，李逸安点校，中华书局2001年版。

（宋）欧阳修：《六一诗话》，何文焕辑《历代诗话》本，中华书局1981年版。

（宋）韩琦：《安阳集》，文渊阁四库全书本。

（宋）刘敞：《公是集》，文渊阁四库全书本。

（宋）曾巩：《元丰类稿》，中华书局1984年版。

（宋）刘攽：《中山诗话》，《历代诗话》本，中华书局1981年版。

（宋）张载：《张子全书》，文渊阁四库全书本。

（宋）周敦颐：《周子通书》，上海古籍出版社2000年版。

（宋）程颢、程颐：《二程遗书》，上海古籍出版社2000年版。

（宋）王安石：《临川文集》，文渊阁四库全书本。

（宋）苏洵：《嘉祐集笺注》，曾枣庄、金成礼笺注，上海古籍出版社1993年版。

（宋）苏轼：《苏轼诗集》，孔凡礼点校，中华书局1982年版。

（宋）苏轼：《苏轼文集》，孔凡礼点校，中华书局1986年版。

（宋）苏轼：《东坡赋译注》，孙民译注，巴蜀书社1995年版。

（宋）苏轼：《东坡词编年笺证》，薛瑞生笺证，三秦出版社1998年版。

（宋）苏轼：《仇池笔记》，华东师范大学出版社1983年版。

（宋）苏轼：《东坡志林》，文渊阁四库全书本。

（宋）苏辙：《苏辙集》，陈宏天、高秀芳点校，中华书局1990年版。

（宋）朱长文：《墨池编》，文渊阁四库全书本。

（宋）黄裳：《演山集》，文渊阁四库全书本。

（宋）李格非：《洛阳名园记》，文渊阁四库全书本。

（宋）黄庭坚：《黄庭坚全集》，刘琳、李勇先、王蓉贵校点，四川大学出版社2000年版。

（宋）李之仪：《姑溪居士全集》，丛书集成初编本。

（宋）秦观：《淮海集笺注》，徐培均笺注，上海古籍出版社2000年版。

· 359 ·

（宋）晁补之：《鸡肋集》，文渊阁四库全书本。

（宋）张耒：《柯山集》，文渊阁四库全书本。

（宋）陈师道：《后山集》，文渊阁四库全书本。

（宋）陈师道：《后山诗话》，《历代诗话》本。

（宋）杨时：《龟山集》，文渊阁四库全书本。

（宋）赵令畤：《侯鲭录》，孔凡礼点校，中华书局2002年版。

（宋）释惠洪：《林间录》，文渊阁四库全书本。

（宋）叶梦得：《避暑录话》，丛书集成初编本。

（宋）范温：《潜溪诗眼》，郭绍虞《宋诗话辑佚》本。

（宋）王灼：《碧鸡漫志》，唐圭璋编《词话丛编》本。

（宋）李纲：《梁溪集》，文渊阁四库全书本。

（宋）李清照：《李清照集校注》，王仲闻校注，人民文学出版社1979年版。

（宋）李清照：《重辑李清照集》，黄墨谷辑，齐鲁书社1981年版。

（宋）朱弁：《风月堂诗话》，陈新点校，中华书局1988年版。

（宋）许顗：《彦周诗话》，《历代诗话》本。

（宋）张嵲：《紫微集》，文渊阁四库全书本。

（宋）朱松：《韦斋集》，文渊阁四库全书本。

（宋）李石：《方舟集》，文渊阁四库全书本。

（宋）邵博：《闻见后录》，文渊阁四库全书本。

（宋）张戒：《岁寒堂诗话》，丁福保辑《历代诗话续编》本，中华书局1983年版。

（宋）陈岩肖：《庚溪诗话》，《历代诗话续编》本。

（宋）胡仔纂集：《苕溪渔隐丛话》，廖德明校点，人民文学出版社1962年版。

（宋）周煇：《清波杂志》，文渊阁四库全书本。

（宋）曾敏行：《独醒杂志》，文渊阁四库全书本。

（宋）洪迈：《容斋随笔》，岳麓书社1994年版。

（宋）陆游：《陆游集》，中华书局1976年版。

（宋）陆游：《老学庵笔记》，李剑雄、刘德权点校，中华书局1979年版。

（宋）周必大：《文忠集》，文渊阁四库全书本。

（宋）杨万里：《杨万里集笺校》，辛更儒笺校，中华书局2007年版。

（宋）朱熹：《朱子全书》，朱杰人等主编，上海古籍出版社、安徽教育出版社2002年版。

（宋）朱熹：《楚辞集注》，上海古籍出版社1979年版。

（宋）张邦基：《墨庄漫录》，文渊阁四库全书本。

（宋）吕祖谦：《宋文鉴》，文渊阁四库全书本。

（宋）陆九渊：《象山集》，文渊阁四库全书本。

（宋）辛弃疾：《稼轩词编年笺注》，邓广铭笺注，上海古籍出版社1993年版。

（宋）陈亮：《龙川集》，文渊阁四库全书本。

（宋）叶适：《习学记言》，文渊阁四库全书本。

（宋）姜夔：《白石道人诗集》，四部丛刊本。

（宋）黎靖德：《朱子语类》，王星贤点校，中华书局1994年版。

（宋）陈善：《扪虱新话》，王云五主编《丛书集成初编》本。

（宋）释普济：《五灯会元》，文渊阁四库全书本。

（宋）葛立方：《韵语阳秋》，《历代诗话》本。

（宋）赵彦卫：《云麓漫抄》，文渊阁四库全书本。

（宋）韩淲：《涧泉日记》，文渊阁四库全书本。

（宋）李心传：《建炎以来系年要录》，文渊阁四库全书本。

（宋）严羽：《严羽集》，陈定玉辑校，中州古籍出版社1997年版。

（宋）魏庆之：《诗人玉屑》，王仲闻点校，中华书局2007年版。

（宋）戴复古：《石屏诗集》，文渊阁四库全书本。

（宋）魏了翁：《鹤山集》，文渊阁四库全书本。

（宋）真德秀：《西山文集》，文渊阁四库全书本。

（宋）包恢：《敝帚稿略》，文渊阁四库全书本。

（宋）刘克庄：《后村先生大全集》，王蓉贵、向以鲜校点，四川大学出版社2008年版。

（宋）刘克庄：《后村诗话》，王秀梅点校，中华书局1983年版。

（宋）王称：《东都事略》，文渊阁四库全书本。

（宋）罗大经：《鹤林玉露》，中华书局1983年版。

（宋）吴子良：《荆溪林下偶谈》，文渊阁四库全书本。

（宋）方岳：《深雪偶谈》，《丛书集成初编》本。

（宋）赵孟坚：《彝斋文编》，王云五主编《四库全书珍本》。

（宋）刘祁：《归潜志》，文渊阁四库全书本。

（宋）欧阳守道：《巽斋文集》，文渊阁四库全书本。

（宋）刘时举：《续宋编年资治通鉴》，文渊阁四库全书本。

（宋）卫宗武：《秋声集》，文渊阁四库全书本。

（宋）何梦桂：《潜斋集》，文渊阁四库全书本。

（宋）周密：《癸辛杂识》，吴企明点校，中华书局 1988 年版。

（宋）陈著：《本堂集》，文渊阁四库全书本。

（宋）谢枋得：《叠山集》，文渊阁四库全书本。

（宋）牟𪩘：《陵阳集》，文渊阁四库全书本。

（宋）刘辰翁：《须溪集》，四部丛刊本。

（宋）张炎：《词源》，《词话丛编》本。

（金）赵秉文：《滏水集》，文渊阁四库全书本。

（金）元好问：《元好问全集》，三晋出版社 2015 年版。

（金）王若虚：《滹南诗话》，《历代诗话续编》本。

（金）王若虚：《滹南集》，文渊阁四库全书本。

（金）郝经：《陵川集》，文渊阁四库全书本。

（元）脱脱等：《宋史》，中华书局 1985 年新 1 版。

（元）脱脱等：《金史》，中华书局 1975 年版。

（元）陶宗仪：《说郛》，文渊阁四库全书本。

（元）倪瓒：《清閟阁全集》，文渊阁四库全书本。

（元）徐明善：《芳谷集》，文渊阁四库全书本。

（元）方回：《瀛奎律髓汇评》，李庆甲集评校点，上海古籍出版社 1986 年版。

（元）杨士弘编选，（明）张震辑注，（明）顾璘评点：《唐音评注》，陶文鹏、魏祖钦整理点校，河北大学出版社、贵州大学出版社 2010 年版。

（明）宋濂：《文宪集》，文渊阁四库全书本。

（明）杨慎：《词品》，张璋等《历代词话》本，大象出版社 2002 年版。

（明）林俊：《见素集》，文渊阁四库全书本。

（明）李东阳：《麓堂诗话》，（清）何文焕、丁福保编《历代诗话统编》，北京图书馆出版社2003年版。

（明）归有光：《归有光全集》，彭国忠等主编，上海人民出版社2015年版。

（明）胡应麟：《少室山房集》，上海古籍出版社1993年版。

（明）袁宏道：《袁宏道集笺校》，钱伯城笺校，上海古籍出版社1981年版。

（明）叶盛：《水东日记》，文渊阁四库全书本。

（清）张廷玉等：《明史》，中华书局1974年版。

（清）钱谦益：《钱牧斋全集》，上海古籍出版社2003年版。

（清）冯班：《钝吟杂录》，文渊阁四库全书本。

（清）李渔：《窥词管见》，《词话丛编》本。

（清）王夫之：《姜斋诗话》，人民文学出版社1961年版。

（清）叶燮：《原诗》，《清诗话》本。

（清）朱彝尊：《曝书亭集》，文渊阁四库全书本。

（清）徐乾学：《资治通鉴后编》，文渊阁四库全书本。

（清）潘永因：《宋稗类钞》，文渊阁四库全书本。

（清）王士禛：《带经堂集》，《续修四库全书》本，上海古籍出版社2013年版。

（清）王士禛：《分甘馀话》，中华书局1989年版。

（清）王士禛：《香祖笔记》，上海古籍出版社1982年版。

（清）宋荦：《漫堂说诗》，《清诗话》本，上海古籍出版社1999年版。

（清）吴之振编：《宋诗钞》，文渊阁四库全书本。

（清）何焯：《义门读书记》，中华书局1987年版。

（清）王懋竑：《朱熹年谱》，何忠礼点校，中华书局1998年版。

（清）沈雄：《古今词话》，《词话丛编》本。

（清）沈德潜：《说诗晬语》，霍松林校注，人民文学出版社1979年版。

（清）沈德潜：《唐诗别裁集》，上海古籍出版社1979年版。

（清）沈德潜：《国朝诗别裁集》，《四库禁毁书丛刊》本，北京出版社1997年版。

（清）沈德潜：《宋金三家诗选》，齐鲁书社1983年版。

（清）田同之：《西圃诗说》，《清诗话续编》本。

（清）田同之：《西圃词说》，《词话丛编》本。

（清）厉鹗：《宋诗纪事》，上海古籍出版社1983年版。

（清）袁枚：《随园诗话》，人民文学出版社1998年版。

（清）赵翼：《瓯北诗话》，《清诗话续编》本。

（清）赵翼：《赵翼全集》，曹光甫校点，凤凰出版社2009年版。

（清）翁方纲：《石洲诗话》，人民文学出版社1981年版。

（清）翁方纲：《复初斋集外文》，清李彦章校刻本。

（清）张际亮：《思伯子堂诗文集》，王飚校点，上海古籍出版社2007年版。

（清）李调元：《雨村诗话》，《清诗话续编》本。

（清）冯金伯：《词苑萃编》，《词话丛编》本。

（清）谢元淮：《填词浅说》，《词话丛编》本。

（清）谢章铤：《赌棋山庄词话》，《词话丛编》本，中华书局

1986年版。

（清）潘德舆：《养一斋诗话》，《清诗话续编》本，上海古籍出版社1983年版。

（清）梁廷楠纂：《东坡事类》，汤开建、陈文源点校，暨南大学出版社1992年版。

（清）刘熙载：《刘熙载集》，刘立人、陈文和点校，华东师范大学出版社1993年版。

（清）许印芳：《诗法萃编》，张国庆选编《云南古代诗文论著辑要》，中华书局2001年版。

（清）王闿运：《湘绮楼诗文集》，马积高主编，岳麓书社1996年版。

（清）陈衍：《陈衍诗论合集》，钱仲联编校，福建人民出版社1999年版。

（清）宗廷辅：《宗月锄先生遗著》，民国六年（1917）徐兆玮重印本。

（清）永瑢等：《四库全书总目》，中华书局1965年版。

贾文昭主编：《中国古代文论类编》（上、下卷），海峡文艺出版社1990年版。

贾文昭编：《中国近代文论类编》，黄山书社1991年版。

唐圭璋编：《词话丛编》（五卷本），中华书局1986年版。

郭绍虞辑：《宋诗话辑佚》，中华书局1980年版。

蒋述卓等编：《宋代文艺理论集成》，中国社会科学出版社2000年版。

张惠民编：《宋代词学资料汇编》，汕头大学出版社1993年版。

北京大学中文系编：《陶渊明资料汇编》，中华书局1962年版。

四川大学中文系唐宋文学研究室编：《苏轼资料汇编》，中华书局1994年版。

肖萐父、李锦全主编：《中国哲学史》（上、下卷），人民出版社1983年版。

葛兆光：《禅宗与中国文化》，上海人民出版社1986年版。

方立天：《佛教哲学》，中国人民大学出版社1991年版。

郭绍虞、王文生编：《中国历代文论选》（四卷），上海古籍出版社1979年版。

罗根泽：《中国文学批评史》（三卷），上海古籍出版社1984年版。

郭绍虞：《中国文学批评史》（上、下），百花文艺出版社1999年版。

张少康、刘三富：《中国文学理论发展史》（上、下），北京大学出版社1995年版。

王运熙、杨明：《魏晋南北朝文学批评史》，上海古籍出版社1989年。

顾易生、蒋凡、刘明今：《宋金元文学批评史》（上、下），上海古籍出版社1996年版。

方智范、邓乔彬、周圣伟、高建中：《中国词学批评史》，中国社会科学出版社1994年版。

周裕锴：《宋代诗学通论》，巴蜀书社1997年版。

刘扬忠主编：《中国古代文学通论》（宋代卷），辽宁人民出版社2005年版。

陈伯海主编：《唐诗学史稿》，河北人民出版社 2004 年版。

张毅：《唐诗接受史》，人民文学出版社 2012 年版。

王英志主编：《清代唐宋诗之争流变史》，人民文学出版社 2012 年版。

钱锺书：《谈艺录》，中华书局 1984 年版。

夏承焘：《唐宋词论丛》，古典文学出版社 1956 年版。

唐圭璋：《唐宋名家词选》，上海古籍出版社 1980 年版。

唐圭璋：《唐宋词简释》，上海古籍出版社 1981 年版。

沈祖棻：《宋词赏析》，上海古籍出版社 1980 年版。

钱锺书：《宋诗选注》，人民文学出版社 1958 年版。

林玫仪：《词学考证》，台湾联经初步事业公司 1987 年版。

龙榆生：《词学十讲》，北京出版社 2004 年版。

任半塘：《唐声诗》，上海古籍出版社 2006 年新一版。

苗书梅：《宋代官员选任和管理制度》，河南大学出版社 1996 年版。

何忠礼、徐吉军：《南宋史稿》，杭州大学出版社 1999 年版。

孔凡礼：《苏轼年谱》，中华书局 1998 年版。

王水照、崔铭：《苏轼传》，天津人民出版社 2000 年版。

曾枣庄等：《苏轼研究史》，江苏教育出版社 2001 年版。

王友胜：《苏轼研究史稿》（修订版），中华书局 2010 年版。

冷成金：《苏轼的哲学观与文艺观》，学苑出版社 2003 年版。

张惠民、张进：《士气文心：苏轼文化人格与文艺思想》，人民文学出版社 2004 年版。

粟品孝：《朱熹与宋代蜀学》，高等教育出版社 1998 年版。

陈来：《朱子哲学研究》，华东师范大学出版社2000年版。

张立文：《朱熹思想研究》，中国社会科学出版社2001年第2版。

莫砺锋：《朱熹文学研究》，南京大学出版社2000年版。

束景南：《朱子大传》（上、下），商务印书馆2003年版。

余英时：《朱熹的历史世界》，生活·读书·新知三联书店2004年版。

郭绍虞校释：《沧浪诗话校释》，人民文学出版社1961年版。

普慧、孙尚勇、杨遇青评注：《沧浪诗话》，中华书局2014年版。

程章灿：《刘克庄年谱》，贵州人民出版社1993年版。

王明见：《刘克庄与中国诗学》，巴蜀书社2004年版。

侯体健：《刘克庄的文学世界——晚宋文学生态的一种考察》，复旦大学出版社2013年版。

陈祥耀：《福建历代名人传略》，福建人民出版社1987年版。

缪钺：《元遗山年谱汇纂》，钟山书局1935年版，收入姚奠中主编《元好问全集》。

［德］康德：《判断力批判》，邓晓芒译，人民出版社2002年版。

［德］H. R. 姚斯、［美］R. C. 霍拉勃：《接受美学与接受理论》，周宁、金元浦译，辽宁人民出版社，1987年版。

［德］汉斯－格奥尔格·伽达默尔：《诠释学 真理与方法》（ⅠⅡ），商务印书馆2010年版。

蒋孔阳主编：《二十世纪西方美学名著选》（上、下），复旦大学出版社1988年版。

朱立元主编：《当代西方文艺理论》，华东师范大学出版社 1997 年版。

王兆鹏、尚永亮主编：《文学传播与接受论丛》，中华书局 2006 年版。

韩经太：《论宋人平淡诗美观的特殊指向与内蕴》，《学术月刊》1990 年第 7 期。

韩经太：《宋诗与宋学》，《文学遗产》1993 年第 4 期。

［日］横山伊势雄：《梅尧臣的诗论——兼正梅尧臣"学唐人平淡处"之论》，张寅彭译，《苏州大学学报》（哲学社会科学版）1996 年第 2 期。

［新加坡］王国璎：《陶诗中的叹贫》，《文学遗产》1993 年第 4 期。

张宏生：《元祐诗风的形成及其特征》，《文学遗产》1995 年第 5 期。

张惠民：《苏门论词与词学的自觉》，《文学评论》1993 年第 2 期。

杨庆存：《苏轼与黄庭坚交游考述》，《齐鲁学刊》1995 年第 4 期。

刘乃昌：《苏轼与齐鲁名士晁补之李格非的交游》，《乐山师范学院学报》2005 年第 4 期。

祝尚书：《苏门"后四学士"考论》，《江海学刊》2006 年第 4 期。

张淑乐：《李格非研究》，硕士学位论文，兰州大学，2010 年。

张惠民：《东坡居士易安居士，审美情趣略相似——苏轼、李清照词学审美观简说》,《汕头大学学报》(人文科学版) 1995 年第 2 期。

徐培均:《李格非其人其文及其对李清照的影响》,《李清照研究论文选》,上海古籍出版社 1986 年版。

周桂峰:《李清照师事晁补之论》,《南阳师范学院学报》(社会科学版) 2003 年第 7 期。

夏承焘:《评李清照的〈词论〉》,《光明日报》1959 年 5 月 24 日,《文学遗产》栏目第 261 期。

夏承焘:《李清照词的艺术特色》,《文学评论》1961 年第 4 期。

徐永端:《谈谈李清照的〈词论〉》,济南市社会科学研究所编《李清照研究论文集》,中华书局 1984 年版。

邓魁英:《关于李清照〈词论〉的评价问题》,济南市社会科学研究所编《李清照研究论文集》,中华书局 1984 年版。

费秉勋:《李清照〈词论〉新探》,《西北大学学报》1985 年第 2 期。

费秉勋:《李清照〈论词〉的几个问题再议》,济南市社会科学研究所编《李清照研究论文选》,上海古籍出版社 1986 年版。

何念龙:《正确评价李清照的〈词论〉》,《江汉论坛》1987 年第 5 期。

周桂峰:《李清照〈词论〉作于早年说》,《淮阴师专学报》1990 年第 3 期。

张惠民:《李清照〈词论〉的达诂与确评》,《文学遗产》1993 年第 1 期。

朱崇才:《李清照〈词论〉写作年代辨》,《南京师大学报》2003 年第 6 期。

欧阳俊、陈堃：《李清照〈词论〉研究的回顾与反思》，（台湾）《宋代文学研究丛刊》2008 年第十五期。

李定广：《"声诗"概念与李清照〈词论〉"乐府声诗并著"之解读》，《文学遗产》2011 年第 1 期。

王兆鹏：《苏辛之流亚——从抒情范式看李清照词》，《湖北大学学报》（哲学社会科学版）1991 年第 4 期。

侯波：《李清照原籍章丘补证》，《济南大学学报》1994 年第 1 期。

徐北文：《李清照原籍考》，《齐鲁文史》2004 年第 2 期。

邓新跃：《李清照与秦桧亲戚关系考》，《中国典籍与文化》2005 年第 3 期。

张旭曙：《朱熹的平淡美理想》，《安徽师大学报》1998 年第 4 期。

莫砺锋：《论朱熹关于作家人品的观点》，《文学遗产》2000 年第 2 期。

郁沅：《严羽诗禅说析辨》，《学术月刊》1980 年第 7 期。

陈一琴：《严羽生平思想初探》，《福建师范大学学报》（哲学社会科学版）1982 年第 4 期。

张晶：《从"虚静"到"空静"——禅与诗歌审美创造心理》，《云南教育学院学报》1994 年第 4 期。

童庆炳：《严羽诗论诸说》，《北京师范大学学报》1997 年第 2 期。

曹东：《试论严羽诗论与南宋理学的关系》，《洛阳师专学报》1998 年第 4 期。

刘万辉：《〈沧浪诗话〉诗学创新及其对宋元诗论的影响》，硕士学位论文，山东大学，2011 年。

沙先一、叶平：《明代唐宋诗高下之争的重新考察》，《徐州师范大学学报》（哲学社会科学版），2012年第5期。

杨子怡：《也谈宋诗特质形成的原因》，《娄底师专学报》1989年第1期。

李国庭：《刘克庄生平三考》，《福建论坛》1991年第4期。

王明见：《刘克庄与贾似道》，《西南师范大学学报》1998年第1期。

王述尧：《历史的天空——略论贾似道及其与刘克庄的关系》，《兰州学刊》2004年第3期。

严国荣：《刘克庄"本色"诗论》，《陕西师范大学学报》2004年第3期。

侯体健：《刘克庄的文化性格与其文学精神的塑造》，《文学遗产》2011年第4期。

韩进廉：《元好问〈论诗绝句三十首〉的审美评判》，《河北师范大学学报》1990年第4期。

林明德：《裕之的文学批评理论》，《台湾学者中国文学批评论文选》，人民文学出版社1986年版。

李春青：《论自得——兼谈宋学对宋代诗学的影响》，《中国文化研究》1998年第2期。

张毅：《"万物静观皆自得"——儒家心学与诗学片论》，《中国文化研究》2002年第4期。

欧宗启：《禅宗悟论"自得观"与宋代诗学"自得"范畴的建构》，《广西社会科学》2007年第5期。

张晶：《"自得"：创造性的审美思维命题》，《哲学研究》2003年第1期。

后 记

我开始关注"苏轼接受"是在 1995 年。那年春上撰写了《元好问诗学对苏黄的批评与继承》一文,9 月下旬去南昌参加由江西师范大学主办的"中国古代文学理论学会第九次年会暨国际学术研讨会"。这篇文章后来发表在《文史哲》1996 年第 2 期上。随后在一篇写李清照《词论》的文章中,讨论了李清照对苏轼词的批评态度,该文发表于《人文杂志》1996 年第 4 期。之后便系统研读苏轼诗文集,大量搜阅苏轼研究资料,与我在南京师大的同学张惠民君合作完成了《士气文心:苏轼文化人格与文艺思想》一书(人民文学出版社 2004 年版)。此后心思又回到了"苏轼接受"。首先关注的是朱熹,因为他对苏轼的批评最为激烈,我就想查探究竟。《朱子全书》27 册,每册都犹如一块厚砖头。我把涉及苏轼的文字及相关的内容全都复印下来,一一敲进电脑里(那时还没见到电子版)。这样的阅读费时而缓慢。不过,它给了我沉潜其中、涵泳玩味的机会。而朱熹这个人也在我的心中活了起来,完全突破了以往的阅读经验与人物印象。由此陆续完成了《苏轼与朱熹出处态度之比较》(《福建论

后 记

坛》2006 年第 4 期)、《论朱熹尚雄健的审美观》(《文艺理论研究》2006 年第 4 期)与《论朱熹对苏轼的批评与接受》(《唐都学刊》2008 年第 2 期)等文。接下来又探究严羽、刘克庄诸人的"苏轼接受"。刘克庄的《后村先生大全集》现存 196 卷,也是皇皇巨著,阅读颇费力。严羽的《沧浪诗话》文字不多,又读了他的《沧浪吟卷》和《评点李太白诗集》(后者有争议)。由于我想把严羽对苏、黄诗的批评置于此后七八百年的"唐宋诗之争"与"苏诗接受史"的背景中作纵向考察,把刘克庄与苏轼的人生仕履作比较考察,以期有助于我的评判,这无疑加大了写作的难度。刘勰说写作者有"骏发之士"与"覃思之人",我大概属于后者,"鉴在疑后,研虑方定"。每章中力求有质疑、有己见,言之成理,持之有据。所以整个写作过程也是缓慢的。此次结集出版,将上述诸文均作了补充与修改,又收入了《欧、梅与苏轼》及《宋代文论二题》,这些都是提交中国古代文论年会的论文,分别发表在《古代文学理论研究》第二十二辑(华东师范大学出版社 2005 年)、《郑州大学学报》(2009 年第 3 期)与《唐都学刊》(2011 年第 6 期)上,也一并作了修改。总之,本书所收文字,是我 20 年来关于宋金文论与苏轼接受研究的一些主要成果,清晰地记录了我的求索与研究历程。

本书请胞弟张弘(普慧)作序。小时候我上六年级,他上一年级。每学期发下新课本,我总是喜欢提前教他要学的内容。老师惊讶这娃聪明过人,还没讲完呢,就能对答如流。上中学时,他经常代表学校参加乒乓球、篮球、滑冰等比赛,对学业有影响。上大学后奋起直追,苦学不懈,终于后来居上,成就突出。尤可喜的是姐弟同为中国古代文论专业,在外一起参会,在家相互切磋。他比我经多识广，所以常求教于他。书成之后，请谁作序？我想起了苏轼于弟"子为我铭"①的嘱托，那种兄弟间的骨肉深情，每令我感动不已。遂嘱兄弟"子为我序"，以寄姐弟之情。

在此，特别要感谢先父和母亲对我写作本书的鼓励与支持！没有他们给我的动力，很可能因事情多，力不足，中道而废。感谢全家人和朋友们对我的理解和厚爱。感谢西安文理学院文学院前院长唐健君教授对出版本书的关心支持，感谢西安文理学院中国古代文学省级重点学科的资助出版，感谢重点学科负责人李小成教授，积极帮助，玉成此事。感谢我的同窗辛建伟君为本书题写书名。人称"书坛隐士"的他，于古代文人中最好苏轼，书写其作品不下百余篇。

还要感谢读者。因为本书研究的着眼点就是读者。

张　进
2018 年 1 月 30 日

---

① 苏辙《亡兄子瞻端明墓志铭》："公始病，以书属辙曰：'即死，葬我嵩山下，子为我铭。'"（《苏辙集·栾城后集》卷二十二，中华书局 1990 年版，第 1117 页）